Anna Jeger

Das Lied der Clane

Licht und Schatten

Bibliografische Inforamtion der Deutschen Nationalbibliothek: Die Deutsche Nationalbibliothek verzeichnet diese Publikarion in der Deutschen Nationalbibliografie; detaillierte bibliografische Daten sind im Internet über http://dnd.dnd.de abrufbar.

Originalausgabe 2025
© 2025 Anna-Katharina Jegerczyk

Lektorat und Korrektorat: Rieke Conzen
Cover und Design: Nadine Goldmann
Kartendesign: Liah Jubitz

Verlag: BoD · Books on Demand GmbH,
In de Tarpen 42, 22848 Norderstedt, bod@bod.de
Druck: Libri Plureos GmbH, Friedensallee 273,
22763 Hamburg

ISBN: 978-3-7693-2541-6

Contentwarnungen im Anhang.

Anna Jeger

Das
Lied
der
Clane

Licht und Schatten

Für meine Jungs
und meine Schwester.

Das Clanreich

Prolog

~ In der Hochstadt ~

Da war sie. Er konnte sie fühlen, als wäre sie direkt vor ihm. Zum Greifen nah. Wie ein leuchtender Stern, der ihm den Weg wies. Den Weg, den er von sich aus nicht mehr fand. Mit gestrecktem Arm rannte er auf sie zu. Er musste sie kriegen, sie berühren. Es hing so viel von ihr ab. Es schmerzte ihn, wie stark das Schicksal ihn zu ihr zog. Sie hatten eine Verbindung, die niemand lösen konnte. Nicht einmal die Schatten, die überall lauerten.

Ihre hellen Haare wippten auf ihren Rücken. Er hatte sie beinahe erreicht. Bevor seine Finger sie berühren konnten, drehte sie sich zu ihm um. Ihr Lächeln verschlug ihm den Atem. Er zögerte und sie lachte auf. Ein Lachen, das bis in sein Herz nachhallte und ihm ein Lächeln entlockte. Er trat noch einen Schritt auf sie zu, doch sie schüttelte ihren Kopf, sodass die sanften Wellen ihrer Haare sie umrahmten. Traurigkeit legte sich in ihre Augen, dann wandte sie sich ab und ging. Er keuchte auf, unfähig, ihr zu folgen. Je weiter sie sich von ihm entfernte, desto schmerzhafter krampfte sein Herz zusammen.

Mit einem Ruck saß er kerzengerade im Bett. Die leichten Bettlaken klebten an dem Schweiß, der seine Haut bedeckte. Seine Brust hob und senkte sich, seine Lunge brannte. Sie war weg, dennoch konnte er sie spüren. Sie war nah und er würde ihr noch näher sein. Mit einem unwirschen Schwung schlug er die Decken von sich und stand auf. Die Kühle der Nacht drängte sich durch das geöffnete Fenster und ließ ihn leicht frösteln. Er trat am Spiegel vorbei und warf sich seinen Umhang um, der auf dem Stuhl neben dem Tisch gelegen hatte. Die Kapuze zog er tief in sein Gesicht herunter und verbarg so sein Antlitz vor der Nacht. Die Tür knarrte drohend, als der Gabensucher sein Gemach verließ und in die Nacht hinausging. Ruhelos angetrieben davon, sie zu finden. Sie, die an ihn und sein Schicksal gebunden war wie keine andere.

1
~ Auf der Hochstadtebene ~

Der Nebel lichtete sich, je weiter mich die kleine Stute von dem Landgut des Generals wegtrug. Die Landschaft tauchte immer weiter aus dem Nebel auf. Ich nahm alles bewusster wahr, als ich es noch bei meiner Abreise aus der Hochstadt getan hatte. Die sanften Hügel, die die Stadt und die Ebene umgaben, glichen denen, die um den Sitz des Erdclans lagen. Der Weg führte am Clanfluss entlang, der die Hochstadt einschloss. Das Wasser floss hier noch gemächlich an uns vorbei. Erst wenn es die Mauern erreichte, würde es wilder werden, als wollten die Stromschnellen, die sich durch die mächtigen Steine im Flussbett bildeten, die Bewohner der Stadt schützen. Mein Geist tastete ungewollt alles um mich herum ab. Einen Vogel, der durch das Gras am Wegrand hüpfte, und die Wildblumen, die sich im sanften Wind, der über die Ebene strich, wiegten.

Mit einem kurzen Blick auf Baxters Rücken wurde mir klar, dass er nichts von meiner Veränderung bemerkte. Er trieb sein Pferd ungnädig voran und würdigte die Landschaft keines Blickes. Was Falkon wohl mit ihm auf dem Landgut angestellt hatte? Ich wollte es nicht wissen, doch die Spuren der Vergnügungen und Ausschweifungen, die sich Baxter auf dem Landgut erlaubt hatte, waren deutlich in seinem Gesicht zu sehen. Immerhin war es dafür berüchtigt. Dass es etwas anderes war, wussten nur wenige. Eine Rückzugsmöglichkeit. Aber Darius hatte über die Hochgeborenen der Hochstadt dafür gesorgt, dass er in Verruf stand. Der Schlächter des Hochkönigs. Meine Gedanken glitten ab und ich befand mich auf der Lichtung in Darius' Armen.

Vor mir fuhr mich Baxter an und riss mich aus meinen Gedanken. »Wir sind gleich da. Bleibt an meiner Seite und passt gefälligst auf, dass Ihr mir nicht verloren geht.«

Ich nickte nur und sah auf die Mähne meiner Stute. Meine Verstellung musste glücken. Niemand durfte daran zweifeln, dass ich unter der Einwirkung des Hemmersteins stand. Es war eine schwierige Aufgabe, aber ich war mir sicher, dass ich es schaffen konnte. Es hing zu viel davon ab. Ich grenzte meine Gabe auf ein kleines Leuchten in mir ein und blickte mit ausdruckslosem Blick zu Baxter auf.

»Natürlich«, versprach ich kurz.

Die Mauern der Hochstadt bauten sich bedrohlich vor mir auf. Baxter nickte den Wachen am Tor kurz zu. Als ich hindurchritt, fuhr mir ein Schauer über den Rücken. Der Hemmerstein in meiner Unterkleidung fing an zu pochen und bereitete mir eine leichte Übelkeit. Raikon hatte einmal berichtet, dass der Hochkönig an den Toren der Hochstadt einen Zauber angebracht hatte, um Gabenträger zu melden. Der Zauber tastete mich ab, erkannte aber keine Gabe. Es war schlau von Sorrel gewesen, mir einen Hemmerstein einsetzen zu lassen. Anders hätte er mich nicht in die Hochstadt schleusen können.

Baxters Wallach schlängelte sich durch die Enge der Straßen der Hochstadt. Es waren so viele Menschen hier, die uns nicht wie bei unserer Abreise mit Falkon den Weg freigaben. Ich verbarg mein Erstaunen unter einer steinernen Maske der Gleichgültigkeit. Die Vielzahl der Menschen war mir vor der Abgabe des Hemmersteins nicht bewusst aufgefallen. Jetzt konnte ich viele spüren, auch wenn ich meine Gabe zurückgedrängt und versteckt in mir hielt. Sie trugen ihren Geist frei und offen vor sich her und niemand erachtete den anderen als wichtig genug für einen zweiten Blick.

Das Haus von Sorrel lag im inneren Kern der Stadt und die Pferde trugen uns schon eine Weile durch die Straßen und Gassen. Ich nahm die Gerüche der Stadt und der Menschen wahr und blickte mich hin und wieder um, wobei ich immer bedacht darauf war, dass Baxter es nicht bemerkte. Doch der war von anderen Dingen abgelenkt und beachtete mich nicht weiter. Der Palast des Hochkönigs baute sich vor uns über den Dächern der Häuser auf. Wir erreichten das Tor des inneren Stadtkerns. Etwas packte mich am Bein, ich erschrak.

»Du bist wieder da.«

Eine Hand hielt meinen Fuß umfasst. Zu meiner Verwunderung sah ich ein kleines Mädchen. Ihre Augen brachten mich wieder zum Staunen. Es waren braune Erdclan-Augen, die zu mir aufblickten und mich erwartungsvoll ansahen. Es war das Mädchen, das mir bereits auf dem Markt begegnet war. Als Baxter die Kleine bemerkte, wendete er ungestüm seinen Wallach und wollte sie wegdrängen, doch ein paar große Arme rissen sie von mir weg.

»Entschuldigt. Es ist nur ein Kind.«

Baxter lenkte sein Pferd zwischen mich und den Mann.

»Verschwindet, Ihr Gesindel!«, schrie er, packte die Zügel meiner Stute und riss sie mit sich.

Ich blickte dem Mann, der das Mädchen immer noch fest auf dem Arm hielt, über die Schulter nach. Auch er trug die braunen Augen und ich erkannte ihn wieder. Es war der Erdbauer, der Catherine und mir die Beeren verkauft hatte. Als er sah, dass Baxter ihm schon keine Beachtung mehr schenkte, legte er drei Finger an die Stirn und schickte mir unseren Clan-Gruß. Ich erwiderte den Gruß kurz und dann verschwanden die beiden aus meinem Blickfeld. Ich fragte mich, ob der Erdmann derjenige war, den der Erdclan um Hilfe gebeten hatte.

Baxter schimpfte den restlichen Weg über den Abschaum, der sich seiner Meinung nach in der Stadt herumtrieb. Er ließ die Zügel der Stute nicht mehr los. Als wir das Stadthaus des Pferdehändlers erreichten, führte er mich zur Rückseite durch das Tor der Ställe, in denen die Pferde für den Verkauf untergebracht waren. Auf dem Hof ließ er die Zügel endlich los und rief einen der Knechte, damit er die Pferde übernahm. Bevor ich aus dem Sattel steigen konnte, riss mich Baxter unsanft vom Pferderücken. Noch ehe meine Füße festen Stand fanden, zog er mich auch schon zum Haupthaus. Die Hintertür öffnete sich jedoch, bevor wir sie erreichten. Catherine stand vor uns und schlug Baxters Hand von meinem Arm.

»Ich werde die Herrin auf ihr Zimmer bringen. Die Reise war sehr anstrengend. Wie konntet Ihr sie nur in diesem Zustand zurückbringen? Den Herrn wird das gar nicht freuen.«

Baxter blinzelte nur irritiert und stapfte dann zornig seiner Wege. Catherine zog mich über den Hof durch die Tür in den Flur des Haupthauses und weiter die Treppe der Bediensteten hinauf zu dem kleinen Zimmer, das ich bewohnen musste. Schwungvoll stieß sie die Tür auf und schob mich in das Zimmer. Die Dunkelheit und Trostlosigkeit, die in diesem Raum vorherrschten, umfingen mich wieder. Fast hatte ich vergessen, wie trist dieser Ort war.

»Schnell. Wir haben nicht viel Zeit. Der Herr hat Eure Ankunft schon bemerkt. Zieht Euch aus und zieht das da an.«

Catherine war zum Tisch geeilt und hantierte mit Stoffen. Ich blickte auf die Sachen, die auf meinem Bett lagen, und ging wortlos ihrem Befehl nach.

»Na, macht schon. Wir dürfen nicht so viel Zeit verlieren«, schalt sie mich. Ich fragte nicht nach. Meine

Verstellung war wichtig. Darius hatte es gefordert. *Keiner darf den Steintausch bemerken!*

Darius. Ob er wusste, wie ich hier lebte? Die Kleider glitten mir über die Schultern. Ich trat aus dem Kleiderhaufen und stieg in die neuen Unterkleider, die auf dem Bett lagen. Catherine hob die alten Kleider auf und legte sie auf den Tisch. Dabei fiel ihr mein Dolch in die Hände. Mir stockte der Atem, doch sie lächelte nur kurz auf.

»Den verstecken wir am besten unter Eurer Matratze.« Dann gab sie mir eine Binde. »Schnell, legt sie an«, forderte sie und machte sich an der Matratze zu schaffen.

»Ich brauche sie nicht«, erwiderte ich und wollte ihre Hand wegschieben.

»Natürlich braucht Ihr sie nicht, aber sie wird Euch retten.« Sie griff nach einem kleinen Kännchen und goss einen Schwall Tierblut auf die Binde. »Der Pferdehändler hat Euch aus bestimmten Gründen hier, wenn Ihr Euch erinnern wollt.«

Ihre Worte ließen mein Herz gefrieren und die Angst lähmte jede Bewegung. Die Erinnerungen krallten sich ihren Weg durch meinen Kopf und ich nahm Sorrels fauligen Geruch wahr, wie er sich auf meine Haut legte.

Catherine bemerkte meinen versteinerten Körper. »Habt keine Angst. Wir werden das verhindern.«

»Wer seid Ihr?«, fragte ich sie tonlos, während sie mir die Binde aus der Hand nahm und sich damit zwischen meinen Beinen zu schaffen machte. Als die Binde saß, richtete sie sich vor mir auf und sah mir in die Augen. Das strahlende Blau in ihren Iriden fiel mir erst jetzt auf.

»Seht mich an.«

»Ihr seid vom Wasserclan. Eine Gabenträgerin?« Ich musterte sie verwundert weiter.

»Ja. Was dachtet Ihr denn? Mein Name ist Dana. Aber bitte nennt mich weiter Catherine. Das ist wichtig.

Kommt. Wir müssen uns jetzt beeilen, damit wir es schaffen, Euch dieses Mal besser zu schützen. Ich möchte seine Wut nicht erleben, wenn ich ihm berichten muss, dass ich nicht rechtzeitig eingreifen konnte.«

»Von wem redet Ihr?«, fragte ich sie, während sie mich in mein Bett schob und zudeckte.

Catherine sah mit einem Lächeln zu mir herunter. »Glaubt Ihr, Darius würde zulassen, dass Euch etwas geschieht? Ihr kennt ihn noch nicht so gut, wie ich es tue. Habt Vertrauen. Es wird schon bald alles besser werden.« Damit ergriff sie das Kännchen und deutete auf das Wasserglas, das auf dem Tisch stand. »Trinkt es niemals ganz aus. Ich werde Euch ein Zeichen bei Gefahr schicken. Und behaltet Euren Hemmerstein immer nah bei Euch.«

»Was habt Ihr Darius alles erzählt?« Meine Stimme klang zitteriger, als ich es mir erhofft hatte.

»Herrin. Ich kenne ihn schon sein Leben lang. Ich war seine Amme. Ich liebe ihn, als wäre er mein eigener Sohn. Ich habe ihm nicht erzählt, was Euch hier alles passiert ist. Er hätte das Haus niedergerissen und Sorrel gleich mit. Sein Vorhaben und die Pläne des Nachtfalken dürfen nicht gefährdet werden. Nicht für einen einzelnen Menschen. Es steht so viel mehr auf dem Spiel, und das wisst Ihr. Der Untergrund hier in der Hochstadt darf nicht zerbrechen, bis Euer Bruder mit seinem Heer vor der Stadt steht. Und nun lasst uns hier nicht mehr über solche Sachen reden. Auch das Haus hat bisweilen Ohren, die ich nicht verschließen kann.«

Catherine sah mich traurig an, dann eilte sie zur Tür und ließ mich in dem kleinen Raum zurück. Ich blickte starr zu den Holzbalken der Zimmerdecke. Er wusste es nicht. Das war gut. Ich lag da und mein Kopf war so leer wie das Zimmer. Die Stumpfheit, die dieses Haus von mir forderte, nahm mich völlig gefangen. Der Hemmerstein pochte fast fröhlich an meiner Seite im

Unterkleid. Ich drehte mich zur Wand, rollte mich zusammen und schlief ein.

Ein leises Klingen weckte mich und ich schreckte aus dem Bett auf. Das Wasserglas auf dem Tisch sang eine leise Warnung. Daneben standen ein Teller mit Frühstück und ein kleines Kännchen. Ich sprang überrascht aus dem Bett. Die Nacht musste ich verschlafen haben. Der Geruch des frischen Tierblutes trieb Übelkeit in mir hoch. Schnell löste ich die Binde zwischen meinen Beinen und goss einen neuen Schwall Tierblut darauf. Beim Zurückziehen fühlte sich das Blut kalt und fremd an meiner Mitte an. Ich erschauderte und versuchte, meine Übelkeit zu verstecken. Den restlichen Inhalt des Kännchens goss ich schnell in meinen Eimer. Dem Geruch nach hatte Catherine bereits eine kleine Menge Urin darin bereitgestellt. Das Kännchen ließ ich unter meinem Bett verschwinden. Danach hastete ich zurück zum Bett, legte mich unter meine Decken und wartete. Es waren nur ein paar Herzschläge später, als ich auf dem Flur vor meinem Zimmer Schritte hörte. Als die Tür aufgestoßen wurde, schreckte ich trotz meiner Bemühungen leicht zusammen. Sorrel betrat den Raum und seine schmale und hagere Statur ließ mich erschaudern. Seine knochigen Finger hielten die Tür umgriffen und er legte seinen Kopf schief, sodass seine strähnigen Haare auf seine Schulter fielen.

»Die Herrin ist unpässlich, mein Herr«, hörte ich Catherine hinter ihm sagen.

»Das habt Ihr schon oft genug gesagt«, fuhr er sie an und trat auf mein Bett zu.

Ich blickte ihn mit stumpfem Blick an und hoffte, dass ich meinen Herzschlag ruhig halten konnte.

Sorrel beugte sich tief über mich. »Ich freue mich sehr, dass Ihr wieder hier seid. Es scheint, dass der General ein wenig talentierter Reiter ist, wenn er Eure Hilfe für so viele Tage brauchte«, flüsterte er an meinem Ohr.

Ich schloss die Augen, um meinen Ekel zu verstecken.

»Ihr habt sicherlich recht«, gab ich leise zurück, wohl wissend, dass es ganz und gar nicht so war.

»Nun gut. Das wäre geklärt.« Sorrel richtete sich vor meinem Bett auf und riss ohne Vorwarnung meine Decke zurück und meine Beine auseinander. Dann machte er sich an der Binde zu schaffen und fluchte leise.

Ich ließ es über mich ergehen. Vor meinen Augen tanzten viele verschiedene Möglichkeiten, wie ich Sorrel mit dem kleinen Dolch, der versteckt unter der Matratze lag, zu einem Ende bringen könnte. Doch ich blieb stumpf liegen und starrte die Decke an.

»Bringt das in Ordnung und gebt mir Bescheid, wenn sie wieder bereit ist«, polterte er Catherine an und stürmte aus dem Zimmer.

Sie schloss die Tür leise hinter ihm und sah zu mir. »Ihr habt das gut gemacht. Das wäre schon einmal geschafft.«

Ich sah zu ihr rüber und nickte nur kurz. Abscheu und Ekel ließen mich schweigen. Catherine half mir aus dem Bett und ich zog die Kleider wieder zurecht. Sie gab mir eine neue Binde und warf die alte zur Tür.

»Das alte Ding entsorge ich unten. Für die nächsten Tage haben wir Ruhe. Ich werde Euch trotzdem jeden Tag eine Kanne mit Tierblut bringen. Nur für den Fall, dass Sorrel Euch noch einmal einen Besuch abstattet.«

Wir beide wussten, dass er die nächsten Tage nicht kommen würde, und ich würde das Zimmer nicht verlassen, um unser Spiel glaubwürdiger erscheinen zu lassen.

2
~ In der Hochstadt ~

Darius trieb den kleinen hellen Hengst auf die Hochstadt zu. Er drängte sich gegen seine Zügel, als könnte er es nicht erwarten, seine eigentliche Reiterin wiederzufinden. Er zügelte Shiver jedoch immer wieder und passte sein Tempo dem von Falkon an, der auf seinem Braunen hinter ihm ritt. Die beiden Männer hatten nicht weiter über das, was sich in den letzten Tagen ereignet hatte, gesprochen. Darius wusste auch, dass Falkon das Gespräch nicht suchen würde. Der Schattenkrieger kannte ihn zu gut, um sich nicht einiges zusammenzureimen. Das, was zwischen ihm und Raja war, sollten so wenige wie möglich wissen. Diese stille Vereinbarung bestand zwischen den beiden Männern. Die Hochstadt kam immer näher und der helle Hengst wurde nervöser. Er war kein Pferd für die Enge der Stadt. Darius hoffte allerdings, dass der Hengst ihm zeigen würde, wenn Raja in seiner Nähe war. Die Treffen der beiden hier in den Straßen der Stadt waren immer zufällig gewesen. Die Aussicht darauf, dass sich diese Zufälle wiederholen könnten, ließ ein Lächeln seine Lippen umspielen.

Die Wachen am Tor der Hochstadt salutierten und wurden nur von Falkon knapp zurückgegrüßt. An dem Blick der Wachen konnte Falkon sich leicht ausmalen, wie der Reiter vor ihm sie angeblickt haben musste. Er konnte sein Lachen noch rechtzeitig hinter einem Schatten verstecken, bevor es jemand wahrnahm. Vor Falkon trieb Darius seinen Hengst im Galopp über die Straßen der Hochstadt, wohl wissend, dass ihm die Menschen schon von Weitem aus dem Weg sprangen.

Keiner wollte dem General des Hochkönigs im Weg sein. Der Palast war schnell erreicht und vor den Stallungen hielten die Reiter an. Der General sprang neben dem Hengst ab und warf seine Zügel einem Knecht zu, der eilig angelaufen kam. Falkon ließ sich langsam vom Pferd gleiten und beobachtete seinen Freund dabei. Der bemerkte es und warf ihm einen bösen Blick zu, sagte jedoch nichts, sondern drehte sich um und stapfte zu den Quartieren der Soldaten. Er musste seine Truppe zusammenstellen und der Hochkönig erwartete sicherlich auch seine Meldung, dass er wieder in der Hochstadt zugegen war.

Catherine hatte keine neue Kanne mit Tierblut auf meinen Tisch gestellt. Es war sechs Tage her, dass ich in die Hochstadt zurückgekehrt war. Es wäre zu auffällig, wenn meine Unpässlichkeit länger andauern würde, als es für Clanfrauen üblich war. Ich zog meine Reitkleider an und trat an das kleine Fenster. Die Straße vor dem Haus war belebt und die Menschen der Hochstadt gingen ihrer Dinge nach. Niemand bemerkte mich am Fenster. Sorrel war in den Ställen vor der Stadt, um neue Pferde für den Verkauf zu beurteilen. Ich konnte immer noch nicht verstehen, dass diese edlen Tiere ihn in ihrer Nähe duldeten.

Ich wollte runter in die Stallungen. Catherine war im Haus beschäftigt und hatte heute Morgen nur kurz berichtet, dass ich beruhigt das Zimmer verlassen konnte. Auf dem Tisch lag meine Kappe. Ich griff danach und setzte sie mir auf. Meine Haare verbarg ich unter ihr. Ich hasste es, mich verstecken zu müssen, aber was blieb mir anderes übrig. Dass Sorrel mir mit seinem Geheiß einen Gefallen tat, hasste ich daran noch mehr.

Doch da meine Haare mich verraten würden, tat ich es. Nicht für Sorrel, sondern für Darius und meinen Bruder.

Ich öffnete leise meine Tür und trat in den Schatten des kleinen Flures. Die enge Treppe brachte mich in das untere Geschoss des Hauses und ich lief leise zur Hintertür. Bevor ich sie öffnete, blickte ich mich noch einmal um. Aus der Küche kam das Lärmen der Bediensteten. Die andere Hausseite, die Sorrel für sich beanspruchte, war still. Ich trat hinaus in das Sonnenlicht und atmete die Luft tief ein. Das Haus roch muffig und schal. Die Luft der Hochstadt war voller fremder Gerüche. Nicht so frisch wie die Luft der Hochebene oder des Erdreichs, aber besser. Meine Lunge weitete sich und brachte mir etwas Kraft. Auf dem Platz hinter dem Haus waren ein paar Reiter mit ihren Pferden beschäftigt. Morgen würde wieder ein Verkauf auf dem Markt stattfinden. Ich sah zu Boden, um den Blickkontakt mit den anderen Reitern zu vermeiden, die mich aber nicht beachteten.

Im Stall traf mich der vertraute Geruch von Heu und Pferden. Ich ging an den Pferchen vorbei, in denen die Pferde untergebracht waren. Es waren einige neue Pferde im Stall. Ganz hinten stand ein grauer Windhengst, der seine Mähne nervös hin und her warf. Ich trat vor seinen Pferch und streckte ihm meine Hand entgegen. Der Graue trat heran und legte seine Nüstern auf meine Hand. Ich blickte mich kurz um. Als ich niemanden im Stall bemerkte, schickte ich dem kleinen Hengst kurz meine Gabe entgegen. Er wurde ruhiger, schnaubte zufrieden ab und drehte sich um, um sein Heu zu fressen.

»Da habt Ihr Euch ja wieder den Richtigen ausgesucht«, schallte es die Stallung herunter.

Der kleine Graue wieherte empört auf und warf wieder seinen Kopf hin und her.

Baxter trat mit einem Eimer in der Hand auf mich zu. »Hier, dann könnt Ihr das Vieh gleich füttern.« Er warf mir den Eimer mit einem hämischen Grinsen zu und ging wieder seiner Wege.

Ich nahm den Eimer und wollte ihn dem Grauen in den Pferch stellen, doch ein stechender Geruch hielt mich zurück. Ich roch hinein und musste würgen. Das Futter war schlecht. Ich ging mit dem Eimer zur Kammer, um neues Futter zu holen. Die Tür stand offen und ich trat vorsichtig ein. Gerry, einer der Knechte, mischte gerade das Futter der anderen Pferde. Ich war erleichtert, dass er es war und nicht Baxter.

»Das Futter ist schlecht«, sagte ich tonlos und reichte ihm den Eimer.

Er nahm ihn und schaute hinein. »Nein. Das ist in Ordnung.« Damit mischte er weiter.

»Aber es riecht nicht gut.«

»Ach, das meint Ihr. Das ist die Tinktur«, meinte Gerry gleichgültig.

Ich blickte ihn fragend an.

»Der Graue ist zu wild für den Verkauf. Er bekommt Horchertinktur in sein Futter«, erklärte Gerry. »Das wisst Ihr doch.«

Ich sah ihn an und ermahnte mich, an meinen Hemmerstein zu denken.

»Es ist komisch, dass Euch der Geruch erst jetzt auffällt«, bemerkte Gerry unbekümmert.

Ich nickte nur und ging mit dem Eimer wieder zurück zu dem grauen Windhengst. Der ließ sich von dem Futter nicht locken und blieb abweisend in seiner Ecke stehen.

»Wie ich sehe, geht es Euch besser und Ihr macht Euch wieder nützlich.«

Sorrel stand im Tor und sah mich durchdringend an. Ich nickte nur knapp. Er war früher zurückgekehrt, als ich gehofft hatte. Mit bedachten Schritten, wie sich ein

Raubtier seinem Opfer näherte, schritt Sorrel auf mich zu. Es wäre andersherum, wenn ich nicht Darius mein Versprechen gegeben hätte. Als Sorrel mich erreichte, nahm er mir den Eimer ab und roch hinein. Mein Blick war wieder starr auf das graue Pferd im Pferch gerichtet.

»Er ist wie Ihr. Wild und unbändig. Aber es kann so leicht sein, Gehorsam und Gefügigkeit zu fordern. Nicht wahr?«

Obwohl seine Worte leise waren, durchschnitten sie wie Messer meinen Körper. Mühsam schluckte ich meinen Ekel runter und mein Herzschlag pochte wild in meinen Ohren, aber ich zwang mich, ruhig zu bleiben. Meine Hand glitt zitternd an meinen Oberschenkel. Versteckt unter den Kleidern fühlte ich die Konturen des Dolches. Es war verlockend und ich war mir sicher, dass Sorrel nicht schnell genug reagieren würde. Mit einem stummen Seufzer entschied ich mich, still auszuharren.

»Mein Herr.« Baxter betrat den Stall. Ich war fast erleichtert über seine Unterbrechung.

Sorrel ließ von mir ab und wandte sich an seinen Bediensteten. »Was willst du?« Der Unmut in seiner Stimme war nicht zu überhören.

Ich versuchte, meinen Herzschlag wieder zu beruhigen, und wandte mich langsam zu den beiden um.

»Es ist ein Bote aus dem Hochpalast gekommen. Er überbringt ein Schreiben.«

Baxter hielt eine Schriftrolle hoch und Sorrel riss sie ihm aus der Hand. Er nestelte an dem Siegel, rollte das Papier auseinander und begann hastig zu lesen. Dann wandte er sich mit kaltem Blick zu mir um.

»Ihr werdet von der Prinzessin erwartet. Es wird ein Bote kommen und Euch holen. Macht Euch bereit. Baxter wird Euch begleiten.« Seine Stimme ließ mir das Blut in den Adern gefrieren. Sorrel packte mich am Arm. »Und wenn Ihr irgendwelchen Unsinn macht, werdet Ihr es bereuen«, zischte er in mein Ohr.

Ich nickte und musste meine Zähne fest aufeinanderpressen, um nichts zu erwidern.

»Mach die Pferde fertig«, wies Sorrel Baxter im Gehen an.

Allein blieb ich vor dem Pferch zurück. Den Eimer ließ ich auf den Boden fallen. Der Graue sollte dieses Futter nicht bekommen. Baxter kam mit seinem Wallach und der kleinen, dicken Stute in den Stallbereich, in dem ich noch immer stand. Mit einer kurzen Kopfbewegung wies er mich an aufzusteigen. Als er auf seinem Pferd saß, riss er wieder die Zügel meiner Stute an sich und trieb die Pferde an. Auf dem Platz vor dem Stall wartete der Bote bereits. Ich erkannte Falkon auf seinem dunklen Hengst sofort und konnte ein Aufblitzen in meinen Augen nicht verkneifen.

Baxter ritt auf ihn zu. »Die Herrin ist bereit.«

»Ich danke Euch. Doch Ihr seid nicht in den Palast gerufen worden.«

Die kalte Stimme von Falkon ließ Baxter zurückzucken und er zog seinem Wallach im Maul, damit er rückwärts vor Falkon zurückwich.

Falkon trieb sein Pferd zwischen Baxter und mich und riss Baxter meine Zügel aus der Hand, um meine Stute mit sich zu führen.

»Das wird meinem Herrn aber nicht gefallen.« So versuchte Baxter sich noch einmal aufzudrängen.

»Der ist auch nicht geladen«, fuhr Falkon ihn über die Schulter an und lenkte die Pferde vom Hof.

Die Pferde trabten langsam die Straßen entlang und ich gab mir Mühe, ruhig und teilnahmslos wie immer auf meinem Pferd zu sitzen. Als wir ein paar Straßen entfernt von Sorrels Haus waren, ließ Falkon meine Zügel los.

»Ihr könnt Eure Stute ja selbst beherrschen.« Er grinste mich über seine Schulter an.

Der Ritt zum Palast dauerte nicht lange. Zu meiner Überraschung hielt Falkon sein Pferd vor der Haupttreppe an. Die Pferde wurden von Knechten entgegengenommen und in die Stallungen geführt. Ich blickte ihnen nach und bemerkte erst zu spät, dass mein Begleiter mich erwartungsvoll ansah. Falkon führte mich vorbei an hohen Säulen zu einer geschwungenen Treppe. Die Steine mussten aus dem Windreich stammen. Sie schimmerten wie Wolken. Meine Schritte auf den Stufen klangen lauter, als ich es wollte, und meine Erscheinung war mir angesichts des Prunks, der im Hochpalast herrschte, unangenehm. Ich trug meine Reitkleider. Nichts, was in diesen Palast passen würde.

Wir schritten durch eine große lichtdurchflutete Halle. Vor einer Tür, die so hoch wie mein Haus im Erdreich war, blieb Falkon stehen.

»Wir sind hier in den Gemächern der Prinzessin. Der offizielle Teil des Palastes sieht etwas anders aus, wenn Ihr wisst, was ich meine. Seid vorsichtig und vertraut niemandem außer Euch selbst und lasst Eure Gabe da, wo sie hingehört.«

Seine mahnenden Worte drangen zu mir und ich nickte wieder einmal. Die Gefühllosigkeit konnte ich sehr gut spielen. Ich hatte sie wochenlang verinnerlicht.

Falkon stieß die Tür auf, trat ein und verbeugte sich. »Die Frau des Pferdehändlers. Wie Ihr gewünscht habt, Mylady.«

Damit schob er mich voran und ich verbeugte mich ebenfalls kurz. Daraufhin wandte sich Falkon ab und verließ den Raum. Als die schwere Tür klackend in ihr Schloss fiel, zuckte ich kurz zusammen. Der Raum vor mir war weitläufig. An den Wänden hingen große Bilder von dunklen Pferden und Landschaften, die eher trist auf mich wirkten. Mein Blick fiel auf die aufwendigen Teppiche auf dem Boden. Ähnlich und doch viel prunkvoller als die Teppiche vor dem Erdthron.

Ein Räuspern riss mich aus meinen Beobachtungen. »Wenn Ihr dann fertig geguckt habt, dürft Ihr Euch zu mir gesellen.«

Die feine, aber schnippische Stimme gehörte also der Prinzessin. Sie lag auf einem kleinen Sofa am Fenster und hielt mich mit ihren dunklen Augen fest im Blick. Als ich näher kam, bemerkte ich einen roten Schimmer in ihren Augen. Feuer. Ihre langen schwarzen Haare lagen wie ein Schleier über ihrem Rücken. Kleine Schatten umspielten sie.

»Ihr dürft Euch setzen.« Mit einer knappen Handbewegung wies sie mich an, auf einem der Sitzkissen Platz zu nehmen.

Hinter ihr bemerkte ich eine schwache Bewegung. Ein Schattenkrieger stand bei den dicken Vorhängen, die an ihren hohen Fenstern angebracht waren.

»Ihr braucht keine Angst haben. Er ist meine Leibwache. Ich kenne Matheo schon seit meiner Kindheit.« Sie deutete in die Richtung, in die ich geschaut hatte. »Ihr sollt eine gute Pferdekennerin sein. So wurde mir zumindest berichtet.« Ihre Stimme klang nicht aufrichtig, eher gelangweilt.

»Ja, das wird über mich gesagt«, gab ich zurück.

»Findet Ihr selbst das nicht so? Es heißt, Ihr könnt die wildesten Pferde zähmen.«

Ich wurde etwas verlegen. Es war meiner Gabe zu verdanken, dass sich die Pferde mir anschlossen. Was sollte ich der Prinzessin nun sagen? Von meiner Gabe durfte sie nichts erfahren.

»Ich denke, dass ich nur Glück habe.«

»Glück habt Ihr ganz sicher nicht. Es erfordert mehr Können als Glück, um Pferde zu reiten und auszubilden, wie Ihr es machen sollt.« Die Prinzessin lachte, hielt aber ihren Blick fest auf mich gerichtet, als suchte sie nach einer Schwachstelle, die sie nutzen konnte.

Ich verharrte still und wartete ab. Als die Prinzessin nichts weiter aus mir herauslocken konnte, begann sie, vor sich hin zu plappern. Über die Hochstadt und die Menschen im Palast. Ich hörte nicht aufmerksam zu. Es interessierte mich nicht, was sie zu sagen hatte. Hin und wieder nickte ich. Der Schattenkrieger behielt mich die ganze Zeit über im Auge und ich konnte seinen brennenden Blick auf meiner Haut spüren. Ich versuchte, mir viele Details in dem Raum zu merken. Die Möbel waren aus einem Holz, das aus den Erdwäldern stammte. Die Holzmaserung würde ich überall wiedererkennen. Vor meinem inneren Auge zuckten kurz die Erinnerungen an den Erdwald auf. Mein Zuhause. Ich vermisste das Erdreich so sehr, dass mir fast die Luft wegblieb. Schnell schob ich den Gedanken zur Seite und suchte nach anderen Details im Raum. Die Teppiche, die im Raum lagen, mussten aus dem Reich des Wassers stammen. Ihre Muster enthielten viele Blüten und Blätter, die auf einem satten Blau gewebt waren. Auf dem kleinen Tisch neben dem Sofa, auf dem die Prinzessin lag, stand eine Schale mit Früchten aus dem Feuerreich. Gegessen hatte ich sie selbst noch nie, aber Raikon war immer darauf bedacht gewesen, Raven und mir so viel über andere Clane beizubringen, wie er konnte. Der Handel zwischen den einzelnen Clanen war fast zum Erliegen gekommen, nachdem der Schattenkönig zu herrschen begann.

»Kommt, Ihr müsst Euch meine Pferde ansehen. Ich brauche Euren Rat und anscheinend langweile ich Euch nur mit meinem Gerede.«

Die Aufforderung der Prinzessin riss mich aus meinen Gedanken und ich errötete leicht, weil ich mich ertappt fühlte. In den gesellschaftlichen Umgangsformen war ich schon immer schlecht gewesen. Das konnte Raven eindeutig besser als ich. Mir lagen das Reiten und

Kämpfen mehr als das Unterhalten mit einer Dame von Rang.

Die Prinzessin erhob sich mit einer fließenden Bewegung von ihrem Sofa, die eher einer Raubkatze als einer Prinzessin glich, und sofort war Matheo an ihrer Seite. Mit einem kalten Kopfnicken deutete mir die Prinzessin an, ihr zu folgen. Sie durchquerte den Raum und öffnete eine andere Tür, die mir bis dahin noch gar nicht aufgefallen war, da sie mit der Wand verschmolzen war und nur bei genauerer Betrachtung ins Auge fiel. Hinter der Tür offenbarte sich ein schmaler Gang. Die Prinzessin musterte mich über ihre schmale Schulter hinweg und lachte kurz über meinen verwunderten Gesichtsausdruck, den ich nicht vor ihr versteckt hatte.

»Nicht alles ist prunkvoll in diesem Palast. Also trödelt nicht und folgt mir. Sonst geht Ihr mir hier in den Gängen noch verloren.«

Ich nickte und eilte schnell hinter ihr und ihrem Schattenkrieger her. Ihre bisweilen überhebliche Art machte sie mir nicht sympathischer. Zumal ihr Vater immer noch der Schattenkönig war. Hätte ich nicht ein Versprechen gegeben, hätte ich hier eine gute Möglichkeit, den Schattenkönig zu schwächen. Wobei es mit Matheo an der Seite der Prinzessin sicherlich nicht einfach sein würde, egal welche der ganzen Möglichkeiten, die durch meinen Kopf geisterten, ich wählen würde. Die Prinzessin ging mit mir und Matheo durch einige weitere Flure und Gänge, bis ich mich doch geschlagen geben musste, weil ich die Orientierung schneller verloren hatte, als ich gedacht hätte. Vor einer schweren Holztür blieb die Prinzessin stehen und sie ließ sie von Matheo öffnen. Zu meiner Überraschung standen wir direkt in einem Stall. An den Seiten standen Pferde in Pferchen. Der Stall wirkte friedlicher als der von Sorrel.

»Nun schaut Euch um und sagt mir, was Ihr seht.« Die Prinzessin deutete mit der Hand auf die Pferde, die vor uns standen.

Ich ging die Pferche entlang. Viele der fuchsroten Pferde dösten entspannt oder fraßen. Einige hatten lediglich einen kupferfarbenen Schimmer im Fell.

»Ihr habt sehr schöne Pferde.«

»Das ist Eure Antwort?« Der Unmut in der Stimme der Prinzessin über meine Antwort war nicht zu überhören. Ihre Haltung änderte sich sofort und die Verärgerung stand deutlich in ihren rot glühenden Augen.

»Eure Pferde sind in einem sehr guten Zustand. Sie sind ruhig und ausgeglichen. Wenn ich es richtig einschätze, habt Ihr eine große Anzahl an Feuerpferden hier.«

Die Prinzessin lächelte leicht und das Rot verdunkelte sich wieder. »Ja. Das habt Ihr richtig erfasst.« Ihre Stimme veränderte sich unmerklich und sie strich einigen Pferden über das Fell. »Ich bin sehr stolz auf meine Pferde. Es scheint doch in unserem Volk zu liegen, dass wir Pferde lieben.«

Unserem Volk. In mir stieg Wut auf. Mein Clan und die Prinzessin waren nicht ein Volk. Weder mit ihr noch mit dem Schattenkönig würde ich jemals etwas gemein haben wollen.

»Die Pferde sind meine einzige Zuflucht hier im Palast. Sicherlich könnt Ihr das nachempfinden.« Sie sah mich prüfend an.

Ich nickte wieder nur und meine Wut verpuffte. In dem Punkt waren sie und ich uns ungewollt doch ähnlicher, als ich es gedacht hätte. Vielleicht schätzte ich sie auch falsch ein.

»Ich möchte meine Stuten mit den Hengsten des Generals verpaaren. Was haltet Ihr davon?« Ihr Blick ruhte nun prüfend auf mir. Als meine Antwort ausblieb, ging sie langsam an ihren Pferden vorbei und beobachtete mich wieder genau, als würde sie auf eine Reaktion von mir warten, die ich ihr aber nicht lieferte. Daher bohrte sie forscher nach: »Meint Ihr nicht, dass der General und ich ein exzellentes Züchterpaar abgeben würden?«

Ihr Blick wurde kälter und ich musste dringend eine Antwort finden, aber meine Gedanken waren in einer ganz anderen Richtung unterwegs. War zwischen ihr und dem General was? Waren die beiden einander zugetan oder wollte sie so etwas? Weswegen hatte sie die Betonung in ihrer Stimme verändert? Bittere Eifersucht stieg in mir auf und ich musste mich zusammennehmen, um eine höfliche Antwort zu finden.

»Ich denke, dass die Feuerpferde die Schnelligkeit des Wasserhengstes nicht brauchen«, antwortete ich ihr.

»Und was meint Ihr zu dem Lichthengst?«

Die Frage traf mich. Shivers Fell war hell. Heller, als es für Erdpferde üblich war. Dennoch war er kein Pferd des Lichtclans, der als einziger Clan weiße und hellgoldene Pferde gezüchtet hatte. Selbst die grauen Pferde des Windclans erreichten nicht das Weiß in ihren Fellfarben, wie es das Fell von Shiver und dem weißen Hengst von Raven taten.

»Soweit ich weiß, ist es ein Erdpferd«, korrigierte ich sie leise. Meinen Blick hatte ich gesenkt, damit die Prinzessin nicht in meine kampfeslustigen Augen sehen konnte. Die Prinzessin kam dicht an mich heran, packte mein Kinn und hob meinen Kopf an, sodass ich ihr doch in die Augen sehen musste. Das Rot in ihren Augen loderte und das Feuer war nun deutlich in ihnen zu sehen.

»Wisst Ihr das? Und was meint Ihr zu dem Erdhengst?«, fragte sie kalt.

»Er ist nicht passend für Euch.« Ich wollte nicht meinen Shiver hier mit ihren Stuten haben. Die

Verpaarung wäre zwar eine Verbesserung ihrer Stuten, doch die helle Farbe von Shiver würde zu einem Schattenthron nicht passen und ich wollte auch Darius mit ihr nicht teilen. Eine gemeinsame Zucht würde unweigerlich zu gemeinsamer Zeit führen. Es stach in meinem Herzen, wenn ich nur daran dachte, dass sie Zeit mit Darius verbringen konnte und es mir selbst verwehrt blieb.

»Das werden wir sehen.« Sie ließ von mir ab und wandte sich um. Ihre Schatten wirbelten ihr nach wie ein langer Schleier, den sie über den Stallboden hinter sich herzog. »Kommt. Ich möchte Euch weitere Pferde zeigen.«

Matheo ging hinter ihr her und ich folgte beiden an das andere Ende des Stalles. In den Pferchen standen große dunkle Pferde. Der faulige Geruch, der von diesen Tieren ausging, traf mich völlig unerwartet und ließ mich zurückschrecken. Die Haare auf meinen Armen stellten sich auf.

»Was haltet Ihr von diesen Pferden?«

Ich ging wie vormals an den Pferchen vorbei. Die Pferde standen ruhig. Aber ihr Fell war stumpf. Ihre Blicke waren ohne Leben. Ich konnte nicht einmal ausmachen, ob es sich um Pferde der Hochstadt oder um Clanpferde handelte. »Ich weiß es nicht. Diese Pferde sehen anders aus.«

Die Prinzessin bemerkte meine Verwirrung belustigt. Sie kam auf mich zu. »Das sind die Pferde meines Vaters. Guckt sie Euch genau an. So enden hier alle. Das ist Horchertinktur. Die Pferde werden damit gebrochen. Es sind die perfekten Kriegspferde. Sie tragen ihre Reiter willenlos in jede Schlacht, ohne Zögern auch in ihren eigenen Tod. Wer sich hier nicht anpasst, wird anders dazu gebracht, sich unterzuordnen und zu gehorchen.« Ihre Stimme zischte wie eine Schlange in mein Ohr.

Ich war mir nicht sicher, ob die Prinzessin mich warnte oder ob sie mir drohte. Ihre Augen waren fest auf meine gerichtet und ich konnte meinen Blick kaum abwenden. Sie wäre eine gute Verbündete, als Feindin aber schrecklich und grausam.

»Mylady!«

Ich zuckte zusammen. Der Klang dieser Stimme ließ mein Herz für einen Schlag aussetzen. Ich schloss meine Augen und drehte mich langsam um. Darius stand im Eingangstor des Stallgebäudes und beobachtete uns. Ihn hier zu sehen, hatte ich nicht erwartet.

»General, wie schön, Euch zu sehen. Ihr wart lange weg«, flötete die Prinzessin mit einer weichen Stimme durch den Stall. Nichts Kaltes war mehr in ihr zu hören. Die Züge der Prinzessin wurden sanfter und ihre Körperhaltung verlor ihre kampfbereite Anspannung, die sie mir gerade noch gezeigt hatte.

»Ihr könnt nun gehen. Ihr wart mir eine große Hilfe. Ich erwarte Euch auf dem Ball, den wir zu Ehren der Clane geben werden. Der Bote hat eine Einladung für Euch und Euren Mann dabei«, sagte sie etwas kälter an mich gewandt.

Ich drückte meinen Dolch an meine Seite, verbeugte mich schweigend und ging auf das Stalltor zu, von dem Darius mir entgegenkam. Als er auf meiner Höhe war, beugte er sich leicht und ich bildete mir ein, meinen Namen zu hören. Der Geruch von Sommerregen drängte kurz den fauligen Stallgeruch zur Seite. Ich verlangsamte erwartungsvoll meine Schritte, doch Darius ging zügig an mir vorbei, weiter auf die Prinzessin zu. Ich wandte mich im Gehen kurz um und sah, wie sich der General über die Prinzessin beugte und sie auf die Wange küsste.

»Mistrane, Ihr seid wie immer wunderschön«, hörte ich seine Stimme, die mir einen Stich ins Herz verpasste.

Matheo stand entspannt in Schatten gehüllt daneben. Es schien nichts Ungewöhnliches zu sein. Mein Herz krampfte und ich konnte die aufflammende Eifersucht nur schwer runterschlucken. Mit schnellen Schritten ging ich weiter auf den Ausgang zu, mein Blick fest auf mein Ziel gerichtet. Ich wollte hier nur schnell weg.

»Darius, das kann nicht dein Ernst sein.« Die Stimme der Prinzessin hallte durch den Stall, bevor ich das Tor erreichte.

Als ich mich noch einmal umwandte, bemerkte ich, dass alle drei mich musterten. Matheo tat es mit seinem festen Blick, den er anscheinend immer hatte. Die Prinzessin blickte abwertend auf meine Gestalt und ich konnte es ihr nicht einmal verübeln. Die Person, die ich hier darstellte, war nicht im Geringsten die, die ich zu Hause im Erdreich war. Der Blick von Darius traf mich jedoch am meisten. Es sah fast so aus, als würde er sich für mich schämen. Etwas betreten sah er wieder zu der Prinzessin hin, die nun ihre Aufmerksamkeit mit einem Lächeln ihm zuwandte.

Ich trat schnell aus dem Stall. Das Sonnenlicht draußen blendete mich und doch war die frische Luft eine Wohltat. Als sich meine Augen an das Licht gewöhnt hatten, sah ich Falkon mit den Pferden dort stehen, bereit für die Rückkehr zu Sorrels Haus.

»Ihr seht aus, als wolltet Ihr jemanden umbringen«, lachte Falkon, als ich auf die kleine Stute stieg.

»Ach, was wisst Ihr schon«, maulte ich ihn an.

»Dass Ihr Euer Schauspiel vergesst. Denkt an das Versprechen, das Ihr gegeben habt.« Damit trieb Falkon seinen Hengst vorwärts. »Ich an Eurer Stelle hätte schon längst ein paar Morde begangen. Ich kann gar nicht verstehen, dass Euer Dolch noch unbefleckt ist.« Falkon lachte zu mir herüber und deutete mit der Hand auf meinen Schenkel, an dem der Dolch unter den Reitkleidern versteckt war.

»Ihr wusstet, dass ich einen Dolch an der Seite habe, und habt mich trotzdem zu der Prinzessin gebracht?«, fragte ich etwas vorwurfsvoll.

»Natürlich. Ich bin ein Schattenkrieger, schon vergessen? Wir Schattenkrieger haben ein gutes Gespür für Waffen. Matheo wird es auch gewusst haben.«

Ich war mir nicht sicher, ob mich das beruhigen sollte.

»Der General vertraut Euch und das reicht mir. Welche Beweggründe Matheo hatte, kann ich Euch nicht sagen.«

Und so verließ ich den Hochpalast mit einer Einladung zu einem Ball zu Ehren der Clane.

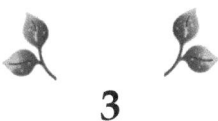

3
~ Im Haus des Pferdehändlers ~

Sorrel saß auf seinem Platz im Haus und nestelte an dem Schreiben des Palastes. Seine Finger rissen das Papier immer wieder ein und er steckte seine ganze Aufmerksamkeit in die Zerstörung des Dokuments.

»Ihr wolltet mich sprechen, Herr?« Baxter betrat den Raum und war wie immer unsicher, ob er von Sorrel einen neuen Wutausbruch zu erwarten hatte.

»Ist Euch irgendwas bei der Reise meiner Frau zu dem Landgut des Generals aufgefallen?« Sorrel spie die Worte fast wie verdorbenes Essen aus.

Baxter wurde unruhig. Er hatte Sorrel nicht gestanden, dass er durch Falkon und den so vorzüglichen Wein des Generals nicht viel von seiner Aufgabe erfüllt hatte. Die Frau hatte er nicht die ganze Zeit überwacht und der Wein hatte ihn so leichtsinnig werden lassen, dass er die Nacht mit einer der Lustfrauen des Generals verbracht hatte. Falkon hatte ihm den Besuch bereitwillig bezahlt – als Wiedergutmachung für die Unannehmlichkeiten, die er durch die Reise auf sich nehmen musste. Der Schattenkrieger hatte ihn da viel besser verstanden als Sorrel.

»Es gab keine Auffälligkeiten. Eure Frau ritt den hellen Hengst und begab sich danach auf das ihr zugewiesene Zimmer. Ich schlief vor der Tür, wie Ihr mich angewiesen hattet.« Die Lüge kam Baxter zu leicht über die Lippen. »Der General hatte mir ein eigenes Zimmer geboten, doch ich habe Euch gehorcht.« Sein Mut verwunderte ihn selbst ein wenig, doch er konnte erkennen, dass Sorrel schon mit seinen Gedanken woanders war.

»Ich bin verwundert über die Einladung zum Ball. Es ist doch eigenartig, dass ich nie in den Palast eingeladen wurde und jetzt, wo diese Frau hier ist, kommt schon die zweite Einladung.« Sorrel war in seinen Gedanken versunken.

»Es ist doch eine große Ehre. Ihr könnt neue Kontakte knüpfen und mehr Pferde verkaufen.« Baxter nestelte unsicher an seiner Kleidung und sah unterwürfig zu dem Pferdehändler hinüber.

Sorrel sah ihn lange und prüfend an. »Da hast du recht. Es wird mir neuen Reichtum bringen. Die Frau rechnet sich vielleicht doch. Auch wenn sie keine Nachkommen bringt, kann ich den Kontakt durch den General nutzen und dem Hochpalast Pferde verkaufen.« Ein breites Grinsen zog sich über das Gesicht von Sorrel. »Weis Catherine an, dass sie meiner Frau ein Kleid suchen soll. Und sie soll einen dickeren Schleier tragen. Es darf auf keinen Fall jemand ihre wahre Identität erfahren. Und stell Pferde für den Ritt zum Palast bereit. Den grauen Windhengst und den schwarzen Hochstadthengst, der noch draußen in den Stallungen ist.«

Sorrel stand von seinem Platz auf und trat wieder in seinen Gedanken versunken durch den Raum. Der Ball würde erst in ein paar Tagen stattfinden. Bis dahin musste Sorrel seinen Pferdebestand noch einmal kontrollieren.

Baxter nutzte die Chance und stahl sich aus dem Raum. Auch wenn Sorrel sein Herr war, war er doch nicht gern in seiner Nähe.

4
~ Im Haus des Pferdehändlers ~

Ich saß an dem kleinen Tisch in meinem Zimmer. Seit meiner Rückkehr aus dem Hochpalast ließ Sorrel mich in Ruhe. Ich war der Prinzessin für die Einladung zu ihrem Ball fast dankbar, so war Sorrel mit anderen Dingen beschäftigt als mit mir. Aber bei dem Gedanken an die Vertrautheit, die zwischen der Prinzessin und Darius herrschte, stieg in mir wieder die Eifersucht auf. Ruckartig stand ich auf und ging zu dem kleinen Fenster. Ich musste auf andere Gedanken kommen. Der Abend legte sich schon über die Hochstadt und die Lichter in den Häusern erleuchteten die Straße, die tief unter mir lag. Es waren keine Menschen auf der Straße zu sehen und mein Blick wanderte über die Stadt. Die Dächer versperrten die Sicht auf das Land jenseits der Stadtmauer. Es war ein wahnwitziger Wunsch, die Weite des Clanlandes von hier aus sehen zu können, und doch wünschte ich es mir in diesem Moment so sehnlich.

Eine Bewegung auf der Straße brachte meine Gedanken wieder zurück in die Hochstadt. Eine dunkel gekleidete Person ritt die Straße entlang und hielt vor dem Haus des Pferdehändlers. Bevor sie abstieg, sah sie sich um und erwiderte zu meinem Erstaunen meinen Blick. Die tiefblauen Augen von Darius sahen zu mir herauf und ich bildete mir ein, ein kleines Aufleuchten darin zu erkennen. Ich wich zurück in die Dunkelheit meines Zimmers und hörte das Blut durch meine Ohren rauschen. Was wollte Darius hier? Zu mir wollte er sicherlich nicht. Auch wenn ich es mir wünschen würde. Das Wasserglas auf meinem Tisch zitterte leicht und Catherine schob meine Zimmertür auf.

»Darius ist hier.« Sie lachte leise. »Kommt, Ihr sollt Euch der Gesellschaft der Herren anschließen.«

»Das musste ich noch nie.« Ich blickte sie ungläubig an.

Sie wies mich auf den Stuhl, fasste meine Haare zusammen und legte einen Schleier über sie. Diesmal ließ sie mein Gesicht aber unverhüllt.

Es verwunderte mich, dass Sorrel meine Anwesenheit forderte, und ich machte keine Anstalten, ihr zu folgen.

»Nun kommt. Seht es als gute Ablenkung von ...« Sie zögerte. »... von diesem tristen Dasein in diesem Zimmer.« Sie wandte sich zum Gehen um.

Ich zog scharf die Luft ein. Eine Ablenkung von diesem erbärmlichen Leben – eingesperrt und immer in der Hoffnung, dass Raven endlich vor der Hochstadt erscheinen würde und ich ihr entfliehen konnte.

Ich trat aus meinem Zimmer und folgte Catherine die Treppe hinab und durch die dunklen Flure zu Sorrels Räumen. Sie öffnete die Tür zum Geschäftszimmer und ließ mich eintreten. Sorrel und der General saßen am Kamin, der den Raum in ein helles Licht tauchte.

»Ah, meine Liebe. Kommt und setzt Euch zu uns.« Sorrels Stimme klang freundlich und zuvorkommend, was sie sonst nie tat. Es war ein Schauspiel, um einen potenziellen Kunden zu umgarnen.

Übertrieben höflich wies er mir den freien Sitzplatz neben Darius. Die Übelkeit, die in mir aufstieg, als er meinen Arm umfasste, um mich zu geleiten, raubte mir fast den Atem. Ich wand mich aus seinem Griff. Darius blickte unverändert in das Feuer und wartete, bis die Unterredung weitergehen konnte. Sorrel kniff die Lippen zusammen und war sichtlich verärgert über mein Verhalten. Es kümmerte mich aber nicht weiter und so schritt ich durch den Raum und hielt den Blick fest auf Darius gerichtet. Als ich an dem Sessel angekommen war, der mir zugewiesen wurde, verbeugte ich mich noch ansatzweise vor dem General und setzte mich mit starrem Blick hin. Nur kurz schaute Darius auf und sein fester, kalter Blick wurde für einen Sekundenbruchteil weich. Dann sprach er mit seiner befehlenden Stimme wieder mit Sorrel.

»Nun. Ich habe Gefallen an dem Erdhengst gefunden und auch im Hochpalast sind viele auf die Qualität dieses Pferdes aufmerksam geworden. Ich halte Clanpferde für eine gute Investition.«

Ich hörte zu und hielt meine Hände fest verschränkt. Ich wusste, wen er meinte. Die Prinzessin hatte ihr Interesse an den Hengsten des Generals nur zu deutlich gemacht. Zumal ich mir mittlerweile sicher war, dass ihr Interesse nicht nur seinen Pferden galt.

»Die Beschaffung von solch besonderen Pferden ist in der jüngst vergangenen Zeit schwierig geworden. Es gibt immer mehr Unruhen im Clanland. Nicht zuletzt durch die Übergriffe, an denen Ihr selbst beteiligt seid. Die Geschäftsbeziehungen mit den Clanen sind sehr angespannt.«

Ich erinnerte mich an Sorrels Besuch meines Clans, bei dem er so unverschämt meinen Hengst gefordert hatte. Meine Knöchel knackten und ich ließ erschrocken meine Hände wieder in meinem Schoß fallen. Ich spürte, wie Darius' Blick über meine Hände und zu meinem Gesicht glitt.

»Das sollte doch für einen Geschäftsmann wie Euch kein Hindernis darstellen. Zumal ich versichern kann, dass es vorerst keine weiteren Gabensuchen geben wird«, gab er bissig zurück.

»Es wird Euch aber einiges kosten«, murmelte Sorrel etwas gereizt. Ich konnte seine Geldgier förmlich auf meiner Zunge schmecken.

»Darüber solltet Ihr Euch keine Sorgen machen. Nur würde ich eine schnelle Lieferung vorziehen. Ihr wisst um die Lage des Heeres.«

Sorrel nickte und sein Gesicht verzog sich zufrieden.

»Nun, dann lasst uns darauf ein Glas trinken«, schlug der General vor.

Sorrel sprang auf und lief bereitwillig aus dem Raum, um Wein zu holen. Ich sah ihm nach und wusste, dass er sich schon daran machte, seinen Raubzug bei den nächstgelegenen Clanen zu planen. Die Pferde taten mir jetzt schon leid. Eine Berührung an meinen Händen riss mich aus meinen Gedanken und ich bemerkte eine Hand von Darius auf meinen. Er blickte weiter in die Flammen im Kamin.

»Ich hoffe, dass es dir gut geht.« Sein Blick suchte meinen.

Ich wollte etwas sagen, doch meine Stimme gehorchte mir nicht.

»Ich hoffe, dass Sorrel noch vor dem Ball aufbricht, um Pferde zu holen. Mit etwas Glück wird er es nicht rechtzeitig zurückschaffen, um am Ball teilnehmen zu können.«

»Das wird er nicht«, gab ich nüchtern zurück. »Er redet über nichts anderes. Er hat sich schon Pferde für den Ritt dorthin bringen lassen. Anscheinend verspricht er sich sehr viele neue Kunden von dem Ball. Das wird er auf keinen Fall verpassen.«

Darius atmete schwer aus. Die Wärme zwischen unseren Händen wurde immer stärker. Er griff mit seinen Fingern in meine, wie er es auf der Lichtung auch getan hatte, und lächelte mich unsicher an. Dann lehnte er sich leicht zu mir herüber und zog mich zu sich heran. Ich lehnte mich weiter vor und als seine Lippen meine berührten, durchfuhr eine Hitze meinen Körper. Sein Geruch nach Sommerregen stieg mir in die Nase und ich zog unbewusst die Luft tief in mich ein, um diesen Geruch nicht zu verlieren. Der Kuss, der erst so vorsichtig begonnen hatte, wurde fordernder und ich wusste, dass es nicht sein durfte. Ich schob ihn von mir weg und lächelte ihn traurig an. Er drückte meine Hand noch einmal und setzte sich dann tief zurück in seinen Sessel. Ich folgte seinem Blick in die Flammen und so gaben wir ein völlig normales Bild ab, als wir schweigend am Feuer auf den Wein warteten.

Sorrel polterte in das Zimmer zurück und ließ die Gläser aneinanderklirren. Unbeholfen öffnete er den Korken der Weinflasche und füllte die Gläser. Eins davon reichte er dem General, dann zögerte er, mir ebenfalls eins zu geben.

»Ich bitte die Herren um Entschuldigung. Ich möchte mich zurückziehen.« Ohne auf Sorrels Erlaubnis zu warten, verbeugte ich mich kurz vor Darius und verließ eilig den Raum.

Der General blickte Raja hinterher, als sie mit eiligem Schritt den Raum verließ.

»Frauen haben bei solchen Geschäften auch nichts verloren. Meine Frau ist zwar eine gute Pferdekennerin, aber viel im Kopf hat sie nicht.«

Sorrel ließ sich auf seinen Sitzplatz fallen und richtete seine Aufmerksamkeit auf sein Weinglas. Seine Bemerkung ließ der General im Raum verhallen. Der Pferdehändler bemerkte die zusammengebissenen Zähne und die grau verfärbten Augen des Generals nicht, der dem Pferdehändler zuprostete, jedoch nur andeutete, den Wein zu trinken. Sorrel dagegen nahm einen tiefen Schluck und leerte sein Glas schneller, als er es hätte tun sollen. Darius war es nicht entgangen und so stand er auf und holte die Weinflasche, um das Glas für sein Gegenüber wieder zu füllen. Sorrel, den Wein schnell anheiterte, suhlte sich in der Aufmerksamkeit, die ihm der hohe Würdenträger und nun auch Geschäftspartner entgegenbrachte. Dass dieser all dies nur für Raja tat, war Sorrel nicht bewusst und so trank der Pferdehändler mehr, als er vertragen konnte. Als er betrunken auf seinem Sitzplatz einschlief, verließ der General zufrieden das Haus. Die Aufgabe, die Sorrel erhalten hatte, würde ihn hoffentlich von Raja ablenken.

Auf der Straße war der General über die frische Luft dankbar. Der muffige Geruch, der in Sorrels Haus stand, war ihm zuwider. Er würde den Nachtfalken bitten, dass Raven eine Nachricht zugesandt wurde, damit er schneller in Richtung der Hochstadt vorrücken würde. Es war zwingend nötig, dass Raja aus diesem Haus gebracht wurde.

Die Nacht war schon fortgeschritten. Die Lichter in den Häusern der Hochstadt brachten nur wenig Helligkeit und ließen ein paar Sternen die Chance, ihren Schein auf die Straße zu werfen. Der Blick des Generals glitt von den Sternen wieder zurück zu dem Haus, vor dem er stand. Oben unter dem Dach war ein kleines Fenster, hinter dem er nur schemenhaft Rajas Silhouette mit ihren weißen Haaren erkennen konnte. Er schickte einen kleinen Windstoß hinauf an ihr Fenster, das kurz erzitterte. Ganz vorsichtig erschien ein kleines Aufleuchten hinter der Scheibe und dann verschwand Raja in der Dunkelheit ihres Zimmers.

5

~ Im Haus des Pferdehändlers ~

Ich sah an dem Kleid herunter, das Catherine für mich ausgesucht hatte. Der hellblaue Stoff schmiegte sich um meinen Körper und zeichnete ihn deutlicher ab, als mir lieb war. Nach ihrer Aussage war das in der Hochstadt gerade modern und so schwieg ich. Der lange Schleier, der mir weit über meinen Bauch und Rücken fiel, verhüllte mich und meinen Körper glücklicherweise etwas. Er verbarg mich auch vor unerwünschten Blicken und ließ mich trotzdem alles wahrnehmen.

Auf dem Hof warteten Baxter und Sorrel mit den Pferden bereits auf mich und ich wurde von Baxter unsanft auf den grauen Windhengst geschoben. Catherine schimpfte pausenlos, dass er auf das Kleid achtgeben sollte, doch er hörte nicht auf die kleine Clanfrau.

Während des Ritts zum Palast hörte Sorrel nicht auf, mir Ermahnungen vorzubeten, die ich an mir abprallen ließ. All diese Dinge waren mir klar und ich brauchte seine lächerlichen Anweisungen nicht, um auf mich aufzupassen.

Der Hochpalast war hell erleuchtet und richtete sich trotz der vielen Fackeln bedrohlich vor mir auf. Sorrel brachte die Pferde vor der hochgeschwungenen Treppe, die zum Eingang des Palastes führte, zum Stehen. Ein Knecht half mir von dem kleinen grauen Windhengst. Sorrel selbst hatte einen prachtvollen Hochstadthengst gewählt und ich bemerkte deutlich, wie die anderen geladenen Gäste die Pferde musterten und über ihre wundervolle Erscheinung sprachen. Ein Pferdehändler auf dem Ball. Ich musste unter dem Schleier leise auflachen. Für Sorrel war es eine große Ehre. Würde ich in meiner eigentlichen Stellung als Tochter eines Clanfürsten hier sein, wäre es für mich eine Selbstverständlichkeit. Aber Sorrel hatte dafür keine freien Gedanken. Er ließ seine Pferde von dem Knecht noch einmal im Kreis führen, ehe sie in die Stallungen gebracht wurden.

Zufrieden von dem Bild, das die beiden Pferde boten, richtete er seine Aufmerksamkeit auf die umstehenden Gäste und ging die Treppenstufen hoch zu der Feierlichkeit. Ich folgte ihm einfach und unsichtbar, so wie es von mir erwartet wurde. Der Teil des Palastes, durch den ich Sorrel folgte, wirkte ganz anders als der Teil, den ich schon kannte. Die Säulen waren dunkel und unter den hohen Decken wallten bedrohliche Schatten. Der Hemmerstein, den Catherine mir zwischen meine Brüste gebunden hatte, lag mir schwer auf dem Herzen und pochte immer heftiger. Durch eine riesige Flügeltür gelangten wir in einen großen hell erleuchteten Saal, in dem bereits Musik gespielt wurde und sich eine große Menschenmenge drängte. Ein mir bekannter Schauer rieselte über meinen Rücken. Es verwunderte mich nicht, dass auch der Hochpalast mit Sucherzaubern ausgestattet war. Ich blieb stehen und blickte mich um. Der Saal hatte hohe Fenster und der steinerne Boden glänzte hellgrau im Licht der Kerzen, die zu tausenden auf den Kronleuchtern brannten und doch niemals erloschen. Ihr Feuer stammte vom Feuerclan und würde erst erlöschen, wenn der Saal verlassen war. Wie dieser Saal wohl mit dem Licht des Lichtclans aussehen würde? Ich versank in meinen Gedanken und Träumereien, sodass ich Sorrel nicht bemerkte, der sich anscheinend wieder an meine Anwesenheit erinnerte und neben mir auftauchte.

»Verhaltet Euch unauffällig und bleibt am Rand. Sprecht zu niemandem!«, zischte er mir zu und verschwand dann in der Menge der Menschen.

Wahrscheinlich wäre es ihm lieber gewesen, wenn ich ihn nicht begleitet hätte. Es überraschte mich fast, dass er sich auf meinen bedingungslosen Gehorsam verließ. Wie viel Horchertinktur er wohl in den letzten Tagen in mein Wasser mischen ließ, wollte ich mir gar nicht erst vorstellen, doch tief in mir war ich Catherine unendlich dankbar, dass sie mich davor bewahrte.

Als Sorrel gänzlich aus meinen Sichtfeld verschwunden war, atmete ich erleichtert aus und ging zu den Säulen am Rand des Saales, die mir mit ihren Schatten eine gute Zuflucht boten. Von hier aus konnte ich den Saal gut überblicken, war aber für den größten Teil der Anwesenden unsichtbar. Die hochgeborenen Menschen, die sich in der Gunst des Hochkönigs suhlten, langweilten mich. Es erschien wie ein schlechtes Schauspiel. Die bunten Kleider und Gewänder der Gäste unten im Saal und die schwarzen Schatten, die auch hier im Deckengewölbe hingen, wirkten künstlich und aufgesetzt. Der Hochkönig war weit entfernt auf seinem Thron und beobachtete die Menge. Der Sitzplatz neben ihm war frei. Die Prinzessin war anscheinend noch nicht anwesend. Ich war auch nicht sehr erpicht darauf, ihr wieder zu begegnen.

Ein Schauer lief mir über den Rücken und eine Kälte fuhr in mich, die mir die Luft zum Atmen nahm. Ich begann zu zittern und fühlte mich kurz wie gelähmt.

»Euch kenne ich noch nicht und doch kommt Ihr mir seltsam vertraut vor. Ihr tragt einen interessanten Geruch an Euch. Einen Geruch, den ich nur aus meinen Träumen kenne.«

Hinter mir säuselte eine kalte Stimme und ich drehte mich langsam um. Mein Körper handelte ohne mein Zutun, denn ich wäre lieber weggelaufen, als mich umzudrehen. Vor mir stand ein Mann, gehüllt in ein schweres schwarzes Gewand. Die Kapuze hing ihm über die Stirn und gab den Blick auf seine Augen frei. Oder vielmehr auf die Stellen, an denen seine Augen hätten sein sollen. Es waren nur die Lider zu erkennen, die wohl irgendwann mit dicken plumpen Stichen vernäht worden waren. Ich konnte nichts sagen. Meine Zunge klebte an meinem Gaumen fest.

»Ihr braucht keine Angst haben«, säuselte er weiter. »Ich werde Euch nichts tun, wobei es mir eine Freude wäre, Euch zu kosten. Doch dafür seid Ihr nicht hier. Oder?«

Dann lehnte er sich tief zu meinem Gesicht herunter. Sein Lächeln entblößte gebrochene, spitze Zähne und der Geruch, der von ihm ausging, ließ Übelkeit in mir aufsteigen. Seine spinnenhaften Hände griffen nach meinen Schultern und er zog mich ein Stück zu sich heran. Kälte kroch in meine Glieder und kleine Wolken aus Atemluft tanzten vor meinem Gesicht. Mit einem tiefen Luftzug des Mannes verschwanden sie in ihm und ein Grinsen machte sich auf seinem Gesicht breit.

»Ihr riecht nicht nur nach Erde und Licht.« Das Grinsen erstarb auf seinen Lippen und er legte den Kopf leicht zur Seite. Hätte er Augen gehabt, hätten sie mich durchbohrt, und doch fühlte ich auch so, dass er mich intensiver prüfte, als er es vorher getan hatte. »Und Macht. Ihr riecht nach sehr viel Macht. Mehr als Euch bewusst ist. Mehr als Ihr hier haben dürftet.« Er stockte wieder kurz und gab dann mit einem schiefen Grinsen weiter an: »Und da ist noch ein Geruch an Euch. Ihr solltet vorsichtig sein. Ihr riecht nach Regen. Nach Sommerregen.«

Sein Lachen fuhr mir durch die Knochen. Meine Lähmung und Furcht schienen ihn zu belustigen.

»Griffin, lasst den Unsinn!«, forderte eine knurrende Stimme hinter mir. Die Lähmung verließ meinen Körper und ich wurde aus dem klammernden Griff entlassen.

Der verhüllte Mann richtete seine Aufmerksamkeit auf die Person hinter mir. »Ich hätte mir denken können, dass Ihr es seid, wo ich Euch doch schon gerochen hatte, bevor Ihr hier wart. Ihr braucht Euch keine Sorgen machen. Ich werde mein Versprechen halten«, zischte Griffin Darius kalt an. »Aber Ihr werdet verstehen, dass es zu verführerisch war, sie zu riechen, sie zu spüren. Ihre Gaben kitzeln meine Zunge und bringen mein Blut zum Rasen. Aber das kennt Ihr ja selbst, nicht wahr? Sie ist so viel mehr, als ich erhofft hatte.«

Die Finger von Griffin verschlangen sich ineinander und er knetete sie immer wieder. Seine Aufregung und Anspannung, die ich in ihm ausgelöst hatte, ließen ihm keine Ruhe. Seine Aufmerksamkeit legte sich wieder auf mich wie ein Schleier aus Stein, der mich langsam in den Boden zu drücken schien. Seine Finger lösten sich voneinander und er streckte langsam seine Hand in meine Richtung, doch er berührte mich dieses Mal nicht. Es war, als würde er sich scheuen, es zu tun. Wie jemand, der die Flammen des Feuers berührt hatte und sie kein zweites Mal berühren wollte, obwohl das Verlangen danach groß war.

»Ich habe Euch nicht das letzte Mal gerochen«, versprach er mir und verschwand in den Schatten der Säulen.

Mein Atem beruhigte sich wieder, aber mein Herz pochte noch immer wild in meiner Brust. Der Hemmerstein schien vor Freude zu tanzen.

Ich drehte mich um und sah Darius vor mir stehen. Sein kalter Blick war immer noch bedrohlich auf den Schatten hinter mir gerichtet. Seine sonst so tiefblauen Augen waren grau verfärbt und blitzten angriffslustig hinter dem Gabensucher her. Für einen kurzen

Augenblick sah ich in ihm den General des Hochkönigs, wie ihn die anderen auch kannten. Sein Ausdruck wandelte sich, als er auf mich hinabsah, und die Kälte wich einem leichten und freundlichen Lächeln.

»Wie ich sehe, hast du Griffin nun doch kennengelernt«, sagte er verlegen. »Es tut mir leid. Ich ging davon aus, dass er nicht hier sein würde. Er hasst es, unter vielen Menschen und Gabenträgern zu sein. Ich schätze, das verwirrt ihn.«

Darius reichte mir seine Hand und wollte mich in den Saal geleiten. Ich schüttelte den Kopf. »Ich habe Anweisung, dass ich hierbleiben soll, und wie du ja weißt, muss ich eine gehorsame Ehefrau spielen.«

Er legte seinen Kopf in den Nacken und lachte kurz auf. »Da hast du recht. Dein liebreizender Ehemann ist sehr damit beschäftigt, hier Kontakte zu knüpfen. Dabei scheint es, dass er dich schon völlig vergessen hat.« Darius drehte sich um und deutete auf die Menge vor uns. Unter den vielen Menschen konnte ich Sorrel nicht ausmachen. »Ich habe aber Anweisungen. Daher kann ich dich hier nicht einfach stehen lassen. Außerdem befürchte ich, dass Griffin sich nicht im Griff hat, wenn er noch einmal auf dich trifft. Er hat mir zwar das Versprechen gegeben, dir hier nichts anzutun, aber ich habe ihn selten so fasziniert von einem Gabenträger gesehen wie gerade von dir. Komm, ich werde nicht zulassen, dass dir hier jemand etwas tut.«

Daraufhin griff er meine Hand und zog mich mit sich von den Säulen weg und hinunter in die Menge der Gäste. Die Hitze, die sich zwischen unseren Handflächen ausbreitete, ließ mich leise aufkeuchen. Unter meinem Schleier blieben meine roten Wangen glücklicherweise unentdeckt. Seine Finger schlossen sich kurz fester um meine, als würde er meine Reaktion auf seine Berührung spüren. Wie von einem Schutzschild auseinandergetrieben, öffnete sich die Menge der Gäste vor ihm und wies ihm seinen Weg durch die Menge. Obwohl er mir den Rücken zuwandte, konnte ich mir seinen Gesichtsausdruck nur zu gut vorstellen. Mir entging nicht das Getuschel, das wir zwei auslösten. Darius hielt unvermittelt an, und ich musste aufpassen, um nicht in ihn zu laufen. Seine hohe Statur versperrte mir die Sicht und ich trat einen Schritt zur Seite, als er meine Hand losließ, und deutete eine leichte Verbeugung an.

»Mylady, Euer Gast.«

Vor uns stand die Prinzessin. Matheo war nur wenige Schritte entfernt und ich spürte, wie sein prüfender Blick über meinen Körper wanderte. Ich verbeugte mich gehorsam, wie es erwartet wurde, und blickte unter meinem Schleier die Prinzessin fest an.

»Ich danke Euch für die Einladung.« Ich nickte ihr kurz zu.

Die Prinzessin musterte mich wortlos. Mit einem abschätzigen Lächeln wandte sie sich an mich. »Euer Kleid ist sehr schön. Die Farbe kenne ich sonst nur von dem Wasserclan. Aber ich bin sicher, dass es Euch noch mehr schmeicheln würde, wenn Ihr Euch nicht unter diesem Schleier verstecken würdet.« Dann blickte sie Darius herausfordernd an.

»Ihr habt sicherlich recht«, gab dieser kurz zurück.

»Ob ich einen Schleier trage oder nicht – neben Euch erscheint jede Frau nur wie ein Stallknecht.« Ich war über meine laute Stimme etwas überrascht.

Die Prinzessin sah mich ebenfalls überrascht an und lachte dann. »Ich bin froh, dass Ihr hier seid.«

Sie hakte ihren Arm in meinen und zog mich mit sich. Matheo und Darius folgten uns. Mein Blick über die Schulter zeigte mir, dass die beiden Männer wie zwei Soldaten schweigend dahinschritten. Die anderen Gäste musterten mich eingehend, als ich von der Prinzessin weiter durch den Raum gezogen wurde. Ihr Getuschel blieb mir unter dem Schleier nicht verborgen. Über die Aufmerksamkeit war ich nicht erfreut. Aber Darius hinter mir schien es nicht zu beunruhigen. Die Prinzessin steuerte eine kleine Sitzecke am Rand an. Die hohen Fenster spiegelten die Lichter des Saales. Eine Fluchtmöglichkeit bot sich mir hier aber nicht.

»Kommt, wir setzen uns«, flötete die Prinzessin. Etwas leiser fügte sie hinzu: »Ihr könnt mich Mistrane nennen.«

Ich nickte nur kurz. Die Prinzessin plauderte vergnügt drauflos und ich versuchte, ihren Ausführungen über die Kleider und die anwesenden Damen zu folgen. Da ich niemanden hier in der Hochstadt kannte, erwies sich das Gespräch als recht einseitig. Die Menge beobachtete uns weiterhin verstohlen und mir war die Aufmerksamkeit unangenehm. Darius und Matheo standen hinter uns.

Die Menge teilte sich plötzlich und verstummte. Als ich aufblickte, bahnte sich der Hochkönig mit ruhigen Schritten seinen Weg auf die kleine Sitzecke zu, in der wir saßen. Dicht hinter ihm gingen Griffin und einige andere dunkel verhüllte Gestalten. Ich stand auf und trat einen Schritt von der Sitzecke zurück.

Darius stellte sich neben mich. »Die anderen Gabenträger des Hochkönigs. Keiner davon kann dir auf die Entfernung gefährlich werden.«

Darius' leise Worte hätten mich beruhigen sollen, aber mein Herz raste in meiner Brust. Kurz strich seine Hand über meine und gab mir Sicherheit, die mein Herz wieder beruhigte. Ich sank in einen Knicks, wie Catherine es mir einmal gezeigt hatte. Mein Atem ging schneller und ich überlegte fieberhaft, wie ich hier wegkommen konnte. Ich stand dem Mann gegenüber, der für all das Leid verantwortlich war, das über die Clane gekommen war, und konnte nichts ausrichten. Der Hemmerstein zwischen meinen Brüsten begann zu brennen. Der Hochkönig blieb vor uns stehen und auch die beiden Männer neben mir verbeugten sich tief. Erst als sie sich wieder aufrichteten, erhob auch ich mich wieder. Meinen Kopf ließ ich gesenkt. Der Schattenkönig war von großer, hagerer Statur. Seine schwarzen Haare waren durchzogen von grauen Strähnen und rahmten das kantige Gesicht ein. Seine kalten dunklen Augen tasteten mich, Darius und Matheo ab. Seine Schatten zogen von ihm weg und verschleierten die Luft um ihn herum. Die Haare an meinen Armen und in meinem Nacken stellten sich auf und meine Gabe warnte mich mehr als eindringlich vor der Gefahr, die sich vor mir aufbaute.

»Nun, meine Tochter. Wie ich sehe, vergnügt Ihr Euch mit zweifelhafter Gesellschaft.« Seine Stimme zerschnitt die Luft.

Vorsichtig blickte ich auf und mein Blick traf seinen. Schnell brach ich den Blickkontakt wieder ab und war froh über den Schleier. Hinter dem Hochkönig stand Griffin und grinste mich schief an. Der König legte den Kopf zurück in die Richtung des Gabensuchers und deutete mit einer kleinen Nickbewegung auf mich. Ich blickte starr in die vernarbten Augen von Griffin und sah, wie er mich weiter grinsend musterte. Dann legte er dem Hochkönig seine knochigen Finger auf die Schulter und neigte sich zu ihm. Er flüsterte ihm etwas ins Ohr und zog sich dann wieder in dessen Schatten zurück. Der Hemmerstein brannte sich in meine Haut und ich spürte, wie der Druck um mich herum anstieg. Mein Atem ging schneller und ich wünschte, ich könnte mich unsichtbar machen. Der Hochkönig musterte mich noch einmal und lächelte dann seine Tochter an.

»Vater. Natürlich amüsiere ich mich. Wenn Ihr schon eine Feierlichkeit gebt, dann soll es doch fröhlich zugehen, und Ihr wisst doch, dass ich die Gesellschaft des Generals mehr als nur schätze.« Die Prinzessin lachte. »Wir sprachen gerade über die wunderschönen Hengste des Generals. Die Frau des Pferdehändlers war so freundlich und hat mir ihren Rat zur Zucht meiner Pferde gegeben. Ich möchte doch etwas dazu beitragen, dass die Pferde aus unseren Stallungen die besten im ganzen Clanreich bleiben.«

Keiner der Anwesenden schien es für nötig zu halten, mich vorzustellen. Im Erdreich wäre so etwas nicht vorgekommen. Ich war fast etwas beleidigt, aber auch froh, dass die Aufmerksamkeit des Königs wieder den anderen galt.

»Eure Hengste sind wunderbare Tiere. Ich hätte sie selbst gerne für meine Zucht«, gab der Hochkönig zu und schenkte nun seine Aufmerksamkeit Darius, der mich vorsichtig hinter sich zog und mich damit aus dem Blickfeld des Hochkönigs brachte. Mit einem leichten Stoß schob er mich ein Stück von sich weg und ich glitt weiter rückwärts, bis ich die Wand hinter mir erreicht hatte. Das Licht der Kerzen war hier zu schwach, als dass mich jemand bemerken würde. Im Augenwinkel nahm ich eine Bewegung wahr. Einer der schweren Vorhänge an den Fenstern bewegte sich leicht, wie von einem Windzug. Ich lächelte, denn natürlich wusste ich, woher der plötzliche Wind kam. Ich lauschte dem Gespräch, das sich in der kleinen Gruppe, bei der ich gerade eben noch gestanden hatte, entwickelte.

»Wie Ihr wisst, war es ein großer Zufall, dass ich diese Hengste erwerben konnte. Ich kann Euch gerne den Händler nennen. Sicherlich kann er Euch auch eine Auswahl von Pferden verkaufen.« Darius neigte leicht den Kopf, als wollte er eine Verbeugung andeuten.

»Ich könnte sie auch einfach fordern.« Der Hochkönig musterte den General eindringlich und feindselig. »Euer Ansehen, General, hat durch die Taten Eures Cousins sehr gelitten und würde sich wieder verbessern, wenn Ihr mir Eure Hengste überlasst.«

Ich drückte mich fest gegen die Wand und hielt die Luft an. Die Vorstellung, dass die beiden Pferde im Stall des Schattenkönigs standen, war furchtbar.

»Aber Vater, ich denke nicht, dass wir einen Mann für die Taten eines anderen verantwortlich machen sollten. Der General war über die Untaten, die sein Cousin gegen Euch und den Hochthron unternahm, nicht im Bilde. Als Euer Getreuer hätte er es nicht so weit kommen lassen, dass dieser Mensch einen Verrat begehen konnte. Außerdem musste der General die Pferde teuer bezahlen. Solche Seltenheiten sind schwer zu finden. Wir sollten lieber über eine Zuchtgemeinschaft reden. Der General hat auf seinem Landgut auch noch andere Pferde, die sehr vielversprechend für das Heer sind. Hast du die wunderschönen Tiere noch nicht begutachtet, die er uns von seinem Landgut geschickt hat? Solche habe ich selten gesehen.«

Ich konnte mir vorstellen, dass es für Darius schwer gewesen war, dem Hochkönig Pferde aus seiner Zucht zu schicken.

»Da habt Ihr recht. Ich werde Euch die Pferde bezahlen.«

»Ich möchte die Hengste nicht verkaufen. Sie werten meine Zucht auf und ich liefere Euch Pferde aus meiner Zucht, um dem Heer entsprechend zu helfen.«

Mein Herz krampfte sich zusammen. Die beiden Hengste im Stall des Hochkönigs unter Einfluss der Horchertinktur zu wissen, machte mich wütend. Ich bedauerte, dass ich meinen Dolch nicht griffbereit hatte, doch Catherine hatte darauf bestanden, dass ich ihn nicht mit zum Ball nahm. Die Möglichkeit, ihn gegen den Schattenkönig einzusetzen, hätte ich hier gehabt. Zumindest hätte ich es versuchen können.

Matheo schnaubte kurz auf und riss mich aus meinen Gedanken. Ich schaute unter dem Schleier in seine Richtung und wurde von seinem Blick durchbohrt. Die

Schatten um ihn kräuselten sich. Es schien, als würde der Schattenkrieger meine Gedanken lesen können. Ich wich weiter zurück und schob mich an der Wand entlang in Richtung des Fensters.

»Vielleicht kann ich Euch mit der Hand meiner Tochter dazu bringen, dass Ihr mir die Hengste überlasst«, warf der Hochkönig dem General bissig entgegen.

Mistrane sprang auf, nahm ihren Vater an die Hand und führte ihn lachend weg. »Dieses Thema besprechen wir später in Ruhe. Es gehört auf keinen Fall auf einen Ball, auf dem die halbe Hochstadt Zeuge von unüberlegten Angeboten ist.«

Ich wandte mich ab und ließ die Gruppe allein. Weder wollte ich hören, wie Shiver in den Besitz des Hochkönigs kam, noch wollte ich mir vorstellen, wie Darius und die Prinzessin verbunden waren. Der Hemmerstein pulsierte immer stärker an meiner Brust und ich schrie innerlich auf. Die Vorstellung, dass er einer anderen Frau gehören sollte, brachte mich mehr zum Zerbrechen als die ausweglose Situation, in der ich mich befand. Ich erreichte den Vorhang und entdeckte dahinter eine offene Glastür, die auf eine Terrasse führte. Als ich hinaustrat, warf ich meinen Schleier über meinen Kopf. Die Luft schlug kalt auf mein Gesicht und ich zog sie tief ein. Im Gegensatz zu der Wärme und der Enge im Saal war die kühle Nacht ein belebendes Geschenk. Vor mir erstreckte sich der Garten des Hochpalastes in der Dunkelheit. Ich ging an den Rand der Terrasse und legte meine Hände auf die Balustrade. Der Stein unter meinen Händen war kalt und zog die Hitze und die Wut aus meinem Körper. Mein Blick wanderte vom Garten zum Himmel, um die Sterne zu sehen. Aber um ein weiteres Mal enttäuschten mich die Hochstadt und ihre unzähligen Lichter, denn die Sterne funkelten nur schwach und unscheinbar am Firmament. Wie sehr ich in diesem Moment das Erdreich vermisste! Die Hochebenen und die weiten Weidegründe der Pferde. Die Wälder und Lichtungen im Geheimen Tal. Meinen Clan. Mein Herz schnürte sich zusammen und schien zerspringen zu wollen. In meinen Augen sammelten sich Tränen und die Verzweiflung lag bitter auf meiner Zunge. Ich würde sofort von hier weglaufen, wenn ich nur den Weg aus dieser Stadt finden würde.

Ein warmer Wind umspielte sanft mein Kleid und ließ mich aufhorchen. Wie eine sanfte Berührung schmiegte er sich um meinen Körper und ich brauchte mich nicht umdrehen, um zu wissen, dass Darius mir leise gefolgt war. Ich wartete, bis er neben mich an den Rand der Terrasse trat, und sah dann zu ihm auf. Seine tiefblauen Augen ruhten auf meinen. Er legte seine Hand dicht an meine auf die Balustrade und obwohl ich sie gerne ergriffen hätte, geisterte das Gespräch, das ich im Saal belauscht hatte, wieder durch meine Gedanken.

»Du heiratest also die Prinzessin«, entfuhr es mir bissiger, als ich es wollte. Schnell wandte ich den Blick wieder ab in den Garten hinunter. Es war mir unangenehm, dass ich meine Eifersucht nicht besser versteckt hatte. Das leise Lachen verriet mir, dass er sie ebenfalls bemerkt hatte.

»Ich heirate die Prinzessin nicht. Mistrane hat eigene Pläne und ich komme darin nicht vor. Und auch die Pferde bleiben bei mir. Der Hochkönig ist niemand, dem ich die beiden anvertrauen würde. Er weiß auch, dass er einen größeren Nutzen hat, wenn er regelmäßig Pferde aus meiner Zucht bekommt. Fohlen nutzen ihm zurzeit wenig. Es dauert zu lange, bis sie zu Pferden herangewachsen sind, die der Hochkönig für sein Heer braucht. Und es scheint, als würde er seine Streitmacht in der nächsten Zeit aufstocken müssen.«

Meine Erleichterung behielt ich für mich. Er legte seine Hand kurz auf meine. Die Berührung ließ mich aufblicken. Er hielt seinen Blick in die Dunkelheit gerichtet.

»Der Garten ist bei Tag schöner.«

Ich wusste nicht, was ich sagen sollte. Darius wandte sich zu mir um und umfasste meine Schultern. Mit sanftem Druck drehte er mich zu sich um und ich konnte seine Nähe noch deutlicher vor mir spüren. Er lehnte sich leicht zu mir runter und zog mit seinen Fingern vorsichtig eine meiner Strähnen unter dem Schleier hervor.

»Du bist immer noch das Schönste, was ich kenne. Heute siehst du besonders schön aus. Auch wenn ich deine Haare lieber offen sehen würde als unter einem Schleier versteckt. Du brauchst dir keine Sorgen machen, dass ich die Prinzessin heiraten werde. Ich habe eine andere gefunden, mit der ich mich verbinden werde, wenn sie mich will.«

Seine Finger fuhren mir schüchtern über die Wange. Ich verlor mich in seinen tiefblauen Augen und nickte nur.

»Dieses Kleid trägt die Farbe meines Clans, meiner Familie. Dana war unvorsichtig bei der Wahl.«

Sein Lächeln steckte mich an und obwohl es unpassend war, hing ich wieder an seinen Lippen und wünschte, dass sie sich auf meine legen würden. Vom Ballsaal wehte leise Musik auf die Terrasse hinaus. Der Tanz hatte begonnen. Drinnen würden sich die Paare im Takt der Musik durch den Ballsaal wiegen. Langsamer und anmutiger, als es im Erdclan zuging. Besonders seit Haldriel die Musik für sich entdeckt hatte. Ich musste in mich hineinlächeln, als ich an den großen Erdkrieger dachte, der mit der Musik so sanft wurde.

»Darf ich bitten?«

Ich schaute verwundert zu Darius hoch, der jedoch nicht auf eine Antwort wartete, sondern seine Hände auf meine Hüften legte und mich an sich zog. Er fing an, uns zu der leisen Musik zu wiegen und in Kreisen zu drehen, sodass sich der Rock meines Kleides weit um meine Beine öffnete. Ich legte meine Hände in seinen Nacken und ließ mich von ihm mitnehmen. Die Welt um uns herum versank in Vergessenheit und es gab nur noch uns und unsere Körper, die sich immer näher kamen. Darius' Hände wanderten meinen Rücken hinauf und zogen mich dichter an ihn heran. Ich konnte meine Augen nicht mehr von ihm wenden und sein Blick ließ mich vergessen, wo wir waren. Seine Lippen öffneten sich leicht und meine taten es seinen nach. Ich versuchte, mich zu ihm hinaufzuheben, doch Darius schien zu wissen, was ich vorhatte, und schob mich sanft, aber mit Nachdruck von sich weg. Ich konnte meine Enttäuschung darüber nur herunterschlucken, denn er hatte recht. Es war zu gefährlich. Gerade hier. Die anderen Menschen auf dem Ball würden unser Fehlen nicht bemerken. Die Aufmerksamkeit hatten der Hochkönig und die Prinzessin. Dennoch konnte es sein, dass die Wachen uns bemerkten.

»Da seid Ihr ja.« Aus der Dunkelheit der Terrasse trat Sorrel auf uns zu. Sein kalter Blick lag auf uns und ich griff nach meinem Schleier. »Den braucht Ihr ja hier nicht.« Seine Stimme war nicht mehr als ein schneidendes Zischen, das mich innehalten ließ. »Der General weiß ja, wie Euer Gesicht aussieht.«

Sorrel schob sich vor Darius und blickte vernichtend auf mich herunter. Darius konnte seine Wut nur schwer im Zaum halten. Ich sah, wie er sich hinter Sorrel aufbaute und seine Augen tiefgrau wurden. Ich schüttelte unsichtbar für Sorrel den Kopf und blickte dann wieder auf den Pferdehändler, der mich abschätzig musterte.

»Wir sollten nun gehen. Ihr scheint müde zu sein«, spie er mir ins Gesicht, fasste mit einem eisernen Griff mein Handgelenk und zog mich über die Treppe der Terrasse nach unten in Richtung der Stallungen.

Die Dunkelheit verschluckte uns und ich konnte mit einem Blick zurück nicht erkennen, ob Darius uns nachsah. Die plötzlich aufbrausende Witterung verriet jedoch seine Wut. Ein kalter Wind frischte auf und es begann augenblicklich zu regnen, sodass mein Kleid auf halbem Weg zum Stall nass und schwer an mir herabhing und mir das Laufen erschwerte.

Vor dem Stall wurden die Pferde für uns schon bereitgehalten und Sorrel ließ mich von einem Knecht hart auf mein Pferd werfen. Als er selbst im Sattel saß, griff er in meine Zügel und zog den kleinen Windhengst hinter seinem Pferd her. Durch sein heftiges Treiben stoben die Pferde im Galopp über die Straße des Hochpalastes und in die Hochstadt hinein. Ich griff in die Mähne des grauen Pferdes und beugte mich tief über dessen Hals, um dem Regen und dem Wind zu entgehen. Sorrel trieb die Pferde auch durch die engeren Straßen der Stadt immer noch unwirsch an, bis wir das Haus und den Stall des Pferdehändlers erreichten. Das Hoftor stand offen und Sorrel ließ die Hengste vor dem Haus halten. Zwei Knechte übernahmen sie. Ich saß schnell von meinem Hengst ab, doch Sorrel packte mich, noch bevor meine Füße den Boden berührten. Er zog mich wortlos mit sich in sein Haus.

»Ihr tut mir weh.« Mein Protest schien keine Wirkung zu haben. Im Gegenteil, der Pferdehändler schien nur noch mehr angestachelt zu sein.

»Das werden wir noch sehen«, keifte er.

Das Haus war still. Die Bediensteten schienen nicht da zu sein. Sorrel zog mich durch den engen Flur zu seinen Räumen. Ich überlegte, was ich tun sollte. Darius hatte mich angewiesen, mich nicht zu verraten, und den Dolch hatte ich in meinem Zimmer gelassen.

Bevor ich einen Plan fassen konnte, wirbelte mich Sorrel in sein Gemach und riss mir dabei das Kleid vom Körper. Der Aufprall auf dem Boden traf mich härter als erwartet und ich richtete mich etwas unbeholfen auf. Sorrel warf das Kleid auf den Boden und packte meinen Hals so fest, dass sein Griff mich würgte. So drückte er mich gegen die nächste Wand und kam mir deutlich näher, als mir lieb war.

»Ihr kommt mir verändert vor«, zischte er in mein Ohr. »Es ist auffällig, mit wie viel Aufmerksamkeit Ihr aus dem Hochpalast bedacht werdet. Besonders von dem General, zu dem Ihr ja eine besondere Verbindung zu haben scheint. Das konnte ich gut sehen. Aber das ist vorbei. Ihr wisst gar nicht, in welche Gefahr Ihr Euch begebt. Nur bei mir seid Ihr sicher.«

Seine Hand nestelte an meinem Unterkleid und fand ihren Weg zwischen meine Schenkel. Meine Augen weiteten sich und ich rutschte ab in Erinnerungen, die ich für böse Träume gehalten hatte und die mich lähmten. Sorrel, der sich über mir und an mir zu schaffen machte. Seine Hände an meinen Brüsten und sein Körper, der sich schwer auf mich legte. Ich keuchte auf und mein Herz drohte meine Brust zu zersprengen. Seine Finger fuhren in meine Mitte und bohrten sich erbarmungslos einen Weg in mein Innerstes. Dann riss er mich von der Wand weg und stieß mich vor sich auf den Tisch. Seinen Unterleib presste er zwischen meine Beine und seine Hände umklammerten meine Handgelenke, als er sich schwer auf mich fallen ließ. Meine Muskeln zitterten und ich konnte keinen klaren Gedanken fassen. Doch als ich sein Glied an meinen Schenkeln spürte, zerbrach die Lähmung und jegliche Bemühung in mir, das Versprechen, das ich Darius gegeben hatte, zu halten. Sorrel würde mich nie wieder so anfassen. Ich ließ meine Gabe tief in seinen Geist eindringen. Er riss seine Augen auf und sah mich verblüfft an. Ich ließ seine

Muskeln und Glieder erstarren, so wie die Angst mich noch vor wenigen Herzschlägen gelähmt hatte, und drückte ihn von mir weg. Meine Augen glühten und ich sah befriedigt zu, wie er langsam nach hinten umkippte und hart auf dem Boden aufschlug. Keuchend trat ich über ihn und beugte mich zu seinem Ohr runter. Seine Augen sprangen hin und her.

»Ich bin bei Darius sicherer als bei Euch. Ihr werdet mich nie wieder so anfassen. Ihr werdet nie wieder eine Frau in der Art berühren«, flüsterte ich ihm zu. »Ihr werdet hier liegen, bis Euch jemand findet, und selbst dann werdet Ihr Tage brauchen, bis Ihr wieder sprechen und Euch bewegen könnt. Und das alles, weil ich es will.«

Sorrel gab ein leises Wimmern von sich, aber ich wandte mich von ihm ab, blies die Kerzen bis auf eine in dem Raum aus und nahm die noch brennende für meine Flucht durch das Haus mit. An der Tür versuchte ich, meine Atmung und mein Herz zu beruhigen. Die Dunkelheit des Flures umfing mich und ich drückte die Tür hinter mir leise ins Schloss. Als ich mich umwandte, um in mein Zimmer zu flüchten, trat Baxter in den Schein meiner Kerze. Wie lange lauerte er schon hier im Flur?

»Der Herr ist erschöpft«, gab ich tonlos an. »Er möchte sich erholen und will nicht weiter gestört werden.«

Baxter musterte mich grinsend und mir wurde bewusst, was für ein passendes Bild meine Erscheinung gab. Mein Unterkleid war tief eingerissen und gab meinen nackten Oberschenkel frei. Meine Brust zeichnete sich deutlich unter dem dünnen Unterkleid ab.

»Das glaube ich gerne. Zu dumm, dass Ihr seine Frau seid«, grinste Baxter, trat an mich heran und packte meine Brust. »Sonst würde ich Euch auch noch einmal reiten.« Er lachte und ließ von mir ab.

Ich blickte starr vor mich hin und biss meine Zähne zusammen. Baxter griff sich in den Schritt und verschwand in der Dunkelheit des Flures. Ich setzte ruhig und langsam meinen Weg durch die Flure des Hauses fort. Als ich die Treppe nach oben erreichte, ließ ich meine Vorsicht fallen und eilte die Stufen hinauf. In meinem Zimmer riss ich das kaputte Unterkleid von mir und zog ein neues an. Ich musste schnell handeln. Ich legte meine Reitkleider an und stopfte in den Bezug meines Kissens eine Decke und ein paar Kleidungsstücke, die ich im Schrank fand. Dann kniete ich am Bett nieder und tastete unter der Matratze nach dem kleinen Dolch. Ich fuhr vor Schreck zusammen, als meine Zimmertür aufgerissen wurde. Dana stand mit einer Kerze in der Hand keuchend vor mir.

»Was habt Ihr getan?«, fragte sie nur knapp.

»Ich konnte das nicht ertragen. Nicht noch einmal.« Die Tränen liefen mir über die Wangen. Ich konnte nicht einmal sagen, ob es Wut oder Angst war.

Dana sank neben mir auf den Boden. Sie nahm mein Gesicht in ihre kleinen, alten Hände. »Es tut mir leid. Ich konnte es nicht verhindern.« Sie nahm mich in die Arme und drückte mich fest. »Lasst uns hier verschwinden. Wenn Sorrel wieder befreit ist, sollten wir weit weg sein.«

Dana stand mühsam auf und zog mich zu sich hoch. Den Dolch schob ich unter meine Hose in den Stiefel und wir verließen im Licht der kleinen Kerze das Zimmer. Dana führte mich leise durch die Flure zur Hintertür. Immer wieder verharrte sie regungslos und horchte in die Nacht hinein. Leise öffnete sie die Hintertür und wir traten hinaus in die Nacht. Sie wählte nicht den direkten Weg zum Stall, sondern blieb dicht an den Mauern des Hauses, um im Schatten unerkannt über den Hof zu kommen. Ich folgte ihr, während sie mich in den Stall führte. Sie schien genau zu wissen, was zu tun war. Im

Stall ging sie leise zwischen den Pferchen entlang, ohne die Pferde zu stören, bis sie die Futterkammer erreichte. Wortlos winkte sie mich durch die Tür und schloss sie leise hinter sich.

»Nehmt die Kerze.« Dana hielt sie mir hin und schob eine der hinteren Tonnen zur Seite. Darunter kam ein schwarzes Loch zum Vorschein. Sie nahm mir die Kerze wieder aus der Hand. »Geht da rein«, wies sie mich knapp an.

Ich kletterte in das Loch und befand mich zu meiner Überraschung in einem unterirdischen Gang. Dana beugte sich runter und reichte mir die Kerze. Im Lichtschein, die die Flamme in den Gang brachte, sah ich einen Mann vor mir stehen. Ich wollte gerade einen Schrei vor Schreck von mir geben, als sich seine Hände auf meinen Mund legten.

»Seid still.« Ich erkannte den Mann aus der Hochstadt vor mir. Die braunen Augen, die auch das kleine Mädchen hatte. Der Erdbauer vom Markttag. »Ich bin Haldran. Ich bringe Euch in den Untergrund.«

Unbeholfen nickte ich und er ließ seine Hand wieder sinken. Erwartungsvoll sah er wieder nach oben, denn Dana wollte gerade durch das Loch zu uns herabsteigen, als ich oben Geräusche wahrnahm. Ich ließ meine Gabe kurz frei und erkannte Baxter.

»Kommt schneller!«, rief ich ihr zu.

»Es ist zu spät. Haldran, bring sie in Sicherheit. Sofort!«

Der Erdmann neben mir zögerte kurz, hob dann aber die Hände. Seine Kiefer pressten sich aufeinander und der Boden über uns schloss sich langsam. Ich sah noch Baxters erstauntes Gesicht, als er über Dana hinweg mich im Boden verschwinden sah. Seine Faust fuhr auf Dana nieder und ich schrie auf. Sie ging zu Boden und die sich schließende Erde verhinderte, dass sie zu uns hinabstürzte, und verbarg mich zeitgleich vor der

Oberfläche. Ich schlug gegen die Wand des Erdtunnels, doch Haldran griff nach mir und zog mich mit sich durch die Dunkelheit der Erde.

»Wir haben noch einen weiten Weg«, sagte er knapp.

»Ihr hättet sie retten müssen!« Ich schlug nun auf seinen harten Arm ein und riss an meinem Handgelenk.

Haldran fuhr zu mir herum und seine braunen Augen bohrten sich in meine. Seine Kiefer waren fest aufeinandergepresst und seine Augen verrieten seine Wut und seine Trauer. »Dana war nicht zu retten. Wir wurden bereits entdeckt. Hoffen wir, dass dieser Tunichtgut so schlau ist und das Gesehene für sich behält. Ihr Tod ist nichts, womit er sich rühmen sollte, wenn er überleben möchte.«

»Sie hätte nicht sterben dürfen. Sie war immer für mich da und hat mir geholfen.«

»Sie wusste, welches Risiko sie einging, als sie eingewilligt hat, Euch zu beschützen. Ihr Tod ist der Preis, den sie bereit war für Euch zu zahlen. Es ist der Preis, den jeder von uns für Euch zu zahlen bereit ist.«

»Ich fordere diesen Preis aber nicht«, schrie ich ihm entgegen und Tränen rannen über meine Wangen.

Er schnaubte. »Nein, das tut Ihr nicht. Aber die Sache, für die Ihr steht, tut es. Und sie fordert diesen Preis selbst von Euch.«

Haldran wandte sich ab und setzte seinen Weg allein fort. Ich blieb kurz zurück, folgte ihm dann aber doch weiter durch die Dunkelheit unterhalb der Hochstadt. Wo sollte ich auch hin? An der Art des Tunnels erkannte ich, dass es keinen weiteren Ausgang gab, und dem Geräusch nach, das hinter mir ertönte, wusste ich auch, dass Haldran den Tunnel hinter mir wieder verschloss. Niemand würde uns folgen können. Die Gaben des Erdclans waren einzigartig und dieser Erdmann war ein Beispiel dafür, wie mächtig unsere Gabenträger sein konnten.

Ich ging eine Weile schweigend hinter Haldran her. »Wie lange seid Ihr schon hier in der Hochstadt?«

»Schon fast mein ganzes Leben. Ich wurde nur einen Sommer vor dem Fall des Lichtes geboren. Meine Eltern hatte den Clan verlassen, um hier Handel zu treiben.«

Ich nickte in die Dunkelheit. Haldran hielt die kleine Kerze höher, damit ich ihm besser folgen konnte.

»Meine Mutter wurde als eine der Ersten gefasst. Ihre Gabe war meiner sehr ähnlich. Mein Vater hatte einen Hemmerstein für mich auf dem Schwarzmarkt bekommen. Der Gabensucher konnte mich daher nicht finden«, erzählte er weiter.

Wir gingen durch den Tunnel weiter und weiter. Der Boden unter meinen Füßen war feucht und immer wieder rutschte ich leicht weg. Der Tunnel vor Haldran änderte häufig die Richtung. An den Wänden tauchten riesige Steine auf, die im Erdreich unter der Hochstadt schlummerten. Wie lange wir unterwegs waren, wusste ich nicht. Vor uns machte der Tunnel einen erneuten Richtungswechsel. An der Tunnelwand erschienen Steine wie von einer Hausmauer. Haldran fluchte leise und deutete mir an, still zu sein. Ich nickte nur und lief hinter ihm her. Als wir die Mauersteine passiert hatten, wandte sich Haldran um und der Tunnel hinter uns verschloss sich langsamer als vorher.

»Wir sind zu dicht an einen der Keller gekommen.« Haldran wartete noch einen Moment und sorgte dann dafür, dass sich der Tunnel tiefer in das Erdreich grub. »Wir dürfen nicht riskieren, dass uns jemand hört. Wenn an der Oberfläche von merkwürdigen Geräuschen aus dem Erdreich berichtet wird, ruft das den Gabensucher zu einer Suche auf. Den können wir hier unten nicht gebrauchen. Wir sind hier im Untergrund unter der Hochstadt noch unentdeckt und das soll auch noch lange so bleiben.«

Wir gingen weiter und folgten dem Tunnel durch die Dunkelheit. Ich fragte mich, woher der Erdmann vor mir wusste, wo sich sein Tunnel entlanggraben musste. Unvermittelt blieb Haldran stehen und lauschte in den Gang hinein. Hinter mir raste das Erdreich auf uns zu und versiegelte den Tunnel auf dieser Seite. Als ich ihn erreichte, drehte er sich zu mir um und grinste mich frech an. Seine große Statur war mir schon auf der Straße aufgefallen. Seine langen braunen Haare hatte er zu einem wirren Knoten zusammengebunden.

»Wir sind gleich da. Es sind nur noch wenige Schritte.« Dann drehte er sich um und ging weiter.

»Wo sind wir dann?«

»Im Hauptlager des Untergrunds«, gab er knapp über seine Schulter.

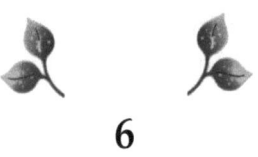

6
~ Im Untergrund ~

Die große unterirdische Halle lag in sanftes Licht getaucht. Die Fackeln an den Erdsäulen flackerten nur selten. Es hab hier kaum Wind. Die Menschen wuselten hier und dort und es gab an vielen Stellen etwas zu tun. Larine saß auf einem Hocker und hielt die Hände eines Kindes. Die letzten Opfer des Gabensuchers waren vor einigen Tagen hierher gerettet worden. Es würde noch Tage dauern, bis der nächste Rettungstrupp die Gabenträger aus der Hochstadt schmuggeln konnte. Nach den Berichten des Nachtfalken lag das Heer des Lichtträgers nur noch eine Woche von der Hochstadt entfernt. Die Lage wurde kritischer. In der Hochstadt wurde vermehrt nach Gabenträgern und Auffälligkeiten Ausschau gehalten. Der General hatte sie schon nach ihrem letzten Auftrag in den Untergrund geschickt.

»Du kannst jetzt wieder spielen gehen«, wies Larine das Kind lächelnd an.

Die Qualen, die das Kind vom Erdclan erlebt hatte, waren fast gelöscht. Die Erinnerungen zu nehmen, war für die Heilgabe, die Larine in sich trug, nicht leicht. Sie durchlebte alle Qualen, die die Opfer erlebt hatten, noch einmal. Eine Bürde, die sie jedoch auf sich nahm, um diese Art der Wunden zu heilen, die die Gabenträger durch den Hochkönig und seinen Gabensucher davontrugen.

Larine blickte kurz auf ihren Tisch. Die Materialien würden für die nächsten Gabenträger noch reichen. Das Wasser in ihrer Schüssel fing plötzlich an zu zittern und färbte sich rot. Larine wurde bleich. Ihr Herz raste und sie sprang auf.

»Macht euch bereit!«, rief sie leise durch die Halle und doch hörten sie alle.

Es wurde hektisch. Männer und Frauen brachten Kinder und Alte in die hinteren Bereiche.

»Haran, durch welche Wand werden sie kommen?« Larine lief durch die Halle auf einen großen braunhaarigen Mann zu.

Der Angesprochene legte seine Hand auf den Boden und horchte hinein. »Dort!«

Aus dem inneren Kern der Hochstadt. Larines Herzschlag beschleunigte sich und ein schwerer Stein legte sich auf ihre Brust. Sie lief mit Haran zu der Wand und blieb wartend vor ihr stehen. Die Heilerin war angespannt und Haran legte seine Hand auf den Knauf des kurzen Schwertes, das er immer bei sich trug. Die Erde der Wand zitterte auf und gab bebend einen Tunnel frei.

Vor mir blieb Haldran plötzlich stehen. Der Tunnel hinter mir schloss sich weiter und wir standen in einer kleinen Höhle. Er drehte sich zu mir und sah auf mich hinab.

»Seid Ihr bereit? Sie erwarten uns schon.«

Bevor ich antworten konnte, zerfiel die Erdwand vor ihm und Staub wirbelte auf. Als er sich wieder gelegt hatte, empfing uns dämmeriges Licht, das aus einer großen Halle zu uns in die kleine Erdhöhle fiel.

»Es gab da eine kleine Planänderung«, sagte Haldran, als er aus dem Gang in den Saal trat und mir die Sicht frei gab.

Ich blickte mich erstaunt um und wollte hinter ihm hergehen, als mir eine kleine blonde Frau um den Hals fiel.

»Euch ist nichts geschehen. Ich bin so froh! Kommt. Haldran kennt ihr ja schon. Der andere ist Haran. Auch ein Erdkrieger, so wie Haldran.«

Ich nickte dem anderen braunhaarigen Riesen zu, der mich eingehend musterte.

Die Frau wartete aber nicht auf eine Antwort von mir oder Haran, sondern nahm mich an die Hand und wies die beiden Männer an, ihr zu folgen.

Ich sah mich weiter um und stellte fest, dass diese Höhle die Arbeit eines Gabenträgers vom Erdclan sein musste. Die Fackeln an den Wänden und Säulen spendeten Licht. Es standen Tische und Bänke in der Mitte des Saales. An der gegenüberliegenden Wand erkannte ich kleine Höhlen in der Erdwand, in denen Lager zum Schlafen eingerichtet waren. In einigen dieser Schlafhöhlen lagen Menschen. Ob es Clanmitglieder waren, konnte ich von hier nicht erkennen.

»Setzt Euch. Wir haben viel zu besprechen.« Die kleine blonde Frau deutete auf eine Bank, wandte sich um und legte Brot und harten Käse in einer flachen Schale auf den Tisch.

»Danke.« Ein wenig ärgerte mich meine knappe Antwort, doch zu mehr war ich gerade nicht imstande, weil die Eindrücke der Erdhalle immer noch meine volle Aufmerksamkeit forderten.

»Ihr erkennt mich nicht. Oder?« Die Frau legte den Kopf schief und sah mir in die Augen. »Ich habe Eure Steine getauscht. In der Höhle.«

Larine. Ich erinnerte mich und ein Lächeln huschte über mein Gesicht. Sie wirkte erleichtert.

»Esst und erzählt, was passiert ist. Dana hatte nach Haldran geschickt. Wo ist sie? Ist sie noch im Haus des Pferdehändlers?«

Der Kloß, der sich in meinem Hals bildete, verschloss meine Stimme und ich wusste nicht, was ich antworten sollte, weswegen ich mich hilfesuchend nach Haldran umsah, der sich jedoch nur schnell abwandte. Larine ließ ihren Blick zwischen mir und dem Erdkrieger hin und her wandern und rutschte dann dichter an mich heran.

»Darf ich?« Sie sah mich fragend an und hielt mir ihre Hände hin. Ich nickte nur kurz und legte meine in ihre. Ihr Blick wurde durchdringend und sie umschloss fest meine Hände.

Ein Kribbeln durchzog meinen Körper und meine Erinnerungen an die Flucht durchfluteten meinen Kopf. Ich sah Dana mit ihren liebevollen blauen Augen vor mir und unsere Flucht durch das dunkle Haus. Den Rettungstunnel, der in der Futterkammer versteckt war, und wie Baxter über Dana auftauchte und seine Faust auf sie niederfuhr. Larine ließ meine Hände abrupt los und schaute in die Weite der Höhle. Ich keuchte unter der Schwere der Bilder auf und mein Atem raste, genauso wie mein Herz. Ich sah, wie eine einzelne Träne ihre Wange herunterlief, und folgte ihrem Blick. Er lag auf Haldran, der nur schweigend den Kopf schüttelte, sich abwandte und zu den Schlafhöhlen ging.

»Es tut mir leid.« Unfähig, etwas Weiteres zu sagen oder zu tun, blieb ich ruhig sitzen.

»Das muss es nicht. Dana war eine gute Freundin. Sie hat ihr Leben der Sache gewidmet. Wir alle wissen, was der Preis dafür sein kann.« Ihre Stimme klang belegt. Sie räusperte sich und straffte ihre Schultern. »Das ist meine zweite Gabe. Ich heile nicht nur den Körper. Ich kann auch in den Geist eindringen und ihn dadurch heilen. Es ist nicht angenehm. Das, was du gesehen und gefühlt hast, sehe und fühle ich ebenfalls. Das, was meinen Patienten widerfahren ist, spüre ich nach. Dadurch kann ich es von ihnen nehmen«, erklärte sie leise.

Ich musterte sie eingehender, konnte aber nichts an ihr erkennen, was mir einen Hinweis auf eine Clanzugehörigkeit zeigte.

Larine bemerkte meinen skeptischen Blick. »Meine Gabe ist anders. Meine Gabe ist die Heilung. Sie ähnelt den Gaben des Lichts und der Erde und doch bin ich keine Clanfrau. Es gab in früheren Zeiten viele Heiler in der Hochstadt. Die Gabe der Heilung trat nur hier auf. Nicht alle Heiler blieben hier, viele gingen in die Clanreiche. Sie konnten die Gabe nicht weitergeben. Es scheint ein Geschenk der Hochstadt an ihre Menschen zu sein.«

Ich nickte und blickte mich noch einmal genauer um. »Wo sind wir hier?«

Larine sah sich kurz in der Höhle um. Haldran und der andere Krieger rutschten dichter an uns heran.

»Wir sind hier in der Haupthöhle des Untergrunds. Unser Hauptlager. Es gibt noch ein paar kleinere Lager unter der Hochstadt, aber die sind zurzeit unbewohnt. Wir haben angefangen, die Menschen und Gabenträger aus der Stadt zu schleusen. Es wird hier langsam zu gefährlich. Einige von uns leben hier schon viele Monate. Andere wechseln immer wieder zurück an die Oberfläche, um Gabenträger zu finden und hierherzubringen. Außerdem würde es auffallen, wenn wir plötzlich aus unserem Leben in der Hochstadt verschwinden würden. Haldran ist offiziell zum Erdclan zurückgekehrt, um seine Tochter zu verheiraten. Ich wurde zum Windclan gerufen, um eine Seuche zu heilen, die es eigentlich gar nicht gibt.«

Larine lachte kurz auf, wurde aber dann abgelenkt und sah zu den Männern herüber, die unbemerkt mein Essen gemopst hatten. Sie sah die beiden vorwurfsvoll an und Haldran verschluckte sich an einem Stück Brot. Haran brach in ein tiefes Lachen aus und Haldran musste unter Tränen ebenfalls lachen.

»Ich weiß nicht, was daran so lustig sein soll.« Larines Augen wurden eng und ihre Lippen schmal. Doch ein Seitenblick verriet mir, dass sie nicht wirklich böse auf die Erdkrieger war. »Nun gut. Dann esst wenigstens den Rest, bevor diese Riesen alles aufgefuttert haben, was wir hier in der Höhle noch an Vorräten haben.«

Ich krümelte unruhig an dem Brot herum. »Wie wird es jetzt weitergehen?«

Haldran wurde wieder ernst. »Die Situation an der Oberfläche wird nicht besser werden nach dem, was letzte Nacht geschehen ist. Ihr wurdet erkannt und es könnte sein, dass die Vorfälle zu viel Aufsehen erregen und herauskommt, dass es einen Lichtträger in der Stadt gab. Die Bediensteten des Pferdehändlers werden sicherlich mehr wissen, als sie vorgeben, und bei deren Einfältigkeit bin ich mir nicht sicher, ob sie ihr Stillschweigen zu ihrer eigenen Sicherheit wahren werden. Wir werden abwarten, aber sicherlich wird der Nachtfalke den Befehl geben, dass wir die Hochstadt verlassen und Euch zu Eurem Bruder bringen sollen.«

Haran wurde nachdenklich und Larine straffte ihre Schultern, während sie sich räusperte. »Das befürchte ich auch. Der Nachtfalke wird auch schon bald weitere Opfer des Gabensuchers schicken, und was der Hochkönig mit der Hochstadt noch machen wird, werden wir wahrscheinlich erst sehen, wenn es zu spät ist. Er wird nicht erfreut sein, dass es noch Licht im Clanreich gibt und dass es genau vor seiner Nase war. Wir sollten uns vorbereiten. Wie schnell könnt Ihr eine neue Flucht aus der Stadt geleiten? Wir müssen schneller handeln, als wir es geplant hatten.«

Die beiden Erdkrieger schauten sich kurz an und ließen dann ihren Blick über Larine und die restlichen Menschen und Gabenträger schweifen.

»Da Haldran wieder hier ist, können wir sofort aufbrechen, wenn alle bereit sind, die den Weg schaffen können.«

Larine nickte. »Gut, dann bereitet alles vor. Ich hätte mir mehr Zeit für die letzten Flüchtlinge gewünscht, aber die haben wir nicht. Ich werde die Gruppe zusammenstellen. Hoffen wir, dass wir noch ein paar Stunden Ruhe haben, bevor der Hochkönig die Meldung bekommt, was in seiner Stadt los war, und sein Zorn über uns die Stadt erschüttert.«

Haldran und Haran erhoben sich, um mit den Vorbereitungen zu beginnen.

»Kommt. Wir suchen ein Lager für Euch.« Larine stand auf und deutete mir, ihr zu folgen.

»Ich möchte Euch helfen.«

Larine drehte sich zu mir um und lächelte.

»Bitte«, verstärkte ich meinen Wunsch.

»Das könnt Ihr. Ich bin sicher, dass ich Euch nicht davon abhalten kann. Doch das tut Ihr vorerst hier. Darius wird sicherlich nicht sehr erfreut sein, wenn er erfährt, was sich in der Nacht nach dem Ball noch ereignet hat, und glaubt mir, ich möchte ihn nicht aufgebracht hier unten erleben und schon gar nicht, weil ich zugelassen habe, dass Ihr Euch in Gefahr begebt. Es wird noch viele Gelegenheiten geben, bei denen wir Euch und Eure Gaben dringend brauchen werden.«

»Ich wäre aber jetzt schon sehr hilfreich.«

»Oh, das wärt Ihr. Aber heute nicht. Ihr solltet Euch erst einmal ausruhen und hier zurechtfinden. Haldran und Haran sind noch heute von der Mission zurück, wenn alles gut geht. Dann werden wir einen Plan machen, wie wir Euch am besten einsetzen können«, versprach Larine und ging zu den Schlafhöhlen.

Ein kleines Mädchen lief auf uns zu und blieb freudestrahlend vor mir stehen. Ich erkannte das Mädchen von der Straße an ihren braunen Augen.

»Nun bist du ja bei uns«, freute sie sich. »Larine, darf sie bei mir schlafen?« Ich hätte schwören können, dass ihre Augen größer und glänzender wurden.

Larine lachte nur. »Und was sagt dein Vater dazu?«

»Der kann sich eine eigene Schlafhöhle bauen«, erwiderte das Mädchen ernst.

»Das könnte dir so passen«, polterte Haldran hinter mir, sodass ich mich erschreckte. Der große Erdmann hob das kleine Mädchen hoch und wirbelte es durch die Luft, bevor er die Kleine dicht an sich zog und seinen Kopf an ihre Stirn legte. Ihre leisen Worte, die sie miteinander wechselten, konnte ich nicht verstehen. Das Mädchen nickte noch und Haldran ließ die Kleine wieder aus seinen Armen gleiten. Dann ging er mit Haran zu den Gabenträgern, die an ihren Schlafhöhlen warteten. Das Mädchen kam zu mir und fasste mich an den Händen. Ich ließ mich von der Kleinen mitziehen und Larine folgte uns.

»Ich heiße Gea«, erklärte die Kleine. »Mein Vater baut die Höhlen für uns.«

Bei den Schlafhöhlen machte sich etwas Unruhe breit. Wir erreichten die Seite der großen Höhle schneller, als ich es erwartet hatte. Sie hatte auf mich erst so riesig gewirkt, doch sie erschien nur so. Ein paar Menschen packten ihre wenigen Habseligkeiten in Decken und ich hörte leise Befehle, die Haldran und Haran den Flüchtlingen zuflüsterten. Viele Menschen folgten den beiden zu der anderen Höhlenseite und ich spürte immer wieder Blicke auf mir.

»Wir bringen jetzt Gabenträger von allen Clanen hier heraus«, sagte Larine hinter mir. »Euer Bruder liegt noch eine Woche von der Stadt entfernt. Die Gabenträger sollten eine Chance haben, das Lager zu erreichen. Vor der Stadt wartet eine Gruppe Clanreiter, die sie zum Heerlager bringen wird. Es sind hauptsächlich Reiter aus dem Wasserclan. Der General hat die Verbindung zum

Clan hergestellt und seitdem unterstützen sie uns.« Larine erklärte mir den Ablauf der Flucht, als wäre es keine Besonderheit mehr. Sie deutete meinen Blick richtig und lächelte. »Wir haben schon sehr vielen Gabenträgern aus der Stadt geholfen. Bisher haben wir keine verloren. Der Hochkönig wird sich, wenn überhaupt, in den nächsten Tagen mehr mit der Stadt beschäftigen. Ich nehme an, dass wir hier in größerer Gefahr sein werden als die Gabenträger außerhalb der Stadt. Nun ruht Euch aus. Wir werden nach der Rückkehr der Männer besprechen, wie es hier weitergehen wird.« Sie deutete auf ein freies Lager. »Und du kommst mit mir. Du kannst mir helfen.« Larine nahm Gea an die Hand und führte sie von mir weg zur Mitte der Höhle.

Ich blieb kurz vor dem Lager stehen und blickte zurück. An der gegenüberliegenden Wand öffnete Haldran auf Geheiß von Haran einen neuen Erdtunnel. Haran stieg als Erstes hinein und die Gabenträger und anderen Opfer des Gabensuchers folgten. Haldran hob noch seine Finger an die Stirn zum Clangruß wie damals auf der Straße und folgte den anderen in den Erdtunnel. Ich sah, wie Gea winkte, als sich der Erdtunnel verschloss und die Höhle wieder still vor mir lag.

Ein eigenartiger Ort unterhalb der Hochstadt. Die Menschen, die hier lebten und die ihr Leben für andere, besonders die Gabenträger, aufs Spiel setzten, kamen mir eigenartig vertraut vor. Und doch saß ich wieder fest und musste mein Leben und mein Handeln anderen unterordnen. Ich war wieder gefangen und nicht frei zu gehen, wohin ich wollte. Es frustrierte mich, dass sich an meiner Situation hier in der Hochstadt nicht viel und doch fast alles geändert hatte. Ich war nun im Untergrund. Ich hatte hier die Möglichkeit, gegen den Hochkönig zu arbeiten. Also würde ich mich hier einfügen und hoffen, dass ich mehr tun konnte, als nur zu warten.

Mit einem Seufzer setzte ich mich auf mein Lager. Das Bündel mit den wenigen Sachen, die ich hatte, legte ich an das Fußende. Die Müdigkeit, die ich seit Wochen in mir trug, lag plötzlich schwer auf meinen Schultern. Ich beschloss, dem Rat von Larine zu folgen, und legte mich auf das Lager. Das Licht der Sonne gab hier keine Tageszeit an und ich hatte bei der Flucht durch den Erdtunnel mein Zeitgefühl verloren. Ich schloss meine Augen und fiel sofort in einen tiefen, traumlosen Schlaf.

7

~ Im Haus des Pferdehändlers ~

Baxter sah auf die auf dem Boden liegende leblose Gestalt. Er hatte noch nie getötet. Bisher hatte er sich immer feige davonstehlen können, wenn eine Situation brenzlich wurde. Er überlegte, was er mit der Leiche von Catherine anstellen sollte. Anscheinend war sie nicht das, was sie vorgegeben hatte, und dass die Herrin im Erdboden verschwunden war, wollte Baxter auch nicht dem Herrn sagen. Das Blut von Catherine suchte sich seinen Weg über den Boden der Futterkammer. Baxter zog die hinteren Futtertonnen nach vorn. Zu seiner Erleichterung waren sie leer. Er schob Catherines Leiche an die Wand und stellte die Tonnen vor sie. Die Blutlache bedeckte er mit Stroh, das er aus dem Stall holte. Zufrieden mit der Vertuschung ging er zurück zum Haus. Als er die Tür erreichte, blickte er noch einmal in den Hof und über den Platz. Es schien ihn keiner bemerkt zu haben. Wie auch. Es war mitten in der Nacht.

Baxter trat leise in das Haus und ging die dunklen Flure entlang zu dem Zimmer, aus dem vor wenigen Augenblicken noch die Herrin getreten war. Der Herr wollte sich ausruhen. Baxter zögerte, die Tür zu öffnen. Was ihn wohl dahinter erwarten würde? Er war sich nicht sicher, ob er das wirklich herausfinden sollte oder ob es nicht klüger wäre, einfach aus dem Arbeitszimmer von Sorrel eine größere Menge Geld zu stehlen und zu verschwinden. So wie die Dinge im Haus des Pferdehändlers standen, würde es keinen besseren Zeitpunkt mehr geben.

Baxters Neugier siegte und er betrat das Zimmer. Auf dem Tisch neben der Tür fand er eine Kerze, die er rasch anzündete. Der Lichtschein fiel durch das Zimmer. Vor seinen Füßen lag das hellblaue, zerrissene Gewand der Herrin. Baxter grinste schief. Es musste doch zur Sache gekommen sein. Ein leises Wimmern ließ ihn aufblicken. Er hielt die Kerze höher, um den Ursprung des Geräusches zu finden. Ihm entfuhr ein schäbiges Lachen, als er seinen Herrn in einer wenig bequemen und verkrampft wirkenden Position auf dem Boden liegen sah. Zu Baxters Überraschung war Sorrel unten herum entblößt. Seine Augen zuckten hektisch hin und her und es schien, als würde er Baxter etwas sagen wollen. Dieser lachte aber leise und gehässig weiter, während er mit langsamen Schritten auf seinen Herren zuging.

»So, nun liegt Ihr hier und könnt Euch nicht rühren?« Auf eine Antwort wartend grinste er auf Sorrel hinab. Der wimmerte nur zu Baxter auf, der sich zu ihm hinabkniete. »Ich hätte nicht gedacht, dass ich Euch in so einer Situation antreffen würde. Von daher wird es Euch sicherlich nicht überraschen, dass es Euch einiges kosten wird, wenn ich Euch berichte, was hier in Eurem Haus vorgefallen ist, während Ihr Euch hier ausgeruht habt.«

Baxter stand auf und zog sich einen Stuhl heran. Er fühlte sich so überlegen und mächtig wie noch nie zuvor in seinem Leben und er kostete die Situation voll aus.

»Eure liebenswerte Frau, die ja allem Anschein nach ihren Hemmerstein besiegt hat – wie hätte sie Euch sonst so bannen können? –, ist mit einem großen Mann im Erdboden verschwunden. Es war wohl ein Leichtes für sie, sich einen potenteren Hengst zu suchen. Wo sie doch schon den General reiten konnte. Ach, das hatte ich Euch ja gar nicht erzählt. Eure werte Frau hat sich nächtelang außerhalb des Landgutes mit dem General vergnügt.« Baxter bereitete der Ärger, der in Sorrels Augen aufblitzte, große Freude und er setzte seine Rede fort:

»Na, zumindest nehme ich das an. Auf ihrer Flucht hat sie die gute Catherine erschlagen. Ihr findet ihre Leiche in der Futterkammer hinter den Tonnen und wie Ihr Euch sicherlich denken könnt, wird es Euch etwas kosten, wenn ich nun Slyth holen lasse, damit er Euch wieder heilt.« Baxter lachte auf und sah auf Sorrel hinab, der innerlich vor Wut zu platzen schien. »Und nun entschuldigt mich bitte«, flötete er. »Da ich mich nun in einer besseren Lage zu befinden scheine als Ihr, werde ich mir eine Abfindung von Euch auszahlen und meine Dienste anderweitig anbieten. Für mich erscheint eine Anstellung bei Euch nicht mehr erstrebenswert. Besonders wenn der Hochkönig erfährt, dass Ihr eine Gabenträgerin mit einem Hemmerstein und Horchertinktur gefügig gemacht und sie nicht an ihn ausgeliefert habt.« Er stand auf und stellte die Kerze auf den Tisch zurück. »Die braucht Ihr sicherlich nicht. Ihr solltet Euch ja ausruhen.«

Damit blies er die Kerze aus, trat zur Tür hinaus und ließ Sorrel in der Dunkelheit des Zimmers liegen. Baxter schloss die Tür und ging den Flur entlang zum Geschäftszimmer. Dort riss er die kleine Kiste, in der Sorrel sein Geld versteckte, an sich und verließ durch die Hintertür leise das Haus. Die anderen Bediensteten würden Sorrel schon finden. Im Stall sattelte er sein Pferd und ritt leise auf die Straße hinaus und verließ die Hochstadt.

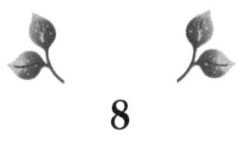

8
~ Im Untergrund ~

»Du schläfst aber lange.« Eine leise Stimme riss mich aus dem Schlaf. Geas Gesicht hing dicht über meinem und ich brauchte einen Augenblick, bis ich antworten konnte.

»Ja, schon« war alles, was ich herausbekam.

»Larine sagte, ich soll gucken, ob du wach bist.«

»Gucken ist aber nicht wecken«, gab ich etwas mürrisch zurück.

Mir war nicht bewusst gewesen, wie unendlich müde ich war. Gea sprang von meinem Lager und lief zu Larine, die an der anderen Höhlenseite beschäftigt war. Ich kletterte aus meiner Schlafhöhle und streckte meine müden Glieder.

»Ihr solltet ihr lieber schnell folgen«, brummte Haldran neben mir.

»Ihr seid ja schon wieder zurück.« Ich blickte ihn erfreut an.

»Schon? Ihr habt lange geschlafen.«

Lange? Es kam mir nicht vor, als hätte ich lange geschlafen, auch wenn ich mich erholter fühlte und mein Schlaf besser gewesen war als im Haus des Pferdehändlers. Die Zeit schien in der Erde ganz anders zu vergehen als an der Oberfläche.

»Ihr solltet Gea wirklich folgen. Wenn man annimmt, dass Larine die Herrin hier im Untergrund ist, liegt man falsch. Die wahre Herrscherin des Untergrundes ist meine Tochter. Also sputet Euch lieber!«

Dann beschäftigte er sich wieder mit seinen Messern und überließ mich mir selbst. Ich ging hinter Gea her. Die wenigen Menschen, die noch in der Höhle waren,

waren mit sich selbst beschäftigt und beachteten mich kaum. Umso überraschter war ich, als mein Weg von einem kleinen alten Mann unterbrochen wurde.

»Ich kenne Euch.« Die grauen Augen des Mannes musterten mich. Dann griff er meine Hand und hielt sie kurz fest. »Oh. Ich kannte Eure Mutter. Ihr seht aus wie Rafka. Nur Eure Augen strahlen anders. Setzt Euch zu mir. Ich würde Euch gern kennenlernen.«

Der Mann deutete auf ein Sitzkissen neben ihm. Ich sah mich noch kurz zu Gea um, die bereits Larine erreicht hatte und wild um sie herumsprang. Da das kleine Erdmädchen abgelenkt war, setzte ich mich. Meine Neugier war größer als der Wille, Gea zu folgen.

»Ihr kanntet meine Mutter?«

»Die Frage ist eher: Wer kannte Eure Mutter nicht?« Der Mann lachte so sehr, dass seine wenigen weißen Haare ihm um den Kopf flogen. »Ich bin Russ. Als ich anfing, für den Lichtkönig in der Hochstadt zu arbeiten, war Eure Mutter noch ein kleines Mädchen, ganz wie die kleine Erdkröte, die hier herumspringt.«

»Ihr seid auch vom Lichtclan?«, fragte ich verwundert. »Wie kann das sein? Der Lichtclan ist ausgelöscht worden.«

»Aber natürlich ist er das und doch sitzen wir beide nun hier. Sieht man mir nicht mehr an, dass ich das Licht in mir trage?«

Ich musterte den Mann genauer. Sein schütteres Haar hatte die weiße Farbe, wie es für viele alte Menschen üblich war. Seine Augen wirkten hell. Nein, sie waren grau und stumpf. Ich hob meine Hand und hielt sie vorsichtig in seine Richtung. Russ blieb jedoch unberührt sitzen und sah mich durch meine Hand hin an.

»Nun, meine Liebe, es ist etwas unhöflich, mir Eure Hand vor die Nase zu halten. Ich habe zwar mein Augenlicht verloren, doch habe ich andere Sinne, mit denen ich wahrnehme, was um mich geschieht. Ich sehe das Licht nicht mehr durch meine Augen, sondern durch meinen Geist.«

Ich fühlte mich ertappt und zog meine Hand schnell wieder zurück. »Es tut mir leid. Ich wollte Euch nicht beleidigen.«

»Ach, das habt Ihr nicht. Keine Sorge. Ich wusste eh, was Ihr macht. Das habe ich über die Jahre, in denen ich ohne mein Augenlicht schon auskommen muss, gelernt. Mein Licht zeigt mir, was geschieht. Ich nehme an, dass Ihr eine ähnliche Gabe tragt. Euer Vater wird sie Euch gegeben haben.«

Russ öffnete seine Hände und hielt sie mir hin. Ich zögerte etwas, bevor ich meine Hände in seine legte.

»Und ich heile. Eine Gabe, die Ihr noch nicht bei Euch gefunden habt, wie ich sehe.«

»Ich kann Licht erzeugen, Lichtkugeln hauptsächlich, die Gefühle und Gedanken von Tieren und Menschen lenken. Aber heilen kann ich nicht«, erklärte ich ihm.

»Sagt mir, was ist Heilung für Euch? Wir bringen die Verwundeten und Kranken mit Licht und Hoffnung dazu, sich selbst zu heilen. Denn wenn der Kranke es will, wird er von selbst heilen.«

Ein Kribbeln fuhr durch meine Handflächen und ich sah, wie sich ein sachter Lichtschein von seinen Handflächen um meine legte. Für einen kurzen Moment konnte ich das Gras der Hochebene riechen und den Sommerregen auf meiner Haut spüren und ich wusste, was er meinte.

»Seht Ihr. Ihr spürt es schon. Ihr müsst es nur in Euch selbst zulassen, dann werdet Ihr Menschen und Tiere heilen können.«

»Zeigt es mir.«

»Aber gerne.« Russ lächelte in sich hinein. Ich war fasziniert von dem alten Mann.

»Bitte, sagt mir, wie kann es sein, dass Ihr ...« Mir war die Frage unangenehm und ich wusste nicht, wie ich sie formulieren sollte.

Russ blickte mich ernst an. »Wie es sein kann, dass ich als Lichtträger am Leben bin, wo fast keiner von uns die Schatten vor so vielen Jahren überlebt hat?«

Ich nickte betroffen. Russ schwieg einen Augenblick.

»Meine Geschichte ist nicht heldenhaft. Leider ist sie alles andere als das. Ich stand im Dienst des Lichtkönigs. Eures Großvaters. Meine Aufgabe bestand in der Ordnung des Haushalts. Ein Krieger war ich nie, so wie viele der Lichtträger. Mir fielen andere Dinge leichter. Als die Schatten kamen, um das Licht zu verdrängen, war ich mit der Listung der Bestände beschäftigt. Ein Narr war ich. Der Wein hatte es mir angetan.« Russ schwieg kurz. Seine blinden Augen hielten einen Punkt in der Ferne fest, die es hier unter der Erde nicht gab. »Ich hatte zu viel vom Wein gekostet. Der Gabensucher fand mich, als alles Licht im Hochpalast erloschen war. Er verschwieg seinen Fund vor dem Hochkönig und sperrte mich in den Kerker. Einen Anspruch auf den Thron hatte ich nicht und einen Clan, der mich unterstützt hätte, gab es nicht mehr. Niemand wusste, dass es mich gibt. Der Gabensucher kam oft. Wir führten lange Gespräche. Mein Licht bekam er nie zu fassen. Ich konnte es bewahren. Obwohl ich manchmal nicht sicher bin, ob er mir mein Licht jemals nehmen wollte. Er schätzte die Gespräche mit mir. Eines Nachts stand der Nachtfalke vor meiner Kerkertür und brachte mich in den Untergrund. Im Kerker verkündete man, dass ich verstorben sei. Der Alte war ich schon damals. Seitdem bin ich hier und helfe, so gut ich es vermag. Aber meine Geschichte ist hier nicht wichtig. Ihr solltet jetzt gehen. Die kleine Erdkröte wird Euch fordern«, lachte er und wandte sich wieder einem Buch zu, indem er mit seinen Händen über die Seiten strich.

Ich blieb noch kurz neben ihm sitzen und beobachtete, wie er mit den Fingern über jedes Wort strich. Ich vermutete, dass es seine Art zu lesen war. Ich stand auf und wollte gehen, doch irgendwie konnte ich mich nicht von dem Anblick, den der alte Mann mir bot, lösen. Russ war vom Lichtclan. Er gehörte zu Raven und mir. In mir keimte eine kleine Hoffnung auf, dass es in den Clanlanden noch andere Lichtträger geben konnte.

»Raja, du solltest mir doch folgen«, quengelte Gea, die plötzlich vor mir stand.

»Ich komme.«

Larine erwartete mich schon und lächelte mir zu. »Gea, schau doch mal nach, ob dein Vater sich zu uns gesellen möchte.«

Die Kleine sprang mit hüpfenden Locken durch die Halle davon.

»Sie wird uns bei der nächsten Flucht verlassen. Haldran tut sich schwer. Er hat Angst, sie nach seiner Frau auch noch zu verlieren.« Larine sah Gea hinterher und widmete dann ihre Aufmerksamkeit mir. »Ich habe mit dem Nachtfalken über Euch gesprochen. Darius weiß noch nicht, dass Ihr hier in Sicherheit seid. Der Nachtfalke hatte noch keine Gelegenheit, ihn zu sprechen. Ihr werdet noch etwas hierbleiben. Wenn Ihr wollt, könnt Ihr Euch nützlich machen.«

»Wie könnt Ihr mit dem Nachtfalken sprechen?«

Larine sah zu mir auf und ihr Blick lag fest auf meinen Augen, als würde sie mich prüfen. »Wir haben Gabenträger des Wasserclans im Untergrund. Es gibt Gläser mit Wasser, durch die wir kommunizieren.«

Ich nickte. Dana hatte mir auch ein Glas mit Wasser im Haus des Pferdehändlers hingestellt, um mich zu warnen. »Ja. Das kenne ich.«

Mein Herz wurde schwer. Die kleine, alte Frau vom Wasserclan war mir ans Herz gewachsen. Sie war meine einzige Freundin gewesen in einer Zeit, in der es keine

Freude für mich gab. Sie hatte mich gerettet und ihr Leben dabei verloren.

Larine griff nach meiner Hand und drückte sie kurz. Auch sie hatte eine Freundin verloren.

»Haran spürt auch im Erdreich, wenn der Nachtfalke uns eine Nachricht senden möchte. Die beiden haben ein System entwickelt. Genau weiß ich aber nicht, wie es geht. Haldran lässt dann einen Tunnel zum Nachtfalken wandern und holt darüber die Nachrichten.«

Die Tunnel, die der Erdmann durch das Erdreich wachsen lassen konnte, waren beeindruckend. Ohne ihn und seine Gabe hätte es der Untergrund um den Nachtfalken wesentlich schwerer. Ich war beinahe stolz, dass er zu meinem Clan gehörte, auch wenn er es wahrscheinlich anders sehen würde, wo er doch sein Leben lang nur in der Hochstadt gelebt hatte und nicht im Erdreich.

»Wie ich sehen konnte, habt Ihr Russ schon kennengelernt.« Larine riss mich aus meinen Gedanken und deutete auf den alten Mann. Ich folgte ihrem Blick und nickte. »Seine Art zu heilen ist anders als meine. Aber seine Erfolge sind beeindruckend. Ich bin froh, dass er hier ist. Es würde mich freuen, wenn Ihr bei ihm lernt. Er wird Euch vieles zeigen können. Er hatte viele Jahre Zeit, sein Licht reifen zu lassen, und seine Gabe ist so vielfältig geworden, dass mich sein Licht immer wieder in seinen Bann zieht.« Larine lächelte mich an. »Der Nachtfalke hat berichtet, dass in den Verliesen des Hochkönigs neue Gabenträger auf ihre Übergabe warten. Wir werden wohl in den nächsten Tagen eine neue Gruppe von Flüchtlingen bekommen.«

»Was meint Ihr damit? Was ist eine Übergabe?«, fragte ich.

»Wir wissen nicht genau, wie es vor sich geht. Wenn eine Gabenübergabe stattfand, ist der Gabenträger hinterher oft so schwer verletzt, dass er stirbt, oder er stirbt bereits bei der Übergabe. Nur wenige überleben die Prozedur. Die Übergabe erfolgt durch den Gabensucher. Der Gabenträger wird gezwungen, ihm seine Gabe zu geben.« Larine blickte auf ihre Hände und wickelte die Binde weiter auf, die sie in den Händen hielt.

»Dann wird ihnen die Gabe ausgesaugt?« Mein Entsetzen konnte ich kaum verbergen.

»Ja. Das ist der Grund, warum der Hochkönig Gabenträger sucht und sammelt. Er macht sie gefügig mit Horchertinktur. Einige Gabenträger bekommen auch einen Hemmerstein eingesetzt, um sie ungefährlich zu machen. Das kennt Ihr ja. Oder er lässt ihnen ihre Gaben entreißen. Wir haben nur wenig Informationen dazu, was der Hochkönig mit den Gaben macht. Selbst Darius konnte noch keine Auskünfte sammeln. Er ist in der Gunst des Hochkönigs noch nicht so gefestigt. Der Hochkönig ist sehr misstrauisch. Auch der Nachtfalke hat nur wenig Informationen für uns. Er vermutet aber, dass sich der Hochkönig der gesammelten Gaben bemächtigt. Seine Kraft und Macht wachsen stetig. Außerdem soll es ein Lager in den Schattenbergen geben. Es gibt regelmäßig Wagentransporte, die Gabenträger dorthin bringen. Doch was da vor sich geht, konnten wir nicht herausfinden. Unsere Spione sind von dort nie zurückgekehrt.«

Ich überlegte, was ein Schattenkönig mit so vielen Gaben anfangen konnte. Wenn er sich unterschiedliche Gaben aneignen konnte, war er sehr mächtig. Ich versuchte, mich zu erinnern, ob ich auf dem Ball Merkmale anderer Clane an dem Hochkönig gesehen hatte. Aber außer der dunklen Erscheinung hatte es keine Anzeichen für andere Gaben an ihm gegeben.

»Habt Ihr denn Beweise dafür, dass der Hochkönig noch andere Gaben trägt?«

»Soweit wir wissen, ist sein Schatten über die Jahre dunkler und stärker geworden. Wir vermuten, dass er sich nur weitere Schatten angeeignet hat. Ihm selbst ist das Mischen der Gaben und der Clane eigentlich zuwider. Aber genau konnte unser Kontakt im Palast das nicht herausfinden.«

»Ihr wolltet mich sprechen?« Haldrans Stimme riss mich aus meiner Fassungslosigkeit.

»Haldran, gut, dass Ihr hier seid. Wir sollten die Lichtträgerin wieder fit bekommen, damit sie sich unserer Sache besser anschließen kann. Der Nachtfalke hat angemerkt, dass sie etwas verweichlicht zu sein scheint. Das Leben als Frau des Pferdehändlers hat ihr nicht gutgetan.«

Ich blickte Larine entsetzt an und wollte gerade protestieren, als sie und Haldran in ein lautes Lachen ausbrachen.

»Das ist ja wohl nicht Euer Ernst!«

Larine brauchte etwas Zeit, um sich zu fangen. »Aber doch! Der Nachtfalke hat den Vorschlag gemacht, dass Haldran und Haran mit Euch trainieren, damit Ihr bereit seid. Es ist Wochen her, dass Ihr ein Schwert geführt oder einen Bogen gespannt habt. Wir werden jeden Kämpfer brauchen, wenn Euer Bruder vor der Hochstadt steht. Auch Euch.«

Wenn mein Bruder vor der Hochstadt steht. Larine klang wieder ernster und ich versuchte zu ergründen, ob in ihrer Stimme Zweifel lagen. Mir war allerdings auch klar, dass sie im Grunde recht hatte. Auch wenn es meine Ehre doch etwas kränkte. Die Zeit, in der der Hemmerstein in mir gesteckt hatte, hatte mich geschwächt. Ohne meine Gabe war ich mir so hilflos vorgekommen. Die Stärke, die ich früher als selbstverständlich angesehen hatte, war verschwunden gewesen. Stattdessen war ich dem Willen und dem Wohlwollen anderer ausgeliefert gewesen. So sollte es nie wieder sein. Die Übungen für einen möglichen Kampf würden mir guttun. Haldran sah mich erwartungsvoll an.

»Ich wäre Euch dankbar, wenn Ihr mit mir trainieren würdet. Es kann sicherlich nicht schaden.«

Haldran lachte wieder los und Larine schalt ihn still.

»Wir können gerne jederzeit beginnen, wie es Euch passt«, verkündete Haldran und deutete eine Verbeugung an.

»Ach, Ihr seid furchtbar«, schmiss ich ihm zu.

»Es wäre mir lieber, wenn Raja erst mit Russ übt, bevor ihr euch gegenseitig abstecht«, warf Larine ein.

Ihr Vorschlag kam mir sehr gelegen. Haldran nickte zustimmend und überließ uns wieder uns selbst.

»Nehmt es mir und ihm nicht übel. Der Nachtfalke kennt Euch nur in Eurer schwachen Gestalt. Wir haben Euch zwar auch noch nicht in Eurer ganzen Stärke kämpfen sehen, doch Euer Bruder hat dem Nachtfalken einiges berichtet.«

Raven. Meine Gedanken glitten ab zu meinem Bruder. Es wunderte mich, dass er so offen mit dem Nachtfalken korrespondierte und dass er von mir berichtete. Wie lange kannte der Nachtfalke mich schon? Ich überlegte, wo mir der Anführer des Untergrundes schon begegnet war. Ob es doch Darius war, der sich nur nicht offenbaren wollte?

»Ihr solltet zu Russ gehen. Er wartet schon auf Euch. Es wird schwer werden, Euch von ihm loszubekommen. Aber ein Kampf wird auch Euch bevorstehen und daher ist die Arbeit mit Haldran ebenso wichtig. Er kennt den Kampfstil der Hochstadtsoldaten sehr gut und kann Euch sicherlich beibringen, wie Ihr gegen sie bestehen könnt.«

Damit entließ mich Larine und ich ging zu Russ, der mittlerweile bei einem Gabenträger am Lager saß und dessen Hände hielt.

»Ah, da kommt Ihr ja. Seht.« Er deutete mit einer kleinen Kopfbewegung auf den Mann. Ein tiefer Schnitt verlief über seinen Arm, sodass das Fleisch zu sehen war.

»Seht genau hin«, wies mich Russ an und ich setzte mich zu den beiden. Der Gabenträger schlief und bemerkte nichts um sich herum. »Ich habe ihn schlafen gelegt und nun können wir arbeiten. Führt Eure Hände über die Verletzung.«

Ich hielt meine Hände über die Verletzung am Arm und wartete auf Russ' Anweisungen.

»Ach, Mädchen«, lachte der Alte. »Diese Verletzung ist nicht die, die ihn verwundet hat. Es ist nicht immer das Offensichtliche. Fühlt mit Eurem Licht in den Verwundeten. Es wird Euch zu der Verletzung führen, die Ihr heilen müsst, um auch das Offensichtliche heilen zu können.«

»Wie soll ich das machen? Ich weiß nicht, wie das gehen soll.«

»Gebt mir Eure Hände.« Ich legte meine Hände in die von Russ. Er drehte meine Handflächen nach unten und zog mich sachte über den schlafenden Gabenträger. »Und nun lasst Euer Licht frei.«

Ich schloss meine Augen und ließ mein Licht sanft in den Körper des schlafenden Mannes gleiten.

»So ist es gut. Seid sacht wie zu einem scheuen Pferd. Der Erdclan hat schon immer eine tiefe Verbindung zu seinen Pferden. An Euch kann ich sie auch sehen.«

Ich riss die Augen überrascht auf und auch mein Licht erlosch.

Russ grinste mich an. »Probiert es noch einmal.«

Ich schloss meine Augen wieder und konzentrierte mich auf mein Licht, das wieder in den Körper des Verwundeten drang. Wie ein kleiner Wasserlauf in der Dunkelheit rann mein Licht immer tiefer und tiefer.

»Gut so. Macht ruhig so weiter. Ganz sacht.«

Unvermittelt zog der Körper des Mannes meine Hände plötzlich an, sodass ich auf ihn runtergezogen wurde und Russ' Halt entglitt. Der Sog, auf den mein Licht zuraste, war so stark, dass ich mich nicht lösen konnte und bittere Übelkeit in mir aufstieg, bevor sich mein Blick verschleierte und sich Dunkelheit um mich herum ausbreitete. Verwirrt sah ich mich um, doch es war nichts und niemand mehr zu erkennen – nur der Sog, der um mich herumwirbelte. Es war, als würde er mich verschlucken wollen. Mein Hals schnürte sich zu und mein Herz stolperte unruhig in meiner Brust. Ich drohte den Halt unter meinen Füßen zu verlieren, bis sich zwei Hände auf meine Stirn und meinen Hinterkopf legten und der Sog und die Dunkelheit verschwanden. Mein Atem presste sich aus meiner Lunge und ich konnte nur schwer mein Herz dazu bringen, wieder ruhiger zu schlagen.

»Schon sehr gut. Ihr dürft Euch nicht aussaugen lassen. Die Wunden sind oft so stark, dass wir vergessen, uns abzugrenzen. Die Dunkelheit wird Euch verschlucken, wenn Ihr nicht Eure Schutzschilde hochhaltet und nicht auf Euer Licht achtet.«

Russ' Stimme brachte mich wieder in meinen Körper und ich nickte. Meine Zunge klebte an meinem Gaumen und ich musste schwer schlucken. Mein Herz schlug mir bis in den Hals.

»Versucht es noch einmal«, wies Russ mich an. »Es wird besser gelingen.«

Wieder legte ich meine Hände auf den schlafenden Mann und ließ mein Licht in ihn gleiten. Der Sog der Dunkelheit kam schneller, als würde mein Licht den Weg schon kennen. Dieses Mal war ich bereit und ließ mich nicht mitreißen, sondern zügelte mein Licht, sodass es langsamer zu der Stelle voller Leid floss. Aus der Dunkelheit und meinem Licht entstand eine schwelende Masse, die ein kleines Glühen von sich gab. Meine

Hände wurden von dem Körper weggestoßen und ich blinzelte zu Russ, der zufrieden nickend neben mir saß.

»Sehr gut gemacht. Ihr habt eine außergewöhnliche Gabe. Wir werden sie weiter fördern«, sagte er zufrieden.

Ich blickte auf den schlafenden Gabenträger und sah, dass die Wunde an seinem Arm kleiner geworden war. Aber verschwunden war sie nicht.

»Aber die Wunde ist doch noch da«, stellte ich fest.

»Mädchen, seid nicht so ungeduldig. Ihr könnt dem Körper nicht mehr geben, als er vertragen kann. Heilen braucht Zeit. Das Leid, das diesem Körper angetan wurde, könnt Ihr nicht innerhalb einer Lichtgabe heilen. Wartet ab. Es wird schon gut werden.«

Russ wandte sich wieder dem Schlafenden zu. Dann drückte er sich mühsam hoch und deutete auf die anderen Gabenträger, die noch auf ihren Lagern warteten. Es war nicht mal mehr eine Handvoll Gabenträger geblieben. Larine hatte gesagt, dass diejenigen, die noch hier waren, die Flucht noch nicht schaffen würden.

»Ich denke, dass wir noch ein paar Lichtgaben schaffen werden. Spürt in Euch und sagt mir, wer als Nächster dran sein sollte.«

Mein Blick glitt über die Gabenträger, die auf ihren Lagern warteten. Eine Gabenträgerin lag und schlief. Auf ihrer Stirn standen Schweißperlen. Als ich näher an sie herantrat, hörte ich sie im Schlaf leise erzählen. Ein Kribbeln durchzog meine Handflächen, als ich meine Hände über sie hielt. Ich drehte mich zu Russ um, der abwartend hinter mir stand.

»Diese Gabenträgerin habt Ihr schon behandelt, obwohl sie nicht so aussieht. Wie kann das sein? Ich spüre ein Licht in ihr und doch geht es ihr nicht gut dabei.«

Russ trat zu mir, nahm meine Hände und hielt sie mit über die Frau. »Spürt noch einmal hinein. Ihr seid zu ungeduldig.«

Ich schloss die Augen und das Kribbeln durchzog wieder meine Handflächen, doch es veränderte sich. Es wuchs an und ich spürte, wie unter meinen Händen die Energie des Lichtes wirbelte und sich wandelte.

»Genau, jetzt habt Ihr es. Das Licht arbeitet in dieser Gabenträgerin. Es führt einen Kampf gegen den Schatten, den diese Gabenträgerin erhalten hat. Sie ist eine der Wenigen, die eine Gabe bekommen haben. Ein Experiment. Sie trägt sonst Wind in sich. Ich kann nur vermuten, aber ein Wind, der den Schatten mit sich bringt, wäre eine große Waffe gewesen. Larine hatte bei dieser Gabenträgerin einen Horcherstein entfernt. Es ist mittlerweile selten geworden, dass der Hochkönig Horchersteine einsetzen lässt. Es bringt ihm mehr, wenn er aus den Steinen die Tinktur gewinnen lässt, damit kann er mehr Krieger befehligen. Die Windkriegerin hier trägt jetzt wie Ihr einen Hellerstein, aber ich fürchte, dass es nicht ausreichen wird. Sie erwacht nicht mehr und das schon seit Tagen.«

Ich blickte auf die Frau hinunter und meine Hände zogen sich wie von selbst wieder zurück. »Gibt es denn gar nichts, was wir machen können?«

Meine Verzweiflung schmeckte bitter und ich konnte meinen Blick nicht von der schlafenden Gabenträgerin abwenden. Sie mochte nur wenige Jahre älter sein als ich selbst. Was für ein Schicksal würde mir oder auch Raven drohen, wenn der Hochkönig uns gefangen nehmen würde? Mein Herz begann wieder zu rasen und eine kalte Angst legte sich auf meine Schultern.

»Es gibt nichts, was ihr helfen könnte. Weder Larine noch ich können etwas tun. Sie muss ihren Weg allein aus den Schatten finden.«

Russ wirkte bedrückt. Ich konnte mir vorstellen, was es für einen Heiler bedeutete, wenn er einen Verwundeten nicht retten konnte. Meine Augen verschleierten sich und ich musste hart kämpfen, um den Tränen ihren Weg zu versperren. Eine Hand legte sich auf meinen Arm und ich bemerkte, dass Russ mich von der Gabenträgerin wegführte.

»Wenn Ihr eine Pause braucht, können wir auch zu einem anderen Zeitpunkt weitermachen.«

Ich schüttelte den Kopf und die Tränen verschwanden aus meinen Augen. »Nein, es ist schon gut. Ich schaffe das.«

Russ nickte. Ich schloss meine Augen und verdrängte die Windträgerin aus meinen Gedanken. Ich ließ meine Gabe frei und sie strich über die anderen drei Gabenträger, die noch auf den Lagern warteten. Dann öffnete ich die Augen und folgte dem Weg, den meine Gabe genommen hatte, und blieb bei einem Jungen stehen. Die Gabe in ihm musste gerade erst erwacht sein. Sein misstrauischer Blick heftete sich auf mich.

»Die Wahl ist gut. Miru ist ein interessanter Patient. Nicht wahr, Miru? Wir haben schon einige gute Gespräche geführt.«

Russ setzte sich neben Miru, der mich noch immer misstrauisch beäugte. Seine dunklen Augen schimmerten gefährlich rot auf. Ich zuckte leicht zurück. Die restliche Erscheinung des Jungen mit seinen dunklen Haaren überraschte mich. Eine Feuergabe hätte ich nicht in ihm vermutet. Unschlüssig, was ich tun sollte, ließ ich mich vor Miru auf die Knie sinken. Seine Augen verfolgten jede Bewegung, die ich machte.

»Darf ich dir helfen?« Ich reichte dem Jungen meine Hände, doch er zog seine zurück, bevor sich unsere Finger auch nur berühren konnten, und funkelte mich böse an.

Russ legte seine Hand auf das Bein des Jungen und wartete ab. Miru entspannte sich und dann flogen seine Hände und Finger in wilden Zeichen vor mir durch die Luft.

»Nun. Ich fürchte, dass Raja dich noch nicht verstehen kann. Vielleicht reichst du ihr deine Hand und lässt sie dich spüren.«

Mein Blick wanderte verwundert zu Russ, der bemerkte, dass ich nicht wusste, was er meinte. Doch er griff nur meine Hände und zog sie zu Miru, der zögernd seine Hände in meine legte. Als sich unsere Handflächen berührten, durchzuckte es mich wie ein Blitzschlag. Meine Kehle schnürte sich zu. Eine Übelkeit stieg in mir auf und ließ mich fast ersticken. Ich wollte aufschreien, doch es kam kein Laut aus mir heraus. Meine Zunge klebte an meinem Gaumen fest und bewegte sich nicht. Ein Brennen durchfuhr meinen Kopf und das Pochen, das durch meine Ohren raste, nahm mir fast das Bewusstsein. Miru ließ mich frei und wollte aufspringen, doch meine Beine gaben unter mir nach, sodass ich nur auf dem Boden sitzen bleiben konnte.

»Du kannst nicht reden?« Mein Atem entwich mir stoßweise.

Mirus Augen wurden glasig und er schüttelte den Kopf. Mein Blick wanderte zu Russ, der meine Fassungslosigkeit nur mit zusammengekniffenen Lippen kommentierte. Dann räusperte er sich.

»Miru ist ein Mischling, wie der Hochkönig es nennt. Wie auch die Prinzessin, Raven und Ihr einer seid. Ihr seid Gabenträger mit zwei Gaben aus zwei Clanen. Miru hat eine Schattenclanmutter und einen Feuerclanvater. Das ist sehr selten und kommt auch in den Jahren, seitdem der Schatten herrscht, nicht mehr vor. Die Clane vermischen sich höchst selten miteinander. Das hat der Schattenkönig veranlasst, indem er das Misstrauen der

Clane untereinander so stark angefacht hat, dass sie es vermeiden, miteinander in Kontakt zu stehen.«

Miru entspannte sich, während Russ sprach, und ich streckte ihm meine Hände erneut entgegen. Mirus Augen waren wieder dunkel und klar. Das Rot, das Feuer, das in ihm loderte, war nur noch ein sanftes Glimmen. Er legte seine Hände in meine und ich ließ mein Licht sanft in ihn hineinströmen. Ich folgte dem Licht und ließ mich mitreißen. Um mich herum türmten sich die Flammen in einer gnadenlosen Dunkelheit. Meine Kleider klebten an meinem Körper und ich musste meine Hand vor meine Augen legen. Angst kroch meine Glieder hinauf und ließ mein Herz wild in meiner Brust tanzen. Mein Licht floss jedoch fortwährend aus mir heraus und wurde in die Flammen gezogen, in denen es verschwand. Ich versuchte, einen Ausweg zu finden, aber ich war eingeschlossen. Plötzlich wurde ich ruhig. Ich fühlte mich unendlich leicht. Die Flammen, die um mich herum aufloderten und nach mir griffen, wurden ruhiger. Sie wurden heller. Sie wurden zu Licht. Ein Lächeln legte sich auf meine Lippen und mit dem nächsten Wimpernschlag saß ich wieder auf dem Boden vor Miru, der mich mit aufgerissenen Augen ansah. Ich wollte meine Hände sinken lassen und bemerkte da erst, dass Russ seine Hand auf meinen Arm gelegt hatte.

»Ihr seid einen großen Schritt gegangen. Weiter, als ich es Euch zugetraut hätte. Ihr müsst vorsichtig sein, wenn Ihr in das Leid der Verwundeten geht. Bleibt immer ruhig und bedacht dabei, was Euer Licht macht. Ihr werdet das nächste Mal aus eigener Kraft wieder herauskommen müssen. Ich werde nicht immer bei Euch sein können, um Euch zu unterstützen.«

Ich nickte langsam und mein Blick richtete sich wieder auf Miru, der immer noch meine Hände umklammert hielt. Eine Welle der Dankbarkeit rollte über mich hinweg, dann riss Miru seine Hände zurück und lief zu einem der anderen Gabenträger hinüber. Ich sah noch, wie seine Hände und Finger wild durch die Luft wirbelten und der andere Gabenträger ihm auf die gleiche Art antwortete. Als beide Handpaare wieder schwiegen, blickten beide zu Russ und mir herüber und lächelten.

Russ erhob sich schwerfällig von Mirus Lager und deutete mir an, mir zu folgen. »Ihr habt heute sehr gut gearbeitet. Das hatte ich nicht erwartet.« Er hielt inne und legte seine Hand auf meinen Arm. »Wobei … doch. Ich hätte es erwarten müssen. Ihr seid Eurer Mutter so ähnlich. Auch Rafka war eine außergewöhnliche Gabenträgerin und ich befürchte, dass Ihr die Sturheit und das Durchhaltevermögen Eures Vaters in Euch tragt. Eure Gabe ist mit einer großen Kraft verbunden. Es gibt noch so vieles mehr, was Ihr mit Eurem Licht machen könntet. Was ich vollbringen kann, zeige ich Euch gerne, doch jetzt ist nicht der passende Zeitpunkt. Ich brauche erst einmal etwas Ruhe.«

Der Alte ließ seinen Arm von meinem sinken und ging in Richtung seines Schlaflagers davon. Etwas unschlüssig erhob ich mich und schaute mich nach Haldran um. Bei den Tischen in der Mitte der Höhle entdeckte ich ihn, war aber unschlüssig, ob ich mich nicht lieber in meinem Lager ausruhen sollte. Das Heilen der Gabenträger mit meinem Licht hatte mich mehr Kraft gekostet, als ich für möglich gehalten hatte. Aber das Licht in mir arbeitete und das Leid der letzten Wochen verblasste immer mehr. Es war, als würde mein Licht nicht nur die anderen heilen, sondern auch mich. In mir wuchs eine Kraft, die ich nur schwer erfassen konnte, eine Kraft, die mich ruhelos antrieb. Daher gab ich ihr nach und machte mich auf den Weg zu dem Erdmann, der nur auf mich zu warten schien. Haldran blickte auf, als ich an den Tisch trat, und lehnte sich dann abschätzend zurück.

»Soweit ich weiß, sind die Clanfrauen des Erdclans sehr geschickte Kriegerinnen. Ich fürchte, dass ich mich auf die Einschätzung des Nachtfalken nicht verlassen sollte.«

Ich kniff meine Augen zusammen, als wollte ich ihn mit ihnen zum Schweigen bringen. Das funktionierte, wenn auch nur für ein paar Augenblicke, dann grinste Haldran mich an, wobei er mich sehr an Haldriel erinnerte.

»Kommt, ich zeige Euch unsere Waffenhöhle.« Damit stand er auf und ging zielstrebig auf eine Höhlenwand zu.

Ich folgte ihm mit etwas Abstand. Geschickte Kriegerinnen waren die Erdclanfrauen auf jeden Fall, allerdings fühlte sich mein Körper tatsächlich weicher und schwächer an und ich war mir nicht sicher, ob der Nachtfalke nicht doch recht hatte und ich durch das Nichtstun nicht mehr die Kraft hatte, um einen Kampf zu bestehen. Ich ging hinter Haldran her und dachte an die vielen Male, die Raikon und Raven mit mir auf der Hochebene und im Wald trainiert hatten. Hier in der Enge der Erde würde es sicherlich nicht so einfach sein. Als Haldran die Wand der Höhle erreichte, ließ er den Erdboden verschwinden und eine kleinere Höhle öffnete sich vor uns. Fackeln erleuchteten auch hier den Raum und ich fragte mich langsam, ob es hier einen Gabenträger aus dem Feuerclan gab. An den Wänden hingen verschiedene Waffen. Schwerter und Dolche. Haldran drehte sich zu mir um und ließ mir Zeit, alle Waffen zu inspizieren.

»Was wollt Ihr wählen?« Seine Augen blitzten herausfordernd.

Der Erdboden verschloss sich in dem Moment wieder und ließ seine Forderung bedrohlicher wirken, als er es hoffentlich bezwecken wollte. Ich ging noch einmal an den Waffen entlang und entschied mich für ein kurzes Schwert. Es war meinem sehr ähnlich, lag aber nicht so gut in meiner Hand wie die Schattenklinge, die ich auf dem Landgut von Darius geführt hatte. Es würde für seinen Zweck ausreichend sein.

»Ich nehme dieses.«

»Eine gute Wahl.« Haldran sah zufrieden aus und zog selbst ein Schwert mit einer ähnlichen Größe. In seiner großen Hand und bei seiner Statur sah das Schwert aus wie ein zu langer Dolch. »Ich möchte sehen, was Ihr könnt«, forderte er mich auf und ging in der Mitte der Kampfhöhle in Position. Mit seinem angespannten Körper und der Waffe in der Hand verlor er alles, was nach dem friedlichen Erdbauern aussah. Der Erdmann vor mir war mehr ein Erdkrieger als ein normaler Mann aus dem Erdreich.

Ich ging ihm gegenüber in Stellung. Die Schwerter waren stumpf. Das konnte ich in dem Licht der Fackeln gut erkennen. Sie würden trotzdem blaue Flecken und Prellungen verursachen können. Haldrans Augen blitzten auf und ich wusste, dass er auf meinen Angriff wartete. Ich erfüllte ihm seinen Wunsch, lief auf ihn zu und schlug mit dem Schwert durch die Luft.

Haldran sprang galant zur Seite und lachte mich aus. »Was sollte das denn werden? Wolltet Ihr die Luft abschlachten?«

Ich wandte mich um und zuckte nur mit den Schultern. Das Schwert hielt ich zu Boden gerichtet. »Ich bin halt aus der Übung.«

Das Gefühl, das mir das Schwert in der Hand gab, war aber ein ganz anderes. Haldran ging mir gegenüber wieder in Position und forderte mit einer Handbewegung einen neuen Versuch von mir. Ich nickte und stürmte wieder auf ihn zu. Er parierte meinen Schlag und schubste mich zurück.

»Ihr könnt gar nichts. ›Aus der Übung‹ ist eine bodenlose Untertreibung. Habt Ihr keinen Schwertkampf gelernt? Ich dachte, dass der Erdclan seine Frauen besser ausbilden würde. Aber anscheinend sind die Erdfrauen doch nur zum Kochen und Putzen gut.« Haldran funkelte mich ungehalten an.

»Ich reite lieber. Immer dieser rohe Kampf.«

Haldran lachte schallend auf, als er bemerkte, dass ich ihn reizen wollte.

Ich stellte mich wieder in Position. »Vielleicht zeigt Ihr mir, wie ich angreifen sollte?«, forderte ich ihn auf.

Er grinste und stürmte auf mich zu. Ich sprang ihm entgegen und sah noch sein überraschtes Gesicht, als ich unter ihm durchglitt. Hinter seinem Rücken sprang auf und er konnte nur knapp meinen Schlag auf seinen Rücken abwehren. Ich nutzte die Überraschung aus und schlug weitere Male auf ihn ein. Sein Schwert kam immer nur knapp vor meines und er hielt meinem Angriff nur schwer stand. Ich drängte ihn weitere Schritte zurück, bis er sich aus seiner Verwunderung befreit hatte und sein Gewicht gegen mein Schwert drückte. Ich ließ mich tief unter seinen Schlag fallen und packte sein Handgelenk, als er sein Schwert zu einem neuen Schlag über seinen Kopf führte. Mit seinem Schwung wirbelte ich über seinen Kopf hinweg und griff erneut von hinten an. Haldran konnte seinen großen Körper nicht schnell genug wenden und ich landete einen Treffer auf seinem Rücken. Keuchend stand ich vor ihm und überlegte, was er als Nächstes tun würde. Sein sonst so freundliches Gesicht war vor Wut verzogen und er kam bedrohlich auf mich zu. Die Wände der Höhle begannen leicht zu zittern.

»Ihr habt mich getäuscht«, fauchte er.

»Was habt Ihr denn gedacht? In einem normalen Kampf hätte ich auch wenig Chancen gegen einen Riesen wie Euch.«

Haldrans Gesichtszüge glätteten sich langsam wieder. Die Erde um uns herum schien wieder starr zu schlafen. »Da habt Ihr nun auch wieder recht. Was habt Ihr noch so zu bieten?«

Ich musste mir etwas überlegen. Die Waffen, die der Erdclan in der Weite der Ebene im Kampf einsetzte, waren hier in der Höhle nicht nutzbar.

»Ich kann nur noch mit dem Bogen gut umgehen. Mit einem Dolch habe ich noch nicht gekämpft.«

»Dann zeige ich Euch das. In der Enge einer Schlacht oder hier in der Hochstadt sind Pfeil und Bogen nicht gut einsetzbar. Ein Dolch ist immer eine weise gewählte Waffe. Besonders wenn Euch Euer Schwert verloren gehen sollte.«

Haldran nahm mir das Schwert ab und holte zwei Dolche. Ich zog jedoch den aus meinem Stiefel und hielt ihn bereit. Haldran stutzte und hielt mir die Hand hin. Ich wusste, dass er den Dolch ansehen wollte. Seine Augen tasteten ihn schon ab, bevor er ihn selbst berührte. Er drehte den Dolch in den Händen und ließ ihn in seiner Wurfhand tanzen.

»Eine sehr schöne Waffe. Es ist eine alte Clanarbeit. Ich würde auf den Wasserclan tippen, wenn ich raten müsste. Die Wellen um den Griff deuten darauf hin. Wo habt Ihr ihn her?« Er reichte mir den Dolch zurück.

»Er war ein Geschenk.«

»Ein sehr wertvolles Geschenk. Ihr müsst dem Schenkenden viel bedeuten.«

Meine Wangen erröteten und ich behielt lieber für mich, dass der Dolch ein Geschenk von Darius war. Ich war mir nicht sicher, wie viel Haldran von ihm wirklich wusste. Er stellte sich neben mir auf und zeigte mir die Grundhaltung des Dolches und wie ich meine Beine stellen musste. Dann ließ er sich vorfallen und stieß den Dolch hoch in die Luft. Ich machte alle seine Vorgaben nach. Er korrigierte mich immer wieder und zeigte mir neue Stoßrichtungen und Beinstellungen. Meine Beine und Arme wurden immer schwerer und ich kämpfte gegen Müdigkeit und meine schmerzenden Muskeln an. Ich befürchtete, dass Haldran meine Erschöpfung ähnlich auskosten würde, wie Raven es zu gern getan hatte. Das Erdreich an der Höhlenwand vibrierte plötzlich und Haldran beendete unser Training. Als er das Erdreich öffnete, stand Haran vor uns und sah mich belustigt an. Ich lehnte mich schwer atmend gegen die Erdwand und wartete.

»Larine sagt, dass ihr essen sollt. Und Haldran: Du sollst sie nicht kaputt spielen.« Lachend ging er wieder zurück in die große Höhle zu den Tischen.

Haldran und ich folgten ihm. Die Waffenhöhle verschloss sich wieder hinter uns und ich war fast dankbar, dass Haran das Training beendet hatte. Als ich das Essen sah, das Larine für uns bereithielt, stürzte ich mich etwas ungehalten an den Tisch und fing noch vor Haldran zu essen an. Etwas empört ließ der sich neben mir auf die Bank fallen und schubste mich gespielt verärgert zur Seite. Er ähnelte Haldriel mehr, als ich es gedacht hatte. Das Heimweh, das plötzlich in mir aufstieg, versetzte mir einen Stich. Doch den schweren Gedanken konnte ich nicht lange folgen.

»Hört auf zu balgen wie junge Hunde«, mahnte Larine, die sich zu uns gesellte. »Russ sucht Euch, Raja. Ich glaube, der Alte hat Gefallen an der Arbeit mit Euch gefunden. Ihr scheint ihm eine willkommene Ablenkung zu der Langeweile zu sein, die er hier unten bisweilen hat.«

Ich stöhnte auf. Nach dem Training mit Haldran wäre ich lieber in meine Schlafhöhle gekrochen. Ich sah mich zu Larine um, die meine Gedanken zu kennen schien. Ein schiefes Lächeln trat auf ihre Lippen.

»Aber wenn ich es recht bedenke, brauche ich Russ erst noch einmal selbst. Vielleicht wollt ihr Euch noch kurz ausruhen, bevor Euch der alte Mann weiter mit seinen Lehrstunden belegt.«

Ich war Larine für den Vorschlag unendlich dankbar. Ich griff nach einem Brot und wollte mich schon aufmachen, um mein Lager aufzusuchen.

»Aber verschlaft nicht alles. Ich schätze mal, dass Haran auch fühlen möchte, wie Ihr mit dem Schwert umgehen könnt.«

»Wir sollten das Förmliche ablegen. Ich mag es nicht, wenn ihr mich anredet, als wäre ich etwas Höhergestelltes.«

Die drei blickten sich an und lächelten dann zurück.

»Das finde auch ich angenehmer.«

»Quatschkopf, du willst dir doch nur keine Gedanken machen, ob du der Lichtträgerin zu nahe trittst oder nicht.«

Die beiden Erdkrieger bufften sich gegenseitig in die Seiten und fingen einen Scheinkampf an. Larine räusperte sich tadelnd und warf mir ein Lächeln zu. Ich konnte mir ein Lachen auch nicht verkneifen, als sich die beiden dann doch wieder dem Essen zuwandten, das auf dem Tisch stand. Haldran wirkte etwas brummig, aber Haran nickte nur zwischen zwei Bissen und achtete dann nicht weiter auf mich.

Ich lief schnell zu meinem Lager, bevor mich noch jemand davon abhalten konnte, mir etwas Ruhe zu gönnen. Meine Arme und Beine wurden immer schwerer. Als ich das Lager erreichte und mich in meine Decke wickelte, überfiel mich sofort ein tiefer Schlaf.

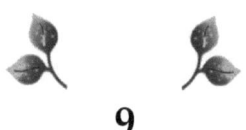

9
~ In der Hochstadt ~

Die schweren Schritte hallten über den Boden aus Wolkenstein. Falkon ging rasch den Flur hinunter zu den Gemächern des Generals. Seine Schattenträger hatten Kunde aus der Hochstadt gebracht. Die Wachen vor der Tür schickte er mit einer Handbewegung weg.

»Ihr könnt wegtreten. Nehmt Euch den Abend frei. Ich werde hier sein.«

Noch bevor die Wachen sich entfernt hatten, öffnete er die Tür, ohne zu klopfen. Es hatte Vorteile, die rechte Hand des Generals zu sein. Darius sah überrascht von seinem Tisch auf und blickte Falkon fragend an.

»Es gibt Probleme. Wir brauchen Wind«, sagte Falkon knapp.

Darius stand auf und ging um den Tisch zu ihm. Mit einer Handbewegung entstand eine Windhose, die lautlos um die beiden Männer herumwirbelte und alles Gesprochene verschluckte.

»Im Haus des Pferdehändlers ist es zu einem Zwischenfall gekommen«, begann Falkon. Darius spannte sich an und wollte sich schon zum Gehen umdrehen, doch Falkon packte ihn grimmig am Arm. »Erst zuhören!«

Widerwillig nickte Darius und gab sich alle Mühe, seinen Wind ruhig zu halten.

»Der Pferdehändler ist gelähmt worden. Sein Gehilfe scheint geflohen zu sein. Sorrel gab einen Suchbefehl aus. Es scheint eine größere Menge Geld zu fehlen.«

Darius atmete erleichtert auf. Die Nachrichten waren für ihn irrelevant.

»Dana wurde erschlagen aufgefunden und von Raja fehlt jede Spur.«

Darius fuhr herum und der Wind in der Windhose heulte gefährlich auf. Mit geballten Fäusten stand er da, während der Wind immer unruhiger wurde.

»Weiß man, wer Dana erschlagen hat?«, presste er zwischen seinen Lippen hervor.

»Laut Sorrel war es Baxter, aber es gab keine Zeugen.«

»Finde diesen Wurm! Weiß der Untergrund etwas über Raja?«

»Ich habe von Larine noch keine Nachricht erhalten«, gab Falkon knapp zurück.

Der Wind verstummte augenblicklich und das Zimmer lag vollkommen friedlich da. Darius wandte sich wieder seinem Arbeitstisch zu, auf dem ein Wasserglas stand. Mit einer kurzen Handbewegung versetzte er das Wasser in Schwingung. Aus seiner Feder ließ er etwas graue Tinte hineintropfen und wartete. Das Wasser nahm die Tinte auf, die es schlierenförmig durchzog. Das Zittern erstarb, als die Farbe verschwunden war.

»Wenn alles gut geht, werden wir heute Nacht in den Untergrund gehen. Lass die Wachen durch unsere Männer ersetzen und die restlichen brauchen etwas Ablenkung. Ich denke, dass wir Ritas Mädchen einmal um ihre Dienste bitten müssen. Regel das bitte.«

Darius ließ seinen Blick nicht von dem Wasserglas. Falkon drehte sich nickend um und ging, um die Anweisungen des Generals umzusetzen. Das Wasserglas vor dem General zitterte erneut auf und auf der Oberfläche tanzte weißer Schaum auf. Der Untergrund hatte Raja in Sicherheit gebracht. Darius atmete erleichtert auf. Sein Entschluss blieb bestehen. Er würde mit Falkon in den Untergrund gehen. Er schickte erneut ein Zittern durch das Glas, als Aufforderung, dass Haldran Falkon und ihn abholen sollte.

10
~ Im Untergrund ~

Ich schreckte aus dem Schlaf auf und brauchte einen Augenblick, um wieder völlig wach zu werden, doch dann schwang ich meine Beine schnell vom Lager und stand auf. Hoffentlich hatte ich nicht zu lange geschlafen und Russ war noch bereit, mit mir an meiner Lichtgabe zu arbeiten.

Er saß auf seinem Schlaflager und blickte stumm in die Höhle. Als ich zu ihm trat, schrak er wie aus einem Traum auf und drehte seinen Kopf in meine Richtung.

»So, Lichtträgerin, tretet heran. Ihr habt mich ganz schön warten lassen. Aber Larine meinte, dass Ihr eine Pause braucht. Die Zeit hier unten vergeht anders als oben an der Oberfläche. Hier fällt es nicht auf, ob Tag oder Nacht ist. Ihr müsst Euch angewöhnen, Euren eigenen Rhythmus hier zu finden. Ruhe muss sein. Sonst könnt Ihr weder kämpfen noch heilen« Er forderte mich auf, mich neben ihn an sein Lager zu stellen.

»Russ, es wäre mir lieber, wenn wir die Förmlichkeiten sein lassen würden. Den anderen habe ich das auch bereits angeboten.«

Der Alte nickte bedächtig. »Das hat Larine schon angedeutet und ich nehme dein Angebot gerne an. Bedenke aber, dass du eine hochgeborene Lichtträgerin bist. Wir alle hier sind nur von niederer Geburt.«

»Hochgeboren zu sein, bedeutet mir nicht viel. Es gibt keinen Lichtclan mehr, für den das wichtig wäre. Auch wenn ich alle hier noch nicht lang kenne, fühlt es sich an, als wären wir eine Art Familie. Ich habe das Gefühl, dass ich nicht dazugehöre, wenn ihr mich als Hochgeborene seht.«

Russ drehte sich zu mir um und seine weißen Augen musterten mich. »Sicherlich hast du recht und nun wollen wir mal sehen, was dein Licht sonst noch so kann.« Langsam hob er die Hände und ließ eine Lichtkugel erscheinen. »Das kannst du sicherlich auch, oder?«

Ich rief eine Kugel aus hellem Licht zwischen meinen Händen hervor. Der Alte nickte zufrieden.

»Schick sie zur Decke der Höhle«, forderte er mich auf.

Ich ließ die Kugel zur Höhlendecke aufsteigen. Für einen Moment erhellte sich die Höhle strahlend. Ich sah, wie die wenigen Bewohner schweigend das Licht beobachteten. Sie wussten, dass Lichtträger in der Höhle waren. Einzig Larine lächelte mir anerkennend und aufmunternd zu.

»Schön, schön«, murmelte Russ. »Nun, kannst du deine Lichtkugeln auch abfeuern? Wie einen Pfeil?«

»Ja. Eine Übung, die Raikon mit Raven und mir unzählige Male geübt hat.«

Der Alte kicherte vor sich hin. Ich hob die Hände, um eine neue Lichtkugel zu rufen, doch Russ legte schnell seine Hände auf meine Arme und die Lichtkugel flackerte nur kurz zwischen meinen Händen auf.

»Das lassen wir hier lieber. Larine würde es nicht dulden, dass wir hier in der Höhle üben, Lichtkugeln oder Blitze abzufeuern. Also probieren wir lieber etwas anderes.«

Ich musste ebenfalls lachen. Für Kampfübungen mit meinen Lichtgeschossen gab es hier zu wenig Platz. Russ hob seine Hände und formte aus seinem Licht eine Scheibe, die er vor sich hielt. Das Licht war so hell und undurchdringlich, dass ich ihn dahinter nicht mehr sehen konnte.

»Dieses Licht ist ein Schutzschild. Beherrschst du das auch?«

Ich schüttelte den Kopf und formte eine Lichtkugel.

»Gut. Damit kannst du beginnen. Lass eine Lichtkugel entstehen und dann drückst du sie flach zusammen«, wies Russ mich an.

Ich führte meine Hände etwas zusammen, doch das Licht zwischen meinen Handflächen war unnachgiebig. Es wollte sich nicht zusammendrängen lassen. Es zischte ärgerlich und ich versuchte, mehr Kraft aufzubringen. Meine Arme schmerzten unter der Anstrengung.

»Nicht zu hart. Stell dir vor, du würdest einen Teller formen. Lass das Licht zwischen deinen Händen weich werden. Licht lässt sich nicht zerdrücken, aber formen. Vergiss das nicht. Geh mit dem Licht um wie mit einem Pferd. Bitte es, dann wird es dir folgen.«

Russ formte erneut zwischen seinen Händen eine Lichtscheibe und führte jede Handbewegung langsam und gleichmäßig aus. Es sah aus, als würde er mit seinen Fingern Ton modellieren, nur dass es sein Licht war, das er geschmeidig zwischen seinen Fingern formte.

Ich schloss die Augen. Zwischen meinen Handflächen erschien wieder eine Lichtkugel. Sachte fühlte ich in mein Licht hinein. Seine Kraft war weich und lebendig zwischen meinen Fingern. Es umschmeichelte meine Haut fast wie Wasser, das durch meine Hände glitt. Ich ließ es langsam kreisen und formte mit meinen Fingern einen Teller. Immer flacher wurde meine Lichtkugel, bis ich eine kleine Scheibe zwischen meinen Händen hielt.

»Sehr gut. Und nun lass die Scheibe vor dir stehen. Sie ist dein Schutzschild.«

Die Scheibe löste sich von meinen Händen, erlosch aber, bevor ich sie ganz vor mich schieben konnte.

»Noch einmal«, forderte Russ. »Du darfst deine Verbindung zu deinem Licht nicht verlieren. Halte sie wie einen Zügel oder eine Leine.«

Wieder hellte das Licht zwischen meinen Händen auf und wieder formte ich eine kleine Scheibe. Sie zitterte, als ich sie vor mich schob. Das Leuchten wurde schwächer und die Scheibe lückiger. Es kostete mich Kraft, sie zu erhalten, doch das Leuchten der Scheibe erlosch.

»Noch einmal. Es darf dich keine Kraft kosten. Es muss einfach nur sein und leuchten.«

Ich wiederholte die Übung unzählige Male, bis meine Scheibe hell und klar vor mir leuchtete. Russ war zufrieden und deutete mir, dass ich mich setzen sollte. Dann reichte er mir einen Wasserbecher, der neben seinem Lager gestanden hatte. Bis das Wasser meine Kehle herunterrann, hatte ich nicht bemerkt, wie durstig ich war.

»Nun, wir wissen nicht, wie viel Zeit wir haben werden. Daher müssen wir noch eine Übung versuchen.«

Russ sah wieder nachdenklich in die Weite der Höhle und ließ sich dann aus dem Lager neben mich auf den Boden gleiten. Er stand aufrecht und sah entschlossen aus.

»Dein Licht kann auch Gestalten annehmen. Du gibst dem Licht eine Seele, eine Aufgabe. Es ist schwieriger, als nur eine Lichtscheibe zu machen, weil du das Licht mit deinem Herzen formen musst, nicht mit deinem Willen. Es klingt kompliziert, aber wir sollten es trotzdem versuchen.« Er verstummte kurz. »Denk an etwas, was dir wichtig ist. Schließ die Augen und stell es dir vor. Dann formst du dein Licht danach, indem du nur daran denkst. Aber probiere, es klein zu halten. Sonst bekommen wir es doch noch mit Larine zu tun.« Er lachte.

Ich nickte und überlegte.

»Wenn du überlegst, wird es nicht funktionieren. Es muss aus dir kommen, ohne dass du darüber nachdenkst. Denk an etwas Schönes. An etwas, was dein Herz erfreut, und lass dein Licht einfach frei.« Er schloss die Augen und auf seinen Handflächen tanzte plötzlich ein kleiner Drache. »Siehst du. Es kommt dann aus dir. Du brauchst das Licht nicht mit Kraft formen.«

Ich blickte verwundert auf den Drachen, der kleine Lichtstrahlen spie. Russ lachte auf. »Als Kind war es immer ein Traum von mir, einen echten Drachen zu sehen. Nun, die Drachen sind schon seit langer Zeit verschwunden.«

Vorsichtig streckte ich die Hand nach dem Drachen aus. Seine Lichtstrahlen kitzelten auf meiner Haut und er flog über meine Finger wieder zurück auf die Hände von Russ. Vorsichtig schloss der seine Handflächen und der Drache verschwand wieder.

In einer Schlacht und mit einer anderen Größe wäre dieser Lichtdrache sicherlich eine gute Waffe. Allerdings war ich mir nicht sicher, ob Russ bei seinem Lichtdrachen daran gedacht hatte, dass er in einer Schlacht einsetzbar war.

Ich atmete tief ein und aus und schloss erneut die Augen. Mein Geist wurde ruhig und horchte in mich hinein. Ich sollte an etwas denken, was mir wichtig ist. Ein Lächeln umspielte meine Lippen und mein Herz wurde warm und groß. Meine Handflächen kribbelten und ich schlug die Augen wieder auf.

»Nicht ganz das, was ich erwartet habe, aber trotzdem einsetzbar. Oder kannst du die Form noch wandeln?« Russ legte den Kopf schief und sah mich mit seinen blinden Augen herausfordernd an.

Auf meinen Handflächen schwappten kleine Wellen. Das Wasser aus Licht floss an meinen Handkanten hinunter auf den Höhlenboden und verschwand. Ich schüttelte es schnell weg und sah den Alten etwas verlegen an.

»Keine Sorge, Mädchen. Das Wasser wird schon kommen. Probiere es noch einmal. Wasser aus Licht kann auch eine wirkungsvolle Waffe sein, aber ich fürchte, dass es an das Wasser an sich nicht herankommen wird. Es sei denn, du kannst so viel Lichtwasser erzeugen, dass es deine Feinde auch gleich ertränken kann.«

Er kicherte vor sich hin und stieg wieder auf sein Lager. Ich hob meine Handflächen erneut und suchte in meinen Erinnerungen etwas, was mich zum Strahlen brachte. Meine Handflächen kitzelten wieder.

»Das ist schon besser nutzbar.«

Auf meinen Handflächen waren viele kleine Lichtpferde. Die winzige Herde lief wild durcheinander und ich konnte in meiner Erinnerung unsere Herde von Erdpferden auf der Hochebene sehen. Ich lachte auf und spürte, wie mein Herz weit wurde. Die Pferde auf meinen Handflächen sprangen und ließen ihre Mähnen in einem Wind wehen, den weder ich noch Russ spüren konnte.

»Und nun lass sie los«, forderte Russ auf.

Ich dachte an die Pferde, die so oft vor mir und Shiver her galoppiert waren, und ließ die kleinen Lichtpferde laufen. Sie trabten durch die Luft vor uns und drehten eine kleine Runde, um wieder zurückzukommen. Als sie meine Handflächen erreichten, zerfielen sie wieder zu einer Woge aus Licht.

»Sehr, sehr gut. Du trägst mehr Licht und Macht in dir, als dir bewusst ist. Üb das und du kannst jede Form wählen, die du brauchst und willst. Du könntest das Licht zu allem formen, was du benötigst.« Russ war sehr zufrieden. Ich ließ mich kurz neben sein Lager nieder. »Versuch, das Gefühl, dass du bei deinen Lichtpferden hattest, auch bei der Lichtscheibe in dir zu spüren. Der Schutzschild aus Licht kann sehr wichtig für dich sein.

Wenn du ihn noch vergrößerst, kannst du nicht nur dich, sondern auch andere schützen.«

Er formte mit seinen Händen eine kleine Lichtkuppel vor sich und sah mich erwartungsvoll an.

»Ich werde noch lange brauchen, bis mir ein Schutzschild gelingen wird«, antwortete ich ihm unsicher.

»Dafür wirst du keine Zeit haben. Du wirst die Kraft in dir finden, um dein Licht zu Größerem zu nutzen, wenn es so weit ist. Und nun entschuldige mich. Ich muss mich ausruhen. Das Wasser wird uns bald erreichen. Üb doch in der Zwischenzeit etwas weiter mit deinen Lichtpferden.«

Damit legte sich der Alte wieder auf sein Lager und wandte mir den Rücken zu. Ich sah ihn noch einmal verständnislos an. Es war verwunderlich, was er alles zu spüren und zu wissen schien.

Falkon betrat das Gemach des Generals. Er nickte ihm kurz zu und ging durch den Raum auf ihn zu. Der General stand am Tisch und blätterte durch Papiere, die er dann achtlos liegen ließ. Draußen lag die Dunkelheit schwer auf der Hochstadt.

»Die Männer sind mit dem Wein und Ritas Mädchen beschäftigt. Wir sollten jetzt aufbrechen. Uns bleiben nur ein paar Stunden, bevor die Ablenkung ihren Reiz verliert.«

Darius, der bereit für den Aufbruch war, nickte kurz und warf sich seinen Umhang über. Beide waren in unauffällige Farben gekleidet und zogen sich ihre Kapuzen tief in die Gesichter. Dann verließen sie das Zimmer durch einen Nebengang. Ihre Schritte verhallten auf der Treppe, die sie hinab zum Kerker führte. Das schwache Licht, das von den spärlich verteilten Fackeln ausging, erlaubte ihnen nur eine geringe Sicht in den Gang und sie verharrten immer wieder und lauschten. Unten im Kerker hüllte Falkon den General und sich in einen dunklen Schatten ein und sie gingen lautlos an den Zellen vorbei. Keiner der beiden versuchte daran zu denken, die Gefangenen einfach mit in den Untergrund zu schleusen. Es war für eine Rettungsmission nicht der richtige Zeitpunkt. Es fehlte die passende Ablenkung. Im Anschluss an die Zellen lag ein dunkler, abgeschiedener Raum. Was hier genau passierte, war den Männern nur zum Teil bekannt, denn der Raum war dem Gabensucher vorbehalten. Der Geruch ließ vieles vermuten, das sich keiner der beiden Männer vorstellen wollte. Was Darius hier am eigenen Leib erfahren hatte, ließ ihn immer noch erschaudern.

Falkon ließ seine Schatten die Tür und die umliegende Wand verhüllen und der General ergriff eine der Fackeln, die Falkons Schatten verschluckt hatten. Dann traten beide durch die Tür und Falkon schloss sie wieder hinter sich. Der Schein der Fackel erhellte den Raum, in deren Mitte ein schwerer Tisch stand. Seine Platte war abgewetzt und es klebten dunkle Flecken darauf. Darius wusste, dass es Blut von Gabenträgern war, die hier dem Gabensucher zum Opfer gefallen waren. Die beiden Männer lauschten in den Raum hinein und warteten. Nach einer kleinen Ewigkeit vibrierte der Boden hinter dem Tisch. Der General trat um den Tisch herum. Er konnte gerade noch das Erdreich des Bodens verschwinden sehen, dann tat sich eine Höhle im Boden auf.

Gedankenverloren ging ich zu meinem Lager zurück. Als ich es erreichte, stellte ich fest, dass es schon belegt war. Gea grinste mich frech an.

»Vater ist weg. Er hat gesagt, dass ich hier bei dir bleiben darf.«

»Aber natürlich darfst du das, aber ich muss noch etwas mit meiner Lichtgabe üben.« Damit schwang ich mich lachend neben sie auf mein Lager.

»Zeigst du mir die Lichtpferde noch einmal? Larine hat verboten, dass ich zu dir und Russ gehe. Bitte.« Gea bat mich eindringlich und legte mir fordernd die Hand auf den Arm, sodass ich gar nicht anders konnte, als ihrer Bitte nachzukommen.

»Na gut«, gab ich gespielt klein bei.

Ich musste eh üben. Auch wenn ich merkte, wie mich die Lichtübungen mit Russ ermüdet hatten. Aber Gea sah mich mit ihren Rehaugen lachend an. Wie hätte ich da ablehnen können? Ich hob meine Handflächen und ließ die kleinen Pferde aus Licht erscheinen. Ich war überrascht, wie schnell und einfach es ging. Viel einfacher, als Russ gesagt hatte. Die Übung mit der Lichtscheibe fiel mir schwerer. Die Pferde hüpften wild auf meinen Handflächen und ließen ihre Mähnen fliegen. Während ich sie beobachtete, fragte ich mich, warum Raikon mir das nicht gezeigt hatte. Ob er es für eine Spielerei gehalten hätte? Die Pferde flackerten kurz auf und ich ließ diesen Gedanken fallen und konzentrierte mich wieder auf sie.

»Darf ich eins halten?« Gea streckte mir ihre Hände entgegen und ich ließ eines der Pferde langsam auf ihre Hände schreiten. Geas Augen leuchteten und sie hob das Pferd zu sich heran. »Es ist wunderschön. Ich wünschte, ich hätte so ein Pferd zum Reiten.«

»Wenn du mal im Erdreich bist, kannst du auf unseren Pferden reiten. Das ist viel schöner.«

Gea strahlte mich an, doch ihre Augen hefteten sich sofort wieder auf das Lichtpferd. Ich hing meinen Gedanken weiter nach und musste immer wieder an die Worte von Russ denken. Wenn ich mein Licht zu allem formen konnte, was ich brauchte, dann müsste es sich auch zu einem Reitpferd formen lassen. Ich nahm mir vor, Haldran zu bitten, eine Übungshöhle für mich zu machen, wenn er wieder da war. Dann lachte Gea auf und ihr Pferd sprang wieder auf meine Handflächen. Ich lachte mit und ließ die Pferde um Gea herumlaufen. Ich war erstaunt, wie gut es mir gelang. Der Hellerstein an meiner Schläfe gab eine wohlige Wärme ab und ich fragte mich, was ich durch seine Hilfe noch alles erreichen konnte und was für eine Stärke meine Gaben gewonnen hatten, seitdem ich vom Erdreich entführt worden und dem Einfluss des Hemmersteins entkommen war. Die Hochstadt als Sitz des Lichtclans musste auch einen Einfluss auf meine Lichtgabe haben.

Die Höhlenwand auf der anderen Seite erzitterte kurz und das Erdreich brach herunter. Haldran betrat die Höhle, gefolgt von zwei verhüllten Gestalten. Gea rief ihren Vater und winkte durch die Höhle. Er sollte meine Lichtpferde bewundern. Doch sie zerschmolzen zu Wasser und versickerten im Boden.

Ich blickte in die tiefblauen Augen von Darius und eine Welle der Erleichterung überrollte mich. Mein Herz setzte aus und ich wusste nicht recht, was ich machen sollte. Ich bemerkte erst gar nicht, dass sich meine Beine schon von allein in die Richtung des Generals aufgemacht hatten. Vor mir rannte Gea auf Haldran zu. Ich nahm es fast nicht wahr. Es war, als würde sich die Welt zusammenziehen und als würde es in dieser Höhle nur noch ihn und mich geben. Darius hatte Falkon stehen lassen und kam mir mit festen Schritten entgegen. Als wir uns erreichten, wollte ich gerade etwas sagen, bis mich seine großen Hände an sich zogen. Seine kräftigen Arme hielten mich gefangen und ich hörte, wie er meinen Namen in meine Haare flüsterte.

»Mir wurde zu spät gemeldet, was im Haus des Pferdehändlers passiert ist. Die Männer waren vom Ball abgelenkt. Das hätte nicht passieren dürfen. Du kannst dir nicht vorstellen, wie froh ich bin, dass es dir gut geht.«

Ich nickte nur an seiner Brust. »Ich bin auch froh, hier zu sein.«

Dann spürte ich seine Lippen auf meinen Haaren. Auf meiner Stirn. Ich hob meinen Kopf in seine Richtung und schon lagen seine Lippen auf meinen. Der Kuss, der schüchtern anfing, wurde mit der Erleichterung, die Darius in sich trug, stürmischer. Ein Räuspern riss uns auseinander.

»Also wirklich, Darius, muss das sein? Musst du uns die Mädchen aus dem Untergrund auch noch wegschnappen?«, rief Haran zu uns herüber, der gerade von Falkon begrüßt wurde.

Darius knurrte nur kurz auf und zog mich wieder an sich. Ich musste mein Lachen und meine roten Wangen an seiner Brust verstecken. Es war mir unangenehm, dass uns alle so offen beobachteten. Dann löste sich Darius von mir und grinste auf mich herunter.

»Sie werden sich daran gewöhnen müssen, dass ich dich nicht mehr hergebe.« Er drehte sich um und zog mich an der Hand mit zu den anderen.

Larine kam auch zu uns und Haldran lauschte den Berichten von Gea über meine Lichtpferde. Ich beobachtete diese kleine Gruppe, die sich wie zu Hause anfühlte. Das Gefühl überraschte mich, da ich die Anwesenden erst so kurz kannte, und doch zog sich mein Herz zusammen bei der Vorstellung, dass ich diese Menschen verlieren könnte. Ich wünschte, sie alle könnten bei uns im Erdreich sein.

»Wir sollten uns setzen und etwas essen«, lud Larine ein und riss mich aus meinen Gedanken.

Erst jetzt merkte ich, dass Darius mich prüfend ansah. Ich lächelte ihn an und seine Gesichtszüge wurden weicher.

»Na, und an die Alten denkt wieder keiner. Macht hier mal Platz. Wenn es hier so laut ist, kann ja keiner wirklich zur Ruhe kommen«, polterte Russ hinter uns los und humpelte zum Tisch, auf dem Larine eine Mahlzeit aus Brot, Käse, Trockenfleisch und einigen Äpfeln vorbereitet hatte.

Haran drängte hinter dem Alten her. Und auch Haldran wurde von der vor ihm hüpfenden Gea mitgezogen. Darius lächelte auf mich herunter und ging mit den anderen mit. Ich blickte mich nach den Nachzüglern um und sah, wie Falkon und Larine noch leise miteinander sprachen. Er schaute verlegen zu Boden und sie lächelte schüchtern.

»Die beiden werden noch Jahre brauchen, um das zu erkennen, was hier alle schon lange wissen«, flüsterte Darius mir zu, woraufhin ich ihn überrascht ansah.

Wir setzten uns zu den anderen und es verwunderte mich nicht, dass Haran und Haldran schon aßen. Russ saß zwischen den beiden und murmelte nett gemeinte Flüche über ungehobelte Erdmänner und die Essgewohnheiten von Schweinen. Die kleine Gea strahlte von einem Ohr zum anderen und setzte sich mir gegenüber auf die Bank.

»Du hast da eine talentierte Lichtträgerin gefunden, General.« Russ versuchte, ein Gespräch anzufangen, doch wurde immer wieder von den beiden Erdmännern an seinen Seiten unterbrochen.

»Talentiert ist gut. Sie hat Haldran ganz schön den Arsch versohlt.« Haldran boxte Haran hinter dem Rücken von Russ an, doch Haran lachte nur. Russ schimpfte weiter leise über die beiden, während Haldran sich brummend ein Stück Brot in den Mund schob und Haran weiter mit einem vernichtenden Blick strafte.

»Ja, Russ, das kann ich mir vorstellen. Sie ist etwas Besonderes.« Unter dem Tisch drückte Darius meine Hand etwas fester und ich schmeckte etwas Stolz und etwas Hitze auf meiner Zunge. Ich stieß ihn mit dem Fuß vorsichtig an und er musste in sich hineingrinsen.

Larine und Falkon setzten sich zu uns. Sie warf einen vorwurfsvollen Blick in die Runde, als sie bemerkte, dass Russ über die beiden Erdmänner schimpfte. »Am Tisch wird nicht gezankt. Benehmt euch wie erwachsene Männer, die ihr alle sein wollt.«

»Jawohl«, lachte Haran.

Russ brummelte noch ein wenig vor sich hin und griff dann ebenfalls nach dem Essen, das vor ihm auf dem Tisch stand.

»Zeig uns deine Pferde«, bat Gea quengelnd.

Ich schüttelte leicht den Kopf in ihre Richtung.

»Die Pferde sind durchaus brauchbar. Sie müssten nur größer werden. Und einen Reiter tragen können.« Russ lachte.

»Das werden sie bestimmt«, beendete Darius das Thema und wandte sich zu Larine. »Der Nachtfalke hat neue Informationen zu dem Lager in den Schattenbergen. Dort sollen weitere Gabenträger hingeschafft werden. Wir sollten versuchen, den Trecks zu folgen, um den Standort ausfindig zu machen.«

»Das hat keinen Sinn. Selbst wenn es einem Späher gelingen sollte, das Lager zu finden, wird er wie die anderen auch nicht zurückkehren. Wir sollten auf das Heer des Lichtträgers warten. Das hat höhere Priorität. Außerdem werden wir jeden Mann brauchen.«

Larines Vorschlag wurde von Falkon mit einem ruhigen Kopfnicken unterstützt. »Wir wissen nicht, zu was der Hochkönig in der Lage ist. Er hält sich seit Jahren stark zurück, was seine wahre Stärke angeht. Seine Schattenkrieger und der Gabensucher verbreiten den Schrecken in der Hochstadt. Es werden Gerüchte laut, dass es in der Ballnacht einen Überfall von Gabenträgern gab. Das plötzlich einsetzende Unwetter ist dem Hochpalast nicht entgangen.« Falkon kniff die

Lippen zusammen. Ich wusste, dass er auch Darius damit meinte. Das Unwetter, der starke Regen, den Darius unfreiwillig herbeigerufen hatte, als Sorrel mich vom Ball wegschleppte, war zu ungewöhnlich gewesen.

Darius warf seinem Freund durch zusammengekniffene Augen einen bösen Blick zu. Ich nahm mir ein Stück Brot und entzog Darius meine andere Hand.

»Wie weit ist das Heer von meinem Bruder von der Hochstadt entfernt?«, fragte ich beiläufig.

»Etwa eine Woche. Der Hochkönig hat es durch seine Schattenkrieger herausbekommen und hat bereits veranlasst, dass die Wehranlagen verstärkt werden sollen. Allerdings bemerken die Stadtbewohner nichts davon. Es liegen viele neue Schutzzauber auf den Mauern. Es wird für Gabenträger bald nicht mehr möglich sein, aus der Stadt zu gelangen. Es wird nur der Untergrund zur Verfügung stehen.« Falkons Blick ruhte auf Haldran und mir wurde wieder einmal bewusst, wie mächtig und vor allem wichtig seine Gabe war.

Der große Erdkrieger kaute nachdenklich auf einem Stück Brot herum. »Wann bringen wir die letzten Clanmitglieder und Gabenträger aus der Stadt?«, fragte er mit vollem Mund.

»Das wird sich in den nächsten Stunden klären. Der Nachtfalke wird euch wieder eine Gruppe Flüchtlinge übergeben. Im Kerker laufen die Vorbereitungen durch unsere Männer dafür.«

Ich blickte erstaunt zu Falkon. Doch bevor ich etwas fragen konnte, ergriff Larine das Wort.

»Nun, dann sollten wir hier nicht länger herumsitzen, sondern uns vorbereiten. Es wird viel zu tun geben. Hoffen wir, dass uns das Glück beisteht und die Hochstadt nichts von uns mitbekommt.«

Damit war für sie das Treffen beendet. Falkon sah ihr nach, als sie mit Haldran und Haran aufstand und zum anderen Ende der Höhle ging. Dort waren die Vorräte untergebracht. Darius suchte unter dem Tisch meine Hand und unsere Finger griffen wie von selbst ineinander.

»Komm, wir wollen kurz in Ruhe reden.« Sein Atem streifte über mein Ohr und ich nickte und stand schnell auf.

Gea blickte uns beleidigt hinterher, doch sie folgte uns nicht. Russ redete leise auf sie ein und aus dem Augenwinkel konnte ich erkennen, wie ein kleiner Lichtdrache über den Tisch lief und Geas Augen wieder strahlten.

Ich ging vor Darius her und führte ihn zu meinem Lager. Er legte den Kopf schief, als ich mich auf mein Lager setzte.

»Ich wollte wirklich nur mit dir reden.«

»Du bist gemein. Hast du dich mal ungesehen? Hier gibt es nicht viele Orte, an denen wir ungestört reden könnten. Es sei denn, du bittest Haldran, uns eine Höhle zu bauen.«

»Das ist eine ausgezeichnete Idee.« Er beugte sich zu mir herunter und seine Lippen brachten mich dazu, ernsthaft über meinen als Witz gemeinten Vorschlag nachzudenken. Aber Darius zog sich zurück und seine Augen leuchteten so intensiv blau, dass ich die Luft kurz anhielt.

Er setzte sich neben mich und griff nach meiner Hand. »Was ist in der Nacht nach dem Ball passiert? Der Schattenkrieger, den wir abgestellt hatten, hat bei der Wachablösung nur berichtet, dass Baxter in der Nacht noch davonritt, und dann haben wir erfahren, dass Dana gefunden wurde.«

Ich sah Darius von der Seite an. Seine tiefblauen Augen wirkten stumpfer, grauer. Seine Augen waren am Markttag auch mehr grau als blau gewesen. Seine Windgabe musste mit der Traurigkeit, die ihn bisweilen überkam, zusammenhängen. Ich löste meinen Blick von ihm und entzog ihm meine Hand. Ich überlegte kurz. Was im Haus des Pferdehändlers vorgefallen war, durfte Darius nicht erfahren. Ich wollte ihn nicht wissen lassen, dass der Pferdehändler versucht hatte, sich an mir zu vergehen. Die Schatten der Erinnerungen waren wie verschwommen, seitdem ich den Hellerstein in mir trug. Aber auch wenn der Schrecken verblasste, wollte ich nicht, dass er oder sonst jemand, der mir nahestand, es wusste. Ich wollte nicht, dass sie mich anders sahen. Wenn ich mit Darius zusammen war, blieben die Schrecken weg. Als wäre mir Sorrel niemals zu nahe gekommen. Wir zogen uns an, wie Motten dem Kerzenschein folgen. Unweigerlich. Unsere Körper passten zusammen, wie es nur etwas tat, was in zwei Teile zerbrochen war und nun endlich wieder ineinandergreifen konnte. Unsere Gaben hatten sich verbunden und waren eins gewesen.

Es würde alles zerstören, wenn Darius erfahren würde, was passiert war. Dana konnte es nicht mehr erzählen und ich würde mein Schweigen darüber nicht brechen. Weder gegenüber ihm noch bei jemand anderem. Ich würde diese Erinnerungen tief in mir verstecken, bis sie so verblasst wären, dass keiner sie jemals sehen konnte. Ein Kribbeln, das über meine Hände tanzte, riss mich aus meinen Gedanken. Als ich auf sie blickte, sah ich kleine Lichtblitze über meine Handflächen zucken. Ich legte sie schnell auf meine Knie. Ein Seitenblick verriet mir, dass Darius mit hochgezogenen Augenbrauen auf meine Hände blickte.

»Sorrel war sehr verärgert. Er hat mich gestoßen und mein Kleid zerrissen. Daraufhin habe ich ihn mit meiner Gabe gelähmt und wollte fliehen. Dana hat mich abgefangen und in den Stall gebracht. Dort hat mich Haldran dann in den Untergrund geholt. Und Dana …« Ich stockte. Darius legte seine Hand auf meine. Sein Blick war starr in die Höhle gerichtet und seine Kiefer mahlten aufeinander. »Es tut mir sehr leid. Dana hat erzählt, dass ihr euch recht nahegestanden habt.«

Sein Blick kam wieder zu mir zurück und seine Kiefer entspannten sich leicht. »Es muss dir nicht leidtun. Wir alle wussten und wissen, was der Preis für das ist, was wir hier machen. Jeder ist bereit, ihn zu zahlen.«

»Ich will das aber nicht.« Meine Stimme war wieder leise geworden.

»Niemand will das und doch ist es manchmal einfach so. Es passieren schlimme Dinge hier im Clanreich. Wir müssen verhindern, dass es noch mehr werden. Zumindest müssen wir es versuchen. Und durch dich und deinen Bruder haben wir sogar die Chance, dass wieder das Licht in das Clanreich zurückkommt. Weißt du, was das für viele bedeutet? Was es für die Clane da draußen bedeutet, dass es wieder Hoffnung auf ein friedvolles Leben gibt?«

Die Bedeutung seiner Worte schnürte mir die Kehle zu. Es stand so viel auf dem Spiel. So viel Verantwortung lastete auf meinen Schultern, dass ich das Gefühl hatte, unter ihr auf meinem Lager zusammengedrückt zu werden.

Ich blickte Darius an. »Das wollte ich aber nie. Ich wollte immer nur ein ruhiges Leben mit meinem Clan. Den Hochthron wollte ich nie haben.«

Darius drückte meine Hand. »Wir können uns nicht immer aussuchen, was das Schicksal für uns bereithalten soll. Das Leben macht seine eigenen Pläne. Ich wollte auch nie zum General des Schattenkönigs werden und doch hat mich genau das hierhergebracht. Ich hätte dich vielleicht anders niemals getroffen. Eine Lichtträgerin, die versteckt im Geheimen Tal lebt. Eine Legende wärst du für mich gewesen. Und ich bin dankbar für alles, was ich erleben musste, um hierher gelangen zu können.«

»Ich wünschte, du hättest das alles nicht erleiden müssen. Wir hätten uns auch anders gefunden.«

»Glaubst du da wirklich dran?«

Ich musste daran denken, wie zurückgezogen voneinander die Clane in ihren Reichen lebten. Mein Vater hatte immer versucht, die Gabenträger zu schützen. Raven und ich waren nur sehr selten zur Clanstätte gerufen worden, wenn Fremde den Erdclan besucht hatten. Wahrscheinlich hatte Darius recht. Es wäre unwahrscheinlich gewesen, dass wir uns getroffen hätten. Aber unsere Träume waren doch der Beweis, dass wir miteinander verbunden waren.

»Nein, aber ich möchte es gerne.«

Darius legte seine Hand an meine Wange und zog meinen Kopf leicht zu sich heran. Seine Lippen landeten auf meinen. Meine Hände legten sich um seinen Hals und er zog mich zu ihm heran.

»Du machst es mir nicht leicht, aber wir müssen wieder aufbrechen. Unsere Abwesenheit darf nicht auffallen.«

Ich nickte nur. Die Zeit war so kurz gewesen. Langsam gingen wir zurück zu den Tischen. Darius legte noch einmal seine Arme um mich und ich zog den Geruch von Sommerregen tief in mich hinein. Falkon, der immer noch am Tisch saß, erhob sich und verabschiedete sich von den anderen. Er ging hinüber zu Larine und den Erdmännern. Was sie sprachen, konnte ich nicht verstehen. Als Falkon sich dann Haldran zuwandte und die beiden Männer wieder zu uns herüberkamen, beschäftigte sich Larine ausgiebig mit den Vorräten und packte kleine Bündel zurecht.

Darius ließ mich aus seinen Armen frei und hauchte mir einen Kuss auf die Stirn. »Mach keinen Unsinn und warte hier auf mich«, flüsterte er in meine Haare.

»Ich mache nie Unsinn.« Ich wusste genau, dass er mich in der kurzen Zeit, die wir uns ohne meinen

Hemmerstein kannten, gut genug einschätzen konnte. Seine Wärme floss auf meinen Körper über und ich löste mich nur unwillig von ihm.

Darius ging zu Falkon und Haldran, die schon an der Höhlenwand auf ihn warteten, und dann ließ Haldran das Erdreich vor sich verschwinden und ein neuer Tunnel öffnete sich wie ein dunkles und bedrohlich wirkendes Maul vor ihnen. Die Männer traten ein und Darius sah sich noch einmal nach mir um. Seine tiefblauen Augen leuchteten in der Dunkelheit und dann verschwand er hinter der sich wieder verschließenden Erde.

11
~ Im Haus des Pferdehändlers ~

Der Pferdehändler lag in seinem Bett. Seine Bediensteten hatten ihn am Morgen nach dem Ball und Baxters Verrat in seinem Gemach gefunden. Slyth war noch an dem Morgen erschienen, konnte ihm aber nicht recht helfen.

Sorrel spürte, wie das Leben zurück in seinen Körper kam. Seine Hände und Arme konnte er schon wieder leicht bewegen. Aber die Bewegungen bereiteten ihm Schmerzen. Dieses Miststück! Er würde sich an ihr rächen. Ja länger er so dalag, desto größer wurden sein Hass und seine Gier danach, ihr Leid zuzufügen.

Die Tür des Raumes öffnete sich und Slyth betrat ihn erneut.

»Nun, werter Herr, wie geht es Euch heute? Könnt Ihr Euch wieder bewegen?«

»Hört auf, mich zu veralbern. Habt Ihr etwas, was mir helfen kann?«

Slyth lachte auf. Er stellte seine Tasche neben den Kranken auf das Bett und zog eine kleine Viole heraus. In ihr schimmerte eine leuchtende Flüssigkeit.

»Das wird Euch allerdings einiges kosten. Es ist schwer zu beschaffen und das Heer des Lichtträgers soll nicht mehr weit entfernt sein. Ihr wisst, was das heißt. Ich werde die Stadt noch heute verlassen, bevor es nicht mehr möglich ist.«

Sorrel streckte seinen schmerzenden Arm gierig nach dem Fläschchen aus und riss es Slyth aus der Hand.

»Eure Bezahlung findet Ihr in der kleinen Papierrolle auf dem Tisch.« Er wies mit dem Kopf dorthin. »Dieser Verräter, Baxter, hat meine Geldkassette gestohlen.«

»Ja, so etwas habe ich vermutet. Ihr wart es aber, der entschied, die Horchertinktur nicht bei ihm einzusetzen. Mit Euren anderen Bediensteten habt Ihr da keinen Ärger«, gab Slyth zu bedenken. »Na ja, bis auf die, die Euch das eingebrockt hat«, fügte er noch amüsiert hinzu.

Sorrel hantierte in der Zeit an der Viole herum, bekam sie allerdings nicht auf. Slyth sah sich die Versuche eine Weile gelangweilt an, bis er Sorrel die Viole aus den Händen riss und sie ihm öffnete. Gierig griff der Pferdehändler danach und schüttete sich die Flüssigkeit in den Hals. Er musste husten, als die Flüssigkeit seine Kehle hinabbrann.

»Was habt Ihr mir da gegeben?«, stieß er zwischen zwei Hustern aus.

»Das, mein Lieber, war Licht. Es ist schon erstaunlich, dass man es in Flaschen abfüllen kann. Und noch amüsanter finde ich es, dass das Licht das Einzige ist, was Euch von der Tat der Lichtträgerin wieder befreien kann.«

Slyth steckte sich die Papierrolle unter die Kleider und drehte sich um, um Sorrel, der mittlerweile still im Bett lag, zu beobachten.

»Aber wahrscheinlich wäre Eure Starre in den nächsten Tagen auch ohne mein Zutun verschwunden. Doch schneller ist ja immer besser. Und nun entschuldigt mich. Ich werde nun eine Reise antreten. Eure Schulden werde ich einholen, wenn die Stadt wieder sicher ist. So lange werde ich das Clanreich verlassen. Gehabt Euch wohl.« Slyth packte eilig seine Tasche und verließ das Haus des Pferdehändlers.

Sorrel begann derweil im Bett seine Beine wieder zu bewegen und richtete sich auf. Noch während er in seinem Bett hockte, fasste er einen Plan. Die Gabenträgerin würde ihm das teuer bezahlen.

12
~ Im Untergrund ~

Die verschlossene Höhlenwand zeigte mir nur zu deutlich, dass ich wieder einmal gefangen war. Nicht wie in Sorrels Haus. Hier konnte ich zwar auch nicht weg, aber hier hatte ich die Möglichkeit, etwas zu tun. Der Unterricht von Russ hatte mich weiter gebracht, als ich es gedacht hatte. Die Lichtpferde bedeuteten mir sehr viel. Der Schutzschild würde mir auch noch gelingen. Bei den Gedanken an mein Licht spürte ich wieder das vertraute Kribbeln auf meinen Handflächen. Das vorsichtige Glimmen, das sich auf ihnen ausbreitete, erhellte mein Gesicht und ich war dankbar darüber, dass ich meine Gabe wiederhatte. Ohne sie war ich nicht vollständig gewesen, zerrissen und nicht ich selbst. Auch das Kampftraining mit Haldran war mir wichtig. Es machte mich wieder mehr zu der Clankriegerin, die ich war, bevor ich aus dem Erdreich entführt worden war. Ich spürte zwar immer noch die Anstrengung in meinen Armen und Beinen, doch ich wusste, dass es mich wieder stärken würde. Meine Bewegungen würden wieder kraftvoll und geschmeidiger werden.

Ich sah mich nach den anderen um und musste feststellen, dass die Verbliebenen sich in ihre Schlafhöhlen zurückgezogen hatten. Ich seufzte und ging auch zu meinem Lager. Ausruhen konnte nicht verkehrt sein. Mein Lager war leer. Ich hatte fast erwartet, dass sich Gea dort verkrochen hatte. Ich nutzte die Ruhe aus, um noch einmal ein Pferd aus Licht zu erzeugen. Die Lichtkugel erschien problemlos zwischen meinen Händen und sie wandelte sich auch mühelos in ein

Pferd. Ich traute mich aber nicht, es so groß werden zu lassen, dass ich mich draufsetzen könnte. Jedoch wurden die Lichtpferde immer fester, sodass ich nicht mehr durch sie hindurchfassen konnte.

Nach ein paar Versuchen, das Licht schneller zu formen, übermannte auch mich die Müdigkeit und ich rollte mich unter meiner Decke zusammen und schloss die Augen. Wieder einmal abwarten. In mir regte sich zaghaft eine Ungeduld und ich versuchte sie aus meinen Gedanken zu verbannen. Ein unruhiger Schlaf umfing mich.

Die Zweige einer alten Eiche schoben sich zur Seite und gaben mir den Blick auf meine Lichtung frei. Ich war schon so lange nicht mehr hier gewesen. Ich atmete die Waldluft ein und ging durch das hohe Gras zum Ufer des Sees. Die Sonnenstrahlen glitzerten auf der Wasseroberfläche und die Seerosen lagen wie Sterne auf der Oberfläche. Ich watete in das Wasser hinein, das sich an meine Beine schmiegte und mich weiter hineinzog. Ich spürte, wie meine Haut zu leuchten begann. Ich wusste, wer hinter mir am Waldrand auf mich wartete. Ich spürte seine Blicke auf meiner Haut. Das Schimmern um mich herum wurde stärker und ich drehte mich in freudiger Erwartung um.

Im Schatten der Bäume stand Dragon. Der schwarze Hengst glich einer Statue und rührte sich nicht. Nur die leichte Bewegung seiner Atmung verriet ihn. Sein Reiter saß unbeweglich auf ihm und schaute unter der schweren Kapuze zu mir herüber. Ich trat aus dem Wasser heraus und der Reiter saß ab und kam langsam auf mich zu.

Die Kapuze fiel zurück und ich sah in die tiefblauen Augen von Darius. Er strahlte mich an und schloss mich sofort in seine Arme. Mit seinem Atem in meinen Haaren und seinem Geruch in der Nase stand ich zeitlos an ihn geschmiegt da.

»Ich wusste immer, dass ich dich finde«, flüsterte er.

Ich drehte meinen Kopf zu ihm und spürte, dass er näher kam. Ich schloss meine Augen und erwartete seine Lippen auf meinen. Ein schrilles Wiehern riss mich zurück. Ein Schatten huschte über uns und riss Darius aus meinen Armen. Ich rief seinen Namen und stürzte hinter ihm her. Der Schatten verdunkelte die Lichtung, Wind riss an mir und zog mich weiter von Darius weg. Ich kämpfte gegen die Dunkelheit und den Wind an, doch ich kam nicht weiter. Meine Beine rutschten unter mir weg und ich landete auf meinen Händen. Ich grub sie tief in den Waldboden. Die Kraft, die aus dem Boden in mich schoss, raubte mir den Atem. Die Schläge meines Herzens hallten in meinen Ohren wider. Meine Lichtung veränderte sich. Die Bäume wurden im Wind hin- und hergerissen. Blätter und Zweige peitschten durch die Luft, abgerissen und aufgewirbelt von dem Wind, der immer wieder in neuen Böen um mich herumwirbelte.

Ich schrie in das Brüllen des Windes Darius' Namen und plötzlich brach mein Licht aus mir heraus. Der Wind verstummte sofort und die Dunkelheit baute sich noch einmal vor mir auf, bevor der Schatten sich meinem Licht geschlagen gab. Die Lichtung wurde wieder friedlich. Die Sonnenstrahlen drängten durch die Blätterkronen der Bäume.

Vor mir in den goldenen Strahlen des Lichts kniete Darius. Dunkles Blut lief an ihm herunter und er hob mühsam seinen Kopf. Sein Gesicht war rot überströmt. Seine blauen Augen wirkten leer und sein Gesicht verzog sich schmerzerfüllt. Seine Lippen formten klanglos meinen Namen. Sein Ruf dröhnte durch meinen Kopf und seine Augen wurden schwarz.

Ich schreckte aus dem Traum hoch. Meine Atmung ging stoßweise und mein Herz jagte in meiner Brust vor der aufsteigenden Angst davon. *Nur ein Traum. Es war*

nur ein Traum. Ich drehte mich um und richtete mich an der Kante des Lagers auf. Ich ließ meinen Blick durch die Höhle schweifen. Die Schlaflager waren noch belegt. Ich konnte aber niemanden erkennen. Der Traum hallte noch in meinem Geist nach und die Angst ließ mich nicht los. Mein Herz beruhigte sich nur langsam in meiner Brust, doch mein Atem ging noch immer viel zu schnell. Ich wischte mit dem Handrücken über meine Stirn. Sie war nass und heiß. Ich kniff die Augen noch einmal zusammen. Ich rief meine Gabe in mir wach und ließ mein Licht in mich fließen. Sofort füllte sich mein Körper mit einer beruhigenden Wärme und ich entspannte mich wieder. Mein Blick wanderte noch einmal durch die Höhle und ich entdeckte Russ, der auf einer der Bänke vor seiner Schlafhöhle saß. Ich entschloss mich, zu ihm zu gehen. Er bemerkte mich, noch bevor ich bei ihm war.

»Nun, Mädchen, was kann ich für dich tun?« Er wies mir einen Platz neben sich auf der Bank zu.

»Ich hatte einen seltsamen Traum. Ich brauche eine Ablenkung. Vielleicht können wir zusammen meine Lichtgabe üben.«

Russ nickte still vor sich hin, als würde er überlegen. Dann hob er seine Hände und formte eine Lichtscheibe, die er zwischen seinen Händen langsam kreisen ließ. »Ich werde dich nicht nach deinem Traum fragen. Er war deutlich zu spüren. Ob es nur ein Traum ist, kann ich dir nicht sagen. Träume sind oft merkwürdige Gesellen. Sie zeigen uns Dinge, die waren, und die, die sein können. Doch niemals müssen sie sein.«

Russ erinnerte mich an Hanna. Obwohl sie nicht älter als mein Vater war, war sie in den Jahren schneller gealtert und hatte durch die Erde viel Weisheit aufgesogen. Auch sie hatte mir oft von der Wichtigkeit der Träume erzählt.

»Und nun denken wir an etwas anderes. Ich habe schon gesagt, dass wir hier nichts Kriegerisches üben dürfen.« Russ riss mich aus meinen Gedanken und ich folgte seinem Blick hinüber zu Larine. Wieder einmal faszinierte es mich, dass der alte Lichtträger seine Umgebung ohne Augenlicht völlig klar wahrnehmen konnte.

»Ich werde Haldran bitten, uns eine Übungshöhle zu bauen.«

»Ein guter Plan«, murmelte er. Die helle Lichtscheibe wurde zwischen seinen Händen flüssig und sämig wie Öl. Er zog die Scheibe größer und größer, bis sie annähernd seine Größe hatte. Dann stand er auf und trat durch die Scheibe hindurch. Das Licht legte sich schimmernd um ihn, wie eine Rüstung. »Ich habe es ganz langsam gemacht. Siehst du?« Russ hielt mir seinen schimmernden Lichtarm hin. Ich nickte und legte sachte meine Hand auf sein Licht. Es kitzelte und prickelte unter meinen Fingern. »Und nun nimm deinen Dolch und stich auf mich ein«, befahl Russ.

Ich blickte ihn mit aufgerissenen Augen an. »Das ist nicht dein Ernst!«, stieß ich fassungslos aus.

»Mein voller Ernst«, gab der Alte störrisch zurück.

Langsam zog ich meinen Dolch aus dem Stiefel. Unsicher, ob ich seinem Befehl folgen sollte, sah ich mich noch einmal um und erblickte Haran, der uns erwartungsvoll beobachtete. Ich musste schwer schlucken. Da von Haran keine Einwände kamen, hob ich den Dolch und stieß ihn vorsichtig in Russ' Arm.

Der Alte spottete: »Du kämpfst wahrhaftig wie ein Mädchen. Die Welt wird verloren sein.«

»Das wird sie nicht«, dröhnte Haran hinter mir.

Ich fuhr erschrocken herum. Ich hatte nicht gehört, wie sich der Erdkrieger uns genähert hatte. Haran sah den Alten mürrisch an, riss mir den Dolch aus der Hand und stach zu. Mein Schrei hallte in der Höhle wider und wurde nur von Harans polterndem Lachen abgelöst. Russ stand völlig unberührt vor mir und mein Dolch steckte in einer dicken Lichtmasse, die sich um die Schneide gesammelt hatte. Haran zog den Dolch aus ihr heraus und ließ ihn in seiner Hand wirbeln, dann reichte er ihn mir zurück und legte seine Hand auf meine Schulter.

»Kämpf richtig, wie es sich für eine Erdfrau gehört.« Damit ließ er mich los und entfernte sich wieder. Sein Grinsen behielt er, als er sich wieder auf seinen Sitzplatz fallen ließ und mich weiter genau beobachtete.

Ich konnte meinen Blick nur schwer von ihm lösen, zumal ich Russ nicht weniger fassungslos gegenüberstand.

»Ein Schutzschild.« Russ grinste. »Du kannst dein Licht nicht nur als einen richtigen Schild vor dir tragen. Wenn du dein Licht um dich legst, dann hast du beide Hände für den Kampf frei. Dir kann nichts passieren. Du musst nur deinem Licht vertrauen. Und nun bist du dran.«

Der Schutzschild aus Licht verschwand um den alten Mann und Russ setzte sich wieder schwerfällig auf die Bank zurück. Ich stellte mich auf und begann eine Lichtscheibe zwischen meinen Händen kreisen zu lassen. Ich zog und drehte die Scheibe immer größer, bis sie mich überragte. Diesmal fiel es mir um einiges leichter, die Lichtscheibe zum Wachsen zu bringen. Die Übung mit den Lichtpferden hatte mir Vertrauen in meine Gabe gegeben.

»Gut so und nun steig hinein«, befahl Russ.

Ich stand vor meiner Scheibe und sah das Leuchten. Das Licht lockte mich und ich trat einen Schritt hinein. Wie ein sanfter Wasserfall fiel es über mich und bedeckte meinen ganzen Körper. Auf meiner Haut fühlte es sich warm an. Ich berührte es. Wie über die Seide eines Kleides glitten meine Finger über das Leuchten. Ich blickte auf und die blinden Augen von Russ waren auf mich gerichtet.

Er nickte zufrieden. »Du hast Vertrauen in deine Gabe gewonnen. Das ist gut. Du wirst es brauchen. Wollen wir mal sehen, ob es hält.«

Ich fuhr herum und sah, wie Haran, der sich unbemerkt hinter mir aufgebaut hatte, seinen Dolch auf mich niedersausen ließ. Vor Schreck hielt ich die Luft an und schloss meine Augen. Mein Herz setzte aus.

»Nun«, hörte ich Haran sagen. »Da solltest du wohl noch etwas üben.«

Die Spitze seines Dolches stand auf meiner Brust und ich spürte sie bei jedem Atemzug. Ich blickte von der Spitze hinauf zu Haran, der mich spöttisch ansah.

»Was für ein Glück, dass ich meinem Dolch vertraue«, lachte er nur und setzte sich neben Russ auf die Bank.

Ich fragte mich, wie es sein konnte, dass er sich so lautlos bewegte.

Russ legte seinen Kopf schief und blickte in meine Richtung. Seine grauen Augen tasteten über mich. Dann stieß er die Luft aus und setzte sich wieder entschlossener auf.

»Haran hat recht. Wenn du deinem Licht nicht vertraust, wird es nicht von Bestand sein, wenn du es brauchst. Noch einmal.«

»Es hat mich überrascht, dass Haran plötzlich mit dem Dolch auf mich einstechen wollte.«

»Im Kampf wirst du auch in unterwartete Situationen geraten. Du musst immer damit rechnen, dass dich jemand auch von hinten angreift«, tadelte mich der Erdkrieger.

Ich nickte stumm und war etwas verärgert, dass ich mich hatte erschrecken lassen. In einem Kampf hätte es auch so kommen können, da hatte Haran recht. Das Licht zwischen meinen Händen drehte und formte sich. Als es die richtige Größe erreicht hatte, zog ich es einfach über mich und sah, wie Russ zufrieden nickte. Er hob kurz eine Hand und sein Licht tauchte ihn in seinen Schutzschild.

»Mit der Zeit kann es schneller und schneller gehen, dass du dein Licht über dich legst.«

Haran sah mich kurz an und nickte ebenfalls. Dann sauste sein Fuß auf mein Bein zu und traf auf mein Licht. Sein Aufheulen verriet, dass mein Licht seinen Tritt abgewehrt hatte. Er wirbelte von der Bank auf und ließ seine Hand mit dem Dolch auf mich niedersausen. Vor meinem Geist verlangsamte sich seine Bewegung. Ich atmete ruhig aus und zog mein Licht an die Stelle, an der der Dolch landen würde. Er blieb dieses Mal darin stecken.

»Na, siehst du. Du kannst ja doch was«, maulte Haran und ließ sich auf die Bank zurückfallen.

»Wenn ihr glaubt, ich würde eure Kampfübungen in meiner Halle nicht bemerken, dann habt ihr falsch gedacht.« Larine stand plötzlich hinter mir und sah uns böse an.

Russ hob die Hände und blickte unschuldig. »Wie könnte ein alter Mann wie ich denn kämpfen?«

»In dir steckt mehr, als du erscheinen lässt. Und ihr zwei: Lasst Haldran eine Höhle für euer Training bauen. Hier ist für so was kein Platz.«

Larine drehte sich um, ohne auf eine Entschuldigung zu warten, und ging mit festen Schritten davon. Mein Licht war verschwunden. Haran blickte genauso ertappt wie ich und wir konnten uns nur schwer das Lachen verkneifen.

»Na kommt, wir suchen Haldran und lassen ihn eine Höhle bauen. Ich bin gespannt, ob dein Schild auch bei einem Kampf hält.« Damit marschierte der große Erdkrieger davon.

Russ blieb auf der Bank sitzen. »Du hast eine starke Kraft in dir, Mädchen. Du musst dir nur mehr vertrauen.

Vielleicht kannst du dein Licht auch für andere Dinge einsetzen als für das, was ich dir hier zeigen kann.«

»Seitdem ich den Hellerstein in mir trage, wandelt sich meine Gabe immer weiter. Mein Licht wird immer stärker. Ich hätte nie gedacht, dass ich so etwas jemals vollbringen könnte.«

Russ betrachtete mich kurz und schmunzelte dann. »Ist es deine Gabe, die durch den Hellerstein stärker wird, oder ist es vielleicht so, dass du durch das Leben stärker wirst? Und meinst du wirklich, dass es nur an dem Hellerstein liegt? Nicht an einer Verbindung oder vielleicht daran, dass du in die Hochstadt, das Reich des Lichts, zurückgekehrt bist?«

Ich wusste keine Antwort.

»Nun, für das Grübeln findest du sicherlich später noch Zeit.« Der alte Mann lächelte und sein Blick entfernte sich.

Ich wandte mich um und lief zu Haran hinüber, der ein paar Schritte entfernt wartete und mich erwartungsvoll ansah.

»Bist du bereit?«

»Ja, ich würde gerne herausfinden, was ich mit meiner Gabe alles bewirken kann.«

»Lass uns Haldran suchen.«

Ich drehte mich um und lief hinter ihm her. Wenn wir nicht im Untergrund wären, könnte ich mir fast vorstellen, dass ich durch die Clanstätte zu Hause laufen würde. Oder fühlte sich die Hochstadt, die das Lichtreich war, schon an wie das Erdreich, wie mein Zuhause?

13
~ Im Hochpalast ~

Die Wache am Tor des Hochpalastes trat unruhig von einem Bein auf das andere. Der Pferdehändler forderte wieder eine Audienz beim Hochkönig. Nicht bei einem seiner Vertreter oder dem General – direkt beim Hochkönig. Schon einige Male war er abgewiesen worden. Nun hatte die Wache den Vertreter des Generals kommen lassen. Er würde den penetranten Bittsteller schon in seine Schranken weisen.

Skrull war nur einer von denen, die dem General seine Stellung missgönnten. Der General war kein Schattenkrieger, Skrull dagegen stammte aus einer alten Familie des Schattenreichs, die mächtige Gabenträger hervorgebracht hatte, wodurch er schon durch seine Geburt ein höheres Anrecht auf die Stellung des Generals hatte.

Er trat mit einer herablassenden Lässigkeit auf das Tor zu und sah von Weitem, wie der Pferdehändler ihn mit einem gehässigen Ausdruck in den Augen erfreut ansah.

»Nun«, polterte Skrull los. »Was gibt es hier für ein Problem?« Mit zusammengekniffenen Augen musterte er die dürre und schwächliche Erscheinung des Pferdehändlers.

Dieser legte seine Hände vor der Brust zusammen und grinste ihn schief und herausfordernd an. »Kein Problem. Vielmehr eine Chance für Euch, das zu bekommen, was Euch zusteht.«

Skrull sah abschätzend auf den Pferdehändler hinab. Was sollte diese Person ihm schon bieten können?

»Ihr solltet mir vertrauen. Ich werde Euch nicht enttäuschen.« Sorrel grinste den Schattenkrieger an.

»Dann überzeugt mich davon, dass Ihr meine Zeit wert seid.« Skrull wandte sich den Wachen zu. »Lasst diesen Wurm passieren.«

Sorrel grinste die Wachen triumphierend an und schritt hinter Skrull her, der ihn zum Dienstzimmer der Offiziere geleitete. Dort ließ der Schattenkrieger sich schwer auf den Stuhl am Tisch fallen und sah seinen Bittsteller fordernd an, der sich jedoch kurz etwas unsicher umsah. Es befanden sich weitere Schattenkrieger in dem Raum. Keiner sah aus, als wäre er Sorrel im Geringsten wohlwollend gesinnt.

»Wir sollten uns unter vier Augen unterhalten.«

»Ihr fordert sehr viel. Ich kann nur für Euch hoffen, dass es sich lohnt«, zischte Skrull und wies mit einer Handbewegung die anderen Schattenkrieger an, den Raum zu verlassen.

Kalte Schatten griffen nach Sorrel und seinen Kleidern und ihm wurde sichtlich unwohl unter den verachtenden Blicken der Krieger, die schweigend den Raum verließen. Doch Sorrel war ein Geschäftsmann und er wusste, dass er einen hohen Preis für seine Informationen von dem Offizier vor ihm fordern konnte.

Als die Tür des Raumes zugeschlagen wurde, zuckte Sorrel trotz seines Versuches, selbstsicher zu wirken, zusammen.

Skrull lachte leise. »Machen wir es kurz. Was habt Ihr mir zu sagen? Ich nehme mir für gewöhnlich nicht die Zeit für Gesindel wie Euch, aber Ihr habt mich neugierig gemacht.«

»Was bekomme ich für meine Informationen?«, fragte Sorrel. Sein Geschäftssinn war geweckt und er konnte das mögliche Vermögen, das ihm der Schattenoffizier bringen könnte, schon fast schmecken.

Amüsiert lachte Skrull vor sich hin. Doch plötzlich sprang er mit dem kalten Blick einer Raubkatze auf und packte Sorrel über den Tisch hinweg mit seiner großen Hand. Der war von der Schnelligkeit des Offiziers überrascht und konnte nicht rechtzeitig flüchten. Langsam zog Skrull ihn zu sich heran.

»Eure Bezahlung ist Euer Leben. Und das auch nur, wenn mir Eure Informationen gefallen. Also vergeudet meine Zeit nicht weiter.«

Er stieß Sorrel von sich wie eine Puppe aus Stroh, der daraufhin ein paar Schritte rückwärts taumelte, bis er sich fangen konnte.

»Nun gut. Ihr braucht ja nicht gleich grob werden. Ihr könnt mich auch bezahlen, wenn Ihr den Wert meiner Informationen ermessen könnt.«

Der Offizier deutete auf einen Stuhl am Tisch und Sorrel schob sich eilig darauf. Er wollte den Schattenoffizier auf keinen Fall weiter herausfordern. Er grinste und begann mit seiner Erzählung. Skrull setzte sich ebenfalls wieder und rutschte auf seinem Stuhl dichter an den Tisch heran. Aufmerksam wie ein Raubtier lauschte er dem Gerede des Pferdehändlers. Je weiter dieser mit seinem Bericht fortfuhr, desto breiter wurde das Grinsen auf dem Gesicht des Offiziers. Als Sorrel fertig war mit allen Wahrheiten und erlogenen Ausschmückungen, die er sich zurechtgelegt hatte, war er mit sich sehr zufrieden.

Der Offizier hatte sich auf seinem Stuhl zurückfallen lassen und sah ihn noch immer eindringlich an. Dann beugte er sich vor und schnippte Sorrel ein Stück Gold zu, das er aus seiner Tasche gefischt hatte.

»Ihr wartet hier.«

Dann verschwand der Schattenoffizier und ließ Sorrel allein zurück. Als die Tür in ihr schweres Schloss fiel, hörte er noch die kurzen scharfen Befehle, die Skrull seinen Wachen gab. Er hatte ihn festgesetzt. Keiner sollte den Raum betreten, bis er wieder zurückkam.

14
~ Im Untergrund ~

Haldran öffnete die kleine Waffenhöhle und Haran sprang hinein. Ich trat kurz nach ihm ein und sah mich prüfend um.

»Reicht euch die Größe? Oder wollt ihr es intimer haben?«

»Haha«, gab ich ihm über die Schulter zurück.

»Es reicht gerade so. Nur du störst hier«, polterte Haran, umgriff meine Hüfte und zog mich an ihn.

Ich stieß ihn lachend von mir. Wenn Darius hier gewesen wäre, hätte er sich das nicht getraut.

Haldran betrat die Höhle ebenfalls. »So schnell werdet ihr mich nicht los. Ich werde mir genau ansehen, was ihr da vorhabt. Einer muss doch der Nachwelt berichten, wie die Lichtträgerin dir in den Allerwertesten getreten hat.«

Haran wollte sich auf Haldran stürzen, doch ich war schneller und schickte eine Lichtscheibe zwischen beide.

»Das reicht. Ihr benehmt euch wie zwei Junghengste. Wir haben für so was keine Zeit. Lasst uns lieber anfangen.«

Es überraschte mich fast, wie schnell und mühelos die Lichtscheibe aus meinen Händen geschossen war. Eine Wärme an meiner linken Schläfe verriet mir, dass der Hellerstein seine Kraft in mich fließen ließ. Haran sah kurz zu mir herüber und schon sauste einer seiner Dolche auf mich zu.

Ich sprang zur Seite und sah ihn böse an. »Ich war noch nicht so weit.«

»Es gibt kein ›so weit‹ in einem Kampf.«

Und schon sauste der nächste Dolch. Das Licht um mich herum war sofort da, als ich es rief, und ich schlug mit einer hell leuchtenden Hand den Dolch zur Seite. Ein weiterer flog auf mich zu, den ich ebenfalls abwehren konnte. Haran nickte anerkennend.

Ein weiterer Dolch kam und ein zweiter folgte ihm so dicht nach, dass ich nicht mehr reagieren konnte. Die Überraschung über den zu schnell folgenden Hieb glitt ab in einen Schrecken, der sich kalt um meinen Körper legte. Ich spürte, wie der Dolch mein Licht durchbrach und über die Haut meines Armes zischte. Das Blut perlte hellrot aus dem Schnitt und lief in einem kleinen Rinnsal meinen Arm hinab.

Haran sah mich etwas erstaunt an und ich musste die Zähne kurz zusammenbeißen, als mich der Schmerz durchzuckte. Zu schnell, als das Haran hätte reagieren können, ließ ich eine Lichtkugel auf ihn zurasen, die ihn an der Brust traf und plump nach hinten kippen ließ.

Haldran lachte seinen am Boden hockenden Freund aus. Doch sein Lachen täuschte mich nicht. Er warf ebenfalls zwei Dolche, die ich beide abwehren konnte.

Haran stand auf und beteiligte sich wieder an der Kampfübung. Die Dolche hagelten auf mich nieder und je öfter ich ausweichen oder abwehren konnte, desto selbstsicherer wurde ich. Mein Atem ging schwer und mein Herz schlug mir vor Anstrengung in den Hals. Ich brauchte eine Pause, doch die Erdkrieger schienen gerade erst in Fahrt gekommen zu sein. Statt der Dolche hielten sie nun Schwerter in den Händen.

»Bitte, ich brauche eine Pause«, japste ich. Die beiden Männer sahen sich an und hätten sicherlich auf die Pause verzichtet. Doch ich nutzte aus, dass sie mich kurz nicht beachteten, und ließ eine Lichtkugel vor ihnen explodieren. »Ich meine es ernst.«

»Na gut. Wenn du darauf bestehst.« Sie ließen sich auf zwei Erdbrocken nieder, die hinter ihnen aus dem Boden auftauchten. Haldran deutete hinter mich. Auch für mich kam ein Brocken hervor.

Mein Herz schlug heftig und mein Atem ging immer noch schnell. Ich ließ mich nieder und versuchte, wieder zur Ruhe zu kommen. Die beiden Erdkrieger unterhielten sich so leise, dass ich es nicht verstehen konnte, weswegen ich meinen Körper weiter zur Ruhe zwang, bis mein Herzschlag sich wieder beruhigte. Mein Geist aber war ruhelos und ich konnte nicht lange ruhig sitzen bleiben und stand auf. Mit langsamen und ruhigen Bewegungen fing ich an, zwischen meinen Händen eine neue Lichtkugel zu erzeugen. Ich formte die Kugel immer größer und zog hier und dort an ihr, bis ein Pferd vor mir stand, das in seiner Größe Shiver nicht unähnlich war.

Die Erdkrieger waren still geworden und nickten anerkennend. Haldran stand als Erstes auf und kam zu mir und dem Lichtpferd hinüber. Sein Erdbrocken verschwand still wieder im Erdreich. Haran folgte ihm. Auch wenn es verhaltener war, spürte ich sein Staunen, ohne dass ich meine Gabe einsetzen musste. Beide blieben neben dem Pferd stehen.

Haran fuhr ihm über den Hals. »Es fühlt sich fest an. Und seidig. Als wäre es echt«, staunte er.

Haldran nickte immer noch. »Wollen wir doch mal sehen, wie gut du damit bist.«

Damit packte er mich und warf mich auf den Rücken des Lichtpferdes. Der dumpfe Aufprall, mit dem ich auf dem Boden landete, verriet es. Doch das Lachen der beiden Männer, das die Höhle erfüllte, war fast noch schlimmer. Ich richtete mich mühsam auf und funkelte die beiden finster an. Mein Oberschenkel schmerzte. Der Fall war zu plötzlich gekommen. Sicherlich würde ein blauer Fleck zurückbleiben. Meine Hände fuhren über die schmerzende Stelle. Das Lichtpferd stand immer noch vor uns. Mein Fall hatte das Licht unbeeindruckt gelassen. Ich war fast froh, dass ich es aufrecht halten konnte.

»Das war nicht fair. Ich hatte gar nicht vor, dieses Pferd zu reiten.«

Ich rief mein Licht wieder zurück und das Pferd verschwand. Es tat mir fast leid, es war so schön gewesen. Ich vermisste die Pferde, besonders Shiver.

»Dann zeig uns eins, das du reiten wirst.« Haran lachte immer noch.

Die Wut in mir ließ meinen Körper heiß werden. Ich hob meine Hände und formte ein neues Pferd. Ich wandelte meine Wut in Härte um. Das Pferd, das vor mir stand, erschien nicht anders als das erste. Ich trat heran und drückte sanft meine Hand auf die Oberfläche aus Licht.

Haldran war hinter mich getreten und ich nickte ihn auffordernd an. Diesmal war ich auf den Aufschlag vorbereitet. Das Lichtpferd hielt mein Gewicht nicht, allerdings glitt ich nur langsam durch das Pferd hindurch und hatte Zeit, meine Füße unter mich zu bringen. Die Männer lachten wieder, aber diesmal musste ich mitlachen und das tat gut. Das Lichtpferd verschwand wieder.

»Versuch es noch einmal.«

Das neue Pferd stand schneller als die ersten, doch ich rutschte wieder durch den Körper hindurch. Meine Enttäuschung lag wie ein öliger Film auf meiner Zunge.

»Vielleicht musst du dich stärker darauf konzentrieren.«

Ich nahm einen neuen Versuch vor. Das Pferd, das erschien, sah anders aus. Seine Mähne wellte sich wie die Oberfläche eines Sees. Den Erdkriegern entging dieses kleine Detail an dem Lichtpferd nicht. Haldran wollte mich wieder auf den Pferderücken heben, doch ich sprang selbst hinauf. Etwas überrascht und glücklich blieb ich tatsächlich auf dem Lichtpferd sitzen. Mein breites Lachen brachte mir ein anerkennendes Nicken der beiden Krieger ein, doch das reichte mir nicht, ich wollte mehr. Ich schloss meine Augen und ließ meine Kraft in das Licht einfließen. Ich spürte, wie das Lichtpferd unter mir sich langsam in Bewegung setzte. Mit erhabenen Tritten schritt es um die beiden Männer herum. Ich konnte es nicht fassen. Das musste ich Gea zeigen. Ich ließ das Pferd unter mir verschwinden und landete auf meinen Füßen vor Haran und Haldran, die mir begeistert auf den Rücken schlugen. Etwas zu fest. Anscheinend war ich von den beiden schon als ebenbürtig aufgenommen worden.

»Das war großartig. Wie hast du das gemacht?«

»Genau so.« In meinen Händen erschienen zwei kurze Schwerter und die Erdkrieger sprangen einen Satz zurück und zückten überrascht ihre Schwerter.

Auf Harans Gesicht trat ein schiefes Grinsen und er ließ sein Schwert auf meins niedersausen. Ich parierte seinen Schlag und lachte ihn über die gekreuzten Schwerter hinweg an. Haldran schlug ebenfalls zu und mein anderes Schwert hielt auch stand.

»Ich denke, dass ich gerne an deiner Seite kämpfen werde, wenn es zu einer Schlacht kommen sollte«, lachte Haldran.

Wir kämpften noch eine Weile, bis wir nicht mehr konnten. Meine Lichtschwerter hatten den Schlägen weiterhin standgehalten. Ich war mehr als zufrieden und geschafft, als Haldran die Höhlenwand öffnete.

Larine hatte auf uns gewartet. Auf unserem Tisch standen Brot, Käse und Fleisch bereit. Äpfel lagen auch dabei. Die Männer ließen sich schwer auf die Bänke fallen und fingen an, über unser Training zu reden. Ich griff nach einem Apfel und ging zu meiner Schlafhöhle. Mein Körper schmerzte und ich merkte, wie die

Müdigkeit mich zu überrollen drohte. Die Kraft, die ich für das feste Licht geben musste, hatte mich ermüdet und ich wollte nur noch schlafen. Danach würde ich Haldran um eine neue Erdhöhle bitten, damit ich weiter an meiner Lichtgabe arbeiten konnte. Aber jetzt musste ich mich erst einmal ausruhen.

15
~ Im Hochpalast ~

Der General stand vor dem Ratszimmer des Hochkönigs. Es war ungewöhnlich, dass er zu dieser Tageszeit nach ihm verlangte. Er hatte den Nachtfalken informiert. Falkon war nicht anwesend, er erledigte Beschattungen für ihn. Die schwere Tür des Zimmers wurde von einer Wache geöffnet. Als er hindurchtrat, befiel ihn ein ungutes Gefühl. Nachdem die Tür hinter ihm in ihr Schloss gefallen war, fühlte er sich plötzlich wie gefangen.

Der Hochkönig saß auf seinem Thron und blickte starr auf Darius hinab. Die Schatten, die ihn umgaben, ließen ihn noch größer erscheinen. Der Thron war mit seiner hoch aufragenden Form dem Thron im großen Saal des Palastes sehr ähnlich. Die hohen Spitzen, die über dem Kopf des Königs aufragten, waren verschleiert durch die Schatten, die nun ihren Weg durch das Zimmer suchten. Vor dem König kniete eine dürre, knochige Gestalt und Darius spürte, wie sein Wind sich in ihm regte. Er hatte gehofft, den Pferdehändler nicht so schnell wiederzusehen, und es konnte nichts Gutes bedeuten, dass er hier im kleinen Ratszimmer empfangen wurde und nicht im großen Saal.

Der General verbeugte sich und der Hochkönig wies ihn mit einer knappen Handbewegung an, vorzutreten. Hinter ihm lauerte Griffin und sah den General mit einem bösartig erfreuten Lächeln an. Dem General fuhr ein kalter Schauer über den Rücken. Trotz der vernähten Augen wusste der Gabensucher immer genau, wo er hinsehen musste, was er seiner Gabe zu verdanken hatte.

»General. Ich danke Euch, dass Ihr Euch Zeit nehmen und kommen konntet. Ich habe hier eine Angelegenheit, in der ich Eure Hilfe benötige.«

Die Stimme des Hochkönigs ließ ihn aufhorchen. Sie klang anders. Abwartend. Fast lauernd. Die Freundlichkeit, die in ihr mitschwang, war dem General wohl bekannt. Der Hochkönig hatte ein Opfer vor sich und war sich dessen nur zu bewusst. Darius beschlich das Gefühl, dass nicht der Pferdehändler das Opfer war. Seine Sinne waren geschärft und er musste den Wind tief in sich zerren, damit er nicht aus ihm herausbrach.

»Ich befolge Eure Befehle.«

»Tut Ihr das? Nun, wir werden sehen. Sprecht, Pferdehändler! Wir wollen Eurer Geschichte nun noch einmal Gehör schenken.«

Noch einmal. Der General machte sich innerlich zur Abwehr bereit. Die Falschheit, die in Sorrels Blick lag, ließ seine Muskeln anspannen.

»Mein Hochkönig, ich werde Euch gerne berichten. Vor einigen Wochen war ich auf einer Handelstour. Ich kaufte Clanpferde für den Markt in der Hochstadt. Edle Tiere. Beim Erdclan wurde mir eine Frau zugesprochen. Wie sich herausstellte, wurde ich von meinem Handlanger betrogen. Er ließ der armen Frau einen Hemmerstein einsetzen, der verdeckte, dass sie eine Gabenträgerin war. Der General entdeckte sie und wollte diese Frau wohl für sich selbst haben, denn er hat sie nicht für Euch gefangen genommen.«

Sorrel unterbrach und schaute zu dem General herüber. Das Blau aus dessen Augen war verschwunden. Ein tiefes Grau hatte es verdrängt. Doch Darius blieb unverändert und wie erstarrt stehen. Der Hochkönig hielt seinen Blick fest auf ihn gerichtet und wartete auf eine Reaktion, aber die wollte er ihm nicht geben.

»Der General kaufte ein Clanpferd bei mir und machte keinen Hehl daraus, dass er meine Frau begehrte.

146

Er holte sie mit einem Trick zu sich auf sein Landgut und verführte sie. Noch schlimmer: Er ließ ihren Hemmerstein entfernen. Am Abend des Balls bedrängte er meine Frau wieder. Sie lehnte sich danach gegen mich auf und der General verhalf ihr zur Flucht.«

Sorrel wandte sich zu dem General um und lächelte ihn triumphierend an. Der erwiderte den Blick jedoch nur kalt.

»Er verhalf ihr zur Flucht in den Untergrund – zum Nachtfalken«, spie Sorrel aus.

Der General blickte wieder den Hochkönig an, der ihn eindringlich musterte. Seine Augen hatten sich verengt, als würde er jede Regung im Gesicht des Generals ausmachen wollen.

»General, das sind schwerwiegende Anschuldigungen gegen Euch. Ihr habt Euch an der Frau eines anderen vergangen und seid mit dem Untergrund im Bunde.«

Griffin trat hinter dem Thron des Hochkönigs hervor und ging langsam auf den General zu. Der Hochkönig verzog seinen Mund zu einem schiefen Grinsen und ließ sich zufrieden in seinen Thron sinken. Der Gabensucher blieb so dicht vor dem General stehen, dass dieser angewidert seinen Blick abwenden musste. Die Worte des Gabensuchers waren so leise, dass der General sie hören konnte, aber kein anderer der Anwesenden. Der Gabensucher wusste, was er tat.

»Ich konnte ihren Geruch an Euch riechen und Euren an ihr.«

Darius sah Griffin erneut an und gab keine Antwort. Der Gabensucher grinste. Er stieß seine Hand vor und packte Darius an der Kehle und eine Lähmung breitete sich in dessen Körper aus, sodass ihm das Atmen immer schwerer fiel. Er wusste, worauf der Gabensucher aus war, und er widerstand dem Drang, ihm eine Antwort entgegenzuschmeißen.

»Mein Versprechen an Euch werde ich halten. Auch wenn Ihr es nicht mehr miterleben werdet. Das sei Euch gewiss.« Der Gabensucher lockerte seinen Griff und die Lähmung verschwand langsam aus Darius' Muskeln. »Euer Stein wird Euch auch nicht mehr helfen können. Aber ich lasse ihn Euch. Es wird umso schöner werden. Nicht wahr?«

Darius presste seine Kiefer so fest aufeinander, dass er fast erwartete, seine Zähne brechen zu hören, doch er schwieg immer noch.

Der Gabensucher drehte sich langsam und triumphierend zum Hochkönig um. »Ich rieche eine andere Gabe an ihm. Der Duft der Gabenträgerin ist deutlich auf seiner Haut. Überall.«

»Was wisst Ihr über den Nachtfalken? Sagt es mir oder Griffin wird Euch dieses Wissen entreißen.«

Der Gabensucher drehte sich zurück zum General. Die knochigen Finger umschlossen etwas, was nur der Gabensucher sehen konnte, doch Darius spürte es. Griffin hatte sich in seinen Geist gewunden und hielt ihn fest. Vor seinem Geist tauchten Bilder auf. Der Untergrund und Raja. Die Gabenträger, die er gerettet und vor dem Gabensucher versteckt hatte. Kein Gedanke kam ihm zufällig. Es war, als würde der Gabensucher seinen Kopf wie ein offenes Buch durchblättern, und dann tauchte der Nachtfalke in seinem Geist auf. Die Augen des Generals weiteten sich und das Grau wurde noch dunkler.

Der Gabensucher lachte schallend auf. »Er ist mit dem Nachtfalken im Bunde.«

»General, könnt Ihr die Anschuldigungen gegen Euch leugnen?«

Der Hochkönig war von seinem Thron aufgestanden und trat langsam auf den General zu. Griffin machte ihm demütig Platz. Die schwarzen Schatten des Hochkönigs umschlangen den General, dessen Brust sich zuzog. Das Atmen fiel ihm immer schwerer.

»Ich leugne gar nichts«, brachte der General keuchend hervor.

Der Blick des Hochkönigs lag fest auf seinen Augen. Seine Schatten legten sich wie eine Kette um ihn und zogen sich fester zusammen. Seine Arme wurden an seinen Körper gedrückt. Der Hochkönig packte sein Kinn und hob sein Gesicht dicht an seins heran.

»Ich bin schwer enttäuscht von Euch, General. Das kommt davon, wenn man einem anderen Clan vertraut als dem eigenen. Für einen Mischling hattet Ihr eine glänzende Karriere vor Euch. Eure Gaben machten Euch interessant, doch Ihr habt mein Vertrauen missbraucht. Die Horchertinktur war ein Fehler, den ich nicht wiederholen werde. Der Einsatz von Horchersteinen ist wesentlich effektiver.« Dann wandte sich der Schattenkönig wieder dem Gabensucher zu. »Wer ist der Verräter? Wer ist dieser Nachtfalke, der es wagt, sich gegen mich zu stellen?«

Griffin drehte sich zu dem General um und sah ihn spöttisch an. Seine Stimme war leise, als er nur zum General sprach. »Nun, Ihr habt nicht um den Schutz für den Nachtfalken gebeten. Das war ein Fehler.«

Er wandte sich zu dem Hochkönig um. Seine Stimme barg eine Trauer in sich, die niemand besser hätte spielen können. »Eure Hoheit, es ist unvorstellbar. Ich vermag es nicht zu sagen. Es würde nur Kummer bedeuten, wenn ich es täte.«

»Ich habe Euch eine Frage gestellt. Ich werde sie nicht noch einmal wiederholen.«

»Nun, der Nachtfalke ist eine Frau. Sie flieht bereits vor Euch. Ich werde sie für Euch suchen.«

Der Hochkönig nickte und wandte sich wieder seinem Gefangenen zu. »Ihr werdet es bereuen, Euch gegen mich gestellt zu haben, und seid Euch gewiss, dass ich den Untergrund ausheben werde. Die Gabenträgerin, die Ihr vor mir versucht habt zu verstecken, wird ein ähnliches Schicksal erleiden, wie es Euch bevorsteht. Es wird mir ein Vergnügen sein, sie zu finden und ihre Gabe nehmen zu lassen. Leider werdet Ihr das nicht mehr erleben.«

Damit stieß der Hochkönig den General von sich. Durch die Schattenketten gefangen, geriet Darius ins Straucheln und konnte sich nur schwer fangen. Sorrel lachte neben ihm auf. Der Hochkönig schritt langsam zurück und ließ sich auf seinen Thron fallen. Sein kalter Blick heftete sich auf die Männer, die vor ihm standen.

»Hört meine Urteile. Ihr, Pferdehändler, habt eine Gabenträgerin vor mir versteckt. Das ist ein unverzeihliches Vergehen.« Sorrel wurde weiß wie Schnee vor Angst und blickte sich hilfesuchend um. Der Schattenoffizier hatte doch versprochen, dass ihm nichts geschehen konnte. »Doch Ihr habt einen tiefen Verrat gegen mich aufgedeckt. Dafür verschone ich Euer Leben. Als Strafe verbanne ich Euch aus der Hochstadt und Ihr verliert Euer Vermögen, das der Hochthron an sich nehmen wird.«

Der Hochkönig winkte kurz auf, eine Wache erschien und zog den bettelnden Sorrel aus dem Ratszimmer. Keiner schenkte ihm weitere Beachtung. Der Hochkönig blickte nun fest auf Darius. Die Schatten, die ihn umgaben, wurden dunkler und wirbelten wild hinauf bis zur Decke des Saals. Seine Stimme erfüllte kalt und zischend den Raum.

»Und Euch, General, spreche ich des Hochverrats schuldig. Ihr habt versucht, Euch gegen mich zu stellen. Welche Huren Ihr Euch zu Eurem Vergnügen aussucht, interessiert mich nicht. Ich verurteile Euch zum Tode, wie es Verrätern gebührt. Griffin wird Euch vorher Eure Gaben nehmen. Sie sind zu kostbar, als dass ich sie verlieren möchte. Nicht wahr, Griffin?«

Der Hochkönig blickte amüsiert zu dem Gabensucher, der vor Vorfreude die Hände vor der Brust erhob und seine kaputten Zahnstümpfe aufblitzen ließ. Der Hochkönig gab einen stummen Befehl und aus dem Schatten der Säulen trat Skrull hervor und packte Darius hart am Arm.

»General Skrull, bringt den Verräter in den Kerker.« Die Anweisung des Hochkönigs klang belustigt. Skrull verneigte sich vor dem Hochkönig.

»Ihr könnt Euch gar nicht vorstellen, wie ich mich über den dämlichen Pferdehändler und seine gekränkte Ehre gefreut habe. Der Titel des Generals steht mir wesentlich besser als Euch. Und Ihr könnt nun in Ruhe darüber nachdenken, ob es schlau von Euch war, die Hure zu besteigen.« Skrulls Stimme drang leise in das Ohr von Darius. Doch bevor dieser etwas erwidern konnte, schob Skrull ihm langsam einen Dolch aus Hemmerstein zwischen die Rippen und Darius konnte einen Aufschrei nicht unterdrücken.

Der Hochkönig setzte ein zufriedenes Grinsen auf und wandte sich dann Griffin zu, der seine gierigen Augen nicht von seinem Opfer lassen konnte. Skrull schliff Darius hinter sich her in die Tiefen des Kerkers.

»Und wer weiß. Vielleicht ergibt es sich, dass die Hure Interesse an einem weiteren General hat.« Skrulls Lachen dröhnte so laut, dass es im Gang widerhallte.

Darius versuchte, sich gegen ihn zu werfen, doch die Verletzung des Dolchs ließ ihn wieder in sich zusammensinken.

»Es ist doch immer wieder erfreulich, die sofortige Wirkung von Hemmersteinwaffen zu sehen. Ich freue mich auf den Kampf gegen die dreckigen Verräter des Untergrundes.«

16
~ Im Untergrund ~

»Wach auf!« Gea sprang auf mein Lager und riss mich aus dem Schlaf.

Mein Kopf dröhnte und meine Glieder waren schwer wie Steine. Ich war gerade erst eingeschlafen, nachdem ich noch einmal in einer Erdausbuchtung, die Haldran an die Höhle des Untergrunds gebaut hatte, an meiner Lichtgabe geübt hatte. Die Idee, einen dauerhaften Übungsort einzurichten, den ich auch ohne Haldrans Anwesenheit nutzen konnte, kam von Larine. Russ und Haran hatten die Gelegenheit genutzt und weiter mit mir an meinem Schutzschild aus Licht geübt. Nun konnte ich es erfolgreich einsetzen und es auch gegen Dolchangriffe aufrechterhalten. Doch die Arbeit mit der Gabe hatte ihren Tribut gefordert und ich war todmüde danach wieder auf mein Lager gesunken und eingeschlafen. Zu kurz. Ich rieb meinen Kopf. Wahrscheinlich würde ich nie lernen, wann es genug war.

»Los, beeil dich. Wir brechen gleich auf!«

»Was? Wohin? Warte mal.« Ich blickte Gea nach, die schon wieder von meinem Lager gesprungen war und durch die Höhle lief.

Die letzten Gabenträger des Untergrundes liefen durch die Höhle und packten eilig Habseligkeiten und Vorräte zusammen. Ich blickte mich nach Haldran und Larine um, fand aber nur Larine, die ein paar Gabenträgern Aufträge erteilte. Der Eingang der Waffenhöhle war geöffnet und ich sah, wie ein Gabenträger bewaffnet aus ihr heraustrat.

Ich schwang meine Beine aus dem Bett und eilte zu ihr. »Larine, was ist passiert?«

»Raja, gut, dass du wach bist. Wir dachten, du wärst tot, so tief hast du geschlafen. Es kam eine Warnung aus dem Hochpalast.« Larine deutete auf das Wasserglas auf dem Tisch, an dem wir immer saßen. Das Wasser darin war schwarz und zitterte so sehr, dass das Glas einen dumpfen Ton von sich gab.

»Was bedeutet das?« Ich blickte sie erschrocken an.

Larine kniff die Lippen zusammen. »Ich weiß es nicht. Der General schickt Wasserzeichen, aber diese Farbe ist nicht gut. Wir werden die Höhle verlassen, sobald Haldran wieder da ist. Er holt den Nachtfalken. Es ist zu gefährlich zu bleiben. Und jetzt hilf mit. Räum dein Lager zusammen und pack eine Ration Vorräte mit in dein Bündel. Und versorg dich mit Waffen, wenn du noch welche brauchst. Schnell!«

Der Nachtfalke würde kommen. Ich versuchte, meine Angst herunterzuschlucken, und lief zurück zu meinem Lager. Gea war auch da.

»Ich habe schon gepackt. Soll ich dir helfen?« Gea hielt ihr Bündel stolz hoch.

»Das hast du gut gemacht. Natürlich kannst du mir helfen. Komm mit mir mit. Weißt du, was los ist?«

»Nur das, was Larine auch weiß. Vater holt den Nachtfalken.«

An meinem Lager wickelte ich die Decke zu einem Beutel zusammen und stopfte die Unterkleider, die ich von Dana im Haus des Pferdehändlers bekommen hatte, hinein. Dann nahm ich Gea an die Hand und wir liefen zu den Vorräten. Ich packte ihren Beutel voll und dann meinen. Viel war nicht mehr da. Wir bekamen nur noch die Reste, aber es würde reichen.

Ich fuhr mit einem Schrecken herum, als sich die Höhlenwand geräuschvoll öffnete. Haldran öffnete das Erdreich sonst immer still. Doch jetzt liefen er und eine Gruppe verhüllter Personen aus der Erdöffnung in die Höhle. Ich packte Gea und wir liefen ihnen entgegen.

Haldran schnappte mir Gea aus der Hand und drückte sie an sich. Die Person vor mir zog die Kapuze weg. Es war Falkon. Larine war sofort bei uns. Falkons Atem ging stoßweise und er blickte unentschlossen von mir zu Larine. Ich versuchte, an ihm vorbei die anderen Personen zu erkennen, doch es war mir nicht möglich.

»Wir haben Befehl, die Höhle zu räumen. Es verlassen einige Schattenkrieger, die unter unserem Befehl stehen, gerade die Hochstadt. Sie werden uns erwarten«, sagte er schlicht.

»Wo ist Darius?« Ich blickte immer noch zu den anderen Personen. Nach und nach nahmen die anderen die Kapuzen ab, aber ich erkannte niemanden. Ich wollte Falkon am Arm fassen, um ihn zur Rede zu stellen, als eine Stimme hinter mir erklang.

»Raja. Wie schön, dass es dir gut geht.«

Ich fuhr herum und verharrte mit ungläubigem Blick und leicht geöffnetem Mund.

»Raja, darf ich dir den Nachtfalken vorstellen?« Falkon grinste etwas schief auf mich herunter.

Ich konnte nicht recht begreifen, was er zu mir sagte. Die Verwunderung sorgte dafür, dass mir die Stimme versagte.

»Ich nehme an, dass du mit mir nicht gerechnet hast, aber das macht nichts. Ich freue mich, dass wir uns nun besser kennenlernen können.«

Vor mir stand Mistrane und sie zog mich in ihre Arme. Hinter ihr stand grinsend Matheo, der mir zuzwinkerte und dann weiter zu den anderen Gabenträgern ging.

»Ihr seid der Nachtfalke?«

»Ich dachte, wir hätten die Förmlichkeiten schon hinter uns«, lachte sie. »Aber kommt. Wir müssen später reden. Jetzt müssen wir erst einmal die Stadt verlassen, solange wir noch unbemerkt sind. Niemand kann jetzt noch abschätzen, wie lange der Hochkönig mithilfe des

Gabensuchers braucht, um uns zu finden.«

Mistrane zog mich mit sich und ich bemerkte, dass die anderen sich schon am anderen Ende der Höhle versammelten.

»Was ist da oben passiert? Wo ist Darius?«

Mistranes Griff um meinen Arm wurde etwas härter und sie schob mich mit sich. Ihr Blick war zu den anderen gewandt.

»Es gibt hier eine Regel. Wir rücken ab, wenn der Befehl dazu kommt. Du hast das Glas gesehen. Es war nicht meine Entscheidung, dass wir gehen. Aber wir gefährden die anderen nicht wegen einer Person.«

Ihre Stimme klang finster und bitter. Ich konnte kaum noch denken und schlug ihre Hand von meinem Arm.

»Was ist mit Darius?«, fragte ich noch einmal. Meine Wut ließ kleine Funken aus meinen Händen sprühen.

»Beruhige dich. Du hilfst hier niemandem, wenn du jetzt die Nerven verlierst. Darius wurde im Kerker festgesetzt. Der Gabensucher ist die ganze Zeit bei ihm. Der Pferdehändler hat ihn des Verrats beschuldigt und Darius hat es nicht geleugnet. Mehr weiß ich auch nicht.«

Mistranes Stimme war leise und doch hallte sie in meinem Kopf wider und wider. Der Erdboden unter mir wurde weich und meine Beine zitterten. Das durfte nicht sein. Mein Atem kam stoßweise aus mir heraus und ich stemmte meine Füße in den Boden, um nicht den Halt zu verlieren. Mein Herz krampfte zusammen. Darius war gefangen genommen worden. Des Hochverrats beschuldigt. Wegen mir. Weil er mich gerettet hatte, weil er meinen Hemmerstein austauschen ließ.

»Ich gehe nicht. Ich lasse ihn nicht zurück.«

»Das wirst du wohl müssen. Der Hochkönig lässt die Stadt durchsuchen. Die Gabenträger werden aufgegriffen. Wir riskieren zu viel, wenn wir versuchen, ihn zu retten. Du gehörst noch nicht sehr lange zu uns. Du kennst unsere Regeln nicht. Komm!«

Mistrane sah mich durchdringend an, doch ich schüttelte nur den Kopf. Ich blickte über sie hinweg zu Falkon und Haldran. Beide nickten stumm. Falkon wandte sich um und half den ersten Gabenträgern durch die Öffnung in der Erde, die Haldran für den Fluchttunnel erschaffen hatte.

Haldran kam zu uns herüber. Ich fühlte, dass es ihm unangenehm war. »Ich muss Gea und die anderen hier wegschaffen. Es kann sein, dass das unsere letzte Chance ist, aus der Hochstadt zu fliehen. Ich kann nicht zulassen, dass ihr etwas passiert.« Seine knappen Worte waren richtig und doch trafen sie mich. Ich brauchte ihn, aber seine Tochter brauchte ihn noch viel mehr. »Ich kann nicht zeitgleich zwei Tunnel offen halten und verschließen. Der Tunnel, durch den wir gerade gekommen sind, ist noch frisch. Ich kann ihn wieder öffnen, aber nicht für deinen Rückweg offen halten. Ich werde dann zu weit weg sein, so weit reicht meine Gabe nicht. Wenn du den Palast erreicht hast, wird er sich wieder schließen.«

Ich nickte und meine Augen füllten sich mit Tränen. Die anderen flüchten zu sehen und selbst in die Ungewissheit zu gehen, die vor mir lag, bereitete mir Angst. Doch ich würde Darius nicht zurücklassen. Wenn ich die Hochstadt verlassen würde, dann nur mit ihm zusammen.

Der große Erdmann beugte sich herunter und drückte mich an sich. »Pass auf dich auf, Lichtträgerin. Und komm zu uns zurück. Wir brauchen dich.«

Larine kam auf mich zu und schloss mich in ihre Arme. »Ich weiß, dass ich dich nicht hier herauskriegen werde. Aber ich kann dir nicht helfen. Ich muss diese Gabenträger in Sicherheit bringen.«

»Ich weiß. Bitte richte meinem Bruder aus, dass ...«

»Das werde ich bestimmt nicht machen. Das machst du schön selbst. So ein Gerede möchte ich nicht hören.

Schon gar nicht von so einer mutigen Kriegerin, wie du
es bist.«

Ich konnte mein Schluchzen nicht verbergen. Die
kleine Frau war mir eine liebe Freundin geworden.
Falkon nickte mir noch einmal zu, seine schwarzen
Schatten wirbelten nervös um ihn.

»Du bist genauso störrisch wie er.« Neben mir stieß
Mistrane ein Stöhnen aus und warf sich ihr Bündel über
die Schulter. »Wir sollten dann aufbrechen.«

Ihre Stimme klang wieder wie damals im Palast. Die
Prinzessin. Ich blickte sie überrascht an. Auch Matheo
trat an uns heran und blickte einmal kurz auf mich.

»Du kommst mit?«, fragte ich sie zögerlich.

»Na, was denkst du denn? Hast du Haldran nicht
zugehört? Der Tunnel wird sich wieder schließen, wenn
wir den Hochpalast erreicht haben. Du musst auch
wieder hinauskommen und das kannst du nicht ohne
mich.«

Sie grinste mich an und ging zu dem Tunnel, der uns
zurück zum Hochpalast führen sollte.

17
~ Im Hochpalast ~

Die Ketten aus Hemmerstein fraßen sich in seine Haut und zogen an der Kraft seiner Gaben. Darius entfuhr ein Stöhnen, als der Schmerz ihn aus seinem Dämmerzustand riss. Die Wunde an seiner Seite stach tief in seinen Leib und das Blut hinterließ einen feuchten Film auf seiner Haut. Er zwang sich, die Augen zu öffnen, und blickte sich im Raum um. Die Fackeln warfen ein schwaches Licht. Der Tisch vor ihm kam ihm nur zu bekannt vor. Hier hatte der Gabensucher ihm den Hemmerstein eingesetzt. Unzählige Male musste Darius hier mitansehen, wie der Gabensucher Gaben aus Gabenträgern saugte. Er hatte sie nicht retten können. Es war wohl nur zu verdient, dass er selbst nun auch hier enden würde.

»Aber, aber, mein Lieber. Wer sagt denn, dass Ihr hier enden werdet?«

Darius drehte seinen Kopf schwerfällig in die Richtung der Worte. Der Gabensucher stand an der Tür des Raumes und musterte ihn mit seinen verschlossenen Augen. Über seine Lippen breitete sich ein Grinsen aus.

»Was wollt Ihr von mir?« Darius' Stimme war schwach.

Der Gabensucher schritt langsam zum Tisch und lehnte sich gegen die Platte. Seine knochigen Finger umfassten das Holz wie Klauen, die sich in ihre Beute schlugen. Langsam neigte er seinen Kopf zur Seite, damit Darius ihn besser sehen konnte.

»Ich will von Euch vieles und wiederum gibt es noch keine Befehle, was mit Euch geschehen soll. Es hängt nur

Euer Todesurteil über Euch, aber wann es vollstreckt werden soll, wurde noch nicht beschlossen. So lange dürft Ihr mir Gesellschaft leisten. Angenehm. Findet Ihr nicht?« Er atmete tief ein und aus, bevor er seine Rede weiterführte. »Die Prinzessin ist sehr erschrocken über Euren Verrat am Hochkönig. Sie wollte Euch tatsächlich heiraten. Könnt Ihr Euch das vorstellen?«

»Was ist mit der Prinzessin? Was habt Ihr mit ihr gemacht?«

Der Gabensucher grinste und seine Zähne blitzten im schwachen Licht kurz auf. »Die Prinzessin – oder eher der Nachtfalke – ist verschwunden. Ihr könnt Euch die Verärgerung des Hochkönigs sicherlich vorstellen. Bisher wissen nur wenige, was sie getan hat. Der Hochkönig möchte nicht, dass es öffentlich wird. Es scheint ihn zu schwächen, dass seine eigene Tochter sich gegen ihn gestellt hat. Was für ein Verlust für ihn. Oder für Euch? Aber das sollte Euch nicht kümmern. Ich weiß ja, dass Ihr Euch nicht mit der Prinzessin verbinden wollt. Habt Ihr nicht schon eine Verbindung gewählt? Eine stärkere noch dazu.« Der Gabensucher hielt inne und legte seinen Kopf schief, als wollte er sein Gegenüber weiter provozieren.

Darius presste die Kiefer aufeinander und unterdrückte seine Wut. Kein Wort von ihm würde weder Mistrane noch Raja helfen. Und ihm erst recht nicht.

Missmutig stieß sich der Gabensucher vom Tisch ab. »Wisst Ihr noch damals, als der Hochkönig den Befehl gab, Euch zu holen? Ihr wart schon in jungen Jahren ein so außergewöhnlich starker Gabenträger, dass der Hochkönig Angst hatte, dass er Euch nicht unter Kontrolle halten könnte, wenn Ihr bei Eurem Clan geblieben wärt. Ein Mischling noch dazu. Was wäre wohl aus Euch geworden, wenn Ihr nicht in die Hochstadt gekommen wärt? Ein Aufstand der Clane wäre eine Verschwendung an Leben und vor allem an Gabenträgern gewesen. Ihr versteht das sicherlich. Aus diesem Grund habe ich Euch geholt. Und nun seht, wo es Euch hingebracht hat. Eure Stärke und Eure Gaben bringen Euch nichts. Nur den Tod.«

Der Gabensucher trat dichter an Darius heran, umfasste sein Kinn und hob den Kopf des Gefangenen an, drehte ihn leicht zur Seite. An Darius' rechter Schläfe bildeten sich die Zeichen des Clanfürsten dunkel ab.

»Ein Jammer. Aber sie bringen Eurer Partnerin viel und doch nicht alles. Ich rieche sie an Euch. Schon auf dem Ball konnte ich sie an Euch riechen. Und sie trug Euren Geruch. Sie ist mehr, als Ihr oder sie selbst ahnt. Doch Ihr werdet ihr nicht helfen können, so wie Ihr hier seid. Schon gar nicht, wenn der Hochkönig sich dazu herablassen wird, Euer Urteil vollstrecken zu lassen.« Der Gabensucher stieß Darius' Kopf angewidert von sich und drehte sich wieder zum Tisch um. »Der Hochkönig lässt die Hochstadt nach Euren Helfern absuchen. Ihr könnt Euch vorstellen, was er mit Ihnen machen wird, wenn er sie hat. Keinem werdet Ihr helfen können. Die Frau mit den hellen Haaren aus Euren Träumen. Ihr denkt an sie.«

Der Gabensucher drehte sich wieder zu Darius um und musterte ihn durch seine verschlossenen Augenlider. Seine Finger hob er lauernd vor seine Brust und seine Zähne blitzten zwischen seinen dünnen Lippen hervor.

»Ihr werdet sie nicht kriegen.« Darius schmiss sich in seine Ketten, doch sie gaben nicht nach. Der Schmerz in seinem Körper holte ihn ein und presste ihm die Luft aus seiner Lunge. Entkräftet ließ er sich in die Ketten zurückfallen.

Der Gabensucher blieb vor ihm stehen und sah belustigt auf den geschwächten Körper. »Das werden wir sehen. Beschützen könnt Ihr sie hier nicht. Ich habe gesehen, dass sie nur der Schatten vor der Dunkelheit beschützen kann, die auf sie zukommen wird. Dazu seid Ihr zu schwach, aber das kann ich ändern.«

Der Gabensucher stürzte sich auf Darius und riss seinen Kopf zu sich heran. Darius' Augen weiteten sich entsetzt, als er immer dichter an ihn herankam. Seine Gegenwehr erstarb, als der Gabensucher die Hände fest auf sein Gesicht legte und ihn zu sich zog. Die dünnen, kalten Lippen legten sich auf seinen Mund und erstickten seinen Schrei. Er drängte sich zwischen Darius' Lippen in seinen Mund hinein. Darius spürte, wie eine Übelkeit in ihm aufstieg, die aber von einer namenlosen Schwärze niedergedrückt wurde. Der Gabensucher drang immer tiefer und dunkler in sein Opfer ein. Die schwere Schwärze legte sich auf den Geist von Darius und suchte sich ihren Weg durch seinen Leib zu seinem Herzen. Der Gabensucher löste sich nur schwer von seinen Lippen. Schwarze Schatten zogen aus seinem Mund heraus und Darius fiel in diese Schatten, die sich um ihn schlossen und ihn immer tiefer hineinzogen, bis er kein Licht mehr wahrnahm und in der Dunkelheit ertrank.

Der Gabensucher blickte auf den Gefangenen, der leblos in seinen Ketten hing. Seine Brust hob und senkte sich und er stützte sich auf den Tisch. Die Anstrengung war zu groß gewesen. Die Gabe, die er dem General übertragen hatte, war mächtig. Der Hochkönig würde profitieren, wenn er den General verschonen und ihm einen Horcherstein einsetzen lassen würde. Ein neuer Versuch, um diesen Gabenträger für den Hochkönig nutzbar zu machen. Der General würde tödlicher werden, als es der Hochkönig sich wünschen konnte, wenn er die Vollstreckung der Hinrichtung noch einmal aufschieben würde. Das Urteil würde er nicht aufheben, aber das musste er auch nicht.

Ein Lächeln umspielte die Lippen des Gabensuchers und er verließ zufrieden den Raum.

18
~ Im Hochpalast ~

Der Tunnel umschloss uns wie ein dunkler Mantel und ich ließ eine kleine Lichtkugel vor uns herschweben, die die Dunkelheit vertrieb. Mistrane und Matheo gingen voraus. Der Tunnel zog sich wie ein Wurm unter der Hochstadt entlang. Matheo hielt immer wieder an und horchte in die Dunkelheit. Ich tastete mit meiner Gabe, konnte aber keine Gefühle spüren.

Mistrane ging eine Weile neben mir. Ich konnte fühlen, dass in ihr eine Unruhe wuchs, und ihre Angst vor dem, was vor uns liegen konnte, zog sich wie ein bitterer Film über meine Zunge. Ich nahm ihre Hand und ließ etwas von meinem Licht in sie strömen. Der Geschmack verschwand von meiner Zunge und es breitete sich eine angenehme Wärme in ihr aus.

»Was sind deine Gaben?«, fragte ich sie leise.

Sie grinste mich an und ließ auf ihrer Hand Flammen tanzen. Dann wurden sie von Schatten verschlungen und ihre Handfläche lag wieder leer vor mir.

»Und deine? Darius hat nicht viel dazu gesagt.«

Ich wurde etwas rot und hoffte, dass Darius ihr nicht andere Dinge erzählt hatte.

»Das Licht siehst du ja schon.« Ich deutete auf die Lichtkugel. Mit einer kleinen Handbewegung sprang aus der Kugel ein Pferd und schritt langsam neben Matheo her, dem es sichtlich schwerfiel, seinen Schrecken zu verstecken.

»Ist das nicht etwas zu auffällig?«, brummte er nach hinten.

Mistrane sah lächelnd auf das Pferd. »Russ ist ein guter Lehrer. Es gelingt mit jedem Mal besser und schneller.«

Ich ließ das Lichtpferd schmelzen und der Lichtfilm legte sich auf Matheo, der mich wieder böse anfunkelte. Mistrane musste lachen.

Vorsicht, nicht erschrecken, schickte ich ihr über meine Gabe.

Mistranes Lachen erstarb und sie fuhr mit großen Augen zu mir herum. »Du bist in meinem Kopf. Ich kann dich hören.«

Ich nickte. »In die Gedanken anderer komme ich nur, wenn es der andere zulässt und erlaubt. Wenn die Verbindung zwischen uns beiden passt. Aber das mache ich nicht oft, es ist etwas sehr Persönliches. Mit meinem Bruder rede ich oft auf diese Weise.« Ich wartete einen Moment. Ich spürte, wie Mistrane überlegte. Ich schmeckte Bewunderung und es kribbelte in meinem Nacken, als ihre Bedenken sich auf mich legten. »Du brauchst keine Angst haben, ich missbrauche meine Gabe nicht. Das ist nicht meine Art, so bin ich nicht erzogen worden. Es war uns immer wichtig, Achtung und Respekt voreinander zu haben, egal wer das Gegenüber ist. Aber das ist noch nicht alles. Ich kann deine Gefühle auch verändern oder sie verschwinden lassen. Du siehst, dass meine Gabe speziell ist.«

Und nun wirf dein Messer auf Matheo.

Mistrane ließ meine Hand los und sah mich unsicher an. Ich nickte ihr aufmunternd zu. Sie zog ihren Dolch und warf ihn auf Matheos Rücken. Er fuhr herum und sah ihn in meinem Licht stecken. Dann fiel der Dolch zu Boden.

Mistrane griff begeistert meinen Arm. »Das ist wunderbar!« Sie hüpfte vor Begeisterung.

Matheo hob den Dolch auf und steckte ihn sich selbst an den Gürtel. Seine Schatten zogen dunkle Schwaden um ihn herum und verschluckten sein Gebrummel. Ich musste leise lachen, denn einiges vernahm ich trotzdem: »Waffen sind kein Spielzeug« und irgendwas mit »erwachsen werden«.

Mistrane bemerkte die Schatten, die immer weitere Kreise um Matheo zogen, und deutete auf sie. »Es ärgert ihn.«

Ich kniff die Lippen aufeinander, um nicht zu lachen. Auch Mistrane musste sich ein Lachen verkneifen.

»Du hast eine sehr starke Gabe. Ich bin froh, dass der Gabensucher dich nicht erkannt hat. Du wärst eine Trophäe für meinen Vater.«

Ihre Gedanken wurden schwer. Der Ball.

»Ich bin mir nicht sicher, ob der Gabensucher mich wirklich nicht erkannt hat. Er hat mich auf dem Ball gefunden. Darius hat ihn vertrieben.«

Meine Stimme wurde unabsichtlich leiser. Die Kälte, die ich gespürt hatte, saß noch immer in meinen Erinnerungen fest. Der Gabensucher hatte mich schon einmal gerochen. Er würde mich sicher wiedererkennen, wenn ich ihm begegnen würde.

Matheo hob vor uns die Hand und gebot uns, leise zu sein. Mistrane griff meine Hand.

»Der Ausgang«, flüsterte sie.

Matheo ging voraus und wir warteten auf sein Zeichen, dass wir folgen sollten. Der große Schattenrkieger verschwand hinter einer Wand und trat kurze Zeit später wieder hervor und winkte uns zu sich heran. Mistrane lief als Erste los und ich folgte.

»Halte deine Gabe bei dir. Lass sie nur im Notfall frei. Es kann sein, dass wir den Gabensucher sonst anlocken«, flüsterte Matheo mir zu.

Ich trat aus dem Erdtunnel heraus und wir standen in einem Raum, der voller alter Dinge und Kleider war. Die Spinnweben hingen von den Decken. Die Bilder an den Wänden waren abgehängt. Das Bett in der Mitte des

Raumes war verstaubt und die Vorhänge teilweise zerrissen.

»Das Zimmer meiner Mutter. Mein Vater vermeidet diesen Teil des Hochpalastes. Es schmiegt sich zu unserem Glück direkt an die Felsen, sodass Haldran hier direkt einen Zugang zum Palast erschaffen konnte. Vermutlich hat mein Vater durch den Gabensucher herausgefunden, dass ich der Nachtfalke bin. Wir sollten daher vermeiden, dass uns jemand von Rang sieht. Je unbemerkter wir durch den Palast kommen, desto besser.«

Der Tunnel hinter uns verschloss sich leise. Die Steinwand, in der sich eben noch die Tunnelöffnung befunden hatte, sah genauso unberührt aus wie der Rest der Wand. Haldran hatte es ja angekündigt. Der Tunnel konnte uns nicht wieder hinausführen. Mistrane griff meine Hand und zog mich hinter Matheo her. Leise glitten seine Schatten über uns und verschluckten uns. Wir verließen den Raum und gingen einen dunklen und einsamen Flur entlang.

An der nächsten Tür blieb Matheo länger stehen. Mistrane warf ihren Umhang von sich und drückte ihn in mein Bündel.

»Bleib ganz dicht hinter Matheo. Es wird niemand Verdacht schöpfen, wenn du in seinem Schatten verborgen bleibst. Es hat auch Vorteile, wenn man eine Leibwache hat, die immer nur schlecht gelaunt ist und deren Schatten immer präsent sind.«

Dann verschwand der Schatten von ihr und Matheo stand mit einem versteinerten und finsteren Gesicht vor mir. Ich hätte aber fast schwören können, dass ein belustigtes Grinsen über sein Gesicht huschte. Sie nickten sich zu und Mistrane legte ihren Finger an ihre Lippen. Ich sollte mich leise verhalten. Matheo winkte mich ganz dicht an sich heran.

Dann riss Mistrane die Tür auf und trat mit erhobenem Kinn in den Flur. Ihre überhebliche Stimme ließ einige Bedienstete aufblicken.

»Macht mir den Weg frei, Gesindel!«

Einige Bedienstete flohen aus dem Gang vor uns und die Prinzessin schritt elegant durch den Flur. Matheo blickte finster drein und zog eine lange Spur aus Schatten hinter sich her. Die Furcht, die die beiden auslösten, verklebte die Luft um uns herum. Hinter Matheo konnte ich nicht erkennen, wohin wir gingen, und ich musste aufpassen, dass ich nicht aus seinem Schatten geriet.

Als wir in den nächsten Flur abbogen, wurde auch Mistrane wieder von dem Schatten umgeben und wir liefen ein Stück unbeobachtet weiter. Hier war niemand. Dann blieb Mistrane stehen und ich prallte gegen den harten Rücken von Matheo, der es ihr gleichtat. Etwas verlegen ging ich einen Schritt um ihn herum.

»Wir kommen gleich in die untere Ebene. Von da aus können wir in die Wasserkanäle unter dem Hochpalast gelangen. Anders kommen wir nicht ungesehen in den Kerker.«

Ich nickte Mistrane zu und wir eilten den Gang weiter entlang, der sich als eine Sackgasse erwies. Ich blickte mich hektisch um, doch Mistrane zog mich zu sich heran.

»Leise!«, zischte sie mir zu.

Matheo trat an ein unscheinbares Gitter am Boden und hob es an. Mistrane schlüpfte durch den Spalt und winkte mich heran. Ich tat es ihr nach und landete neben ihr im knöcheltiefen Wasser. Ein Abwasserkanal, der unter dem Hochpalast entlangführte und den Dreck der Hochgeborenen wegspülte. Matheo ließ das Gitter über uns leise auf den Boden sinken.

»Es kommt jemand«, flüsterte er und ich hörte, wie er sich mit festen Schritten entfernte.

»Komm! Matheo findet einen Weg zum Kerker. Allein wird es ihm leichter fallen, ungesehen durch den Palast zu kommen. Schattenkrieger und Schatten gibt es hier überall.«

Mistrane ging leicht gebeugt den Kanal entlang. Ihre Schritte waren so still, dass niemand annehmen würde, dass wir hier sind. Ich folgte ihr. Das kalte, dreckige Wasser durchnässte meine Stiefel und der Gestank benebelte meine Sinne.

»Hier können wir etwas Licht riskieren«, flüsterte Mistrane.

Ich ließ eine kleine Lichtkugel erscheinen und sie vor Mistrane schweben.

»Wir nutzen diese Gänge öfters. Dieser hier führt uns zum hinteren Kerker. Dort wird Darius sein.«

Der Kanal zog sich vor uns hin und wir folgten dem Plätschern des Wassers. Von der niedrigen Decke tropfte es immer wieder auf uns und ich konnte das Getier der Unterwelt hin und wieder in unserer Nähe spüren. Unvermittelt stieg mir ein Geruch von Tod und Wasser in die Nase. Mistrane deutete auf das Licht und ich ließ die Lichtkugel vor uns verschwinden. Über uns hellte sich die Decke des Kanals auf. Ein Gitter lag über uns.

»Spürst du jemanden dort oben?«

Ich ließ meine Gabe vorsichtig hoch und durch das Gitter gleiten. Über uns war niemand und ich schüttelte den Kopf. Mistrane trat unter das Gitter und blickte nach oben. Ich ging zu ihr und wir drückten von unten dagegen. Es bewegte sich nicht. Dann hörten wir Schritte. Meine Gabe schrillte auf. Wir drückten uns in den Schatten der Kanalwand und warteten ab. Mistranes Schatten ließen uns an den Steinen der Wand verschwinden. Über uns blieb eine dunkel eingehüllte Gestalt stehen. Eine zischende Stimme befahl etwas, was wir nicht verstehen konnten. Schritte entfernten sich schnell. Der Schatten der Gestalt beugte sich über das

Gitter und berührte die Stäbe. Die spinnenartigen Finger des Gabensuchers umgriffen sie. Geräuschvoll zog er die Luft tief ein, als wollte er einen Geruch prüfen. Mistrane neben mir hielt die Luft an. Ewig zog sich der Augenblick, bis der Gabensucher hochfuhr und sich mit festen Schritten entfernte.

Ich blickte durch das Gitter. »Ich glaube nicht, dass er uns gerochen hat. Komm!«

Mistrane trat aus dem Schatten heraus und ich ließ meine Gabe wieder durch die Gitter gleiten. Nichts. Ich spürte nichts. Langsam legte ich meine Hände an die Gitterstäbe und ließ mein Licht in sie hineinfließen. Mit einem sanften Ruck drückte ich sie hoch und Mistrane kletterte in den Kerker. Oben zog sie das Gitter zur Seite und reichte mir ihre Hand, um mich aus dem Kanal zu ziehen. Die Luft, die uns im Kerker umgab, schnürte mir die Kehle ab. Der Geruch war klebrig und ätzend. Es lag der Tod in der Luft und die Angst von vielen drang in meinen Geist ein. Mistrane griff meine Hand fester und ich konnte wieder etwas klarer denken. Das Gitter ließ sich leicht wieder an seinen Platz schieben. Die Größe der Gänge, die sich sternförmig von uns wegzogen, war gigantisch. Ich ließ meine Gabe vorsichtig den Weg abtasten. Am Ende eines Ganges spürte ich Wasser.

Wir müssen dort hinunter.

Mistrane nickte und ging voran. Viele Verliese waren leer. Ich konnte nur schwer den Kloß hinterschlucken, der meine Kehle verschnürte.

Mistranes Schatten hüllten uns ein und wir liefen in die Richtung, in der ich das Wasser spürte. Die Tür zu dem Raum war unverschlossen und wir schlüpften durch den Türspalt hinein.

Der Raum war dämmrig. Ich ließ meinen Blick wandern. Nur die uns gegenüberliegende Wand war durch Fackeln erhellt. Mir blieb das Herz stehen. Darius hing an zwei Ketten an der Wand. Sein Kopf lag leblos auf seiner Brust. Der Raum war leer und ich wollte zu ihm, doch Mistrane hielt mich zurück. Ihr Blick war auf den Tisch gerichtet. Es lagen einige Messer mit einer grauen Farbe auf dem Tisch. Hemmerstein.

Wir müssen ihn hier rausholen.

Mistrane nickte. Sie drehte ihre Hand, als würde sie ein Schloss aufschließen. Ich nickte. Wir gingen leise durch den Raum und sahen uns nach einem Schlüssel um. Wir hatten Darius fast erreicht, als mir ein kalter Schauer über den Rücken lief. Ich packte Mistrane und riss sie mit mir an die Wand.

Schick mir deinen Schatten.

Mit ihrem Nicken kam die Dunkelheit in meinen Geist. Ich ließ ihren Schatten in mein Licht fließen und schloss uns damit ein. Dann nahm ich meine Gabe und ließ unsere Gerüche verschwinden. Ihre Gedanken waren verschlossen und Mistrane sah mich erschrocken an. Ich drückte ihre Hand. Sie war abgeschlossen. Nichts von ihr konnte nach außen dringen, genauso wie von mir.

Die Tür wurde aufgestoßen und eine dunkel verhüllte Person betrat den Raum. Ich spürte, wie etwas an meinem Schutzschild tastete und an uns vorbeiglitt.

»Ich hätte schwören können, dass ich hier Erde und Flammen gerochen habe.« Der Gabensucher schloss die Tür hinter sich und seine spinnenartigen Finger tasteten nach dem Tisch in der Mitte des Raumes. Er hob seine Nase in die Luft, die Kapuze rutschte ein Stück zurück und gab seine vernarbten Augen frei.

»Ich spüre, dass Ihr hier seid. Licht, das den Schatten benutzt.«

Er ging langsam um den Tisch herum und blieb vor Darius stehen.

»Ich konnte mir denken, dass Ihr kommt, um Euren Regen zu suchen. Ich hätte nur nicht damit gerechnet, dass es so schnell sein würde. Da habe ich Euch unterschätzt. Ich habe Euren Partner noch nicht fertig für Euch vorbereitet. Der Hochkönig hat sich in seiner Gnade bereit erklärt, Euren General mit einem Horcherstein auszustatten. Das würde uns ungemeine Vorteile bringen. Findet Ihr nicht auch?«

Der Gabensucher drehte seinen Kopf direkt in meine Richtung und blieb abwartend stehen.

»Ich weiß, dass Ihr mich hören könnt. Es ist aussichtslos für Euch. Wie wollt Ihr diesen leblosen Körper hier herausbekommen? Er nützt Euch nichts.«

Er trat auf Darius zu und hob dessen Kopf an. Er stöhnte auf, blieb aber bewusstlos hängen.

»Es ist ein Jammer. Seine Gaben sind stark. Er wäre ein guter Fürst geworden, wenn ich ihn nicht gefangen hätte. Der Hochkönig gab den Befehl dazu. Clanfürsten rühre ich normalerweise nicht an, aber dieser hier war etwas anderes. Er schmeckt wie Sommerregen, Salz und Macht. Findet Ihr nicht auch?«

Seine Frage traf mich unerwartet und mein Schild aus Licht und Schatten flackerte kurz. Mistrane neben mir keuchte auf. Ich musste mich konzentrieren, um es aufrechtzuerhalten. Der Gabensucher spürte meine Schwäche und schien wie magisch von uns angezogen zu werden. Seine Nasenflügel zitterten, als er mit schlurfenden Schritten auf uns zuhielt. Seine dürren Finger verhakten sich vor seiner Brust und er blieb nur knapp vor uns stehen.

»Ich spüre Euch. Ihr habt gelernt, Lichtträgerin. Nur ob es ausreichend ist, um mich zu schlagen, werden wir noch sehen. An einem anderen Tag. Habe ich recht?« Dann lachte er auf und warf seinen Kopf in den Nacken.

Mein Herz pochte in meiner Brust und mit zitternden Händen formte ich hastig ein Licht und stieß durch unseren Schutzschild in die Brust des Gabensuchers. Sein Jaulen erfüllte den Raum und er fiel wie ein Sack in sich zusammen. Mein Schutzschild zerfloss und Mistrane sprang über den Gabensucher hinweg.

»Hast du ihn erstochen?«, fragte sie.

»Das glaube ich nicht. Ich spüre ihn noch. Er schläft. Komm schnell, wir müssen hier raus.«

Ich trat zu Darius und ließ mein Licht in seine Ketten fließen. Sie fielen und Darius sackte auf uns. So schwer hatte ich ihn gar nicht in Erinnerung. Mistrane stöhnte unter dem Gewicht, das auf ihr lag.

»Wohin jetzt? Durch den Kerker können wir nicht.«

»Einen anderen Weg gibt es nicht. Kannst du uns noch einmal abschirmen?«

Der Schatten hüllte uns ein und ich legte mein Licht darunter. Darius lag schwer auf unseren Schultern und wir schleppten ihn zur Tür. Mistrane öffnete sie vorsichtig und nickte dann. Wir hievten den leblos wirkenden Körper hinaus in den Kerker und der Schatten waberte um uns herum. Am Gitter ließ Mistrane Darius los und schob es leise zur Seite. Ohne zu zögern, sprang sie in den Kanal und zog ihren Schatten von uns herunter. Ich blickte mich schnell um und ließ das Licht verschwinden. Ich spürte und sah niemanden. Vorsichtig schubste ich Darius durch die Öffnung in den Kanal. Als Mistrane unter mir fluchte, musste ich grinsen. Darius war etwas unsanft auf ihr gelandet und sie lag halb unter dem Bewusstlosen. Ich ließ mich durch die Öffnung gleiten und zog das Gitter wieder an seinen Platz. Ich blickte noch einmal hindurch und ließ dann wieder Licht durch die Stäbe fließen, um sie zu verschmelzen. Hier sollte niemand durchkommen.

»Raja, hilf mir gefälligst!«

Schnell eilte ich zu ihr und zog Darius zur Seite. Mistrane richtete sich mühsam auf. Ihre Kleider und der Umhang waren durchnässt und ihre Stimmung ließ sich an den dunklen Schatten, die um sie tanzten, nur zu deutlich ablesen.

»Wir müssen hier weg. Ich weiß nicht, wie lange der Gabensucher schläft.«

Ich zog den Arm von Darius hoch und stemmte mich wieder unter seine Schulter. Mistrane tat es mir nach. Sie ächzte vor Anstrengung und ich versuchte, nicht daran zu denken, wie schwer es werden würde, Darius aus dem Hochpalast und der Stadt zu bekommen. Das Wasser lief an unseren Beinen vorbei und Mistrane deutete mit dem Kopf in die Richtung, in der das Wasser den Kanal entlangfloss. Wir kamen nur langsam voran. Immer wieder fiel mein Blick auf Mistrane. Ihre Angst spiegelte sich in meiner wider. Wir hatten, was wir wollten, doch wir waren noch lange nicht in Sicherheit. Der Kanal wurde enger und der Wasserstand stieg an, bis er weit über unsere Knie reichte. Ich ließ Darius von meinen Schultern gleiten. Mistrane verstand mich und wir nahmen ihn anders zwischen uns. Mistrane hob seine Füße an und ich schob meine Arme unter seinen Schultern durch und hob seinen Oberkörper an. Die Enge des Kanals zwang uns dazu. Die Deckenhöhe veränderte sich und der Kanal wurde wieder breiter. Wir zogen Darius durch das Wasser. Ich wollte nicht daran denken, was es für Wasser war, aber wir kamen nicht anders unter der niedrigen Decke hindurch. Ein kurzes Fluchen entfuhr Mistrane, als sie mit ihrem Kopf an die Decke des Kanals stieß.

»Wir haben es gleich geschafft. Dort vorn sieht es so aus, als wäre die Decke wieder höher.«

Etwas grummelig antwortete Mistrane: »Ja, dort vorn beginnt die Hochstadt. Der Kanal wird unter den Palastmauern niedriger.«

Tatsächlich änderte sich nach einigen Schritten die Deckenhöhe und wir konnten Darius wieder auf unsere Schulter hieven. Das Wasser floss hier langsamer und flacher an unseren Füßen vorbei. Wir erreichten eine

Gabelung des Kanals. Mistrane lauschte und ich spürte in beide Richtungen.

»Ich bin mir nicht sicher, in welche Richtung wir müssen.«

»Was? Wie kommen wir dann hier heraus?«

»Matheo kennt die Wege hier unten besser als ich«, entschuldigte sich die Prinzessin.

Ich ließ meine Gabe weiterziehen, vorsichtig und immer weiter den Kanal entlang, bis ein frischer Luftzug in meiner Nase kitzelte.

»Hier entlang.« Ich deutete mit dem Kopf. »Dort riecht es nach frischer Luft und nicht nach dem hier.« Mit dem Fuß trat ich in das dunkle Wasser unter uns.

Wir schleppten Darius weiter und erreichten nach einiger Zeit das Ende des Kanals. Die Erleichterung, das wir die Enge bald hinter uns lassen konnten, ließ meine Augen feucht werden. Ich schob die Freude jedoch wieder zurück. Wir waren noch nicht aus der Hochstadt gekommen und die Anstrengung machte sich in meinem Körper bemerkbar. Auch Mistrane ging es nicht anders. Meine Gabe brauchte ich nicht, ihr erleichterter Blick reichte mir. Ein dickes Gitter versperrte uns den Weg nach draußen. Mistrane stützte Darius und ich wollte es öffnen, doch die Stäbe brannten sich in meine Hände. Gitter aus Hemmerstein. Ich erkannte einen Schutzzauber, der darauf lag. Hinter mir hörte ich, wie Mistrane Darius langsam auf den Boden gleiten ließ und an mich herantrat.

»Das Gitter ist versiegelt mit einem Schutzzauber. Ich weiß nicht, ob ich es lösen kann. Es ist zusätzlich mit Hemmerstein gesichert. Mein Licht kann uns hier nicht rausbringen. Ich kann nicht beides lösen.«

Mistrane trat dicht an das Gitter heran und berührte es vorsichtig. Unvermittelt schlugen Funken und Flammen aus ihren Händen und das Gitter glühte und zischte auf. Es ließ sich von Mistrane langsam zur Seite schieben und öffnete sich schwerfällig vor uns. Als sie ihre Hände sinken ließ, sah sie mich an und in ihren Augen lagen Angst und Unsicherheit. Ihre Hände hielt sie zitternd vor sich und ich erkannte, dass sich das Gitter auch in ihre Haut gefressen hatte. Mein Licht floss schon aus meinen Händen, bevor ich sie berührt hatte. Ein Stöhnen kam aus ihrer Kehle und eine Träne lief über ihre Wange. Ihre Augen waren tiefschwarz. Von ihrem Feuer war nichts zu sehen.

»Nun kann ich nie wieder zurück. Der Hochkönig wird spüren, dass ich seinen Schutzzauber gebrochen habe. Das wird für ihn der endgültige Beweis sein, dass ich der Nachtfalke bin.«

Ich zog sie in meine Arme. »Du brauchst nicht zurück. Ich bin mir sicher, dass Raven eine Lösung findet. Außerdem hat der Hochkönig dich sicher auch vorher schon verdächtigt, als du in den Untergrund gegangen bist.«

»Ich weiß es nicht. Als ich hörte, dass Darius in das Ratszimmer beordert wurde, habe ich mich bereitgehalten. Matheo hat für mich spioniert und von dem Vorwurf des Verrats erfahren. Skrull ist da nicht gerade die Verschwiegenheit in Person. Mein Vater wusste immer, dass ich mit seinen Methoden nicht einverstanden bin. Ich wollte immer nur die Gabenträger aus der Stadt schaffen und sie zu ihren Clanen zurückkehren lassen. Das Clanreich braucht Frieden und Ruhe. Dass wir Darius gerettet haben und dass der Gabensucher meinen Schatten gespürt hat, hat eine Rückkehr schon zerschlagen. Aber das hier wird der Hochkönig selbst spüren. Er wird wissen, dass ich es war. Es wird ihn noch stärker treffen.«

Ich lächelte sie an und griff ihre Hände fester. »Bleib bei mir und Raven. Ich bin mir sicher, dass du in die Hochstadt zurückkehren wirst.«

»Das hat dein Bruder mir auch schon angeboten in einem seiner Briefe. Auch wenn er noch nicht weiß, wer der Nachtfalke wirklich ist. Aber es wäre dumm, hier länger zu verweilen. Wir dürfen keine Zeit mehr verlieren.«

Wir zogen Darius zu uns hoch und schleppten ihn aus der Hochstadt ins Freie.

19
~ Im Hochpalast ~

Der Gabensucher kam zu sich. In seiner Brust glühte das Licht der Lichtträgerin. Wie ein Stern versuchte es sich durch seine Dunkelheit zu kämpfen. Das Lachen des Gabensuchers ließ den Raum erzittern und er umhüllte das Licht mit dem Schlimmsten, das er in sich trug. Niemand sollte es finden können. Es war seins. Mühsam zog er sich am Tisch hoch und rief nach den Wachen.

Skrull war einer der Ersten, die den Gabenraum betraten. Er blickte den Gabensucher, dann die leeren Ketten an. »Du alter Narr. Hast du den Gefangenen gefressen?«, platzte er heraus.

Der Gabensucher ging langsam auf ihn zu und ließ ihn mit einem Fingerzeig erstarren. Dann legte er seine knochigen Finger auf die Schultern von Skrull, der bleich wurde, und grub seine Nägel durch die Rüstung in das Fleisch seines Opfers.

»Ihr wisst immer noch nicht, dass Ihr ein Nichts seid. Euer Sein ist so unscheinbar wie Eure Gabe. Der Gefangene wurde vom Licht genommen. Eure Wachen sind unnütz, wenn die Gefangenen hier einfach hinausgeschafft werden können. Und nun gebt mir ein paar Männer, die mich auf der Jagd begleiten werden.«

Der Gabensucher schubste den riesigen Schattenkrieger zurück und verließ den Raum. Im Gang spürte er, wie er von etwas angezogen wurde. Auf dem Boden war etwas. Es war so lieblich und hell, dass seine verschlossenen Augen sich vor Helligkeit verengten.

»Hier entlang!«, brüllte der Gabensucher den Wachen zu, die ihm am nächsten standen.

Er hob seine Hand und schleuderte das Gitter, durch das Raja und Mistrane mit Darius in den Untergrund gelangt waren, zur Seite.

»Ich brauche die Entflohenen lebend. Sie tragen etwas von großer Bedeutung für mich.«

Dann sprang der Gabensucher in den Kanal und die Wachen folgten ihm.

20
~ An der Stadtmauer ~

Der Abwasserkanal endete an der Mauer der Hochstadt und sein Wasser ergoss sich in einem kleinen Rinnsal, das in den Fluss lief, der die Hochstadt umgab. Die Dämmerung zog bereits über die Hochstadt und Mistrane legte wieder ihren Schatten über uns. Hier unten unter dem Schatten waren wir für die Wachen oben auf der Stadtmauer nicht zu erkennen. Langsam kamen wir voran und entfernten uns immer weiter von der Mauer. Am Ufer des Flusses mussten wir in einem Gebüsch kurz Pause machen.

»Wie kommen wir über den Fluss? Der Wasserträger schläft friedlich.«

Ich tastete nach Darius. Er lebte, aber er schien unendlich weit von uns entfernt zu sein. Seine Verletzung an der Seite blutete leicht und verfärbte sein nasses Hemd dunkel. Er brauchte dringend die Hilfe von Larine oder Russ.

»Ich kann uns eine Brücke erschaffen. Aber nur mit deinem Schatten. Mein Licht ist zu auffällig.« Ich blickte mich um zu der Mauer der Hochstadt. Mein Licht wäre deutlich zu erkennen und wir würden von den Wachen entdeckt werden.

Mistrane nickte und wir zogen Darius wieder einmal schwer auf unsere Schultern. Die letzten Schritte bis zum Ufer kosteten viel Kraft. Das Rauschen des Flusses ließ mich schaudern. Wir waren bis hierher gekommen. Der Fluss war nur ein weiteres Hindernis. Ich wollte nicht daran denken, wie es weitergehen würde, wenn wir den Fluss überquert hatten. Wir mussten weiter. Doch wie?

Die Dunkelheit, die die Nacht mit sich brachte, ließ auch Hoffnungslosigkeit in mir aufsteigen. Ich stieß scharf die Luft aus und sammelte mich wieder. Unsere ausweglose Situation durfte nicht meine Gabe schwächen. Ich brauchte sie in ihrer vollen Stärke.

Mistrane schauderte vor dem Fluss. Ich versuchte, meine Zuversicht und Stärke zu ihr zu schicken. Am Ufer angelangt, umfasste ich ihre Hand, die sie mir über Darius' Rücken zustreckte, und zog ihren Schatten in mein Licht. Für einen kurzen Augenblick musste ich mich zwingen, ruhig zu werden und auf mein Licht zu vertrauen. Vor uns bildete sich eine graue Lichtplatte, die wie ein Stein aus dem Wasser des Flusses ragte. Ich setzte einen Fuß darauf und stieg hinauf. Mistrane blickte mich misstrauisch über Darius' Kopf hinweg an. Kurz nickte ich ihr zu und sie trat ebenfalls auf die Platte, die leicht unter unserem Gewicht zitterte. Mit einem tiefen Atemzug schob ich alle Zweifel und Gedanken weg und konzentrierte mich stärker auf mein Licht und den Schatten von Mistrane. Die nächste Platte erschien und wir bahnten uns nach und nach den Weg über den Fluss und sein wildes Wasser.

Das andere Ufer kam mit jedem Schritt näher. Noch wenige Lichtplatten und wir würden die andere Seite erreichen. Wir konnten es schaffen. Die Erleichterung darüber trieb mir Tränen in die Augen. Doch die Platte unter unseren Füßen begann zu flackern. Der Schatten zog sich zurück und verschwand. Mistrane konnte ihn nicht mehr halten, sie war an die Grenzen ihrer Kraft gekommen.

»Es tut mir leid«, wisperte sie zu mir herüber.

Es waren nur noch wenige Schritte bis zum anderen Ufer. Ich ließ mein Licht stärker werden und es strahlte hell unter uns hervor.

»Wir schaffen es trotzdem. Komm, beeilen wir uns lieber!«

Sie nickte mir zu und hastig betraten wir die nächste Lichtplatte, während die hinter uns erlosch.

»Dort! Zielt zum Licht!«

Unsere Köpfe fuhren zeitgleich herum. Am anderen Ufer stand in Schwarz gehüllt der Gabensucher, umringt von Wachen, die ihre Speere auf uns richteten. Mistrane versuchte, ihren Schatten noch einmal hervorzuholen, doch außer kleinen schwarzen Schlieren, die um sie wirbelten, regte sich nichts.

»Geh weiter. Sieh nicht zurück.«

Die Speere flogen an uns vorbei. Ein scharfes Zischen und ein stechender Schmerz an meinem Arm verrieten mir, dass die Wachen gut zielen konnte. Die Entfernung, die zwischen den Verfolgern und uns lag, machte es ihnen nicht leicht, uns zu treffen. Ich hoffte, dass ihre Versuche nicht besser werden würden und dass der Fluss weiterhin seine starke Strömung beibehalten würde.

Das Ufer war nur noch einen Schritt entfernt und ich rief Mistrane zu: »Vorwärts!«

Wir hievten unsere Körper und Darius hoch und versuchten zu springen. Ich verfehlte die Uferkante, konnte aber Darius von mir drücken. Das Wasser umschloss mich und ich wurde unter die Oberfläche gedrückt. Die Strömung erfasste mich sofort und zog mich mit sich. Sie presste mich gegen einen Stein, der aus dem Wasser ragte. Ich rutschte an seiner nassen Oberfläche ab und wurde weitergezogen. Ich fand Halt unter meinen Füßen und schob mich hoch durch die Fluten. Meine Lunge brannte, als ich über Wasser nach Luft schnappte. Meine Arme suchten etwas zum Festhalten, griffen aber immer wieder ins Leere. Die Kälte des Wassers und meine Angst lähmten meine Glieder. Mir wurde schwarz vor Augen, als mich eine große Hand packte, aus dem Wasser zog und ans Ufer warf.

Mein Körper gehorchte mir nicht, wie ich wollte. Über mein Gesicht rann das Wasser und nahm mir die Sicht. Wieder packten mich Hände. Ich versuchte, mich zu befreien, tastete nach dem Dolch in meinem Stiefel, kam aber nicht weit.

»Beruhigt Euch! Los, wir müssen hier verschwinden.«

Die Stimme von Matheo ließ mich meine Angst vergessen und meine Sinne kamen langsam wieder zurück. Er wartete jedoch nicht darauf, dass ich wieder ganz bei mir war, und zog mich einfach weiter. Meine Erleichterung wärmte meine Haut etwas an und ich blickte mich nach Mistrane um. Darius lag einige Schritte entfernt im Gras.

An der anderen Uferseite stand der Gabensucher. Ich spürte, wie er mich suchte und fand. Doch die Entfernung war zu groß, er konnte mich nicht lähmen.

Ich rieche Euch klar und deutlich, Lichtträgerin. Ich finde Euch, egal wo Ihr hingeht. Euer Geruch ist in mir und Euer Licht wird Euch verraten. Seid wachsam, denn ich werde da sein. Ihr könnt mich erwarten.

Die Gedanken des Gabensuchers hallten in meinem Kopf und seine Stimme dröhnte in meinen Ohren. Ich schlug die Hände an meinen Kopf und versuchte, ihn aus meinem Geist zu schieben.

»Raja, komm.« Mistrane zog drei Feuerpferde aus dem Gebüsch am Fluss. »Steh auf! Wir müssen hier weg. Auf den Pferden findest du einen anderen Umhang. Lass den hier.«

Matheo griff nach Darius und schob ihn auf eines der Pferde. Mistrane reichte mir die Zügel des dritten Pferdes und die beiden stiegen auf. Ich sprang auf das Feuerpferd und ließ es zu den anderen beiden aufschließen, die ihre Pferde schon durch das Gebüsch auf den Weg gelenkt hatten.

Matheo trieb sein Feuerpferd an und Mistrane tat es ihm nach. Darius lag vor dem Schattenkrieger. Mein

Pferd lief hinter den anderen her. Weg von der Hochstadt. Weg von dem Gabensucher und den Wachen.

Auf der Stadtmauer wurden Feuer entzündet und ich spürte, wie ein Beben durch die Stadt ging. Als ich zurückblickte, sah ich, wie sich dunkle Schatten über die Dächer und Mauern legten.

Die Pferde sprengten die Straße entlang, auf der keine weiteren Reisenden zu sehen waren. Die Bewohner der Hochstadt waren hinter den Schutzzaubern gefangen und wegen der drohenden Ankündigung des Heeres, das Raven versammeln würde, zog es niemanden in die Hochstadt.

Die Straße führte uns über die Hochstadtebene. Immer wieder blickte sich Matheo um und trieb uns zur Eile an. Die aufsteigende Dunkelheit verschluckte uns. Aber mir war klar, dass sie auch unsere Verfolger verstecken würde. Der Gabensucher würde sich an unsere Fersen heften wie ein alter Jagdhund, der Blut geleckt hatte.

»Wir verlassen dort vorn die Straße.« Matheo deutete auf eine Weggabelung.

Sein Pferd war schweißnass und keuchte stark. Feuerpferde waren schnell und trittsicher, aber sie waren keine Lastenträger. Das hohe Tempo und Darius waren zu viel für das Pferd. Wir zügelten unsere Pferde und er ließ seinen Hengst langsam von der Straße treten. Die Ebene wandelte sich hier zu einer buschigen Landschaft. In der Ferne waren die ersten Bäume eines Waldes zu erkennen. Die Pferde schlängelten sich gekonnt durch das Buschwerk und wir hinterließen kaum sichtbare Spuren. Der Gabensucher würde sie auch nicht brauchen. Er hatte meinen Geruch in sich und würde mich überall aufspüren können. Ich war eine Gefahr für meine Begleiter.

Mistrane hielt ihr Pferd an, aber Matheo ließ sich nur aus dem Sattel rutschen und ging weiter neben seinem Pferd her.

»Wir können noch nicht rasten«, drängte er.

»Wir werden aber auch nicht weit kommen, wenn wir so weiterhetzen.«

Die Pferde zeigten mittlerweile deutlich, wie der schnelle Ritt sie gefordert hatte. Ich ließ mich ebenfalls von meinem Pferd fallen und ging neben ihm her.

»Wir müssen bis zum Morgengrauen den Wald erreichen. Da sollte es uns eher gelingen, dem Geruchsinn des Gabensuchers zu entkommen.«

Ich erwiderte nichts. Die drei hätten ohne mich bessere Chancen. Ich überlegte, ob ich mich von meinen Begleitern absetzen und einen anderen Weg nehmen sollte. Aber ich wusste nicht, wohin ich reiten sollte, also blieb ich.

Raven, ich brauche dich.

Mein Blick glitt zum dunklen Himmel. Wir brauchten Hilfe. Ich ließ einen kleinen Lichtfunken vor Matheo schweben und spürte, wie die Anstrengung von ihm fiel, den richtigen Weg in der Dunkelheit zu finden.

Wir schwiegen und nur die dumpfen Schritte der Pferde waren zu hören. Hin und wieder raschelte es in den Büschen. Ich ließ meine Gabe frei und erkundete unsere Umgebung damit, doch außer ein paar Tieren, die wenig Interesse an einer Begegnung mit uns hatten, gab mir meine Gabe keinen Grund zur Beunruhigung. Jedoch blieb die Angst, dass der Gabensucher uns finden und ich ihn nicht bemerken würde.

Die Sterne standen hoch am Himmel und der Mond lag mit einer Sichel über uns. Auf einer kleinen Lichtung zwischen den Büschen hielt Matheo sein Pferd an und winkte mich zu sich heran.

»Seht bitte nach dem General. Ich glaube, dass es ihm schlechter geht.«

Damit übernahm er mein Pferd und überließ mir seines. Darius hing immer noch bewusstlos auf dem Pferderücken. Ich spürte in ihn hinein. Sein Herz schlug. Seinen Geist fühlte ich aber ich nicht. Er war in einem ähnlichen Zustand wie die Windträgerin, die ich im Untergrund gefunden hatte. Die Worte von Russ geisterten durch meine Gedanken und schürten die Angst, dass er nicht wieder daraus erwachen würde. Ich musste mich ablenken und kontrollierte die Wunde an seiner Seite, die noch immer feucht, aber nicht weiter aufgerissen war. Ich nickte Matheo zu, der mit meinem Pferd wieder voranging.

Ich ließ eine Hand bei Darius und lenkte das Pferd mit meiner Gabe. Der Hengst trat willig seinen Weggefährten nach. Ich blickte zu Mistrane, die mich müde ansah und kurz aufmunternd lächelte. Ob sie sich ihren Weggang aus der Hochstadt so vorgestellt hatte? Ich bezweifelte es. Kurz überließ ich es dem Feuerhengst, den Weg selbst zu finden. Ich brauchte die Kraft. Ich legte meine Hände wieder auf Darius und ließ vorsichtig Licht in ihn fließen, das sofort verschwand, und ich spürte eine tiefe Leere, die nach mir griff und ihre Klauen in meine Hände schlug. Ich riss sie von ihm weg und die Verzweiflung wuchs in mir. Ich konnte ihm so nicht helfen. Wir brauchten einen sicheren Ort und Ruhe, um ihn zu heilen. Die Verwundungen, die Darius im Kerker des Hochkönigs erlitten hatte, schienen tiefer zu sein, als es von außen den Anschein hatte.

Die Nacht schritt voran, wie auch unsere Pferde und mit dem Morgengrauen erreichten wir endlich die Baumgrenze des Waldes. Ich spürte, wie die Erleichterung sich schüchtern zwischen uns ausbreitete. Die Pferde hatten sich erholt und wir stiegen wieder auf. Ich behielt den Hengst von Matheo, der auf meinem Platz nahm. Darius lag nun vor mir und meine Hand auf ihm. Ich ließ einen kleinen Lichtstrahl um ihn fließen und hoffte, dass er spüren würde, dass ich bei ihm war. Mehr war mir auf der Flucht nicht möglich. Eine Rast kam nicht infrage, auch wenn wir den Wald erreicht hatten, der uns mehr Schutz bot. Hoffentlich.

Matheo ließ sein Pferd, das er wieder an die Spitze unseres kleinen Zuges gesetzt hatte, langsam durch den Wald traben und wir folgten ihm. Der Weg, den wir einschlugen, führte direkt an der Grenze zwischen dem Wasserreich und dem Windreich lang. Der Wald wurde felsiger und wir mussten die Pferde zurücknehmen. Ich war mir nicht sicher, wo Matheo uns hinführen wollte. Jeden Meter, den wir zwischen uns und die Hochstadt brachten, war aber eine Erleichterung für mich.

Meine Hände lagen auf Darius und ich versuchte, in seinen Geist zu gelangen. Meine Aufmerksamkeit lag auf ihm. Die Angst, dass wir es nicht schaffen würden und ich ihn verlieren würde, wuchs stetig in mir. Meine Versuche, zu ihm durchzudringen, scheiterten immer wieder. Das Pferd unter mir ging zuverlässig, allerdings war es sein Gang, der mich aus der Konzentration riss. Ich schluckte die bitter schmeckende Enttäuschung hinunter und versuchte, nicht die Hoffnung zu verlieren. Vor mir lag der Mann, den ich liebte, dem ich das nie gesagt hatte. Meine Gefühle überraschten mich und doch wusste ich, dass sie echt waren. Ich hatte so viele Nächte von ihm geträumt. Er hatte mich gefunden und obwohl alles anders war, als es damals schien, konnte ich die Anziehung, die er auf mich ausübte, nicht leugnen. Auch nicht, als er noch der General des Hochkönigs gewesen war. Jetzt war er so viel mehr. Auch für mich. Meine Gedanken und meine Gabe kreisten nur um ihm. Viel zu spät nahm ich die eisige Welle wahr, die mich von hinten traf und überrollte. Meine Haare im Nacken stellten sich auf. Der Gabensucher war uns bedrohlich nahe gekommen.

»Matheo!«, schrie ich.

Der brauchte nur einen Sekundenbruchteil, um zu erkennen, was ich meinte. Er trieb sein Pferd an. Mistrane und ich folgten ihm. Die Pferde hielten nur mühsam das Tempo auf dem Weg zwischen den Felsen, denn der Boden war zu unwegsam und forderte den Tieren alles ab. Unsere Verfolger hatten sich an uns geheftet und ich spürte den Gabensucher immer deutlicher hinter mir.

Matheo zügelte seinen Hengst scharf vor einer Felswand. Der hastige Ritt hatte uns in eine Sackgasse geführt. Wir saßen in der Falle. Der einzige Weg lag hinter uns. Matheo zog sein Schwert und saß ab. Mistrane blieb auf ihrem Feuerpferd sitzen und lenkte es neben Matheo. Ich rutschte aus dem Sattel, blieb aber bei meinem Pferd. Ich hatte nur den Dolch. Meine Entschlossenheit ließ mich mutig werden. Ich würde nicht zulassen, dass der Gabensucher einen von uns zu fassen bekam. Wie von selbst glitt mein Licht aus mir heraus und ich ließ einen dünnen Lichtfilm über uns gleiten.

Der Gabensucher kam als Erstes zwischen den Bäumen hervor. Sein Hochstadtpferd zeigte keinerlei Müdigkeit. Die starren Augen erinnerten mich an den Besuch im Stall des Hochpalastes. Horchertinktur. Hinter dem Gabensucher ritten vier bewaffnete Wachen. Der Weg war für uns versperrt.

»Lichtträgerin, nun sehen wir uns wieder. Und diesmal habt Ihr es nicht nötig, Euch zu verstecken.«

Der Gabensucher zügelte sein Pferd und Matheo nahm unwillkürlich eine Kampfhaltung ein.

»Verschwindet. Dann wird Euch nichts geschehen.«

Der Gabensucher lachte auf und seine verschlossenen Augen richteten sich auf Mistrane. Ihr Unbehagen ließ sie im Sattel hin und her rutschen.

»Für jemanden, der in einer so ausweglosen Situation steckt wie ihr drei, solltet ihr euch nicht so aufspielen.

Und vergesst nicht: Im Hochpalast sind wir hier auch nicht mehr, Prinzessin.«

Der Gabensucher spie die Worte mit so viel Abscheu aus, dass Übelkeit in mir aufzog. Die Wachen waren von ihren Pferden gestiegen und traten mit gezogenen Schwertern auf uns zu.

»Wie wollen wir die Sache lösen, Lichtträgerin? Kommt Ihr und Eure Gefährten freiwillig mit? Die Wachen können Euch auch überreden. Ganz wie Ihr das wollt. Ihr müsst es nur sagen. Oder soll ich es selbst machen?«

Ich spürte, wie der Gabensucher auf mein Licht stieß. Der Schutzmantel um uns hielt seinem Angriff stand. Verwundert blickte er in meine Richtung und zog scharf die Luft ein. Ich ließ das Licht stärker aufleuchten. Das Lachen des Gabensuchers schallte von der Felswand hinter uns wider.

»So habt Ihr Euch also versteckt. Ein Schutz aus Licht. Das hält mich nicht auf, aber es ist amüsanter.« Der Gabensucher hob die Hand und die Wachen stürzten auf uns zu. Matheo wehrte zwei ab und Mistrane ließ eine Flamme den nächsten umschließen. In meiner Hand erschien ein Schwert aus Licht und ich stürzte der vierten Wache entgegen. Mein Lichtschwert parierte den Schlag des Angreifers mühelos ab und ich war erleichtert, dass ich im Untergrund so viel gelernt hatte.

Mistrane war vom Pferd gesprungen und schlug mit ihren Flammen auf ihren Angreifer ein. Ich erkannte erst jetzt, dass es auch ein Schattenkrieger war. Seine Schatten erstickten ihre Flammen und zwangen sie zum Kampf. Die Schatten und das Feuer lenkten nicht nur mich ab. Matheo wandte sich kurz von seinem Angreifer ab, um zu Mistrane zu gucken. Der nutzte die Unachtsamkeit aus und hieb sein Schwert auf sein Gegenüber. Matheo wurde am Arm getroffen und das Licht zerfiel dort. Mein Angreifer schlug unerbittlich mit seinem Schwert auf mich ein und ich fand keine Zeit, das Loch in dem Lichtschild von Matheo zu schließen. Der Gabensucher grinste, packte Matheo mit unsichtbaren Händen und zwang ihn zu Boden. Mistrane schlug die Wachen mit Feuer nieder, doch sie standen immer wieder auf, als wären sie unverwundbar, obwohl ihre Körper etwas anderes zeigten. Mein Licht flackerte durch die Anstrengung. Der Gabensucher hielt Matheo mit Leichtigkeit am Boden und griff derweil mein Lichtschild immer wieder an. Ich spürte sein Vorstoßen gegen mein Licht, als würde er auf mich einschlagen. Immer wieder versetzte er mir einen neuen Schlag, der mich mehr und mehr an meine Grenzen brachte.

Mistrane setzte mit ihren Flammen den Wald hinter dem Gabensucher in Brand. Doch dieser stand unberührt da, als die Flammen sich an seinem Gewand hinauffressen wollten. Sie erloschen einfach und fraßen sich an anderer Stelle weiter durch den Waldboden auf uns zu. Wir waren von Flammen und Felsen eingeschlossen.

Wir brauchen Hilfe. Raven.

Meine Kraft schwand und auch Mistrane konnte den Angreifern nicht mehr viel entgegensetzen. Sie hatte Matheos Schwert ergriffen und wehrte die Schläge der Angreifer nun mit zwei Klingen ab.

»Genug!« Die Stimme des Gabensuchers ließ die Felsen erzittern.

Die Wachen zogen sich zurück und wir standen keuchend mit erhobenen Schwertern vor unseren Angreifern.

»Es war amüsant, aber nun reicht mir das Schauspiel. Wenn Ihr Euch nicht ergebt, nehmen wir nur drei von Euch mit zurück in die Hochstadt.«

Der Gabensucher drehte seinen Kopf zu Matheo, der immer noch wie gelähmt am Boden lag. Plötzlich griff sich der Schattenkrieger keuchend an den Hals. Mistrane zog scharf die Luft ein und blickte mit aufgerissenen Augen zu ihrem Beschützer. Ich spürte, wie etwas Matheo die Luft abschnitt. Der Gabensucher zog ihm den Hals zu.

»Aufhören! Bitte!« Mistrane ließ ihr Schwert fallen und trat an Matheo heran.

Ihre Flammen loderten immer noch um uns und mir wurde klar, dass es der Gabensucher war, der ihre Flammen unter seine Kontrolle gebracht hatte. Ich blickte mich um und die Ausweglosigkeit legte sich schwer auf meine Schultern.

Wir brauchen Hilfe.

Als ich wieder zum Gabensucher blickte, sah ich, dass seine Aufmerksamkeit auf mich gerichtet war. Seine kaputten Zähne tauchten hinter seinem Grinsen auf. Er spürte, dass mein Licht immer schwächer und hoffnungsloser wurde.

»Gebt auf. Ihr könnt hier nichts ausrichten, Lichtträgerin.«

Mein Herz schlug wie ein flatternder Vogel in meiner Brust, als die Gewissheit, dass er recht hatte, sich in mir festsetzte. Ich ließ meine Hand mit dem Schwert aus Licht sinken. Bevor es den Boden berühren konnte, verschwand es aus meiner Hand.

»Na, seht Ihr. Es ist doch ganz einfach. Nun müsst Ihr nur noch Euer Schutzschild von Euch nehmen und wir können in die Hochstadt zurückkehren.« Er wandte sich an die Prinzessin. »Euer Vater wird erfreut sein, dass Ihr Euch so gut geschlagen habt. Viel helfen wird es Euch aber nicht. Ihr könnt Euch sicherlich vorstellen, wie ihn Euer Verrat getroffen haben muss. Den eigenen Vater verraten … Ich muss zugeben, dass es mich erheitert hat. Ich sehe gern die Qualen anderer. Sie leuchten fast so schön wie Euer Licht.«

Der Gabensucher trat einen Schritt auf uns zu und ich spürte, wie er weiter an meinem Schutzschild zerrte. Es kostete unendlich viel Kraft, mich seinem Angriff zu widersetzen.

»Bleibt zurück!« Ich schrie mit meiner ganzen Kraft.

Wir brauchen Hilfe.

Mein Licht brach aus mir heraus und strahlte hinauf in den Himmel und in den Wald hinein. Wie eine Welle brandete es aus mir heraus. Die Wachen wurden von dem Licht umgestoßen. Der Gabensucher setzte seinen Weg unbeeindruckt fort. Meine Augen tasteten noch einmal hektisch die Umgebung ab. Es war kein neuer Fluchtweg erschienen. Langsam und stetig setzte der Gabensucher seinen Weg fort, weiter auf uns zu.

»Kommt nicht näher, sonst ...«

»Was sonst? Habt Ihr vergessen, dass ich Euch bereits geschlagen habe?« Er deutete auf Matheo und Mistrane.

Ich schloss meine Augen. Die heißen Tränen, die über meine Wangen liefen, bemerkte ich nicht. Es durfte so nicht enden.

»Ihr solltet lieber auf sie hören, wenn sie Euch bittet, nicht näher zu kommen«, hallte eine Stimme über uns hinweg.

Der Gabensucher blickte verwundert auf. Mistrane und ich wandten uns um. Auf der Felskante über uns standen Clankrieger. Sie trugen unterschiedliche Clanfarben. Ich sah Feuer, Wind und Wasser. Und dazwischen ein weiß gekleideter Krieger. Raven. Mein Herz setzte vor Freude aus. Die Erleichterung trieb mir Tränen in die Augen. Raven grinste frech zu uns herunter. Der Gabensucher zischte. Ich spürte seinen Angriff hinter mir kommen. Mein Licht war erloschen und mit ihm mein Schutzschild. Ich hatte es nicht bemerkt, weil ich den Blick nicht von meinem Bruder lösen konnte. Dort stand er in der Farbe des Lichtclans. Der Geist des Gabensuchers griff in meinen und ich schrie unter dem Schmerz, der durch meinen Kopf schoss. Die Knie gaben unter mir nach.

Es knallte laut und der Schmerz war verschwunden. Schnell wirbelte ich herum und sah, wie sich ein Blitz in die Brust des Gabensuchers bohrte. Sein Schrei erschütterte die Lichtung, die Flammen erloschen augenblicklich und Schatten erhoben sich, in denen der Gabensucher verschwand. Matheo griff sich an die Kehle und stand unbeholfen auf. Mistrane reichte ihm eilig ihre Hand und zog ihn auf die Beine. Die Wachen des Hochpalastes flohen zu ihren Pferden und preschten auf ihnen in den Wald davon. Ich stand regungslos da und blickte mich irritiert um mich. Es war so schnell gegangen. Meine Erleichterung darüber, dass wir in Sicherheit waren, platzte aus mir heraus. Ich lachte und weinte gleichzeitig.

Mühsam stemmte ich mich wieder auf die Beine und ging zu dem Feuerpferd, auf dem Darius lag. Auf seiner Stirn stand ein leichter Wasserfilm und ich spürte sein Herz stärker rasen. Es ging ihm immer schlechter. Ich griff die Zügel des Pferdes und wendete es in Richtung der Bäume. Da tauchten die Clankrieger auf ihren Pferden aus dem Wald auf. Die Zügel meines Feuerpferdes glitten mir aus der Hand. Ich lief dem großen weißen Hengst entgegen und mein Bruder riss mich in die Arme, bevor er den Boden berührte.

»Ich habe doch gesagt, du sollst keine Dummheiten machen, wenn ich weg bin.« Seine Stimme klang gebrochen und mir war nur zu bewusst, wie wenig dazu gefehlt hätte, dass wir uns nicht wiedergesehen hätten.

Ich löste mich langsam aus seiner Umarmung. »Das sagt der Richtige.« Ich lachte ihn unter Tränen an. »Da stehst du einfach oben an der Felskante und hast alle Clane bei dir.«

Ich wischte mir die Tränen von den Wangen. Raven blickte über meine Schulter zu meinen Gefährten.

Ich trat zur Seite. »Das sind Mistrane und Matheo. Und auf dem Pferd ist Darius. Er ist stark verletzt. Wir brauchen dringend einen Heiler.«

Raven nickte und sah immer noch zu Mistrane. »Ich freue mich, Euch endlich kennenzulernen.«

Mistrane blickte vorsichtig, fast schüchtern zu meinem Bruder. Matheos Blick war finster wie immer. Seine Schatten spielten um ihn. Ich konnte nicht ausmachen, ob er durch den Griff des Gabensuchers verletzt worden war. Sein Stolz hatte sicherlich einen Kratzer bekommen.

»Ich nehme an, dass wir uns schon länger kennen.« Raven konnte seinen Blick wieder von Mistrane lösen und sah nun auch zu Matheo. Die Spannung, die zwischen Mistrane und Raven entstand, kam mir nur zu bekannt vor.

»Wir brauchen wirklich dringend einen Heiler«, drängte ich.

Raven blickte auf den bewusstlosen General und wies zum Aufsitzen an. Wir stiegen auf unsere Pferde und die Clankrieger ritten voraus in den Wald zurück. Raven blieb neben mir und blickte mich immer wieder stumm von der Seite an. Meinen Geist hatte ich vor ihm verschlossen. Seinen fordernden Blick spürte ich trotzdem. Die kleinen Härchen auf meinen Armen stellten sich auf. Aber ich schwieg weiter, denn ich wollte ihm lieber nicht erzählen, dass ich mich und die Prinzessin in Gefahr gebracht hatte, um Darius zu retten. Und vielleicht auch nicht von all den anderen Dingen, die ich erlebt hatte, seitdem er die Clanstätte verlassen hatte. Er würde alles von mir erfahren. Aber nicht hier. Nicht auf einer Flucht. Wir waren zwar gerettet, sicher fühlte ich mich aber immer noch nicht.

Die Clankrieger ritten schweigend vor uns her und wir verließen den Wald wieder. Die sanften Hügel, die zwischen der Hochstadt und dem Wasserreich lagen, breiteten sich vor uns aus und die Reiter ließen ihre

Pferde in einen leichten Galopp fallen. Mein Feuerpferd schnaufte unter mir auf. Das zusätzliche Gewicht von Darius belastete den dunklen Hengst.

»Raven, wir müssen eine Pause einlegen. Mein Pferd ist schon geschwächt und Darius geht es wirklich nicht gut. Wie weit ist es noch bis zum Lager? Er braucht einen Heiler. Ich weiß nicht, ob ich ihm helfen kann.«

Raven hob den Arm und die Clankrieger hielten ihre Pferde an. »Wir können uns nicht lange aufhalten. Unsere Späher haben berichtet, dass der Hochkönig ebenfalls welche ausgesendet hat. Bisher konnte das Heer verborgen bleiben, aber wir sind hier zu gut sichtbar.«

Die Clankrieger saßen ab. Nur ein Feuerkrieger ritt zu den nächsten Hügeln und kundschaftete die Umgebung aus. Raven saß ebenfalls ab und hielt meinen Feuerhengst am Zügel fest, während ich nach Darius' Verletzung an seiner Seite sah. Vorsichtig ließ ich mein Licht in die Wunde fließen.

»Bisher ist noch kein Brand entstanden, aber die Wunde ist eigenartig. Mein Licht scheint nicht gegen die Verletzung anzukommen.«

Raven kam dichter an mich heran und besah sich die Wunde genauer. »Die Krieger aus dem Untergrund haben mir berichtet, dass du einen Widerständler retten willst. Die Berichte, die ich darüber gehört habe, was der Schattenkönig und sein Gabensucher den Gabenträgern im Kerker angetan haben, sind furchtbar. Bist du dir sicher, dass dieser Krieger das übersteht?«

Ich sah Raven eindringlich an. »Er übersteht es.«

Er nickte kurz und sah dann wieder auf den Verletzten hinunter.

»Ich weiß es. Es muss so sein.«

Raven strich dem Feuerpferd über den Hals. »Die Heiler werden alles dafür tun, aber wir sollten weiterreiten. Es ist hier nicht sicher.«

Mein Herz wurde eng. Ich wusste, dass es nicht gut um Darius stand, aber ich konnte den Gedanken nicht zulassen, dass ich ihn verlieren würde. Allerdings musste ich mir eingestehen, dass Raven recht hatte. Wir sollten weiterreiten. Wir mussten schnell zum Heerlager und zu den Heilern. Ich schwang mich auf den Pferderücken. Raven hieß die Clankrieger an, weiterzureiten, und die Gruppe setzte sich wieder in Bewegung. Ravens weißer Hengst lief geduldig neben dem Feuerhengst her.

»Wir erreichen unser Lager bald. Hinter den Hügelkuppen dort hinten.«

Ich sah ihn überrascht an. »Dann liegt dein Heer schon an der Grenze zur Hochstadtebene?«

»Was denkst du denn? Wir konnten dank einer kleinen Gabenträgerin unbemerkt vor die Hochstadt ziehen. Du wirst sie mögen. Und dank einer anderen Gabenträgerin wurde in der Hochstadt verbreitet, dass wir noch mindestens eine Woche bis zur Hochstadt brauchen würden. Allerdings wusste sie nicht, dass wir schon viel dichter sind.«

Raven blickte sich zu Mistrane um, die etwas mürrisch dreinblickte.

»Dann weißt du, dass sie die Prinzessin und der Nachtfalke ist?«

Sein Grinsen verriet mir seine Antwort. Mein Bruder war gut informiert.

Die Pferde legten die Strecke flott zurück und wir erreichten die Stelle, an der das Heerlager lag, schneller, als ich gedacht hatte.

Die Clankrieger vor uns zügelten ihre Pferde in den Schritt. Raven wies mich an, nach vorn zu schauen. Vor den Kriegern flimmerte eine Wasserwand auf. Ich stutzte. Mir war nicht aufgefallen, dass etwas vor uns war. Die Clankrieger ritten unbeirrt weiter auf die Wasserwand zu und ich sah, wie sie hindurchritten und verschwanden. Ich keuchte auf und hinter mir hörte ich, wie Mistrane ihrer Verwunderung Ausdruck verlieh.

»Wie kann das sein?«

»Habe ich gesagt, dass ich eine Wassergabenträgerin kennengelernt habe, die eine außergewöhnliche Gabe hat?« Raven grinste mich an und sah sich dann zu Mistrane um. Sein Grinsen verschwand und er sah sie ernster an als vorher mich.

Ich hielt mein Pferd an und lenkte es dicht an das Wasser heran. Raven beugte sich vor und schob seine Hand in das Wasser. Es floss ruhig und sachte über seine Hand. Langsam hob er sie hoch und teilte so das Wasser. Dahinter erschien das Heerlager. Ich legte meine Hand auf das Wasser und zu meiner Verwunderung wurde sie nicht nass. Raven ritt durch die Wasserwand und verschwand. Ich trieb mein Pferd hinterher und auch Matheo und Mistrane folgten uns. Ihre Augen leuchteten, als sie durch das Wasser ritt.

Vor uns lag eine riesige Ansammlung von Zelten und Wagen. Pferde wurden in kleinen Gruppen in Pferchen gehalten. Unserem Eintreffen wurde wenig Beachtung geschenkt. Raven löste sich von den Clankriegern vor uns. Er deutete Mistrane und Matheo an, den anderen zu folgen.

»Komm mit. Ich bringe dich zu den Heilern.« Raven ließ sein Pferd wieder antraben und mein Feuerpferd lief hinterher.

Wir durchquerten das Lager, in dessen Mitte ein großes rundes Zelt die anderen überragte. Wir hielten jedoch vor einem langen Zelt. Raven sprang vom Pferd und ging mit schnellen Schritten hinein. Ich rutschte von meinem Feuerpferd und blieb bei Darius stehen. Er fühlte sich mittlerweile kalt an und ein Zittern ging durch seinen Körper.

Aus dem Zelt waren Stimmen zu hören und Raven kam mit mehreren Heilern zurück. Sie packten Darius, zogen ihn vom Pferd und brachten ihn in das Zelt. Ich wollte hinterhergehen, doch Raven hielt mich am Arm fest.

»Du kommst erst mal mit.«

Ich wollte protestieren, doch sein Blick ließ keinen Zweifel an seinem Befehl aufkommen. Ich gab klein bei und blickte noch einmal zum Zelt.

»Es wird nicht lange dauern. Aber ich wäre dir dankbar, wenn du dich einmal frisch machen würdest. Du stinkst. Und glaub mir, so wie du aussiehst, wirst du im Zelt der Heiler nicht willkommen sein.«

Damit schwang er sich lachend auf seinen Hengst und wartete, bis ich mich wieder auf den Rücken des Feuerpferdes gezogen hatte. Er ritt vor mir durch das Lager. Ich knirschte mit den Zähnen und ließ meinen Blick an mir herunterwandern. Die Flucht durch die Wasserkanäle, durch den Fluss, durch die Buschlandschaft und den Wald hatte ihre Spuren auf meiner Kleidung hinterlassen. Ein derber Geruch stieg mir in die Nase. Es war mir gar nicht bewusst gewesen. Ich musste zugeben, dass Raven recht hatte, und folgte ihm durch die Zeltreihen. Vor einem unscheinbaren Zelt hielt er an.

»Du kannst mein Zelt haben. Da findest du, was du brauchst. Ich werde Raikon holen. Er wird sich freuen, dass wir dich wiederhaben. Und hör auf, an den General zu denken, ich kann auch schon an nichts anderes mehr denken. Wir haben die besten Heiler der Clane hier. Er wird schon bald wieder auf den Beinen sein. Ich schicke auch jemanden, der dich zur Wasserstelle führt, damit du dich waschen kannst.«

21
~ Im Heerlager ~

Ich trat in das Zelt. Tisch und Stuhl. Ein Bett. Mehr war hier nicht zu finden. Es war einfach, aber gemütlich. Ich hatte von Raven nichts anderes erwartet. Aber warten konnte ich nicht. Ich spürte sofort, wie ich unzufrieden wurde und eine Ungeduld in mir aufstieg, die ich nicht loswerden würde. Als ich mich zum Gehen umdrehte, stand hinter mir eine Frau. Die grauen Kleider zeigten ihren Clan und die dunklen Zeichen an ihrer linken Schläfe, dass sie die Clanfürstin war. Ihre langen dunkelgrauen Haare hatte sie zu einem festen Knoten im Nacken gebunden und ihre hellgrauen Augen blitzten vergnügt. Die Windfrau lächelte mich an und ich konnte nicht anders, als es ihr gleichzutun.

»Ihr müsst Raja sein. Ravens Schwester. Ich freue mich sehr, dass Ihr sicher hier angekommen seid. Wir haben uns alle sehr um Euch gesorgt, als wir erfuhren, dass Ihr verschleppt worden seid. Kommt, ich zeige Euch, wo Ihr Euch waschen könnt. Euer Bruder bat mich, Euch zum Wasser zu geleiten. Er nahm an, dass Ihr nicht lange warten wollt.«

»Mein Bruder kennt mich zu gut. Ich bin auch sehr froh, dass wir es geschafft haben, aus der Hochstadt zu fliehen.«

Wir traten hinaus und gingen zwischen den Zelten entlang.

»Ihr seid bestimmt neugierig, was Euer Bruder Euch alles zu berichten hat. Ich kann mir aber auch vorstellen, dass es andersherum genauso viel zu erzählen gibt. Wir haben nur durch den Untergrund der Hochstadt erfahren, dass Ihr verschleppt worden seid. Alle sind sehr froh, dass Ihr entfliehen konntet. Die Nachrichten, die wir mit dem Untergrund getauscht haben, wurden in den letzten Tagen und Wochen immer weniger, da viele Boten abgefangen wurden.«

Die Stimme der Windfrau wurde brüchig und ließ mich aufblicken. Sie stockte nur kurz, bevor sie meinen abschätzenden Blick bemerkte.

»Ich bin Vega, die Clanfürstin des Windes. Hoffentlich stört es Euch nicht, dass ich Euch zum Wasser geleite. Ich war einfach zu neugierig und dachte, es wäre eine gute Gelegenheit, Euch kennenzulernen.«

»Es verwundert mich fast. Eigentlich hatte ich so etwas von Raven erwartet. Ich ging davon aus, dass er mich hier nicht mehr einen Schritt allein tun lässt. Schon gar nicht, nachdem … Nun, er passt schon immer sehr gut auf mich auf. Das ist wohl das Los der kleinen Schwester. Ich fühle mich geehrt, dass mich eine Clanfürstin zur Wasserstelle bringt.«

»Ihr habt viel durchgemacht und unsere Clane sind nicht so verschieden, wie die Hochstadt es uns all die Jahre hat glauben lassen. Es herrscht noch viel Misstrauen, aber Euer Bruder hat es geschafft, dass sich alle Clane vereinen. Sogar ein Teil des Feuerclans hat sich uns angeschlossen. Es gibt den Clanen Hoffnung, dass sich alles wieder zum Guten wenden kann. Die Schattenherrschaft dauert schon zu lange und ihr als Lichtträger seid diejenigen, die eigentlich auf dem Thron sitzen müssten.«

Ich blickte verlegen auf meine dreckigen Hände. Ich wollte nie auf den Thron. Als ich Halla damals gebeten hatte, für mich das Clanerbe anzutreten und Clanfürstin des Erdclans zu werden, war ich mehr als nur erleichtert gewesen, dass sie zustimmte. Halla war die Bessere von uns für diese Aufgabe.

»Wir sind da. Ihr könnt Euch hier ungestört baden. Ich lege Euch Kleider bereit. Wenn Ihr fertig seid, kann ich Euch zurück zu Ravens Zelt bringen.«

»Ihr braucht Euch nicht die Mühe machen und warten. Den Weg zurück finde ich.«

»Wie Ihr wollt. Wir sehen uns später, wenn der Clanrat sich trifft. Alle sind schon gespannt, was der Nachtfalke uns berichten wird.« Damit drehte sich Vega um und schritt wieder zurück zum Lager.

Ich sah ihr noch kurz nach. Ihre Art erinnerte mich an einen sanften Frühlingswind. Ich wandte mich dem Wasser zu, ließ die schmutzigen Kleider von den Schultern fallen und trat hinein. Die Kälte umfing meine Glieder gierig. Ich tauchte unter und versuchte kurz, die Welt über der Wasseroberfläche zu vergessen. Das Wasser lockte mich und nur zu bereitwillig gab ich ihm nach, bis die Luft mich zwang, wieder aufzutauchen. Ich rubbelte den Dreck der Hochstadt von meiner Haut und spülte meine Haare aus. Dann watete ich aus dem Wasser und wurde von einem Windstoß getrocknet. Die Gabenträger der Clane hatten hier an alles gedacht. Ich griff nach der Kleidung, die Vega mir an den Rand des Wassers gelegt hatte. Mir wäre die Erdfarbe lieber gewesen, aber nun glitt das Weiß des Lichtclans über meinen Körper und umschloss ihn. Der Stoff des Kleides glich einem Schleier. Er verhüllte jede Kontur, aber schmiegte sich eng an mich. Meine Haare fasste ich grob zusammen und zog sie zu einem Knoten in meinem Nacken hoch. Geflochten waren sie immer nur, wenn ich Halla mit ihren geschickten Fingern in der Nähe hatte.

Ich ging auf das Lager zu und schritt durch die Zeltreihen. Innerlich verfluchte ich Raven für diesen Auftritt, zu dem er mich durch das Kleid gezwungen hatte. Ich versuchte, mich mit meiner Gabe zu verschleiern, aber ich stieß gegen den Geist von Raven. In meinen Ohren hörte ich sein Lachen. Ich ging weiter und versuchte, die Rolle, die er mich hier zu spielen zwang, zu erfüllen. Ich spürte die Verwunderung und die wachsende Achtung der Clankrieger und der Clanfrauen, an denen ich vorbeikam. Als ich das Zelt von Raven erreichte, fühlte ich, wie mir ein Stein vom Herzen fiel. Nun konnte ich mich verstecken. Bis in das Innere kam ich allerdings nicht. Raikon stand plötzlich vor mir und ich fiel meinem Onkel mit Tränen in den Augen in die Arme.

»Kleine Lichtträgerin. Ich bin so froh, dass dir nichts geschehen ist.« Raikon schob mich von sich weg und sah mich prüfend an. Schnell wischte ich die Tränen weg. »Komm, ich bringe dich zum Clanrat. Wir werden dort erwartet. Es wird nicht lange dauern. Raven hat mir berichtet, dass ihr einen Verwundeten dabeihattet.«

Raikon brachte mich durch die Zeltreihen zu dem großen, runden Zelt in der Mitte des Lagers und hob die Zeltklappe zur Seite. Ich betrat das Zelt und blieb stehen. Meine Augen gewöhnten sich schnell an das Licht, das das Zelt erhellte und es wunderte mich nicht, dass das Licht etwas heller auf mich schien. Raven grinste mich an.

Hör auf damit!, schlug ich ihm um die Ohren.

Doch in meinen war nur sein Lachen zu hören, während er mich schweigend musterte. Dann erhob er sich und trat neben mich. »Darf ich euch meine Schwester vorstellen? Das ist Raja.« Mit einer ausladenden Handbewegung deutete Raven auf die Clanfürsten und Gabenträger. »Und das ist der Rat der Clane. Hier ist jeder Clan vertreten, der sich von der Schreckensherrschaft des Schattens befreien möchte.« Dann sah er lächelnd an mir vorbei. »Und hier ist noch jemand, den ich euch vorstellen möchte. Der Nachtfalke. Mistrane, die Prinzessin der Hochstadt.«

Raven deutete hinter mich und ich drehte mich zu Mistrane um, die ebenfalls das Zelt betreten hatte. Ich nahm ihre Hand und wir gingen zu dritt durch das Zelt und setzten uns auf die Plätze, die für uns frei gehalten wurden.

Ich ließ meinen Blick durch das Zelt schweifen und sah Vega in ihrem Grau. Neben ihr saß in einem mir wohlbekannten Hellblau ein großer Clankrieger mit schwarzen Haaren. Der Wasserclan. Dann folgte ein rot gekleideter, junger Clankrieger, der seinen Blick nicht von Mistrane wenden konnte, die unruhig auf ihrem Stuhl hin und her rutschte. Ich stieß den Feuerkrieger vorsichtig mit meiner Gabe an und er sah ertappt auf seine Füße. Raven baute sich neben mir auf seinem Stuhl auf und ich wusste, dass ich mir einen Tadel eingefangen hätte, wenn nicht sein Blick wieder über Mistrane huschen würde. Ich konnte die Anziehung, die sie auf ihn ausübte, spüren. Neben dem Feuerkrieger saßen Raikon und – zu meiner Überraschung – Haldran. Ich grinste ihm zu und konnte erkennen, dass er genauso glücklich über unser Wiedersehen war wie ich.

Der Wasserfürst, der sich als Durian vorstellte, bat Mistrane, zu berichten, was sich in der Hochstadt abgespielt hatte. Ich lauschte nur halbherzig. Ihren Ausführungen konnte ich nicht ganz folgen, weil ich vieles nicht kannte oder wusste. Ich rutschte auf meinem Sitzplatz unruhig hin und her. Ich spürte, wie Ravens Blick mich streifte, und suchte seine Augen.

Lass mich gehen.

Seine Mundwinkel verzogen sich, er stützte sein Kinn auf die Hand und bohrte seinen Blick in meinen.

Bedeutet es dir so viel? Die Besprechungen mit dem Clanrat sind wichtig. Wir müssen klären, wie wir weiter vorgehen. Jetzt, wo ihr hier seid, wird der Hochkönig seine Wut am Volk der Hochstadt auslassen. Wir müssen schneller angreifen, als wir dachten.

Ich blickte auf meine Hände. Er hatte recht. Die Sache war wichtiger. Trotzdem zerriss es mir das Herz, nicht zu wissen, was mit Darius war. Die Heiler müssten ihn in der Zwischenzeit schon geheilt haben. Ich wollte wissen, wie es ihm geht.

»Verzeiht. Meine Schwester muss sich ausruhen. Sie wird uns bei unserem nächsten Treffen dienlicher sein.« Raven unterbrach Mistrane und schenkte mir ein kurzes Lächeln.

Hatte ich meinen Geist nicht vor ihm verschlossen oder konnte er sich denken, was in mir vorging?

Ich schenkte ihm ein Lächeln und küsste flüchtig seine Wange. Vor den Mitgliedern des Clanrates verneigte ich mich kurz. An Haldrans Miene konnte ich nur zu gut erkennen, dass er mir gern gefolgt wäre. Der Erdkrieger war nicht für lange Besprechungen gemacht. Doch er hatte Pech, denn ich trat allein aus dem Zelt. Als die Zelttür hinter mir zuklappte, war ich erleichtert.

Ich sah mich kurz um und entdeckte das Zelt der Heiler über die anderen Zeltdächer hinweg. Mit meinem Ziel vor den Augen lief ich los und musste immer wieder jemandem ausweichen. Die Blicke, die mir folgten, bemerkte ich nicht. Meiner war auf das Heilerzelt gerichtet und ich lief durch die Gassen des Heerlagers darauf zu. Ich stieß die Zeltklappe zur Seite und stolperte hinein.

»Raja. Bist du gerannt?« Larine fing mich auf. Ich war erleichtert, die kleine Heilerin zu sehen, und schlang meine Arme um sie.

»Komm mit. Ich weiß ja, dass du nicht zu mir willst.« Sie löste meine Arme von sich und zog mich in den hinteren Teil des Zeltes. Wir gingen durch einen weiteren Vorhang in einen anderen Raum. Auf einem Lager vor mir lag Darius. Seine Brust hob und senkte sich schwer. Ein Heiler stand an seiner Seite und hielt seinen Arm hoch. Seine Haut sah grau aus und auf seiner Stirn zeichnete sich ein dünner Schweißfilm ab. Ich zog die Luft laut ein. Er fühlte sich schon aus der

Ferne so dunkel an. Mir stieg der Geruch nach Kerker und Tod wieder in die Nase.

»Es geht ihm nicht besser. Wir können ihm nicht helfen. Was auch immer im Kerker mit ihm gemacht worden ist. Weder ich noch Russ kommen an ihn heran. Wir können nur abwarten, ob er selbst wieder zu sich kommt. Wenn du möchtest, kannst du dich zu ihm setzen.«

Der Heiler ließ Darius' Arm zurück auf das Lager sinken und verließ schweigend den Raum. Larine wies mir einen Stuhl zu, doch ich setzte mich auf die Kante des Lagers dicht neben Darius. Meine Finger zitterten, als ich seinen Arm berührte. Seine Haut war kalt und nass.

»Ich lasse euch allein. Russ bat mich, ihn zu holen, wenn du hier bist.« Larine verließ den Raum. Ich beugte mich zu Darius hinab. Seine Lippen waren aufgesprungen und trocken. Neben dem Lager stand eine Schale mit Wasser. Ich benetzte seine Lippen damit, aber er blieb regungslos.

»Mädchen, da bist du ja. Du hast lange gebraucht.« Russ betrat den Zeltraum und ich stand auf, um ihm entgegenzugehen. Er griff meine Hand und ließ sich von mir zu dem Stuhl führen, der neben Darius' Lager stand. Ich setzte mich zurück auf die Kante des Bettes und nahm Darius' Hand.

»Weißt du, Mädchen, wir kommen zu ihm nicht durch. Larine konnte mit ihrer Gabe seine Wunde heilen und das Gift hinausziehen. Mein Licht kommt aber nicht zu ihm durch. Es ist, als würde es sich auflösen, bevor es überhaupt entstehen kann. Es ist sehr schwer, einen Gabenträger zu heilen, dem seine Gabe entrissen worden ist. Aber es scheint genauso schwer zu sein, einen Gabenträger zu heilen, dem eine neue Gabe übertragen worden ist, die nicht seiner Natur entspricht. Der General trägt einen Hellerstein in sich. Genau wie du.

Wir müssen hoffen, dass dieser Stein ihm dabei hilft, wieder zurückzukommen. Es ist eine Dunkelheit in ihm, die ich nicht durchdringen kann. Mein Licht ist nicht das richtige. Es tut mir leid, dass ich ihm nicht helfen kann.« Dann blickte Russ für einige Augenblicke leer in den Raum. Mühsam erhob er sich wieder von dem Stuhl und schlurfte zu der Zeltklappe, die den Raum abteilte. »Ich lasse dich wieder allein mit ihm.«

Ich blickte ihm kurz nach. Meine Finger griffen in die von Darius. Seine Hand lag kraftlos und schlaff in meiner. Ich dachte an unsere Zeit auf der Lichtung. An die verbundenen Gaben. An alles, was uns verband. Es musste doch etwas geben, was ihm helfen konnte.

Mein Licht ist nicht das richtige. Die Worte von Russ hallten plötzlich in mir nach. Während der Flucht hatte ich immer wieder versucht, mein Licht in Darius fließen zu lassen. Es war mir nicht gelungen. Ich hatte so darauf gehofft, dass Russ mit seinem Licht mehr erreichen konnte. Der Lichtträger war älter als ich und hatte viel Erfahrung darin, solche Verletzungen mit Licht zu heilen. Mein Herz krampfte zusammen und die Tränen kämpften sich wieder in meine Augen. Es durfte nicht so enden. Weder für ihn noch für mich noch für uns. Es musste ein *uns* geben dürfen. Mehr Zeit, die wir miteinander haben konnten. Ich beugte mich über Darius und hauchte einen Kuss auf seine Lippen.

Wach auf. Ich brauche dich hier bei mir.

Dann legte ich meine Hände auf seine Brust und schloss meine Augen. Ich ließ mein Licht in ihn fließen. Vorsichtig tastete ich mich in ihn hinein und wurde von einer unbändigen Kraft in eine Finsternis gerissen.

22
~ In der Dunkelheit ~

Ich keuchte auf. Der Sog in die Schwärze hatte mir den Atem genommen. Mein Herz schlug wild in meiner Brust. Ich konnte nichts erkennen. Meine Augen gewöhnten sich nicht an die Dunkelheit. Es blieb tiefschwarz um mich herum. Egal in welche Richtung ich blickte, es war nur schwarz. Wie ein endloses Nichts, in dem ich gefangen war. Ich formte ein Licht zwischen meinen zitternden Händen und ließ es etwas aufsteigen. Ich stand in dem kleinen Lichtkegel, aber um mich herum war nichts. Einfach nichts. Es blieb alles dunkel. Immer schwerer wurde es für mich, Luft zu kriegen. Die Finsternis drückte mich erbarmungslos nach unten und ließ meine Knie zittern. Ich zog das Licht größer und da erkannte ich es. Um mich herum waberten schwarze Schatten, die mit ihren Klauen nach mir griffen. Ich wehrte sie mit Licht ab. Das Dunkel kreischte empört zurück und die Schatten wirbelten wild durcheinander.

Ich musste Darius finden. Hier zu verweilen, würde mich auszehren. Meine Hände formten einen Schutzschild aus Licht, das ich über meinen Körper legte. Die vertraute Wärme, die der Schutzschild mir gab, ließ mein Herz wieder ruhiger schlagen. Ich schloss die Augen und ließ meine Gabe frei. Sie raste durch die Dunkelheit. Eine schwarze Leere, in der nichts zu sein schien. Aber dann fühlte ich entfernt einen leisen Herzschlag, wie ein kleiner Vogel, der verzweifelt mit den Flügeln flatterte. Ich lief darauf zu. Der Boden unter meinen Füßen wurde immer schlammiger und hielt sie fest. Die Schritte fielen mir schwerer und schwerer. Immer tiefer versanken meine Füße in dem zähen Schlamm, der den Untergrund bedeckte. Bis weit über meine Knöchel versank ich in einem Boden aus Schatten und Schwärze. Vor mir tauchte in dem Lichtschein eine Person auf. Darius. Auf den Knien hockte er mit gesenktem Kopf auf dem Boden. Seine Arme hingen leblos an ihm herunter. Ich stieß mich aus dem klebrigen Boden los. Doch er wurde immer zäher, je näher ich Darius kam. Der schwarze Schlamm umgriff meine Füße wie Hemmersteinketten und die Schatten wirbelten um mich herum, griffen immer wieder mit ihren Krallen nach meinen Haaren. Ich fiel und konnte mich gerade noch mit meinem Licht abfangen. Wütend ließ ich Lichtblitze in den Boden fahren. Das Licht legte sich auf den Schlamm, der unter mir fest wurde. Ich lief zu Darius und ließ mich vor ihm auf die Knie fallen. Ich nahm sein Gesicht zwischen meine Hände und hob seinen Kopf zu mir hoch. Seine Augen waren leer und starr. Schwarz.

»Darius«, flüsterte ich. »Kannst du mich hören? Ich bin hier. Komm zu mir.«

Sein Blick blieb leer und er sah mich aus schwarzen Augen starr an. Ich nahm seine Hände und umfasste sie. Auch darauf reagierte er nicht. Ich drückte die Hände und hob sie an meine Lippen. Seine Augen blieben schwarz und leer. Meine Augen füllten sich mit Tränen. Ich ließ meine Hände mit seinen sinken. Verzweifelt packte ich noch einmal sein Gesicht und zog es zu mir heran. Mit einem tiefen Luftzug füllte sich meine Lunge, bevor ich meine Lippen auf seine legte und seinen Mund mit ihnen verschloss. Vorsichtig bahnte ich mir einen Weg zwischen seine Lippen und ließ mein Licht in ihn hineinfließen. Es floss und floss immer weiter und ich ließ es geschehen. Ich ließ meine Lippen auf seinen und hielt ihn fest an mich gedrückt. Es schien kein Ende nehmen zu wollen. Die Dunkelheit in ihm und um uns herum fraß mein Licht vollständig auf, trotzdem gab ich nicht auf und mein Licht auch nicht. Die Lichtkugel über uns flackerte und wurde kleiner. Ich spürte, wie mir Tränen über die Wangen liefen. Mein Licht zerrte an mir und versuchte, in mir Halt zu finden, aber es gab nichts mehr in mir. Die Dunkelheit auf der anderen Seite riss und zog an mir. Entkräftet lösten sich unsere Lippen und ich sackte gegen Darius. Mein Licht war erloschen und es gab nur noch ihn und mich. Und die Finsternis, die uns umschlossen hielt. Mit zittrigen Händen tastete ich nach seinem Gesicht und zog es zu mir herunter. Meine Lippen fanden seine. Ich schmeckte seinen salzigen Geschmack und in meine Nase stieg der Geruch von Sommerregen. Ich spürte seine Wärme an meinem Körper. Kurz war es wie auf der Lichtung, doch das Gefühl schwand und plötzlich gab der Boden unter meinen Knien nach und ich rutschte in dunkles Wasser. Verzweifelt versuchte ich, Halt zu finden, aber meine Hände griffen ins Leere und ich wurde unter das Wasser gezogen. Darius starrte auf mich hinunter und ich sah durch die kräuselnde Wasseroberfläche, dass seine Augen funkelten wie zwei schwarze Sterne, die am Nachthimmel verloren waren. Ich schrie gegen das Wasser an, doch kein Laut kam über meine Lippen. Dann umfing mich die Dunkelheit des Wassers und vor meinen Augen wurde es schwarz und schwer.

23
~ Im Heerlager ~

Meine Lunge blähte sich auf, als wieder Luft hineinfuhr, und ich schnellte hoch. Ich saß auf einem Lager und blickte mich verwirrt um. Mein Atem ging so schnell, dass mein Herz aus der Brust zu springen drohte. Das Licht um mich herum blendete meine Augen und ich schlug mir die Hände vor das Gesicht. Nach und nach erholte sich mein Atem und auch mein Herz schlug langsamer. Ich ließ die Hände wieder sinken und öffnete vorsichtig die Augen. Das Licht war noch grell, aber ich konnte sehen, wo ich war. Die Dunkelheit gab es hier nicht. Ich tastete neben mich, aber das Lager war leer. Darius war verschwunden. Ich schob meine Beine vom Lager und wollte aufstehen, doch ein Schwindel durchfuhr meinen Kopf.

»Du solltest etwas langsamer machen.« Larines Stimme klang fröhlich zu mir herüber.

Ich blickte auf und sah sie am Tisch stehen. Kräuter und Krüge standen um sie herum. Sie bereitete einen Trank vor und kam mit dem Becher zu mir herüber. Ich öffnete den Mund, um etwas zu sagen, doch meine Stimme blieb stumm. Larine lächelte kurz und reichte mir den Becher.

»Trink erst mal. Deine Stimme braucht noch Ruhe. So wie du eigentlich auch.«

Der Trank war süßlich und bitter. Die Kräuter, die Larine verwendet hatte, brannten sich ihren Weg durch die Kehle und erwärmten meinen Körper. In kleinen Schlucken leerte ich den Becher und reichte ihn Larine zurück.

»Sehr gut. Und nun bleib noch kurz sitzen. Du hast zwei ganze Tage verschlafen. Ich war bei dir. Und Russ hat auch nach dir gesehen. Einen schönen Schreck hast du uns da eingejagt. Aber nun bist du ja wieder wach. Willst du etwas essen?« Larine blickte mich auffordernd an.

»Wo ist Darius?« Meine Stimme klang immer noch rau und fremd und das Sprechen fiel mir schwer. Der Schwindel war aus meinem Kopf verschwunden und ich tastete mit den Füßen nach dem Boden. Als sie Halt fanden, wurde ich an die Erde gezogen und ich spürte, wie die Kraft durch mich hindurchfuhr. Ich seufzte erleichtert.

Larine beobachtete mich nachdenklich. »Da sind wir nun nicht drauf gekommen, dass du dein Element brauchen könntest. Darius ist schon vor einem Tag aufgestanden. Er wird im Lager sein. Es geht ihm gut, soweit ich das beurteilen kann. Er wollte dich hier erst nicht allein lassen, aber dein Bruder und der Clanrat haben darauf bestanden, mit ihm zu sprechen.« Larine setzte sich neben mich und nahm meine Hände. »Was du gemacht hast, war sehr mutig. Laut Russ aber auch sehr dumm. Doch du hast ihn wieder hierhergeholt, darüber sind wir alle sehr froh. Darius spricht nicht viel darüber, was ihm im Kerker zugefügt wurde. Der Clanrat hat ihn schon befragt. Es sieht so aus, als hätte der Gabensucher ihm eine Gabe übertragen. Darius trägt jetzt auch einen Schatten. Wir wissen nicht, ob das gut oder schlecht ist und ob er den Schatten kontrollieren kann oder ob er von ihm kontrolliert wird. Sein Hellerstein ist noch in seinem Arm. Der Gabensucher hatte ihn noch nicht gegen einen Horcherstein ausgetauscht. Darius hatte Glück, dass ihr ihn vorher gerettet habt. Andernfalls hättet ihr eine große Gefahr ins Lager gebracht.«

Larine blickte mich eindringlich und warnend an. Ich sah auf meine Hände und nickte nachdenklich. Im

Kerker war der Gabensucher nicht mit ihm fertig gewesen. Sonst hätten wir Darius nicht an den Ketten hängend gefunden. Ich versuchte mich an die Vorstellung zu klammern, dass nichts Bösartiges in ihm sein konnte, aber die Schrecken der Finsternis nagten an meinen Gedanken.

»Der Gabensucher hat so etwas angedeutet. Ich werde herausfinden, was der Schatten aus ihm gemacht hat. Meine Gabe wird es mir zeigen.«

Ich stand ruckartig auf, um zu gehen. Meine Beine wackelten kurz unter mir und ich hielt mich an Larine fest, die ebenfalls aufgesprungen war.

»Davon bin ich überzeugt, aber mach langsam. Vielleicht wäre es ratsam, wenn du dich noch etwas ausruhst. Die nächsten Tage werden von uns allen viel abverlangen.«

»Nein, es geht schon. Ich brauche nur ein paar Schritte, dann werden sich meine Beine wieder an ihre Aufgabe erinnern.« Ich ging zu der Zeltklappe, die den Raum vom Hauptzelt trennte. Meine Schritte wurden fester und ich blickte mich zu Larine um, die zustimmend nickte. Erleichtert und zeitgleich beunruhigt ging ich durch das Heilerzelt und hinaus in das Licht der Sonne. Ihre Strahlen ruhten auf mir und ich spürte, wie das Licht in mir zu tanzen anfing. Als würde es sich freuen, endlich wieder seinesgleichen zu spüren.

Im Lager war es hektisch. Viele Clankrieger waren damit beschäftigt, die Zelte abzubauen und Dinge in Wagen zu verladen. Sie machten sich für einen Aufbruch bereit. Ich ging durch das Gewimmel des Lagers. Wohin, war mir selbst nicht klar. Ich ließ mich von der Menge treiben. Hier jemanden zu finden, war unmöglich, vielleicht würde meine Gabe mich leiten.

Das Zelt von Raven tauchte vor mir auf und ich schlug die Zeltklappe zurück und trat hinein. Am Tisch saß Mistrane und blickte mich überrascht an. Dann sprang sie auf und kam lachend zu mir. Ihre Arme zogen mich an sie und ich schlang auch meine um sie herum.

»Ich bin froh, dass du wieder wach bist. Wir werden zur Hochstadt rücken. Das hast du dir bestimmt schon gedacht bei dem Aufbruch, der draußen herrscht.« Ihre Stimme klang etwas unsicher und sie zitterte leicht. Ich spürte ihre Angst, dem entgegenzutreten, was sie in der Hochstadt zurückgelassen hatte.

Ich drückte ihre Hände. »Du wirst sehen, dass alles gut werden wird. Die Clanelemente waren schon immer im Gleichgewicht.« Meine Worte ließen sie lächeln und ich spürte, wie sie ruhiger wurde.

»Wo ist Raven?«, fragte ich so beiläufig, wie ich konnte.

Mistranes Wangen wurden leicht rot und ihre Augen leuchteten auf. »Dein Bruder ist im Lager unterwegs. Es sind noch so viele Anweisungen und Befehle zu erteilen. Aber eigentlich möchtest du doch jemand anderes finden, oder?« Sie legte ihren Kopf leicht schief und ich musste lachen. Die Prinzessin kannte mich anscheinend besser, als ich dachte.

»Ja, du hast recht. Ich suche auch nach Darius. Larine meinte, dass er schon seit gestern auf den Beinen ist.«

»Ja, das ist er. Ich habe schon mit ihm gesprochen. Er war ziemlich aufgebracht darüber, dass wir den Befehl missachtet und ihn aus dem Kerker geholt haben. Wir haben uns in eine zu große Gefahr gebracht.« Sie verzog den Mund. Darius hatte recht. Es war dumm und leichtsinnig gewesen, für einen einzelnen Mann diese Gefahr auf uns zu nehmen. Doch ich würde es immer wieder tun. Für jeden, der mir am Herzen lag.

Mistrane schien zu spüren, was ich dachte. »Ich würde es jederzeit wieder tun.«

»Ich auch.«

Wir lachten gemeinsam.

»Komm, wir suchen zusammen nach den Männern.« Damit zog sie mich lachend aus dem Zelt hinaus und wir gingen durch das Lager. Sie wirkte fröhlicher und entspannter hier im Lager als in der Hochstadt. Sie schlug den Weg zum Zelt des Clanrates ein, das schon teilweise abgebaut worden war. Es ragten noch hohen Holzstangen in die Luft. Die Zeltplane war schon verschwunden.

Schon von Weitem sah ich die weißen Gewänder von Raven und Raikon und Mistrane neben mir wurde ein kleines Stückchen hoheitlicher. Sie straffte ihre Schultern und hob ihren Kopf leicht an.

Ich griff ihre Hand. »Ich weiß, dass er dich sehr mag. Ich spüre die Anziehung zwischen euch«, flüsterte ich ihr zu.

Sie blickte mich überrascht an und errötete. Ihre Augen funkelten und das Rot darin begann zu leuchten. Mit einem Lächeln auf den Lippen ging ich neben ihr her. Ich hoffte, dass das, was vor uns lag, den beiden eine Chance lassen würde. Doch sicher konnte sich hier niemand über den Ausgang unserer Bestrebungen, die Schattenherrschaft abzulösen, sein.

»Raja, du bist aufgewacht. Das ist sehr gut. Wir haben nur auf dich gewartet.« Raven schloss mich in seine Arme und riss mich damit aus meinen Gedanken.

Über seine Schulter sah ich, dass Raikon zufrieden nickte. Seine Lippen zuckten, als könnten sie sich nicht entscheiden, ob sie lachen oder schimpfen sollten. Raven ließ mich los und zog mich mit in den Kreis der anderen. Vega und der Clanfürst des Feuers standen noch hier. Der Feuerkrieger nickte Mistrane zu und machte ihr neben sich einen Platz frei.

»Wir haben gerade beraten, wie wir unser Heer vor der Hochstadt platzieren sollten. Mistrane, habt Ihr noch eine Anmerkung?« Raven wies Mistrane an, sich einzubringen.

Vega ließ ihren Wind den Staub und Sand aufwirbeln und erschuf zu unseren Füßen die Hochstadt und die Ebene davor. Mit ihren Fingern ließ sie ein winziges Abbild des Clanheeres vor der Hochstadt erscheinen. Dann sahen alle Mistrane an, der die vielen Blicke, die sich an sie hefteten, sichtlich unangenehm waren. Als Nachtfalke hatte sie hauptsächlich im Verborgenen agiert. Nun stand sie hier zwischen den Clanfürsten und keiner der Anwesenden wusste, wie sehr es sie schmerzte, den Mann verraten zu haben, der ihr eine Familie hätte sein sollen. Doch sein Verrat an den Clanen ließ ihren Verrat nichtig erscheinen und die Schwere war Mistrane auch nur zu bewusst.

Sie betrachtete die kleine Hochstadt aus Staub und Sand genau. »Hier sollten wir Stellung beziehen.« Sie deutete auf den Teil der Hochebene, die an der Grenze zwischen Wasser- und Windreich lag.

Der Feuerfürst schnaubte. »Ihr verlangt, dass wir an der Hochstadt entlangziehen? Euer Vater würde die Größe unseres Heeres genau erkennen. Wir sollten hier frontal angreifen.« Er zeigte auf die Hochebene, die auf dem direkten Weg zur Hochstadt lag. Es war der kürzeste Weg, um einen Angriff auszuführen.

Mistrane funkelte den Feuerfürsten dunkel an und ihre Schatten kräuselten sich um sie. Neben mir zog Raven die Luft stark ein. Ich stieß ihn an.

»Die Hochstadt ist an dieser Seite anders bewacht. Der Hochkönig hält hier die stärksten Schutzzauber bereit. Wegen meiner Mutter ist er der Meinung, dass dem Feuerclan nicht zu trauen ist. Es wäre töricht, hier die Hochstadt anzugreifen.« Mistrane ließ ihre Schatten in die kleine Hochstadt vor uns fließen. »Sie ist im Süden, wo das Wasserreich an die Hochebene grenzt und der Hochstadtfluss entlangläuft, ebenfalls anders geschützt. Der Fluss bietet dem Wasserclan mit ihren Gabenträgern eine Waffe, die die Hochstadt überrollen könnte. Daher ist der Fluss hier gefangen. Der Weg dorthin wäre auch zu weit.«

Sie zeigte auf die Hochstadt und den Fluss aus Wind, der sich um die Stadt schloss. Ich fragte mich, warum kein Vertreter vom Wasserclan hier war. Ich blickte Raven an, der nur den Kopf schüttelte. Er hatte meine Gedanken erraten, ohne dass ich sie ihm schicken musste.

Mistrane deutete wieder auf die Hochstadt. »Der Fluss fließt aber hier von der Hochstadt weg. Die Strömung ist hier sehr stark und eine Zähmung des Flusses würde zu viel Kraft kosten, daher ist der Fluss hier frei. Der Hochkönig hat bisher etwas in der Hand gehabt, weswegen er wusste, dass der Wasserclan sich nicht gegen ihn erheben würde. Aber nun haben wir den eigentlichen Clanfürsten des Wassers unter uns.«

Raven lächelte zufrieden in sich hinein und auch die Clanfürstin des Windes schien von Mistranes Vorschlag angetan zu sein.

»Ich denke, dass wir den Vorschlag des Nachtfalken noch einmal mit den anderen Clanfürsten besprechen sollten.« Raikon nickte zufrieden.

Vega zog ihren Wind zurück und die kleine Hochstadt zu unseren Füßen fiel in sich zusammen. Vega und der Feuerfürst verließen die Gruppe und ich wandte mich an Raven. »Sagst du mir, wo Darius ist?«

Ich ließ ihn nicht lange überlegen, sondern stieß ihn mit meinem Geist an.

Bitte.

»Der General ist unten am Wasser. Falkon und Matheo sind bei ihm.«

Raikon entfernte sich schon mit Mistrane und auch ich wollte losgehen, doch Raven hielt mich an der Hand zurück.

»Raja, bitte sei vorsichtig. Ich habe mit den Heilern gesprochen. Es ist noch nicht oft gelungen, dass ein

Gabenträger eine Gabenübertragung überlebt hat. Wir wissen nicht, ob er noch der ist, den du retten wolltest. Falkon spürt einen mächtigen Schatten in ihm. Matheo und er wollen gucken, ob wir ihm vertrauen können und ob er seinen Schatten unter Kontrolle hat.«

Raven sah mich mahnend an. Ich hatte schon von Russ Erzählungen über Gabenträger gehört, die durch eine Gabenübertragung nicht mehr Herr über ihre Gaben waren und zu tödlichen Kreaturen wurden, wenn sie es überhaupt überlebt hatten. Die Gezeichneten. Diese Erzählungen fühlten sich fremd an. Und doch befielen mich Zweifel. Die Dunkelheit, in die ich gezogen worden war, hatte Schrecken in mir hinterlassen. Sie war noch präsent in meiner Erinnerung, als würde sie nur darauf warten, mich wieder zu umschließen. Die schwarzen funkelnden Augen, mit denen mich Darius in das Wasser entgleiten ließ, erschienen vor meinen Augen. Unwirsch schüttelte ich den Kopf, um die finsteren Gedanken zu vertreiben.

»Ich verspreche, dass ich vorsichtig sein werde.« Schnell drückte ich die Hand meines Bruders und er nickte mir zu.

Dann wandte er sich ab und ging hinter Raikon und Mistrane her, während ich mich ebenfalls umwandte und durch das Treiben im Lager hinunter zur Wasserstelle ging, etwas unsicher, was mich dort erwarten würde. Der Lärm, der durch den Aufbruch im Lager herrschte, lenkte mich von den Gedanken ab. Es standen viele Wagen zwischen den Zeltreihen, auf die eilig Material und Zelte verladen wurden. Ich spürte die Hektik und die Aufregung, die unter den Clankriegern herrschten, und einen Funken Hoffnung, der leise in ihnen glimmte und kurz aufglühte, wenn sie mich sahen. Ich zog meine Gabe tief in mich hinein. Die Gefühle der anderen waren zu viel. Ich genoss die Ruhe, die sich über mich legte, als ich aus dem Lager hinaustrat. Vor mir lag die Wasserstelle.

Ich blieb im Schutz der Bäume stehen und sah zum Wasser hinunter. Falkon stand mit dem Rücken zu mir und sah zu Matheo und Darius, die im Wasser waren und dunkle Schatten um sich hatten. Matheo ließ seine Schatten größer werden und hüllte sich damit ein. Dann verschwand der Schatten um Matheo und ich sah, wie Darius die Hände formte und seinen Schatten wachsen ließ. Aber anders als bei Matheo explodierte sein Schatten förmlich zwischen seinen Händen und hüllte ihn und Matheo ein. Erschrocken keuchte ich auf, doch der Schatten verschwand wieder. Mit erhobenen Händen stand Matheo vor Darius und kämpfte dessen Schatten nieder. Als alle Schatten verschwunden waren, sah ich, dass Darius im Wasser kniete. Das Wasser um ihn herum verfärbte sich schwarz. Ich zog die Luft scharf ein. Obwohl das Geräusch leise war, wirbelte Darius' Kopf zu mir herum. Trotz der Entfernung sah ich, dass seine Augen komplett schwarz waren. Das tiefe Blau, in dem ich mich so oft verloren hatte, war verdrängt worden. Als er den Schrecken in meinen Augen sah, wandte er sich von mir ab und stand langsam auf. Matheo hatte mich auch bemerkt und trat aus dem Wasser heraus. Falkon drehte sich zu mir um und kam mit Matheo auf mich zu.

»Lichtträgerin. Wir machen eine kurze Pause. Wenn Ihr möchtet, könnt Ihr in der Zeit mit ihm reden.«

Ich nickte Matheo zu und die beiden Männer gingen an mir vorbei. Ich konnte spüren, dass ihre Sinne angespannt waren. Ihre Gaben waren jederzeit bereit, aus ihnen herauszuplatzen, sobald sie eine Gefahr erahnen würden.

Langsam ging ich auf Darius zu, der immer noch von mir abgewandt knietief im Wasser stand. Die Kälte traf mich, als ich den ersten Schritt hinein tat. Sein Hemd war vorn leicht geöffnet und ihm etwas den Rücken heruntergerutscht. Sein Atem ging schwer und seine Brust hob und senkte sich. Das Wasser auf seiner Haut verdampfte durch die Hitze, die von ihm ausging. Ich ging weiter, bis ich neben ihm stand. Er schwieg und ich tat es ihm gleich. Die Kälte des Wassers kroch mir die Beine hinauf und lähmte jedes Gefühl in ihnen. Ich konnte ein Zittern nicht verhindern. Darius sah zu mir herunter und ich spürte seinen Blick auf mir und dass das Wasser um mich herum wärmer wurde.

»Danke.« Ich wusste nicht, was ich sonst sagen sollte, daher wartete ich auf seine Reaktion, die aber nicht kam. Zumindest nicht, wie ich es mir erhofft hatte.

Darius stand eine ganze Weile schweigend da. Ich ließ meinen Geist zu seinem wandern. Die kalte Mauer stieß mich wieder von sich und ich zog mich etwas enttäuscht von ihm zurück.

»Ich würde es gern für dich besser machen, aber ich weiß nicht wie.« Die Worte klangen fremd und meine Stimme zitterte. Ich musste mich anstrengen, damit ich sie unter Kontrolle hatte, denn ich wollte nicht, dass er meine Verzweiflung bemerkte. Die Sorgen, die ich mir um ihn machte, fraßen sich in mich hinein. Meine Ängste wollte ich aber nicht an ihn weitergeben. Die Dunkelheit, die ihn umgeben hatte, sollte ihn nicht wiederbekommen. Mein Herz schlug schnell und ich holte leise tief Luft, um es zu beruhigen. Die Angst, ihn verloren zu haben, wuchs mit jedem Augenblick, in dem Darius regungslos dastand und keine Reaktion von sich gab. Ich wusste nicht, wie lange ich auf das Wasser gestarrt und gewartet habe. Darius rührte sich nicht. Mein Herz krampfte zusammen und ich gab meiner Verzweiflung nach. Ich wollte mich gerade zum Gehen abwenden, da schnellte seine Hand vor und er zog mich am Arm zu sich heran. Seine Arme schlossen sich um mich herum und ich lag an seiner muskulösen Brust, die sich hob und senkte, als würde er mit sich selbst kämpfen.

»Bleib bei mir. Verlass mich nicht.«

Ich keuchte auf. »Niemals.«

»Ich habe dich gespürt. Ich habe dein Licht gespürt. Du hast mich wieder zurückgebracht. Hierher. Zurück ins Leben. In dein Licht.«

Ich schloss meine Arme um ihn und wünschte, ich könnte mich in ihm verstecken. Mein Geist wurde erschüttert, als seine Mauer von ihm abfiel und ich seine ganze Hilflosigkeit und Verwundung spürte. Ich ließ mein Licht aus mir herausbrechen. Am Ufer sah ich Falkon und Matheo auf uns zurennen. Ich schüttelte nur den Kopf und ließ mein Licht uns einschließen. Es sollte hier keiner stören.

Darius' Kopf war auf meine Schulter gesunken und ich spürte, wie seine Tränen über meine Haut liefen. Ich zog ihn näher an mich und strich ihm über den Rücken. Meine Hände suchten sich ihren Weg hinauf zu seinem Kopf. Er ließ mich sein Gesicht zwischen die Hände nehmen und sah mich an. Das Blau in seinen Augen war wieder da. Nur ein kleiner schwarzer Ring, der das Blau einkreiste, verriet, dass er verändert war. Ich lächelte ihn an.

»Ich würde dir überallhin folgen, um dich wieder zu mir zurückzuholen«, flüsterte ich.

Dann lagen seine Lippen auf meinen. Mir blieb das Herz stehen. Die Leidenschaft, die zwischen uns wuchs, brannte wie Feuer in mir und ich spürte, dass es Darius nicht anders ging. Um ihn waberten kleine Schatten, die immer größer wurden und sich in mein Licht mischten, das von den Schatten zurückgedrängt wurde, und wir standen in einer schwarzen Wolke. Ich ließ ihn los und meine Finger glitten in seinen Schatten, der als Antwort um sie wirbelte. Wie eine sanfte Berührung wanderte er über meine Hand. Es war nichts Böses in ihm. Nicht für mich. Ich rief mein Licht wieder hervor und gab es dem Schatten. Darius blickte immer noch auf mich herunter. Seine Augen waren unverändert – Blau umringt von Schwarz. Mein Herz öffnete sich und ich spürte, dass es ihm nicht anders erging. Die Liebe zwischen uns konnte kein Schatten zerstören. Ich zog mich an ihm hoch und suchte seine Lippen. Er griff mit seinen Händen in meine Haare und hob meinen Kopf an sich heran. Dann verschmolzen unsere Lippen und mein Licht wirbelte in seinem Schatten zu vielen kleinen Lichtpunkten. Ich drückte mich an ihn und meine Mitte fand seine. Ich musste grinsen, als ich spürte, wie sehr er mich begehrte. Er lachte ebenfalls. Seine Hände lagen auf meinem Gesäß und er hob mich zu sich hoch. Ich klammerte mich mit meinen Beinen um ihn und war enttäuscht, dass wir unsere Kleider noch immer an uns hatten.

Ein grelles Licht durchfuhr unsere Kuppel und ließ sie zerplatzen. Darius ließ mich auf meine Füße zurücksinken und wir blickten uns zum Ufer um. Dort stand Raven, auf dessen Handflächen noch Lichtblitze zuckten. Der grimmigen Miene nach zu urteilen, war er über das Verschmelzen von Licht und Schatten weniger erfreut. Ich ließ meinen Kopf auf Darius' Brust sinken.

»Ich fürchte, dass wir da jemanden verärgert haben.« Die Stimme von Darius war leise, doch sie brachte mich zum Lachen.

»Das haben wir wohl. Mein Bruder versucht mich zu beschützen.«

Darius entfuhr ein leises Knurren. Ich fühlte, wie eine Woge der Eifersucht in ihm aufstieg. Vom Ufer des Wassers prallte ebenfalls eine Welle aus Eifersucht, vermischt mit Sorgen, auf mich ein. Ich nahm Darius' Hand und wir gingen zum Ufer.

Das ist nicht dein Ernst. Ich habe dich ermahnt, dass du vorsichtig sein sollst, und dann berichtet Matheo, dass du euch mit einer Lichtkuppel abgeschirmt hast, die ER dann zum Schatten werden ließ?

Raven polterte so über meinen Geist hinweg, dass ich zusammenzuckte. Darius' Griff um meine Hand wurde fester und er blickte finster zu meinem Bruder.

»Du solltest dich nicht überall einmischen. Ich war hier nie in Gefahr«, fauchte ich ihn an.

Ich hätte die Spannung, die sich am Ufer des Wassers aufbaute, mit meinem Dolch zerschneiden können. Darius versteinerte neben mir. Seine Augen blieben starr auf Raven gerichtet.

»Bitte geh zu Mistrane. Falkon und Matheo werden dich begleiten.« Raven blickte immer noch finster auf Darius, der nur widerwillig meine Hand losließ.

Ich zögerte. *Wehe, du tust etwas, was ich dich bereuen lassen muss.*

Raven blickte mich aus zusammengekniffenen Augen an. Meine Gabe prallte an einer Wand aus Angriffslustigkeit ab. Ich schüttelte ungläubig den Kopf. Verstehen konnte ich meinen Bruder nicht. Langsam ging ich zu Matheo und Falkon, die mich flankierten, und verließ das Wasser. Ich spürte die Blicke auf mir. Einer, der vor Zorn brannte. Einer, der mich festhielt und mein Innerstes zum Brennen brachte.

Raven blickte seiner Schwester nach. Sein Zorn und seine Angst, dass er sie wieder verlieren könnte, loderten in ihm. Als er sich zu Darius umwandte, sah er, wie auch er Raja hinterherblickte. Die Augen, die noch vor ein paar Stunden tiefschwarz gewesen waren, waren wieder blau. Nur ein kleiner schwarzer Ring verriet, dass es bis vor Kurzem anders gewesen war. Raven bemerkte, dass Darius nur schwer seinen Blick von seiner Schwester lösen konnte. Es würde nicht leicht werden.

»Was denkt Ihr Euch? Ihr hätte etwas passieren können.«

Darius löste seinen Blick und sah Raven fest in die Augen. Die Schatten wirbelten wieder auf, blieben aber bei ihm. Raven sah nur zu genau, dass die Kiefer von Darius aufeinander mahlten.

»Raja war nie in Gefahr.«

»Das sagt Ihr, aber könnt Ihr das auch garantieren? Ihr könnt Eure Schatten nicht kontrollieren. Eine Gabe, mit der Ihr viel zu viel anrichten könntet. Ich werde nicht zulassen, dass Ihr sie in Gefahr bringt.«

Ravens kalte Stimme klang unheilvoll und Darius schwieg, um seinen Zorn für sich zu behalten.

»Ich weiß, was und wer Ihr wart und was Ihr alles getan habt. Ich traue Euch nicht, auch wenn das die anderen tun. Es braucht mehr, um das Leid, das Ihr anderen zugefügt habt, wiedergutzumachen.«

Darius' Brust hob und senkte sich schwer, als würde er einen Kampf mit sich selbst ausführen. Einen Kampf um eine passende Antwort. Dann stieß er tief die Luft aus. Die Schatten verschwanden.

»Was ich getan habe, kann ich nicht wiedergutmachen. Aber wenn Ihr meint, dass ich es zulassen würde, dass Eurer Schwester jemals ein Leid zugefügt würde, dann seid Ihr dumm. Ich würde mein Leben für sie geben. Sie ist mein Licht, meine Seelenpartnerin.«

Raven zog scharf die Luft ein. Seine Schwester hatte einen Seelenpartner und hatte es ihm verschwiegen. Er trat einen Schritt zurück und musterte Darius von Kopf bis Fuß. Sein abschätzender Blick bereitete Darius zunehmend Unbehagen. Er wich dem Blick aus und sah wieder zum Lager, auf das Raja mit ihren Begleitern zuging. Er konnte ihre Berührung auf seiner Hand noch spüren. Ein Lächeln huschte über seine Lippen, es verschwand jedoch sofort wieder.

Darius wandte seine Aufmerksamkeit wieder dem Lichtträger zu, der ihn mit seinen Augen zu verbrennen versuchte. Ravens Blick veränderte sich und er nickte Darius leicht zu, schwieg aber immer noch. Dann reichte er ihm die Hand, die er zögernd annahm. Ravens Blitze zogen sich über die Hände der Männer.

»Wenn Ihr Euer Wort brecht, solltet Ihr schneller sein als meine Blitze«, zischte er.

Darius konnte sich ein schiefes Grinsen nicht verkneifen, aber er wollte den fragilen Waffenstillstand zu Rajas Bruder nicht gefährden und sagte lieber nichts.

»Kommt. Es ist noch sehr viel zu tun und das Heer darf nicht noch weiter aufgehalten werden.«

»Das sehe ich auch so.«

Die beiden Männer gingen schweigend auf das Lager zu. Raven war sich bewusst, dass sich Darius für seine Schwester entschieden hatte und für sie keinen Streit mit ihm angefangen hatte. Er rechnete es ihm hoch an, dass er sich zurücknahm. Es war kein guter Zeitpunkt für eine Auseinandersetzung mit Raja. Die Schlacht um die Hochstadt stand kurz bevor und es war jeder Krieger und jeder Gabenträger nötig, den sie an ihrer Seite hatten.

Ich ging zwischen den beiden Schattenkriegern durch das Lager. Falkon guckte mich prüfend von der Seite an, als ich mein Licht in das Kleid fließen ließ. Wie es auf die Clankrieger wirkte, die uns sahen, wusste ich nur zu gut. Wenn wir in einen Kampf zogen, dann sollten wir wissen wofür. Ich würde den Männern die Stirn bieten und das würde Raven zu hören bekommen, wenn er uns folgen würde. Matheos Schatten schlängelten sich um ihn und ich spürte seine Belustigung. Falkon wirkte ernst, doch das Zucken um seinen Mund verriet ihn.

Ich schlug den Weg zum Zelt der Heiler ein. Da ich kein eigenes hatte, wollte ich Larine zur Hand gehen. Matheo entschuldigte sich schon eher. Er wollte Mistrane bei den Vorbereitungen für den Aufbruch helfen.

Falkon öffnete für mich die Zeltklappe und betrat nach mir das Zelt. Im Inneren packten die Heiler ihre Habseligkeiten und ihre Utensilien zusammen. Larine gab Anweisungen. Ich entdeckte Russ auf einem Hocker sitzend und entschied mich, Falkon stehen zu lassen. Er wusste nicht recht, was er machen sollte. Larine entdeckte ihn, bevor er fliehen konnte, und fesselte ihn mit ihrem Lächeln. Ich hörte nur noch halb, wie sie ihn begrüßte und mit sich zog. Ich war sicher, dass sie ihn beschäftigen konnte.

»Ich spüre, wie du lächelst. Hast du gefunden, wonach du gesucht hast?«

Ich fragte mich wieder einmal, wie der Alte es machte, dass er immer wusste, was mir auf dem Herzen lag. Ich setzte mich zu ihm und er hielt mir seine geöffneten Hände hin. Ich legte meine hinein.

»Ich denke, dass ich das habe«, seufzte ich.

»Nun, warum trägst du dann Zweifel in dir? Deine Stärke, die du gerade noch gezeigt hast, darfst du nicht durch Angst und Zweifel verlieren.«

Russ schloss seine Hände um meine und ich spürte, wie sein Licht in mich eindrang. Er nickte immer wieder und seine Augen wanderten hin und her. Ich spürte, wie sein Licht durch mich floss. Die Schatten, die in meinem Geist festsaßen, verblassten. Mein Körper straffte sich und meine Lunge füllte sich mit frischer Luft. Das Licht floss in jeden Teil meines Körpers und die Schrecken, die sich so tief in mir versteckten, wurden kleiner. Dann ließ er seine Hände zurück auf seinen Schoß gleiten und ich ließ mich auf den Hocker neben ihm sinken.

»Du hast etwas sehr Mutiges getan. Du bist in die Dunkelheit eines anderen gefallen, um ihn zu retten, und bist zurückgekommen. Du musst vorsichtig sein, damit diese Dunkelheit nicht über dich kommt. Dein Licht ist stark, es wird dir helfen. Aber das, was dir bevorsteht, wird dunkler sein als das, was du bereits gesehen hast.«

»Woher soll ich wissen, dass ich stärker sein kann als die Dunkelheit, die kommen wird?«

»Das kann dir niemand sagen. Sei es einfach, denn wenn du versagst, wird es kein Licht mehr geben. Das Gleichgewicht der Clane kann niemals wieder bestehen.«

Raven hatte keine weiteren Lichtträger gefunden. Mir wurde erst durch Russ' Worte klar, dass wir vier, Raven, Russ, Raikon und ich, die letzten Lichtträger waren. Das Gleichgewicht der Clane war schon zerstört worden. Schon vor vielen Jahren, als wir noch Kinder waren und als der Schattenkönig den Lichtclan stürzte und alle tötete, die er finden konnte. War es Schicksal, dass der Schattenkönig Raven und mich übersehen hatte? Russ und Raikon konnten den Lichtclan nicht wieder aufbauen. Raven und ich ebenso wenig. Aber wir konnten versuchen, das Licht wieder strahlen zu lassen und den Clanen den Frieden zurückzubringen.

»Du begreifst langsam, wie wichtig du bist. Dein Scheitern ist keine Option für diesen Krieg, Mädchen. Du wirst weise handeln müssen. Für die Clane und das Gleichgewicht. Mit deinem Kopf. Nicht nur mit deinem Herzen. Schwere Entscheidungen wirst du treffen müssen und mit ihren Folgen wirst du leben müssen. Handle weise, denn das bist du. Auch wenn ich dich für viel zu jung dafür halte.«

Das Grinsen des Alten brachte mich auch etwas zum Lachen, doch seine Worte trafen mich hart. Mein Licht, das sonst so leicht war, lag nun schwer auf meinen Schultern. Ein Scheitern war keine Möglichkeit, die für uns in Betracht kam.

»Hier bist du! Nun komm, wir können aufbrechen. Einige Heiler werden mit der Nachhut das Zelt abbauen.

Wir reiten voraus und werden das neue Zelt am Heerlager aufbauen. Wenn wir Glück haben, sind wir in zwei Tagen an der Hochstadt. Und mit noch mehr Glück wird uns der Hochkönig nicht vorher überfallen.«

Larine riss mich von meinem Hocker. Ich drehte mich zu Russ um, doch der winkte nur zum Abschied. Er würde mit der Nachhut folgen. Bei den Kriegern war er fehl am Platz.

»Hier, nimm das. Du musst dich umziehen. Dein Kleid ist wunderschön, doch für den Ritt brauchst du etwas anderes.« Larine wies mich an, dass ich mich im hinteren Teil des Zeltes umziehen sollte.

Sie hatte recht. Das Kleid, das sich um meinen Körper schmiegte, war für einen Ritt ungeeignet. Ich ließ es über meine Schultern gleiten und nahm ein schlichtes Reitkleid aus dem Bündel. Es überraschte mich nicht, dass auch die Reitkleider strahlend weiß waren. Wer auch immer diese Farben gewählt hatte, war nicht oft mit Pferden unterwegs gewesen. In dem Bündel fand ich noch ein Wams in den Farben des Erdclans. Ein Lächeln huschte über meine Lippen, als ich die Kleidung fertig angelegt hatte. Das weiße Kleid stopfte ich schnell in mein Bündel. Es tat mir fast etwas leid. Das Reitkleid, das ich nun trug, war aus festerem Stoff. Es würde den Ritt besser überstehen. Auch wenn ich lieber eine Hose für den Ritt gehabt hätte. Doch ich war hier nicht im Erdreich und mir war nur zu bewusst, dass die weiteren Reitkleider besser das Weiß des Lichtes zeigen würden. Das Bündel klemmte ich mir unter den Arm und dann lief ich zurück zu Larine, die schon auf mich wartete.

»Wir brechen auf.«

Vor dem Zelt wartete Falkon auf mich. Er blickte etwas unruhig. Larine gab ihm ihre Bündel. Ich behielt meins. Er winkte uns, ihm zu folgen. Wir gingen zwischen den wartenden Wagen und einigen Kriegern hindurch.

»Komm, unsere Pferde stehen hier hinten.« Falkon wies auf einen Anbinder, an dem schon einige Pferde standen und auf ihre Reiter warteten.

Ich folgte ihm und Larine fasste meinen Arm, um hinterherzukommen. Falkon machte den Weg vor mir frei und mein Herz blieb fast stehen. Vor mir an einen Balken gebunden stand Shiver. Mein Hengst riss an seinem Strick und stieß ein grelles Wiehern aus, als er mich sah. Ich lief zu ihm und vergrub meine Hände in seiner Mähne. Sein Geruch stieg in meine Nase und er brummelte aufgeregt neben mir.

Hinter mir hörte ich Falkon leise lachen. »Hast du gedacht, dass ich die Pferde in der Hochstadt lasse? Sie wurden nach dem Ball auf das Landgut des Generals gebracht. Von dort sind einige unserer Männer zu uns gestoßen und haben die Pferde mitgebracht. Dragon ist auch hier.«

Ich fiel Falkon um den Hals und musste vor Freude weinen. Der Strick von Shiver löste sich schnell unter meinen Fingern und ich sprang auf seinen Rücken und blickte zu Falkon herunter. Larine war nahe an ihn herangetreten, hatte ihren Arm unter seinen geschlungen und sah glücklich zu mir hinauf. Ich wusste in dem Moment nicht, wer sich von uns mehr freute. Larine reichte mein Bündel zu mir hoch und ich schnürte es an den Sattel. Dann saßen auch Larine und Falkon auf und wir ließen unsere Pferde durch die Krieger traben. Am anderen Ende des Lagers, das fast komplett verschwunden war, versammelte sich der Heerzug und wir ließen unsere Pferde angaloppieren, um zu den anderen zu gelangen. Raven hielt schon nach mir Ausschau und ich entdeckte auch Mistrane und Matheo in seiner Nähe. Ich ließ meinen hellen Hengst bei Raven anhalten und er lächelte zufrieden. Sein Weißer schnaubte zur Begrüßung und Shiver schüttelte nur unwillig den Kopf. Ihm stand der Sinn nicht nach einem langsamen Ritt. Er würde lieber mit seinem weißen Freund über die Hügel, die vor uns lagen, laufen. Raven gab das Handzeichen und wir trieben die Pferde an. Das Heer würde uns folgen. Vor uns ließen die anderen Clanfürsten ihre Pferde antreten. Ich drehte mich im Sattel suchend um, aber ich konnte Darius nirgends ausmachen.

Raven lenkte Sky neben mich und sah mich prüfend an. »Suchst du jemanden?«

»Das weißt du ganz genau. Was hast du mit Darius angestellt?«

»Wann wolltest du mir sagen, dass er dein Seelenpartner ist?«

»Antwortest du jetzt immer mit einer Frage auf meine Frage?«

»Wahrscheinlich. Das machst du ja auch.«

Ich funkelte ihn böse an und ließ Shiver dicht an den Weißen treten, sodass mein heller Hengst den Großen anrempelte.

»Ist das euer Ernst? Wir sind hier mit einem Heer der Clane unterwegs und ihr müsst hier zanken wie kleine Erdkinder?« Die dröhnende Stimme von Raikon ließ uns zusammenzucken und Mistrane hinter uns konnte sich ihr Lachen nicht verkneifen.

Wir ritten eine Weile schweigend nebeneinanderher. Raven sah immer wieder zu mir runter. Ich tat so, als würde ich es nicht bemerken. Dann lenkte er Sky dichter an mich heran.

»Ich freu mich für dich, dass du deinen Seelenpartner gefunden hast.« Seine Stimme war leise, doch ich konnte sie sehr klar hören. Ravens Geist legte sich dicht an meinen. »Es ist nur …« Er brach ab.

Ich weiß, was du denkst und fühlst. Vergiss das nicht. Ich werde auf mich aufpassen und du kennst Darius nicht so, wie ich ihn kenne. Ich habe in ihn gespürt. Es ist Dunkelheit in ihm, aber das ist in jedem von uns.

Raven nickte neben mir. Sein Hengst tanzte unter ihm. Er ließ ihn gehen und ich spürte Mistranes Blick auf ihm.

Ich denke, dass wir beide jemanden haben werden, der Dunkelheit in sich trägt. Licht und Schatten. Das ist das Gleichgewicht, was wir sein werden.

Raven blickte überrascht zu mir herüber und dann über seine Schulter. Mistrane wandte mit roten Wangen ihren Blick von meinem Bruder ab und auch er blickte ertappt wieder nach vorn.

Es wird nicht leicht werden. Die Clanfürsten sind jetzt schon dabei, uns mit Heiratsplänen an ihre Clane zu fesseln. Jeder möchte dem herrschenden Element am nächsten sein. Sollten wir siegen und den Schatten vertreiben können, werde ich zwar einen Anspruch auf den Thron haben, aber sicher ist es nicht, dass ich ihn auch durchsetzen kann. Wir müssen vielleicht unsere Herzen hinter die Aufgabe stellen. Ich möchte nicht, dass dir ein Element das Herz bricht.

Raven blickte starr zwischen die Ohren seines Pferdes und mir wurde klar, wie schwerwiegend seine Worte und auch die von Russ waren. Meine Brust schmerzte. Schweigend ritten wir nebeneinanderher.

Es kommt jemand für dich.

Raven riss mich aus meinen Gedanken. Ich hatte mich von Shiver tragen lassen und nicht weiter darauf geachtet, was um mich herum war. Hinter uns hörte ich tatsächlich einen schnelleren Hufschlag. Raven ließ Sky zurückfallen und ritt neben Mistrane her. An seiner Stelle drängte sich Dragon dicht an Shiver und die beiden Hengste begrüßten sich. Darius lächelte auf mich herunter und warf noch schnell einen Blick über seine Schulter. Ich wusste, dass er sich kurz nach Raven umgeblickt hatte. Ich ignorierte das aber. Das Kribbeln auf der Haut verriet mir, dass mein Licht auf mir tanzte. Darius trug die Kampfkleidung des Wasserclans. Das Blau in seinen Augen spiegelte das Blau, das er trug. Ich versuchte unbemerkt, einen Blick auf seine Schläfen zu werfen, allerdings konnte ich nicht erkennen, ob die Clanzeichen, die ihn als Fürst auszeichneten, zu sehen waren. Ob der Wasserclan auch eine Verbindung mit dem Licht anstrebte?

»Ich wollte gucken, wie es meinem hellen Pferd geht.«

Ich warf Darius einen Seitenblick zu. »Das wolltest du hier gucken?«

Seine Hand griff zu mir rüber und legte sich auf meine.

»Nein, ich wollte auch nach dir sehen.« Seine tiefblauen Augen blitzten auf.

»Es geht mir gut. Ich habe ja so einen nervigen Bruder, der versucht, mich zu bevormunden.«

Das Grummeln, das Raven von sich gab, brachte mich zum Grinsen. Darius ignorierte das.

»Es freut mich, dass du hergekommen bist.«

Wir ritten nebeneinanderher. Shiver drängte sich dichter an Dragon und mein Knie schlug hart gegen das von Darius. Er ließ meine Hand los und ich versuchte, Shiver wieder auf Abstand zu bringen. Der helle Hengst unter mir warf seinen Kopf unwillig in die Luft.

Langsam. Wir reiten hier mit einem Heer. Es geht nicht schneller, auch wenn dein Freund nun bei uns ist.

Shiver beruhigte sich wieder, aber sein Unwille, langsam neben dem großen schwarzen Hengst hergehen zu müssen, brodelte immer noch in ihm. Ich konnte es in jedem seiner Muskeln spüren. Darius neben mir lachte über die Ungeduld meines Pferdes.

»Es hätte mich gewundert, wenn er nicht lieber die Strecke im Galopp zurücklegen wollen würde.«

»Das geht aber leider nicht. Wir haben einen ganzen Heerzug hinter uns.«

24
~ Auf dem Weg zur Hochstadtebene ~

Der Heerzug kam gut voran. Die Gabenträger des Windclans hatten einen Sturm über die Ebene ziehen lassen, der den Sand aufwirbelte. Hinter der Sturmfront kamen die Reiter und Wagen unbemerkt an der Hochstadt entlang. An einem Waldrand hielten die Clanfürsten und berieten kurz. Es würde nur noch ein halber Tagesritt vonnöten sein, um die Hochebene zwischen dem Windreich und dem Erdreich zu erreichen. Die Entscheidung fiel für eine Rast. Die Clanfürsten waren sich einig, dass der Hochkönig die Stadt nicht mehr verlassen würde. Uns würde eine Belagerung bevorstehen und keiner sah die Notwendigkeit, dass die Krieger ihre Kräfte schon auf dem Marsch zur Hochstadt aufbrauchen sollten.

Darius blieb bei mir und wir beobachten den Rat der Clane, die sich am Waldrand versammelt hatten. Die beiden Hengste standen dicht beieinander und warteten geduldig. Auch wenn es Shiver schwerfiel.

»Dein Bruder hält nicht viel von mir. Falkon hat das schon vor dem Treffen an der Wasserstelle angedeutet.«

Seine Stimme war leise und sein Blick ruhte nun auf mir. Die Spannungen zwischen Raven und Darius bereiteten mir Unbehagen. Es belastete mich, dass die beiden Männer, die mir so viel bedeuteten, in einem Zwist zueinander standen, wobei ich fast das Gefühl hatte, dass Raven mehr Probleme damit hatte als Darius. Ich legte meinen Kopf schief und betrachtete Darius von unten. Shiver tänzelte auf Dragon zu und hielt sich dicht neben ihm.

»Kannst du es ihm verübeln?«

Darius lachte rau auf. Seine Hand griff nach mir und zog mich dichter an ihn heran. Er lehnte sich tief herunter und war mir so nah, dass ich seinen Atem auf meinem Gesicht spüren konnte.

»Nein, das kann ich eigentlich nicht. Ich würde an seiner Stelle ähnlich reagieren. Nur in unserem Fall finde ich es übertrieben.«

»Das siehst du so, weil es uns betrifft. Wie würdest du es sehen, wenn ich jemand anderen als dich hätte?«

Darius richtete sich wieder auf und sah mich prüfend an, schwieg aber.

»Ich meine ja nur. Vielleicht hätte ich im Erdreich schon einen passenden Mann. Sieh dir die Erdkrieger an. Es sind alles große, kräftige und vor allem gut aussehende Männer.«

»Das ist nicht dein Ernst.« Seine Verärgerung traf mich unerwartet. Sie mischte sich mit einer brennenden Eifersucht, die selbst ich nur schwer ertragen konnte.

Mein Lachen konnte ich dennoch nicht unterdrücken. »Du bist eifersüchtig.«

»Ja, auf jeden, den du zu lange anguckst, und wenn ich mich richtig erinnere, warst du noch bis vor Kurzem ziemlich eifersüchtig, weil es hieß, ich solle eine Prinzessin heiraten.«

Verdammt. Er schlug mich mit den eigenen Waffen. Mein Blick verdunkelte sich und Shiver wurde unter mir wieder unruhig.

Darius grinste mich an. »Dein Blick verrät dich.«

Dragon drückte sich an Shivers Seite, der unter mir verärgert schnaubte. Darius packte mich am Arm und seine Lippen lagen schneller auf meinen, als ich auch nur den Hauch eines Protestes über sie bringen konnte. Die Pferde drängten auseinander und ich spürte die Anspannung der beiden Hengste. Als Darius mich freigab, flog mein Blick zum Waldrand. Der Clanrat löste sich auf und die Clanfürsten ritten zum Heerzug zurück.

Durian, der Clanfürst des Wasserclans, kam auf uns zugeritten.

»Lichtträgerin.« Er nickte mir kurz zu und ich erwiderte seinen Gruß.

Dann ließ er seinen Blick über mich schweifen und ich spürte, wie Darius sich versteifte. Der abschätzende Blick, den der Wasserfürst uns zuwarf, gefiel mir nicht. Ich wusste, dass er nur erwählt worden war, weil Darius durch den Hochkönig verschleppt worden war. Der Wasserclan stand hinter dem eigentlichen Clanfürsten. Seine Vertretung wusste das. Es war bekannt, dass der derzeitige Wasserfürst seine Position wieder abgeben wollte. Ich fürchtete, dass er in mir den Grund sehen würde, warum Darius seine Stellung als Clanfürst noch nicht gefordert hatte.

»Wir werden hier ein Lager für die Nacht errichten. Es wäre gut, wenn du mir dabei hilfst, den Wasserclan zu ordnen. Wir sollen die Wasserversorgung sicherstellen.«

Darius nickte nur. Seine Hand strich über meinen Arm. »Ich finde dich nachher. Versprochen.«

Dragon wendete und setzte sich neben dem anderen Wasserpferd in Bewegung. Shiver protestierte unter mir und wollte seinem Freund folgen. Ich hielt ihn aber zurück. Vom Waldrand her kamen Raikon und Raven auf mich zugeritten.

»Wir werden hier ein Nachtlager errichten. Bitte hilf mit, dass alle ein Lager finden, und fühl bitte mit deiner Gabe, ob sich jemand hier aufhält und ob wir hier sicher sein können. Aber geh nicht allein in die Wälder. Wir können uns nicht darauf verlassen, dass wir nicht doch in einen Hinterhalt geraten.«

Raven hielt Sky nicht an, sondern rief mir, während er zum Heerzug zurückritt, zu, was zu tun war. Ich lenkte

Shiver an die Seite des Weißen und ließ mich dann zurückfallen, um an Raikons Seite weiterzureiten.

Am Heerzug hielten wir an. Es wurden Stellplätze für die Pferde errichtet. Die Clankrieger um uns herum arbeiteten emsig wie in einem Bienenstock. Mein Blick glitt über die zahlreichen Krieger und Clanmitglieder, die alle Hand in Hand arbeiteten, um für die Nacht ein Lager zu erschaffen. Die Einigkeit der unterschiedlichen Clane fühlte sich fest und stark an. Ich musste lächeln. Genau das war es, was die Clane brauchten.

Zwischen den Bäumen wurden eilig kleine Lagerfeuer durch die Feuerkrieger errichtet. Die Wasserkrieger schafften Wasserbecken, an denen die Pferde getränkt werden konnten, und auch die Kochstellen wurden versorgt. Der Windclan erschuf einen Wind, der um das Lager heulte und Sand aufwirbelte, um die Sicht auf das Heer zu verdecken.

Raikon kam zu mir. »Ich begleite dich, wenn du die Umgebung mit deiner Gabe abtastest. Du würdest es zwar bemerken, wenn jemand da draußen wäre, es ist aber beruhigender, wenn ich weiß, dass du nicht allein durch den Wald gehst.«

Natürlich war es ihm lieber. Und sicherlich war es auch Raven lieber. Ich musste meine Gedanken wegschieben. Dass Raven so übervorsichtig war, was mich betraf, ärgerte mich. Zu Hause im Erdreich war es anders gewesen und doch passte er schon immer mehr auf mich auf, als es mir lieb war.

Raikon ging mit mir auf den Wald zu. Als niemand außer ihm in meiner Nähe war, ließ ich meine Gabe frei. Ich tastete die Umgebung nach Feinden ab. Meine Gabe breitete sich aus und strömte zwischen den Bäumen des Waldes hindurch. Ich spürte weder Menschen noch Tiere, die mich beunruhigen oder eine Gefahr für das Heer und die Clanmenschen sein könnten. Einen Hinterhalt, wie Raven es befürchtet hatte, konnte ich auch nicht ausmachen. Raikon schien beruhigt. Eine ruhige Nacht war von allen gewünscht. Die nächsten Tage würden den Clanen viel abverlangen, denn die bevorstehende Schlacht würde allen Kraft rauben. Raikon ging vor mir durch den Wald. Zwischen den Bäumen konnte ich die Feuer sehen.

Immer wieder drehte er sich zu mir um, doch mein Kopfschütteln ließ ihn weitergehen. Als ich den Wald, der sich an das Lager schmiegte, abgetastet hatte, schlug er den Weg zurück zu der Stelle ein, an der wir unser Lagerfeuer und unsere Schlafstätten hatten. Die Feuer loderten durch die Bäume und wir kamen gut voran. Obwohl ich den Teil des Waldes schon erkundet hatte, ließ ich meine Gabe immer wieder in den Wald hineinhorchen.

»Raja, wir sollten kurz reden.«

Ich schreckte zusammen, als mich Raikon ansprach. Ich hatte mich so sehr auf meine Gabe und die Aufgabe konzentriert, dass ich nicht bemerkt hatte, dass er vor mir stehen geblieben war. Er sah sehr ernst aus und deutete auf einen Felsen, der in der Nähe war. Ich wollte mich nicht setzen. Das würde nur zu einem langen Gespräch führen und dazu war ich nicht in der Stimmung.

»Sicherlich kannst du dir denken, worüber ich mit dir sprechen will.«

Ich nickte und stieß die Luft aus. Selbst in der Dunkelheit des Waldes musste ich mich anstrengen, um nicht die Augen zu verdrehen. Sein kurzes Auflachen ließ mich aufblicken.

»Natürlich weißt du es. Ich schätze mal, dass Raven schon deutlich gemacht hat, dass Darius nicht seine Wahl für dich wäre. Nun, es ist gut, dass das nicht in seiner Entscheidungsgewalt liegt. Du bist nicht nur eine Lichtfrau. Du bist auch eine Erdfrau und die machen eh immer, was sie wollen. Das weiß ich nur zu gut. Hanna ist da nicht anders. Du bist beim Erdclan aufgewachsen. Halte dich an seine Traditionen und vergiss deine Wurzeln nicht. Egal welche. Es tut mir leid, dass dein Vater euch nie der Vater sein konnte, der er hätte sein wollen, und dass auch eure Mutter nicht bei euch sein konnte. Ihr wisst, dass Hanna und ich euch wie unsere eigenen Kinder aufgezogen haben. Daher möchte ich, dass du weißt, dass ich hinter deinen Entscheidungen stehe. Es ist egal, ob du den General wählst, einen anderen Clanfürsten oder einen einfachen Clankrieger. Ich möchte nur, dass du es mit deinem Herzen tust und nicht aus einer Verpflichtung heraus. Raven vergisst oft, dass ihr zwei mehr seid als die letzten zwei Lichtträger, die es im Clanreich noch gibt.«

Raikon machte eine Pause.

»Rafka wusste genau, dass euer Vater ihr Seelenpartner war, und sie wählte ihn. Ihr wurde damals die Hand eines Schattenfürsten geboten. Sie weigerte sich. Sie wählte ihren Seelenpartner, die Erde.«

Und ihren Tod.

»Sie kam damals zu mir und bat mich, ihr zu helfen. Sie wollte in das Erdreich zu eurem Vater fliehen. Ich wollte es ihr erst ausreden, doch sie wäre auch ohne mich gegangen. Unser Weggang war ein tiefer Schock für unsere Familie. Dem Volk wurde erzählt, dass wir eine Reise unternahmen. Dass Rafka ihren Clan für euren Vater verließ, wollte niemand hören. Der Bruch war für uns alle sehr schlimm. Daher bitte ich dich: Lass dein Herz entscheiden, aber verlass deine Familie und deinen Clan nicht.«

Meine Kehle schnürte sich zu. Ich wusste, was mit ihr geschehen war und welche Opfer ihre Wahl des Erdclans gefordert hatte. Was es für den Lichtclan bedeutet hatte, konnte ich mir nur vorstellen, aber selbst das tat weh.

»Das Gleichgewicht der Elemente ist gestört und es kann keiner sagen, wie es wiederhergestellt werden kann. Vielleicht ist es Schicksal, dass ihr schon zwei Elemente und Gaben in euch tragt. Dein Seelenpartner trägt auch mehrere Gaben und ich weiß nicht, was er dir alles über sich erzählt hat.« Raikon sah mich fragend an.

»Wir hatten nicht viel Zeit, um in Ruhe reden zu können«, gab ich zu.

»Das habe ich mir fast gedacht. Raven nimmt sich auch nicht die Zeit fürs Reden und Zuhören. Darius ist kein einfacher Clankrieger, wie er den Anschein aufrechterhält. Ich habe im Lager viel mit Durian, dem Clanfürsten des Wasserclans, geredet. Er erhielt den Titel, weil der erwählte Clanfürst von dem Gabensucher geholt wurde.«

Raikons Blick lag auf mir und ich erwiderte ihn.

»Ich habe schon von einigen gehört, dass Darius der eigentliche Clanfürst des Wasserclans ist. Er selbst hat mit mir darüber noch nicht gesprochen.«

»Das habe ich mir fast gedacht. Aber es ist gut, dass du schon davon gehört hast. Der Wasserclan wählte Durian als Vertretung, doch er ist mit der Wahl nicht glücklich und ich fürchte, dass du das nachvollziehen kannst.«

Das konnte ich. Die Erde hatte mich als Clanfürstin vom Erdclan erwählt, falls meinem Vater etwas geschehen sollte. Ich hatte die Wahl nicht ertragen können und sie auf Halla übertragen. Sie war in meinen Augen die bessere Wahl für den Erdclan gewesen. Ich war zu rastlos gewesen. Und war es immer noch.

»Ich vermute, dass deine Entscheidung an dein Schicksal geknüpft ist. Aber wer weiß, ob es damit endet.«

Raikon blickte hinunter auf das Lager. Die kleinen Feuer tanzten zwischen den Bäumen.

»Durian wird Darius bitten, den Wasserclan wieder zu führen, so wie es die Wahl des Wassers gewesen ist. Darius hat eine starke Gabe und der Wasserclan wird ihn brauchen. Am Rand des Wasserclans wird es zu einem anderen Krieg kommen. Der Seeclan und der Meeresclan können einen alten Zwist nicht ruhen lassen. Der Wasserclan befürchtet, dass er in die Angelegenheit hineingezogen wird. Ein starker Clanfürst kann das verhindern. Es kann also passieren, dass dein Seelenpartner seine erwählte Position als Clanfürst einnehmen und zurück zum Wasserclan gehen wird. Aber das sind Dinge, die in der Zukunft liegen. Und diese Zukunft müssen wir jetzt erst einmal erschaffen. Komm, wir gehen zurück an die Feuer. Es wird nicht mehr viel Zeit zum Ruhen geben.« Raikon wandte sich zum Gehen um.

»Geh schon vor. Ich komme gleich nach.«

Er blickte mich prüfend an. Ein angedeutetes Nicken von ihm reichte mir als Zustimmung und Raikon ging durch die Bäume hinab zum Lager.

Ich setzte mich auf einen Felsen. Meine Gedanken sprangen immer wieder zu dem, was mir Russ, Raven und Raikon erzählt hatten. Die Nacht legte sich über das Lager und den Wald und mir wurde kalt. Ich zog die Beine an mich und legte meinen Kopf auf die Knie. Ich wollte noch nicht zurück zum Lager. Die vielen Menschen da unten verwirrten meine Gedanken. Ich dachte über das nach, was ich gehört hatte, und das, was direkt vor uns lag.

25
~ Im Wald ~

»Zum Glück finde ich dich, egal wo du bist.«

Darius' Stimme ließ mich hochfahren und er trat aus dem Schatten der Bäume heraus. Ich lächelte ihn müde an, blieb aber schweigend sitzen. Etwas verlegen kam er mir näher und ich spürte sein Herz wild in seiner Brust schlagen.

»Ich finde nicht, dass du hier so allein sitzen solltest.«

»Und ich finde, dass sich einfach zu viele Männer um mich Sorgen machen.« Ich musste lachen.

Er kam nah an mich heran und legte seine Arme um mich. Ich schlang meine um ihn.

»Ich finde, dass nur ein Mann sich Sorgen um dich machen sollte«, flüsterte er in meine Haare.

Seine Lippen strichen an meinem Ohr vorbei und tasteten sich an meinem Hals hinab, dann suchten sie meine Lippen, die nur auf sie warteten. Mein Herz schlug genauso wild wie seins und ich ließ meine Hände unter sein Hemd gleiten. Seine Küsse wurden fordernder, seine Hände fuhren durch meine Haare.

Ich drückte ihn von mir weg, obwohl ich es nicht wirklich wollte, und er sah mich fragend an.

»Wir sollten reden«, sagte ich knapp.

Darius nickte und versuchte, ruhig zu wirken. Er ließ sich neben mir auf den Stein nieder.

»Raikon hat mir vom Wasserclan erzählt. Und um ehrlich zu sein, hat das nicht nur er gemacht.«

Darius fuhr sich mit den Händen über sein Gesicht und durch die schwarzen Haare. Ich musste mich anstrengen, um es ihm nicht nachzumachen. Seine Haare zwischen meinen Fingern …

Er sah mich mit zusammengekniffenen Augen schelmisch an.

Verdammt. Ich muss mich mehr konzentrieren.

»Ich kann mir vorstellen, wer dir noch alles von meiner Vergangenheit erzählt hat. Davon, was war, bevor der Gabensucher mich für den Hochkönig verschleppt hat.«

Ich nickte.

»Durian hat mich vor dem Aufbruch zu sich gebeten. Er hat mir die Clanführung angeboten, die mir damals zugefallen war. Das haben deine Quellen sicherlich schon vermutet.« Darius blickte auf seine Hände, in denen er einen kleinen Stein drehte, den er von dem Felsen aufgehoben hatte. »Ich habe um einen Aufschub gebeten. Bis sich entschieden hat, wer auf dem Hochthron sitzen wird. Ich habe einen Eid auf den Thron geschworen. Raven hat schon gesagt, dass ein Schwur unter Horchertinktur nicht rechtens ist, doch ich möchte erst wissen, wie es ausgeht. Und was …« Er stockte. Sein Blick glitt in die Schatten, die sich um uns legten.

»Und was?«, fragte ich.

Darius holte tief Luft. »Und was aus dir wird.«

Ich blickte ihn an.

»Dein Bruder scheint Pläne für dich zu haben. Er hat angedeutet, dass die anderen Clanfürsten großes Interesse an einer Allianz mit dem Hochthron haben.« Seine Stimme wurde leiser und er sah mich prüfend an.

»Wärst du denn nicht auch ein Clanfürst, der eine Allianz mit dem Hochthron eingehen würde?«

»Ich fühle mich nicht wie ein Clanfürst. Es waren nur wenige Tage, an denen ich die Zeichen trug, bevor der Gabensucher den Wasserclan überfiel. Der Clan war geschockt und schwer verwundet. Es hätte keiner im Clan für möglich gehalten, dass zum einen ein so junger

Clanfürst gewählt werden würde und dass zum anderen der Schattenkönig die Zeichen so missachten und einen Clanfürsten gefangen nehmen würde. Ich fühle mich mehr als General des Hochthrons. Clanfürst zu sein, erscheint mir fremd. Dein Bruder scheint die beste Wahl für dich finden zu wollen. Ich glaube nicht, dass ich das mit meiner Vergangenheit sein werde.«

»Mein Bruder scheint vergessen zu haben, dass ich eine Erdfrau bin und dass ich sehr wohl allein entscheiden werde, auf wen meine Wahl fällt.«

»Und du scheinst vergessen zu haben, dass du mir noch nicht gesagt hast, dass du die Wahl der Clanfürstin nicht angenommen hast und sie einer anderen an deiner Stelle gegeben hast. Wo du schon davon sprichst, eine Erdfrau zu sein.«

Er wusste es. Ich fühlte mich ertappt. Darius griff nach meiner Hand. Ich drückte seine.

»Es gibt eine Menge Dinge, die wir nicht voneinander wissen.«

»Ja, das scheint so zu sein, aber vielleicht können wir einfach anfangen, das zu ändern.«

Ich ließ seine Hand los und schloss sein Gesicht in meine Hände.

»Ich weiß, was ich will, und gerade ist es etwas völlig anderes, als mit dir darüber zu streiten, bei welchem Clan wir leben werden.«

»Du machst dir schon Gedanken, bei welchem Clan wir leben werden?«

»Das muss ich doch. Ich habe zumindest noch nicht gehört, dass sich zwei Clanfürsten verbunden haben. Es würde bedeuten, dass zwei Clanreiche miteinander verschmelzen. Zwei Elemente würden zu einem werden.«

Darius sah mich lange und ernst an. Mir wurde erst jetzt bewusst, was es bedeuten würde, wenn wir uns füreinander entscheiden würden. Wir würden zwei

Elemente zerstören. Ich spürte, wie mein Herz schwer wurde. Das hatte Raikon gerade nicht erwähnt. Ich fragte mich, ob er es absichtlich nicht getan hatte. Bei Raven wunderte es mich. Oder hatte er es nicht gesagt, weil er mich wieder einmal beschützen wollte? Ein Strudel der Verzweiflung erfasste mich. Einer von uns konnte sein Schicksal, Clanfürst zu sein, nicht annehmen. Wir konnten nicht zusammen sein, ohne einen Clan aufzugeben.

»Ich weiß, dass du dir gerade zu viele Sorgen machst um Dinge, die noch nicht wichtig sind. Es wird sich für alles eine Lösung finden lassen. Ich denke nicht, dass die Elemente miteinander verschmelzen werden oder ein Element durch ein anderes zerstört wird. Nicht durch eine Verbindung dieser Art.«

Ich war Darius dankbar, dass er meine Gedanken zu zerstreuen versuchte. Ihm war die Sache auch ernst.

»Außerdem ist das bei uns schon passiert. Sowohl du als auch ich, dein Bruder und auch Mistrane tragen mehrere Gaben und damit mehrere Elemente in sich. Es scheint zwar, dass jeder von uns ein Hauptelement und damit eine Hauptgabe hat, aber beide Elemente sind in uns vereint. Keins der beiden wurde verdrängt oder vernichtet.«

Darius griff nach meiner Hand und ich spürte, wie sich zwischen unseren Handflächen eine Wärme entwickelte. Sie fühlte sich gut an. So vertraut. Ich musste an die leuchtenden Wassertropfen denken, die auf der Lichtung um uns schwebten. Diese Verbindung konnte nichts Schlechtes sein. Ich suchte in der Dunkelheit seine Augen und konnte das Blau erahnen.

»Du hast recht. Es kann nichts Schlechtes sein.«

Aus meiner Handfläche traten kleine Lichtkugeln hervor und ich konnte das Wasser fühlen, das sich wie von selbst um das Licht legte. Ob Darius das Wasser gerufen hatte oder ob seine Gabe es von selbst zu meinem Licht geschickt hatte, wusste ich nicht. Ich wollte es auch nicht ergründen. Die Verbindung zwischen uns war gut. Die Elemente suchten sich. Wir hatten uns gesucht. In meinen Träumen hatte ich ihn so unzählige Male gesehen und auch er musste mich gesehen haben. Es würde für uns einen Weg geben. Ich wusste, dass er der war, den ich erwählt hatte. Es würde keine andere Wahl geben können. Nur er war es, der für mich infrage kam.

Ich zog sein Gesicht zu mir heran und meine Lippen landeten auf seinen. Es war, als hätten sie nur aufeinander gewartet. Er schob seine Hände unter mein Gesäß und hob mich auf seinen Schoß. Seine Hände fuhren meinen Rücken hinauf. Die Haare auf meinen Armen stellten sich auf und ich spürte, wie meine Mitte heiß wurde. Meine Hände fanden ihren Weg unter sein Hemd und ich ließ meine Finger über seine Brust gleiten. Meine Zunge tastete sich in seinen Mund vor, den er mir geöffnet anbot. Seine Zunge empfing meine und umspielte sie. Ich zog sie wieder zurück und biss ihm sanft in die Unterlippe. Er stöhnte leise auf und drückte sein Becken hoch gegen meins. Meins antwortete ihm und ich spürte seine Härte durch seine Hose. Meine Mitte glühte auf und ich war bereit, ihn in mir aufzunehmen. Darius hob mich an und setzte mich auf den Felsen neben sich. Unsere Lippen konnten sich nicht voneinander lösen. Er stand auf und streifte mein Reitkleid hoch. Seine Finger fuhren sanft an meinem Schenkel hinauf zu meiner Mitte. Ich hob mich seinen Fingern entgegen. Langsam strich er über meine empfindlichste Stelle und ich stieß ein Stöhnen zwischen unseren Lippen hervor. Zufrieden ließ er seine Lippen über meinen Hals streifen und zog eine Spur von Küssen hinab zu meiner Schulter. Seine Finger forschten weiter und spreizten meine Mitte. Er keuchte auf, als er spürte, wie feucht und bereit ich für ihn war. Er schob seine

Finger langsam in mich hinein und ich drückte mich fest gegen ihn. Meine Hände zerrten zitternd an der Schnürung seiner Hose. Als sie sich öffnete, schob ich meine Hand in sie hinein und spürte seine Härte, die sich fest gegen meine Hand drückte. Ich schob den Stoff zur Seite und schlang meine Beine um ihn. Darius folgte mir nur zu bereitwillig und ließ seine Härte zwischen meine Beine in meine Mitte gleiten. Er stöhnte auf, als er in die wohlige Wärme in mir stieß. Ich drückte mich fest an ihn und er zog sich wieder zurück. Seine Hände legte er um mein Gesäß und zog mich fest an sich heran, während er erneut in mich eindrang. Ich stöhnte vor Erregung auf und klammerte mich an ihn. Sein Stoßen wurde schneller und er drang immer tiefer in mich ein. Meine Haut spannte sich und ich spürte, wie mein Licht auf meiner Haut tanzte. Mit jedem seiner Stöße trieb er mich höher und höher, bis ich nicht mehr höher konnte. Er ergoss sich in dem Moment, in dem ich mich vor ihm aufbäumte, in mich und stöhnte laut meinen Namen. Wir fielen aneinander. Unser Atem ging schnell und meine Brüste hoben sich immer wieder gegen seine Brust. Sein Gesicht lag in meinen Haaren verborgen und sein Atem stieß heftig gegen meine Schulter.

»Es ist mir völlig egal, wo wir leben, ob bei einem Clan oder in der Hochstadt. Ich werde nie woanders sein als bei dir. Du bist das einzige Licht, was ich brauche in meinem Leben.« Seine Stimme drang gedämpft an mein Ohr und ich wusste, dass es mir nicht anders ging.

»Ich werde immer dein Licht sein, egal wo wir sein werden. Ich werde immer für dich leuchten.«

»Und ich werde immer zu dir finden.«

Seine Härte verging und er zog sich aus mir zurück. Er hielt mich noch, bis unser Atem und unsere Herzen wieder ruhig waren und mein Leuchten vergangen war. Dann zog er sich die Hose hoch und ich richtete meine Kleider.

Darius blieb vor mir stehen. Seine Arme fanden ihren Platz um meinen Körper und er zog mich wieder zu sich heran. Nicht fordernd wie gerade noch, sondern ruhiger. Es war zwischen uns alles gesagt, was in diesem Moment für uns zählte und wichtig war. Weder er noch ich würde sich mit einem anderen verbinden. Egal, ob die Clanzeichen unsere rechte Schläfe zieren würden oder nicht. Die Kälte der Nacht legte sich langsam um mich und ich zitterte.

Darius löste sich von mir und ich sah in seinen blauen Augen eine Traurigkeit, die wieder das Grau aufblitzen ließ, das ich schon so oft in ihnen gesehen hatte. Ich beugte mich vor und küsste ihn. Als ich mich von ihm löste, lag ein Lächeln auf seinen Lippen.

»Es werden Nächte kommen, in denen ich dich nicht allein schlafen lassen werde.«

»Das will ich doch hoffen.«

Er hob mich von dem Felsen und wir gingen Hand in Hand durch den dunklen Wald auf das Lager zu.

Zwischen den Bäumen des Waldrandes blieben wir stehen. Es brannten nur noch wenige Feuer. Darius zog mich noch einmal an sich heran und seine Arme umschlangen mich fest. Die Welt hätte stehen bleiben müssen. Nur einen Moment. Doch sie war nicht gnädig mit uns und Darius ließ seine Arme wieder sinken und gab mich frei. Schweigend wandten wir uns voneinander ab und gingen zu unseren Feuern. Er lief zu seinem Lagerplatz bei dem Wasserclan, ich ging hinüber zu dem Feuer, an dem Raven noch auf mich wartete. Ich spürte seine Ungeduld. Irgendwie hatte ich gehofft, dass er schon schlafen würde.

»Du hättest nicht auf mich warten müssen.«

Raven blickte vom Feuer zu mir auf und ich setzte mich zu ihm. Er gab mir einen Stock. Wie damals, als wir Kinder waren, stocherten wir schweigend zusammen in der Glut und es stiegen immer wieder Funken in den schwarzen Nachthimmel.

»Wir haben keine Informationen vom Erdclan erhalten. Sie scheinen verschwunden zu sein. An was kannst du dich noch von der Nacht des Überfalls erinnern?« Raven blickte mich ernst an.

»Halla hat mich weggeschickt. Ins Geheime Tal. Sie haben Vater erschlagen. Halla und Haldriel waren da. Ich ritt aus der Clanstätte und Darius versperrte mir den Weg.« Ich drehte den Stock zwischen meinen Händen. Die Erinnerung war noch klar da. Der Lärm der Krieger und Hallas Schreie. Ich spürte Ravens prüfenden Blick auf mir. »Halla hat die Erde aufgerissen und die Clanstätte dadurch zerstört. Die Schattenkrieger zogen sich zurück. Ich bin dann geflohen.« Und dann verschwammen meine Erinnerungen. Ich straffte meine Schultern und blickte Raven an. »Halla wird die Überlebenden ins Geheime Tal gebracht haben. Die Gabenträger hatte Vater schon vorgeschickt.«

»Kannst du sie dort erreichen? Wir könnten unsere Gabenträger gut gebrauchen. Es würde zu lange dauern, um jetzt noch einen Reiter loszuschicken. Nachdem die Nachrichten von uns an den Nachtfalken … an Mistrane abgefangen worden waren, haben wir nur noch wenige Boten ausgeschickt. Das Erdreich war so weit entfernt, dass wir Bedenken hatten, dass wieder ein Bote gefangen genommen werden könnte.«

»Ich werde es probieren, aber ich kann dir nichts versprechen. Über so eine weite Entfernung habe ich Halla noch nie versucht zu erreichen. Hast du es schon probiert?«

Raven schüttelte nur schweigend den Kopf. Seine Erdgabe war schwächer als meine.

»Kann Raikon Hanna erreichen? Kann er sie hier spüren?«

»Nein. Ich fürchte, dass Raikon und Hanna die Kraft nicht mehr haben. Raikon hat angedeutet, dass Hanna viel Energie braucht, um die Schutzzauber aufrechtzuerhalten. Es fordert mehr von ihr, als sie es uns sehen lässt. Ich mache mir Sorgen um sie. Raikon sagt es nicht, aber ihm geht es nicht anders.«

Wir blickten wieder schweigend in die Flammen vor uns. Raikon und Hanna waren wie Eltern für uns. Dass sie viel Kraft brauchte, um ihre Schutzzauber aufrechtzuerhalten, war mir bekannt, doch ich hatte nie wahrhaben wollen, wie sehr es sie schwächte.

»Wenn du es probiert hast, gib mir Bescheid, aber jetzt ruh dich erst mal aus. Auch du brauchst deine volle Kraft in den nächsten Tagen. Ich brauche sie auch. Die Clane zählen auf das Licht, das wir ihnen bringen wollen.« Raven machte eine Pause und hing kurz seinen Gedanken nach. Dann blickte er auf. »Hast du Darius erkannt, als er dich bei dem Überfall stellte?«

Ich nickte. »Er ist der Fremde, der mir so oft in meinen Träumen begegnet ist.«

»Du kennst die Geschichten über ihn? Das, was er unter dem Hochkönig alles getan hat?« Seine Stimme war vorsichtig. Als spräche er mit einem scheuen Reh.

»Ja. Ich weiß, was er getan hat. Gutes und Schlechtes. Mittlerweile habe ich von so vielen gehört, was er getan haben soll, dass ich schon fast nicht mehr zählen kann, wer mir davon schon erzählt hat. Und du tust es immer wieder. Ich bitte dich, lass es. Denn ich weiß auch, was der Hochkönig ihm angetan hat und was Darius für uns und so viele andere Gabenträger gemacht hat.«

Raven nickte. »Ich mache mir nur Sorgen um dich.«

»Ich weiß.«

Schweigend stand er auf und ging zu seinem Lager. Die Flammen tanzten noch eine Weile vor mir. Neben Ravens Platz stand ein Krug mit Wasser. Ich trank ihn in kleinen Schlucken aus. Sorgsam zog ich die Stiefel aus und stellte mich neben das Feuer. Ich ließ meine Gabe tief in den Boden gleiten und spürte, wie die Erde meine Zehen umschloss und mich freudig begrüßte. Ihre Kraft zog an mir und ich spürte, wie mein Licht auf der Haut tanzte. Ich schloss die Augen und legte meine Hände aufeinander.

Die Dunkelheit umfing mich und es wurde still. Die Flammen im Feuer waren verschwunden und unter mir war nur noch die Erde und ihr stetiges Pochen zu spüren. Meine Gabe ließ meinen Geist schweben. Er löste sich aus mir. Ich blickte auf mich selbst, wie ich schimmernd an der Feuerstelle saß und in mir ruhte. Dann riss sich mein Geist los und verschwand in der Nacht.

Halla. Halla, sieh mich an.

Meine Augen sprangen auf, doch es waren nicht meine Augen. Ich spürte, wie die Farbe in ihnen sich wandelte, und ich wusste, dass meine hellen bernsteinfarbenen Augen dunkelbraun wurden. Sie wurden zu Hallas Augen.

Halla, wir brauchen dich hier. Komm mit den Clankriegern. Helft uns in der Schlacht gegen den Schatten.

Die Flammen vor mir blendeten mich und ich kniff die Augen zusammen. Das Feuer loderte auf und meine Füße verloren ihren Halt auf dem Boden. Ich fiel auf die Knie und mein Atem ging keuchend. Mein Mund war trocken und durch meinen Kopf fuhr ein Schmerz. Ich schrie auf, doch ich hörte meine Stimme nicht, denn ich blieb stumm. Die Erde unter mir drehte sich und ich griff mit den Fingern tief in den Boden, um meinen Halt nicht noch mehr zu verlieren.

Ich hörte eine Stimme neben mir, konnte aber niemanden sehen. Ein Schleier lag über meinen Augen. Hände packten mich an den Schultern und richteten mich auf. Meine Augen huschten hin und her. Die gedämpfte Stimme redete weiter auf mich ein. Ich blinzelte immer wieder, um meine Augen zu zwingen, wieder zu sehen, was um mich herum war. Es dauerte eine Weile, bis ich Raven erkennen konnte. Er war von seinem Lager zurückgekommen und kniete neben mir auf dem Boden.

»Raja, hörst du mich? Ich habe deinen Schrei in meinem Geist gehört. Was ist mit dir? Brauchst du einen Heiler?«

Ich schüttelte den Kopf. »Wasser.« Meine Stimme klang fremd. Kratzig und rau.

Raven lief los und holte noch einen Krug mit Wasser. Als er zurückkam, saß ich am Feuer. Der Schwindel war verschwunden und mein Kopf schmerzte weniger. Raven reichte mir einen Becher mit Wasser und mein Körper gierte so sehr danach, dass ich den Becher sofort leerte.

»Was ist passiert?«

»Ich habe versucht, Halla zu erreichen. Die Nachricht, die du ihr übermitteln wolltest.«

Raven nickte stumm und starrte fest in die Glut. »Aber das hättest du doch auch morgen mit mir gemeinsam machen können. Warum in der Nacht? Meinst du, Halla wird es im Schlaf eher verstehen?«

Raven war verärgert. Ich spürte, wie sich sein Ärger fast ausschließlich auf sich selbst richtete.

»Je eher sie die Nachricht bekommt, desto besser. Ich weiß noch nicht einmal, ob es funktioniert hat. Auf die Entfernung kann ich das nicht einschätzen.«

Raven nickte und er musterte mich eingehend. Da er nichts fand, was ihn zu beunruhigen schien, stand er auf und drehte sich zum Gehen um.

»Leg dich schlafen. Es ist nicht mehr viel von der Nacht da.«

Er bot mir seine Hand an und zog mich zu sich hoch. Er brachte mich zu meinem Lager in der Nähe seines

Schlafplatzes. Ich rollte mich in meine Decken ein und fiel sofort in einen tiefen Schlaf.

26
~ Auf der Hochstadtebene ~

Der Morgen kämpfte sich über den Wald, als ich erwachte, und ich blinzelte gegen das Sonnenlicht an, das gnadenlos in meinen Augen brannte. Langsam stützte ich mich hoch. Der Krach, der um mich herum herrschte, hatte mich nicht wecken können. Das Nachtlager wurde bereits abgebrochen. Das Lager von Raven und Raikon war leer und auch ihre Pferde fehlten. Ich stand auf und strich meine Reitkleider sauber. Meine Haare fasste ich zu einem neuen Knoten in meinem Nacken zusammen. Hanna würde mich schelten, dass ich keinen ordentlichen Zopf geflochten habe. Ich vermisste sie. Genauso wie das Erdreich. Ich war mir nicht sicher, ob ich Halla hatte erreichen können. Ich brauchte sie hier. Nicht nur als Kriegerin. Mit einem Kopfschütteln vertrieb ich die Gedanken und packte mein Nachtlager zusammen. An der erloschenen Feuerstelle stand ein Krug mit Wasser und daneben ein Teller mit Brot und Käse. Ich vermutete, dass es mein Frühstück war. Ich aß und trank schnell und ging dann hinüber zu Shiver. Der helle Hengst stand dösend an der Anbindestelle.

»Na, mein Schöner. Anscheinend habe ich fast den Aufbruch verpasst. Wo sind deine Freunde?«

Shiver schüttelte seine Mähne und rieb seinen Kopf an mir. Ich ließ meinen Blick wandern und sah eine Gruppe Reiter am Waldrand stehen. Der Clanrat schien sich getroffen zu haben. Ich griff nach einer Bürste, die an dem Anbinder lag, und strich damit Shivers goldenes Fell sauber. Seinen Sattel ließ ich vorsichtig auf seinen

Rücken gleiten. Meine Hände arbeiteten wie von selbst, als ich den Gurt festzog und das Vorderzeug anlegte. Das Bündel mit meinen wenigen Habseligkeiten verschnürte ich an der Sattelseite. Zuletzt legte ich Shiver das Zaumzeug an und zog ihn von der Anbindestelle weg. Ich führte den kleinen, hellen Hengst am Heerzug entlang. Er würde mich in den nächsten Stunden und Tagen noch so viel tragen müssen. Ich wollte ihn schonen.

Immer wieder spürte ich die Blicke, die das helle Pferd und meine weißen Reitkleider auf mich zogen. Die Clane hatten sich aufgereiht. An der Spitze stand die Gruppe, in der ich am ersten Tag geritten war. Dahinter folgte uns der Windclan. Der Feuerclan und der Wasserclan schlossen sich an. Ich versuchte, mich abzugrenzen, während ich an den Clankriegern vorbeiging. Am Ende des Heerzugs konnte ich das Banner des Erdclans erkennen. Doch mein Ziel war nicht mein Clan. Es war der des Wassers.

Als ich die Stelle im Zug erreichte, an der der Wasserclan gelagert hatte, spannte ich mich unbewusst an. Meine Augen tasteten die Clankrieger ab. Dragon ragte aus der Gruppe der Pferde heraus und Shiver wurde neben mir unruhig. Die Freundschaft zwischen den beiden Hengsten beeindruckte mich immer wieder. Darius musste noch hier bei den Clankriegern sein, wenn sein Dragon auch hier war. Er würde kein anderes Pferd reiten, wenn er die Wahl hatte. Außer vielleicht Shiver.

Ich ging dichter an den Wasserclan heran. Einige der Clankrieger und Clanfrauen bemerkten mich. Neben Respekt und Skepsis traf mich auch immer wieder Wohlwollen in ihren Blicken. Ich zog meine Gabe zurück und erwiderte hin und wieder ein Lächeln.

Shiver schnaubte neben mir auf und warf seinen Kopf hoch. Ich folgte seinem Blick und fand Darius. Er redete mit einer kleinen Wasserkriegerin. Ihre Kampfkleidung war in der gleichen Farbe wie das Kleid, das Dana mir für den Ball gegeben hatte. Ihre schwarzen Haare fielen ihr lang auf den Rücken. Im Sonnenlicht schien es, als würden sie blau schimmern. Darius hatte mich nicht bemerkt. Ich wollte ihn rufen, doch in dem Moment zog er die Clanfrau in seine Arme und drückte sie fest an sich. Ich stockte in meinem Vorhaben und blieb stehen. Ich konnte meine Augen nicht abwenden. Er legte seinen Kopf auf ihren und redete weiter mit ihr. Durch die Entfernung konnte ich nicht hören, worum es ging. Die Clanfrau drückte sich an Darius und vergrub ihren Kopf an seiner Brust. Es stach so tief in meinem Herzen, dass ich fast keine Luft bekam. Völlig verwirrt über das, was ich vor mir sah, wandte ich mich Shiver zu und saß schneller auf seinem Rücken, als ich es wahrnehmen konnte. Ich ließ ihn antraben und er folgte meinen unsichtbaren Befehlen. Es war mir nicht bewusst, wohin ich ihn führte, doch der Wasserclan glitt an mir vorbei. Shiver sprang in einen Galopp und das Banner des Erdclans vor mir wurde immer größer. Ich achtete nicht weiter auf meine Umgebung, sonst hätte ich die verwunderten Blicke von Darius und der Wasserfrau wohl bemerkt. Mein Blick blieb auf das Banner gerichtet.

Der Anteil, den der Erdclan hier im Heerzug einnahm, war verschwindend gering. Ich saß neben dem einen Wagen und den wenigen Pferden, die hier angebunden standen, ab.

»Raja, ist alles in Ordnung?«

Ich blickte Haldran verständnislos an, der eins der Wagenpferde in das Geschirr spannte. »Ja. Warum sollte etwas nicht in Ordnung sein?«

»Weil du so düster aussiehst, als wolltest du jemanden ermorden«, scherzte Haran, der hinter dem Wagen hervortrat und ein Seil festzurrte, das die Ladung auf dem Wagen sichern sollte.

»Haran hat recht.« Haldran begann, das zweite Pferd an den Wagen zu schirren und musterte mich dabei weiter.

Ich ließ meinen Blick über die Gruppen gleiten. Neben den beiden Erdkriegern waren auch Larine und Falkon hier. Hinter dem Wagen entdeckte ich noch einige Schattenkrieger, die mit Falkon sprachen. Ich ging davon aus, dass es die Männer waren, die Darius in der Hochstadt schon treu ergeben gewesen waren. Soweit ich es mitbekommen hatte, war Raven nicht bis in das Schattenreich gezogen, um dort Verbündete für den Kampf gegen den Hochkönig zu finden.

»Ich wollte nur nach euch sehen. Es ist ermüdender, als ich dachte, immer in der Nähe von Raven zu reiten.«

»Nun, dann hat es sicherlich nichts damit zu tun, dass der Wasserclan direkt vor uns reist?« Larine legte ihren Kopf schief und sah mich prüfend an.

Ich funkelte sie an, beließ es aber bei ihrer Aussage.

Falkon trat zu uns. Ich spürte, wie seine Schatten um ihn wanderten.

»Lichtträgerin, was führt dich an das Ende des Zuges?«

Ich stieß nur die Luft aus. Haldran und Haran lachten laut auf und ich musste lächeln. Irgendwie hatte ich sie vermisst.

»Ich wollte eine Weile bei euch reisen.«

»Dann vermute ich mal, dass du deinem Bruder nicht Bescheid gegeben hast, dass du eine Weile bei uns reiten wirst?«

»Nein. Warum sollte ich? Er war nicht da.«

»Gut, dann wird es dich ja auch nicht beunruhigen, dass er gerade angeritten kommt.«

Falkon grinste mir zu und ging dann wieder zurück zu den anderen Schattenkriegern. Larine und auch die beiden Erdkrieger waren plötzlich sehr damit beschäftigt, den Wagen für den Aufbruch fertig zu machen. Eine Hilfe waren sie mir nicht. Ich drehte mich um und in dem Moment blieb der weiße Hengst von Raven auch schon vor mir stehen. Sein angriffslustiger Blick versprach eine neue Schlacht zwischen uns. Ich wappnete mich und wollte schon etwas sagen, als ich sah, dass hinter ihm noch zwei Pferde anhielten. Dragon stieß ein Wiehern aus, das Shiver neben mir sofort beantwortete. Der kleine Verräter. Aber ich ließ ihn. Das andere Pferd, das Dragon folgte, war kleiner als der schwarze Hengst, hatte aber dieselbe tiefschwarze Farbe. Darauf saß die Clanfrau, die ich gerade noch in Darius' Armen gesehen hatte.

»Raja, da bist du ja. Ich hatte mir schon gedacht, dass ich dich hier hinten irgendwo finden würde.« Raven zog meine Aufmerksamkeit wieder auf sich.

»Ich wollte einen Teil der Strecke beim Erdclan reiten.« Ich deutete hinter mich und Raven legte seine Stirn in ungläubige Falten. Haldran und Haran sahen genauso skeptisch auf mich, wie es Raven dann tat. »Ich meine, dass ich hier bei meinen Freunden reiten möchte. Bei dem Untergrund, wenn du es so lieber hören möchtest.«

Raven ließ sich vom Pferd gleiten. »Nein, das ist schon in Ordnung. Ich war nur kurz irritiert, weil … nun, weil …«

»Weil wir zwar Erdkrieger sind, aber nicht wirklich zum Erdclan gehören?«

Ich hörte deutlich die Ablehnung in Haldrans Stimme.

»So war das nicht gemeint. Egal, wo ihr lebt, ihr seid Erdkrieger und damit gehört ihr zum Erdclan. Zu meiner Familie. Ich denke, dass Raven das sagen wollte.«

Ravens Blick ruhte auf mir und ich spürte, wie eine Mischung aus Verwunderung und Bewunderung von ihm auf mich übertraten.

»Raja hat recht. Es freut mich, dass ihr hier seid. Und es freut mich fast noch mehr, dass meine Schwester endlich mal spricht wie eine Clanfürstin.« Raven ließ die Zügel von Sky auf den Boden gleiten und ging zu Haldran und Haran.

Was die drei Männer besprachen, bekam ich nicht mit. Mein Blick ruhte auf Darius, der still im Hintergrund gewesen war und mich nun aus seinen tiefblauen Augen musterte. Kurz nickte er der Clanfrau neben sich zu, woraufhin beide sich aus dem Sattel gleiten ließen. Ich hielt Shivers Zügel fester, als ich es eigentlich wollte. Darius trat auf mich zu und zog mich in seine Arme. Seine leise Stimme tanzte in meinem Ohr.

»Ich finde es sehr anziehend, wenn du vor Eifersucht kochst.«

Ich drückte gegen seine Brust, doch sein Griff wurde fester und er drehte mich in seinen Armen um. Die kleine Wasserkriegerin stand nun vor mir und ich zog scharf die Luft ein. Ihre tiefblauen Augen leuchteten genauso, wie es für die Augen des Wasserclans üblich war.

»Raja, ich möchte dir Darina vorstellen. Sie ist die Schwester von Darin. Du kanntest ihn nicht. Er war ein Kämpfer im Untergrund.« Seine Stimme wurde sehr leise. »Du kannst dich vielleicht noch an den Markttag erinnern.«

Meine Augen weiteten sich. Das konnte ich. Die Bilder der Hinrichtung huschten vor meinen Geist.

»Darina ist meine Cousine. Ich konnte noch nicht viel mit ihr sprechen. Es gibt nicht mehr viele im Wasserclan, die direkt zu meiner Familie gehören. Es war mir wichtig, dass du sie kennenlernst.«

Darina stand vor mir und lächelte mich schüchtern an. In mir krampfte sich Unbehagen zusammen. Ich fragte mich, wo das Loch im Boden war, in dem ich versinken konnte. Shiver schnaubte neben mir.

»Es freut mich, Euch kennenzulernen. Darius hat viel von Euch erzählt. Nun ja, viel war es eigentlich nicht. Wir hatten nur wenig Zeit, direkt und in Ruhe miteinander zu reden.« Ihr Kichern war ansteckend. Ich musste mit ihr lachen und ich spürte, wie ich mich in Darius' Arm entspannte.

»Ich freue mich auch, Euch kennenzulernen.«

»Nun, da es ja jetzt hier nur Freude gibt, wie geht es weiter?« Falkon war wieder zu uns gekommen und blickte in die Runde.

Raven sah verwundert von den Erdkriegern weg, die ihre Unterredung unterbrachen. Die Schatten von Falkon wanderten um ihn herum und sein grimmiger Blick war irgendwie befremdlich.

»Ach, du Griesgram. Achtet nicht auf ihn. Er ist nur unruhig wegen der bevorstehenden Schlacht.« Larine mischte sich ein und versetzte Falkon einen lieb gemeinten Stoß in die Seite.

Darius lachte auf. »Nun, wir werden gleich aufbrechen. Seid ihr so weit oder braucht ihr noch Zeit?«

»Der Erdclan und der Untergrund sind bereit zum Abrücken. Wir warten ja nur auf euch.« Falkon wandte sich ab und ging zu seinem Pferd hinüber. Larine kletterte auf den Wagen und die restlichen Krieger, die unter dem Banner des Erdclans ritten, stiegen auf ihre Pferde.

»Ich reite zurück zum Wasserclan. Wir werden bestimmt später noch Gelegenheit haben, uns zu unterhalten.« Darina sprang auf ihr Pferd und wendete es.

Raven schwang sich auf Sky. »Nun, dann haltet euch bereit. Ich werde wieder nach vorn reiten und den Zug zum Abrücken vorbereiten. Wir sehen uns dann alle im Lager vor der Hochstadt.«

»Jawohl und dann treten wir dem Schattenkönig so richtig in seinen dunklen Arsch.«

Raven blickte noch einmal zu Haran, der triumphierend die Faust hob, und lachte auf. »Genau, dann treten wir dem Hochkönig in den Arsch.«

Die Erdkrieger grölten auf und ich musste lachen. Das Lichterbe, das sowohl ich als auch Raven trugen, war bisweilen völlig anders als das Erdclanerbe. Darius lachte neben mir und hauchte mir noch einen Kuss in die Haare, bevor er sich auf Dragon schwang und den schwarzen Hengst neben Shiver lenkte. Ich sprang ebenfalls auf und wendete den hellen Hengst.

»Nun, Lichtträgerin, es wäre dem Erdclan und dem Untergrund eine Freude, wenn du uns anführen würdest.« Haldran wies vor sich. Ich sollte vor den beiden Erdkriegern reiten, hinter denen sich schon Larine mit dem Wagen und die restlichen Schattenkrieger eingereiht hatten.

»Das kannst du vergessen. Ich werde garantiert nicht vor euch reiten. Ihr werdet mich nach vorn verteidigen und vor mir reiten.«

»Sie hat nur Angst, dass du sie von hinten vom Pferd schubst.« Obwohl Haran leise gesprochen hatte, verstanden es die anderen.

»Ganz genau. Als würde ich euch mittlerweile nicht doch schon etwas kennen. Also seht zu, dass ihr nach vorn kommt.« Ich funkelte die beiden Erdkrieger böse an.

»Sie ist so fies geworden, seitdem ihr Bruder da ist. Sie gönnt keinem einen Spaß.« Haldran lachte laut auf.

Die beiden Erdkrieger ritten an mir und Darius vorbei und hielten ihre Pferde wieder an.

»Ich muss unbedingt einmal das Erdreich besuchen. Es scheint dort lustig zu sein.« Darius beugte sich zu mir herüber.

Ich funkelte ihn an. »Das solltest du wirklich mal tun, aber ich fürchte, dass du bei den Erdkriegern ziemlich schnell untergehen würdest.«

»Das macht nichts. Mit Wasser kenne ich mich aus.«

Ich wollte schon etwas erwidern, verkniff es mir aber. Die Vorstellung, dass sich Darius im Erdreich wohlfühlen könnte, gefiel mir. Ich war selbst noch nie im Wasserreich gewesen und es gab nur wenig Berichte über die letzten Jahre oder darüber, wie es vor der Schattenherrschaft gewesen war. Das, was ich wusste, war nur, dass es dem Erdreich ähnlich sein sollte. Nur dass das Wasserreich über weitläufige Flüsse und eine große Seenlandschaft verfügte. Der Fluss, der die Hochstadt umschloss, entsprang auch dort.

Darius legte seine Hand auf meine und ich schreckte aus den Gedanken hoch. »Woran hast du gedacht?«

»An das Erdreich.«

»Nicht an mich?«

»Das auch.«

Er beobachtete mich und ich ließ nur kurz einen Seitenblick über ihn streifen. »Hast du wirklich gedacht, dass zwischen Darina und mir was wäre?«

Ich fuhr zu ihm herum. Seine tiefblauen Augen blitzten belustigt auf. »Woher sollte ich denn wissen …«

»Das kann nicht dein Ernst sein.« Darius beugte sich zu mir herüber und zog mich leicht an sich heran. Sein Blick bohrte sich in meinen und ich konnte den schwarzen Ring um das Blau in seinen Augen sehen, das vor Belustigung leichte Wellen zog. »Du kannst doch nicht wirklich annehmen, dass ich nach allem, was zwischen uns war, was ich dir gesagt habe und was wir gemacht haben, eine andere Frau haben wollen würde als dich.«

»Du hattest recht. Es ist definitiv besser, dass wir vor euch reiten. Wenn wir euer Liebesgeflüster auch noch mitansehen müssten, würden wir das Heer leider verlassen müssen.«

»Ja. Das mit anzuhören, ist schon Folter genug. Wir werden uns in der Schlacht besonders anstrengend, damit ihr zwei euch endlich ein Zimmer im Hochpalast nehmen könnt und uns mit eurem Geturtel verschont.«

Ich blickte fassungslos auf die beiden Erdkrieger, die sich vor uns vor Lachen fast nicht auf ihren Pferden halten konnten, und auch Darius stimmte laut in das Lachen ein. Ich wusste nicht, was ich erwidern sollte, und das musste ich zum Glück auch nicht. Der Heerzug vor uns hatte sich in Bewegung gesetzt und der Erdclan musste ihm nachfolgen. Die Pferde unter uns setzten sich langsam in Bewegung und ich warf einen Blick über die Schulter, um mich zu vergewissern, dass der Wagen und die Schattenkrieger folgen würden.

27

~ Auf der Hochstadtebene ~

Raven ritt am Heerzug vorbei. Wo er vorbeikam, rüsteten sich die Clane zum Aufbruch. Der weiße Hengst unter ihm holte weit mit den Vorderbeinen aus und ließ seine Mähne über seinem aufgewölbten Hals wehen. Ravens weißer Umhang flatterte hinter ihm her. Raven wusste, wie er auf die anderen Clankrieger wirkte. Er saß aufrecht im Sattel und ließ sich nicht anmerken, was er in dem Moment dachte. Als er der Spitze des Zuges näher kam, bemerkte er, dass die Reiter anders nebeneinanderstanden. Da Raja nun nicht mehr vorn im Zug ritt, hatte sich die Gruppe hier anders zusammengesetzt. Raikon stand mit seinem Pferd neben Matheo, sie waren in ein Gespräch vertieft. Vor den beiden Kriegern, die nebeneinander wie Tag und Nacht wirkten, stand der rot schimmernde Feuerhengst von Mistrane. Sie hatte ihren Blick fest auf die Spitze des Zuges gerichtet und fixierte einen Punkt in der Ferne. Im Wind, der von der Sturmfront kam, die der Windclan immer noch um das Heer der Clane gelegt hatte, wehten ihre schwarzen Haare wild um ihren Kopf. Raven zügelte den weißen Hengst und ließ ihn halten. Seine Augen nahmen jedes Detail an ihr wahr. Plötzlich wandte sie den Kopf zu ihm um und sah ihn direkt an. Ihre Augen leuchteten rot auf und Raven sah ein Lächeln über ihre Lippen huschen. Er fühlte sich ertappt und schaute schnell woandershin. Sein weißer Hengst unter ihm wurde unruhig und warf seinen Kopf hin und her. Raven ließ ihn wieder antreten und ritt langsam zu den anderen. Je näher er kam, desto mehr wurde ihm klar, dass weder Matheo noch Raikon ihren Platz freigeben würden.

Er lenkte Sky neben das Pferd von Mistrane und lächelte zu ihr hinüber. »Anscheinend verbringen wir wieder einen Teil des Ritts miteinander.«

Sie nickte ihm zu und richtete ihren Blick wieder nach vorn. Schon gestern war sie sehr schweigsam gewesen. Raven gab ein Zeichen und die Spitze des Heerzugs setzte sich langsam in Bewegung.

Raven beobachtete den Feuerhengst neben ihm. In seinem schwarzen Fell schimmerte, wie in Mistranes Augen, ein leichter Rotschimmer. »Euer Pferd ist sehr ruhig und entspannt.«

»Ja, das ist er. Es ist mir wichtig, dass meine Pferde gut und solide ausgebildet sind. Und Reiten war das Einzige, was mir die Freiheit gab, aus dem Hochpalast herauszukommen.«

Raven musterte sie von der Seite. Seine hochgezogene Augenbraue ließ Mistrane zurückzucken. »Entschuldigt, aber das verstehe ich nicht recht. Ihr seid geritten, um frei zu sein? Wart Ihr gefangen?«

Mistrane hielt ihren Blick starr zwischen den Ohren ihres Pferdes. Raven bereute seine Worte. Er hätte lieber nichts sagen sollen. Er kniff seine Lippen zusammen und schwieg wieder.

»Es tut mir leid. Ich wollte Euch nicht zu nahe treten.«

»Oh, das seid Ihr nicht. Es ist nur so, dass ich nicht oft mit jemandem, den ich kaum kenne, so rede.«

»So ist das ja eigentlich nicht. Wir kennen uns doch.«

»Tun wir das?«

»Das dachte ich zumindest. Aber wenn Ihr das anders seht, sollten wir das ändern.«

Mistrane lächelte ihm zu. »Das würde mich freuen.«

Er lächelte zurück.

»Es ist großartig, was Ihr geschaffen habt. Die Clane, die sich Euch angeschlossen haben, um wieder mehr Frieden in das Clanreich zu bringen.«

Raven musterte Mistrane von der Seite. Ihre Stimme klang ehrlich und doch war da ein Unterton, der ihn aufhorchen ließ. »Aber es gefällt Euch trotzdem nicht ganz. Oder sehe ich das falsch?«

Mistrane blickte auf die Mähne ihres Pferdes, durch die sie mit den Fingern fuhr. Raven fiel erst jetzt auf, dass ihre Haut fast weiß war, als die schwarzen Strähnen des Pferdes auf ihren Fingern lagen. In ihrem Gesicht war ihm das nicht so aufgefallen, weil ihre dunklen Augen seinen Blick zu bannen schienen.

»Nein. Eigentlich denke ich, dass der Krieg und auch das, was ich in der Hochstadt gegen meinen Vater getan habe, der Verrat, nicht nötig sein sollten. Das Handeln des Hochkönigs hat aber genau das alles hier zur Folge. Ich denke, dass es ein friedliches Leben zwischen den Clanen wieder geben sollte. Meine Mutter glaubte auch daran. All diese schlimmen Ereignisse dürfen nicht noch einmal passieren und ich kenne meinen Vater. Er würde sich niemals ändern. Für ihn ist das Clanreich so gut. Er ist von seiner Gier nach Macht völlig zerfressen. Meine Mutter hat jahrelang versucht, ihn davon abzuhalten, und bezahlt hat sie es mit ihrem Leben. Es gibt nichts Gutes mehr in ihm. Seine Schatten haben ihn zerfressen.«

Raven hielt ihrem Blick stand. Sie musterte jede Regung in ihm, als wollte sie eine Ablehnung finden. Doch Ravens braune Erdaugen strahlten nichts als eine unendlich tiefe Ruhe aus, die Mistrane nur zu sehr brauchte. Sie wandte sich wieder ab und versuchte, ihre Aufmerksamkeit wieder auf ihr Pferd zu lenken.

»Bitte denkt nicht, dass alle Schattenträger so sind wie der Hochkönig. Nicht alle Schatten verschlingen ihre Träger. Es gibt mehr Schattenträger, die so sind wie …«

»Wie Ihr? Wie Matheo oder Falkon?«

Sie nickte. Sie wollte sich selbst nicht als gut bezeichnen. Sie kannte die Ablehnung, die ihr viele Clane gegenüber hatten, weil sie eine Schattenträgerin war. Der Hochkönig hatte ausschließlich Schattenkrieger in seinem Heer und die wenigen Hochstadtsoldaten, die noch da waren, dienten nur dazu, den Hochstadtbewohnern zu zeigen, dass der Hochkönig ein Mann der Hochstadt war. Die eigentliche Schlagkraft hatte der Hochkönig über Jahre aus dem Schattenclan gezogen. Mistrane wusste von der Hilflosigkeit und der Verärgerung, die sich im Schattenclan darüber breitmachte, doch er hatte sich abgegrenzt, soweit es für ihn vertretbar war. Eine Kluft zerriss diesen Clan, den sie schon seit Jahren nicht mehr besucht hatte. Die spärlichen Nachrichten, die von der Clanfürstin geschickt worden waren, enthielten keine Informationen darüber, wie es dem Clan wirklich erging. Und die Tatsache, dass sich im Heerzug der Clane keine Schattenkrieger außer den Männern des Generals befanden, zeigte nur zu deutlich, dass sich Raven nicht bemüht haben konnte, den Schattenclan um Hilfe zu bitten, wie er es bei den anderen Clanen getan hatte.

»Bitte glaubt nicht von mir, dass ich Euch für schlecht halte, nur weil Ihr einen Schatten tragt. Wie könnte ich das denken, nach allem, was Ihr getan habt? Ihr habt Euer Leben nicht nur einmal für die Clane aufs Spiel gesetzt. Versteckt Euch nicht hinter Eurer Abstammung oder Eurem Schatten. Das habt Ihr nicht nötig.«

Mistrane blickte auf ihre Hand. Sie hatte nicht mitbekommen, dass Raven dichter an sie herangeritten war und seine Hand auf ihre gelegt hatte. Es fühlte sich richtig an. Raven drückte ihre Hand leicht und als sie ihn wieder ansah, zog er seine zurück und griff wieder in die Zügel seines Pferdes. Sein Blick ruhte weiter auf ihr und ein Lächeln blieb auf seinem Gesicht.

28
~ Auf der Hochstadtebene ~

Der Heerzug schlängelte sich durch die Landschaft. Die Hochstadtebene lag zum Greifen nahe vor uns. Darius ritt schon eine ganze Weile schweigend neben mir her. Seine Kiefer mahlten immer wieder und über seine Stirn wanderten Falten.

»Worüber denkst du nach?«

»Durian hat berichtet, wie der Clanrat die Hochstadt angreifen will. Ich überlege, ob es noch eine Möglichkeit gibt, die Stadtmauern zu zerstören, oder ob wir einen anderen Weg finden, in die Stadt zu kommen. Wenn der Hochkönig es darauf anlegt, könnte er monatelang eine Belagerung überstehen. Nur weiß ich nicht, ob das für die Menschen in der Hochstadt und für die Clankrieger hier draußen gut wäre. Es würde dieses Heer zerreiben.«

»Dann müssen wir eine Möglichkeit finden, den Hochkönig aus der Hochstadt zu locken.«

»Ja. Nur fürchte ich, dass ich es nicht gut finden würde, wenn wir einen Köder legen würden.« Sein Blick lag auf mir und ich wusste, was er dachte.

Wenn Raven und ich uns vor der Hochstadt zeigen würden, würden die Wachen sehen, dass es noch Lichtträger gab. Wenn die Menschen in der Hochstadt davon erfahren würden, könnte es zu Aufständen kommen – eine zusätzliche Schwächung des Hochkönigs.

»Ich denke aber, dass wir das tun sollten. So langsam finde ich den Wind auch furchtbar, der uns hinter dieser Sandmauer versteckt.«

»Du findest den Wind furchtbar?«

Sein gespielter Ärger ließ mich auflachen, doch dann traf mich eine kleine Windböe und zog an meinen Haaren.

»Lass das sein. Ich meinte nicht deinen Wind.«

»Aber den Wind, den die Windträger entfachen? Ich bin auch ein Windträger. Auch wenn mein Wind nicht so stark ist.«

Ich musterte ihn. Viel hatte ich Darius noch nicht über den Wind reden hören.

»Warum ist das so? Meine Gaben sind fast gleich stark. Du zeigst mir deinen Wind fast nie und du redest auch nicht über den Windclan.«

Darius' Gesicht wurde fest und er blickte auf die Zügel, dann wieder zu mir. Ich wandte mich ab und ließ ihm Zeit zu überlegen.

»Den Wind habe ich von meiner Mutter. Sie hat meinen Vater nur zufällig getroffen. Das Misstrauen zwischen den Clanen wuchs damals schon. Wie es zu dem Treffen kam, hat mir niemand erzählt. Mein Vater sprach nicht viel über sie und im Wasserclan tut es auch keiner. Sie starb, als ich noch klein war, noch kein Heranwachsender. Mein Vater hatte danach noch eine andere Frau, aber sie blieb nicht bei uns. Mein Vater hat den Verlust meiner Mutter nicht verkraftet und zog sich immer mehr zurück. Dann kam der Schatten und die Clane entfremdeten sich noch mehr voneinander. Ich hatte keinen Kontakt mehr zu dem Windclan. Irgendwann kam ein Bote, der uns mitteilte, dass mein Großvater, der Clanfürst des Windes, verstorben ist und dass der Windclan mich gern aufnehmen würde, bis sich herausstellt, welche Gabe ich trug. Du kannst dir sicherlich vorstellen, dass es zu einem Aufruhr kam. Der Wasserclan, besonders mein Vater, ließ mich nicht gehen. Wenige Jahre später war das Verhältnis zwischen uns völlig zerstört. Es zeigte sich, dass ich beide Gaben in mir trug. Wind und Wasser. Das war und ist immer noch sehr selten. Mein Vater starb und das Wasser wählte mich. Der Wind erinnert mich immer an eine Mutter, die ich nicht kenne, und einen Clan, der mir fremd ist. Ich weiß nicht, wie es kam, dass die Windgabe sich an meine dunkleren Gefühle gehängt hat. Ich kann den Wind auch so hervorholen, nur tritt er öfters in unerfreulicheren Situationen auf.«

Ich sah Darius die ganze Zeit an, während er sprach. Meine Gabe trat wie von selbst zu ihm und es überraschte mich, dass sein Geist offen lag. Ich spürte die ganze Trauer und Verzweiflung, die so tief in ihm verborgen waren, dass es mir fast die Luft abschnürte. Ich hätte ihm gern ein Licht dorthin geschickt, doch ich wagte es nicht. Es war nicht der richtige Ort. Sein Blick heftete sich auf mich und seine Augen waren tiefblau. Ich hatte erwartet, dass sie anders aussehen würden.

»Es tut mir leid.«

»Das muss es nicht. Dir erging es doch ähnlich. Und alles, was mir passiert ist, hat mich hierhergebracht. Zu dir.«

Ich musste lächeln. Er hatte recht. Ich hieß es trotzdem nicht gut. Aber wäre unser Leben anders verlaufen, was wäre dann gewesen? Ich verwarf diesen Gedanken. Es würde nichts bringen, darüber nachzudenken. Meine Aufmerksamkeit wurde abgelenkt. Die Hochstadt ragte vor uns auf. Der Wind, der uns eingehüllt hatte, verstummte und legte die Sicht für uns frei. Über der Stadt lagen schwarze Schatten. Der Hochkönig wusste, dass wir kommen würden. Wie eine Sturmfront lag die Hochstadt lauernd da.

»Ich glaube, dass es besser wäre, wenn du jetzt wieder zur Spitze des Heerzuges reitest, Raja.«

Haldran hatte sich kurz umgewandt, aber ich sah in seinen Augen, dass ihn die Schatten beunruhigten.

»Ja, das denke ich auch.« Ich blickte mich zu Larine und Falkon um, doch die beiden sahen zur Hochstadt.

»Komm.« Darius ließ seinen Hengst aus der Reihe treten, woraufhin er sofort in den Galopp sprang. Shiver folgte ihm.

»Darius!« Eine Stimme aus dem Clanzug hielt uns auf und Darius hielt Dragon zurück. Ich sah, wie Durian ihn zu sich winkte und ihm eine Lücke neben sich frei machte.

»Ich folge dir gleich. Reite schon vor zu Raven.«

Ich nickte und blickte ihm nach, als er seinen schwarzen Hengst neben den Clanfürsten lenkte. Shiver unter mir sprang sofort wieder in den Galopp, als ich die Zügel locker ließ. Mit langen Sprüngen lief er am Heerzug vorbei. Ich entdeckte den weißen Hengst meines Bruders neben den Pferden von Raikon und Matheo. Dahinter ritt Mistrane allein und ich lenkte Shiver an die Seite ihres Pferdes.

Sie lächelte mir kurz zu. »Es ist schön, dass du da bist. Anscheinend waren wir nicht so unauffällig, wie wir gedacht haben.« Sie deutete zur Hochstadt und ihr Feuerhengst tänzelte unruhig unter ihr.

Ich nickte. »Die Stadt fühlt sich anders an.«

»Es sieht ganz anders aus, als ich es in Erinnerung hatte«, flüsterte Mistrane.

Die Hochstadt und ihre Ebene lagen vor uns, doch das Grün der Ebene war verschwunden. Es war eine karge, verdorrte Landschaft. Die kleinen Büsche und Bäume sahen verbrannt aus und ragten wie Skelette in den Himmel. Die Felder, die vor der Hochstadt lagen, trugen keine Früchte mehr. Der blanke Boden wirkte tot und schwarz. Über der Hochstadt war der Himmel trüb. Die Sonne schien sich von der Stadt abgewandt zu haben. Es war still. Kein Vogel sang und auch das Treiben in der Hochstadt selbst schien erloschen zu sein.

Mistranes besorgter Blick glitt immer wieder von der Hochstadt zu den Reitern vor uns und zu mir. Der Heerzug hielt an. Raven ließ seinen Hengst aus der Reihe springen und ritt an die Spitze des Zuges. Raikon scherte von der anderen Seite aus und ritt an uns vorbei am Zug entlang. Matheo wendete sein Pferd zu uns um.

»Wir werden hier ein Lager errichten. Wir sind außerhalb der Reichweite der Verteidigungsanlagen der Hochstadt und können uns von hier aus gut positionieren. Raven und Raikon werden die Clane verteilen. Hoffen wir, dass wir uns in Ruhe aufstellen können und der Hochkönig uns nicht überfällt, bevor wir Stellung beziehen können.«

Dann brach hinter uns die Aufteilung des Heerzugs auseinander. Ich sah, wie der Wasserclan sich in Bewegung setzte und am Zug vorbeizog. Sie würden ihr Lager und ihre Stellung dicht am Hochstadtfluss beziehen. Der Wind- und der Feuerclan blieben auf ihren Positionen und brachten die Wagen in Stellung. Es wurde um uns herum emsig.

»Kommt. Wir suchen uns auch ein Lager und warten ab, was der Clanrat beschließt.« Mistrane deutete auf die Reiter, die sich von den Clanen näherten. Ich erkannte die Clanfürsten und unter ihnen auch Darius.

Matheo und Mistrane saßen ab und ich tat es ihnen nach. Wir bezogen unser Lager auf einer Anhöhe in unmittelbarer Nähe zum Hochstadtfluss. Ich wusste, dass Darius später am Fluss sein würde. Der Wasserclan hatte direkt dort sein Lager und würde auch neben dem Fluss seinen Sturm auf die Hochstadt beginnen. Mistrane führte ihr Pferd neben Shiver und lockerte den Sattelgurt. Für den Fall eines Überraschungsangriffs durch den Hochkönig behielten die Pferde ihre Sättel und Zaumzeuge auf.

»Der Hochkönig hat die Schutzzauber verändert. Ich spüre es. Die Schatten sind anders.«

Ich fuhr zu Mistrane herum. Obwohl ihre Stimme sehr leise war, versetzte sie mich dennoch in

Alarmbereitschaft. »Das spürst du von hier? Kannst du sie trotzdem durchdringen?«

Sie zuckte mit den Schultern und sah sich vorsichtig um. »Ich spüre sie nur schwach. Um sie zu durchdringen, müsste ich näher an sie herankommen. Wenn ich nicht tiefer in sie hineinspüren kann, weiß ich nicht, ob ich sie ausschalten kann.«

Ich wusste, dass Raven weder mich noch Mistrane in die Nähe der Hochstadt gehen lassen würde. Die anderen Clanfürsten ebenso wenig. Ich griff nach ihrer Hand. Sie sah mich kurz an und blickte dann wieder auf die Hochstadt. Dann nickte sie kurz und ich ließ ihre Hand wieder sinken. Matheo hatte die Pferde zu einem schnell errichteten Anbinder gebracht.

Hinter mir kam Raven auf seinem weißen Hengst angeritten. Seine Aufmerksamkeit lag auf Mistrane und der Hochstadt. Mein Blick glitt über das Heerlager und ich fand schließlich, wonach ich Ausschau gehalten hatte. Ich nickte Mistrane kurz zu und lief wieder zu Shiver. Matheo sah mir verwundert nach, ging dann aber wieder zurück zu Mistrane und Raven. Mein heller Hengst schien auf mich gewartet zu haben. Meine Finger lösten schnell den Knoten, mit dem sein Halfter an dem Anbindeseil festgebunden war. Dann trug er mich durch das entstehende Heerlager fort. Raven bemerkte es erst, als ich schon zwischen den Clankriegern verschwunden war. Ich hielt Shiver bei einem Wagen an. Die wenigen Clankrieger, die um den Wagen standen, luden ihn ab. Die Lager sollten noch vor Einbruch der Dunkelheit errichtet sein.

»Da kommt ja die Verstärkung«, lachte Haran.

»Nicht so ganz. Aber das bereden wir in Ruhe.« Ich saß ab und band Shiver bei den anderen Pferden, die vor dem Wagen standen, an. Ich hoffte, dass Halla meine Nachricht erhalten hatte. Doch selbst mit den schnellen

Erdpferden würde ein Ritt bis zur Hochstadt zu lange dauern, um uns eine Hilfe zu sein.

Haldran und Haran wiesen die anderen Krieger an, das Lager weiter zu errichten. Dann setzten sie sich mit mir an eine Feuerstelle, die bereits brannte. Die Steine, die um die Feuerstelle lagen, waren wie zufällig an diesem Ort. Nur die Erdkrieger wussten, dass es anders war. Die beiden sahen mich erwartungsvoll an und warteten auf das, was ich mit ihnen bereden wollte.

Ich sprach schnell und leise. Haran blickte sich immer wieder um und Haldran starrte nur auf die Hochstadt. Im Anschluss nickten beide.

Haran rutschte auf seinem Stein hin und her. »Wann wollen wir starten?«

»Wir warten erst noch ab, was die Heeresführer sagen. Der Erdclan ist zu schwach vertreten und es ist fraglich, ob Halla die restlichen Erdkrieger herbringt. Wir werden unbemerkt handeln können und keinem wird es auffallen, wenn wir im Gewirr einer Schlacht verschwinden.«

»Und du bist sicher, dass die Prinzessin dazu in der Lage sein wird?«

»Wenn sie es nicht ist, werden wir das bald sehen.«

Die Männer am Feuer nickten wieder schweigend.

»Es wird gefährlich, oder?«

»Ja, besonders wenn wir eher entdeckt werden, als wir es gebrauchen können. Ich werde erst einmal zurückreiten.«

Auf dem Weg zu Shiver begleitete Haldran mich.

»Hier, wir haben noch etwas für dich. Wenn du als Erdkriegerin kämpfst, dann bitte in den richtigen Farben.« Er hielt mir ein Bündel Kleidung und Schutzpanzer hin und ich ergriff sie.

Auch wenn es Raven nicht recht sein würde, schnürte ich das Bündel über meine Schulter und schwang mich auf Shivers Rücken. »Ich komme zurück, sobald der Clanrat einen Angriff beschlossen hat.«

»Wir warten hier auf dich.« Haldran grinste mir nach, als ich den hellen Hengst wendete und wieder zurück zu Raven und den anderen ritt.

29
~ Vor der Hochstadt ~

Die Clanfürsten hatten sich bei Raven versammelt, als ich mit Shiver zurückkam. Ich saß ab und band Shiver bei den anderen Pferden an. Mistrane stand am Rand der Gruppe und winkte mich unauffällig heran. Sie reichte mir ihre Hand.

Raven ist wütend, weil du verschwunden warst.

Ich nickte kaum merklich, denn ich spürte den stechenden Blick meines Bruders auf mir. Und noch einen, der wärmer war. Darius stand bei Durian und sah mich an. Seine Augen hatten wieder ihre tiefblaue Farbe.

»Lichtträgerin. Es ist gut, dass Ihr da seid.« Durian blickte mich freundlich an und ich erwiderte seinen Gruß.

Raven funkelte mich an. Ich spürte, wie er versuchte, ruhig zu bleiben, aber seine Sorgen standen so dicht an ihm, dass es mir schwerfiel, es ihm nicht übel zu nehmen.

»Gut. Da meine Schwester nun da ist, können wir den Plan ja noch einmal kurz besprechen.«

Vega trat vor. »Wir sind uns einig, dass wir eine Belagerung nicht gutheißen können. Es würde zu viele Opfer verlangen, sowohl auf der Seite der Clane als auch auf Seiten der Hochstadt, besonders unter den Menschen, die noch dort leben. Wir dürfen nicht zulassen, dass die Herrschaft des Schattenkönigs noch mehr Opfer fordert. Je schneller wir das Licht wieder auf den Hochthron setzen können, desto besser. Die Clane müssen wieder zu neuer Kraft finden, genau wie die Menschen, die jetzt vor uns in der Hochstadt unter dem

Schatten leiden müssen. Sollte unsere Belagerung länger dauern, sich gar über Wochen oder Monate hinziehen, werden die Menschen in der Hochstadt den Preis dafür bezahlen müssen. Das müssen wir verhindern.«

Mein Blick glitt zu Mistrane. Sie sah Vega freundlich an. Ich spürte, wie sich Erleichterung in ihr ausbreitete. Die Menschen in der Hochstadt waren ihr wichtig, genauso wie die Clane, die um sie herumstanden.

»Wir müssen den Hochkönig aus der Stadt locken. Ihn und sein Schattenkriegerheer.«

Vega blickte zu Raven. Seine Miene wirkte hart und ich folgte seinem Blick, der auf Darius lag. Die Anspannung, die sich zwischen den Männern aufbaute, schnürte meine Brust zusammen.

Vega trat unruhig vor. »Es kam der Vorschlag, dass einer der Lichtträger vor der Stadtmauer dem Schattenkönig ein Ultimatum stellt. Das sollte so viel Aufmerksamkeit bringen, dass er seine Truppen vor die Stadtmauer schicken wird. Er kann es nicht zulassen, dass auch nur ein Gerücht aufkommt, dass es noch Lichtträger im Clanreich gibt, die ihr Recht auf den Hochthron fordern.«

»Das würde zu Unruhen führen. Selbst der Schattenkönig kann es sich nicht leisten, an zwei Fronten zu kämpfen – außerhalb und innerhalb der Stadt.« Durian nickte Vega zu.

Eigentlich stimmte, was sie sagte. Dennoch zweifelte ich daran. »Ich kann mir nicht vorstellen, dass sich die Menschen der Hochstadt gegen den Hochkönig stellen. Die Stadt fühlt sich anders an. Irgendetwas ist anders.«

Raven fuhr zu mir herum. »Hast du etwas gefühlt?«

»Die Entfernung ist zu groß. Ich müsste näher heran, um meine Gabe besser nutzen zu können.«

Ravens Miene verdüsterte sich noch mehr.

»Mistrane hat auch gefühlt, dass die Hochstadt verändert ist.«

Der Clanrat blickte nun zu Mistrane.

»Die Schutzzauber fühlen sich aus der Ferne anders an. Ich habe bei unserer Flucht einen Schutzzauber zerstört. Ich nehme an, dass mein Vater die Zauber, die die Stadt umgeben, verändert hat. Ich kann nicht sagen, ob ich es noch einmal schaffen könnte, sie zu durchbrechen.«

Vega straffte ihre Schultern und nickte Mistrane zu. »Dann sollten wir eine Abordnung zusammenstellen, die zur Stadtmauer reitet und den Hochkönig auffordert, den Thron zu räumen.«

Darius trat unruhig hin und her. Ich suchte seinen Blick. Ein dünner schwarzer Ring bildete sich um seine blauen Augen. Er wusste, was zu tun war. Ich trat einen Schritt vor und Ravens Blick fing mich sofort ein.

»Ich werde gehen.«

»Genau das wirst du nicht tun.« Ravens braune Augen sprühten vor Zorn. Ich spürte, wie sich Mistrane neben mir mehr versteifte.

»Es gibt keine andere Möglichkeit. Du wirst hier bei den Clankriegern gebraucht. Es reicht, wenn ein Lichtträger zur Hochstadt geht. Ich muss näher an die Stadt heran, damit mein Geist spüren kann, was in der Stadt vor sich geht.«

Raven trat dicht an mich heran. Ich musste meinen Kopf in den Nacken legen, um ihm in die Augen sehen zu können. Seine Stimme war leise und eindringlich. »Bitte nicht. Du bist zu wertvoll.«

»Und du nicht? Du sollst auf dem Hochthron sitzen. Das ist kein Weg, den ich gehen will. Und der Hochkönig hat mich bereits gesehen. Er weiß, dass ich direkt vor seiner Nase war. Wenn ich gehe, werden wir seinen Zorn noch mehr entfachen.«

»Da muss ich Raja recht geben. Ihr werdet den Hochkönig eher dazu kriegen, die Hochstadt zu verlassen, wenn die Botschaft ihn mehr als in Rage versetzt. Deswegen würde ich Raja begleiten. Mein Verrat an ihm wird seinen Ärger über die Lichtträgerin nur noch mehr verstärken. Wie Raja kann auch ich von dort besser spüren, ob sich der Schutzzauber so verändert hat, dass ich ihn nicht noch einmal durchbrechen kann.«

Raven fuhr zu Mistrane herum. Sie zuckte zusammen, als sich ihre Blicke trafen.

»Ich fürchte, dass die Prinzessin recht hat. Wenn wir wirklich wollen, dass der Hochkönig mit seinen Schattenkriegern vor die Stadt zieht, werden wir ihm einen Anreiz dazu bieten. Ich denke, dass Ihr das auch wisst, Lichtträger.«

Ich war Vega dankbar dafür, dass sie versuchte zu schlichten. Raven ließ seinen Blick über die Clanfürsten wandern. Bei Mistrane verharrte er. Meine Gabe zeigte mir die tiefe Verzweiflung, die in ihm aufstieg. Seine Schultern sackten unsichtbar nach unten und sein Blick suchten meinen.

»Es gefällt mir nicht, dass ihr euch in Gefahr bringen wollt.«

»Mir auch nicht, aber es muss sein, damit der Hochkönig die Stadt verlässt.«

»Ich werde die beiden begleiten.«

Darius' Stimme ließ mich aufblicken. Raven drehte sich zu ihm um. Für einen Augenblick befürchtete ich, dass er es nicht zulassen würde, doch er nickte ihm zu. Auch Darius hatte den Zorn des Hochkönigs auf sich gelenkt. Es würde zu unserem Vorteil sein, wenn er mit uns reiten würde.

»Gut, dann werden wir eine Truppe zusammenstellen, die euch begleiten wird.«

»Ich brauche einen meiner Erdkrieger bei mir.«

Raven sah auf und auch Darius wirkte überrascht von meiner Forderung. Mistrane lächelte, weil sie wusste, dass ich an Haldran dachte. Wenn es schiefging, würde er uns in Sicherheit bringen können.

Raven neigte zustimmend den Kopf. »Gesprochen wie eine Clanfürstin, Schwester.«

30
~ Vor der Hochstadt ~

Ich stand an Shivers Seite und versuchte, meinen Fuß in den Steigbügel zu schieben. Das weiße lange Kleid, das ich trug, behinderte mich aber. Der Stoff wickelte sich immer wieder zwischen Fuß und Bügel. Von hinten griffen zwei Hände um meine Taille herum und hoben mich auf den Sattel. Ich wusste, dass es Raven war. Ich legte meine Arme um seinen Hals.

»Bitte pass auf dich auf.«

»Das mache ich und die Prinzessin bringe ich auch wieder zurück. Versprochen.«

Raven drückte sich von mir weg und lächelte schwach. Ich wusste, dass es ihn viel Kraft kostete, mich gehen zu lassen. Hinter uns kamen Reiter näher. Als ich aufsah, hielten sie vor uns. Haldran saß auf seinem Pferd und trug die dunkle Kampfkleidung der Schattenkrieger. Ich vermutete, dass Falkon ihm die Kleidung gegeben hatte. Der Erdkrieger sah alles andere als glücklich aus. Die Farbe schien ihn zu erdrücken. In seiner Hand hielt er eine Standarte mit einer weißen Fahne dran. Ich bezweifelte, dass der Hochkönig sich über dieses Friedenszeichen freuen würde. Die Farbe des Lichts und des Friedens war Weiß und das war keine, die in der Hochstadt unter dem Schatten gern gesehen war. Neben Haldran saß die Prinzessin auf ihrem Feuerhengst. Sie trug ein Gewand, das den Kleidern, die sie in der Hochstadt getragen hatte, sehr ähnlich war. Das Schwarz ihres Rockes wurde von leuchtend roten Stoffbahnen durchzogen. Ihre Haare waren offen und wehten wie eine schwarze Flamme um ihren Kopf. Ich konnte spüren, wie Raven sich auf Mistrane konzentrierte. Ein Lächeln überflog seine Lippen. Mein Blick wanderte weiter und blieb an Darius hängen. Er trug eine Schattenkriegerrüstung, auf deren Schildpanzer das Rangzeichen des Generals zu sehen war. Eine Provokation, die uns helfen sollte. Sein Lächeln ging über Ravens Kopf hinweg. Seine tiefblauen Augen ruhten auf mir. Seine Lippen formten Worte, die ich verstand, obwohl ich sie nicht hören konnte.

Mein Licht.

Ich sortierte mein Kleid und den langen Umhang, der weit über die Hinterhand von Shiver reichte.

Raven griff nach meiner Hand. »Bitte pass auf dich auf. Riskiert nichts und kommt wieder her. Überbringt nur eure Nachricht und lasst euch nicht dazu verleiten, mehr zu sagen. Liefert keinen Grund für einen Angriff von der Hochstadt aus. Wir wollen nur, dass der Hochkönig sein Schattenheer sendet.«

»Das wird er. Wir kommen alle zurück. Es ist nur ein kurzer Weg und wir brauchen nicht lange, um dem Hochkönig die Nachricht zu überbringen.«

Raven nickte und ging zu Mistrane. Haldran und Darius lenkten ihre Pferde zu mir herüber.

Haldran neigte kurz den Kopf. »Lichtträgerin. Ich freue mich, dich begleiten zu dürfen.«

Sein Grinsen war ansteckend. Mein Blick richtete sich auf Darius, der Dragon dicht neben Shiver lenkte. Seine Hand griff meinen Nacken und er zog mich zu sich heran. Seine Lippen landeten für einen kurzen Moment auf meinen.

»Du siehst in diesem Kleid wunderschön aus.«

»Ich glaube nicht, dass das der Grund ist, weswegen ich es tragen muss.«

»Das sicherlich nicht. Obwohl der Hochkönig sich auch über den langen weißen Umhang freuen wird.«

Er strich mir durch meine offenen Haare, die wie ein weißer Schleier weit über meinen Rücken reichten und mit dem weiten Umhang zu verschmelzen schienen.

»Wir sollten losreiten. Wir verlieren zu viel Zeit.« Mistrane drängte ihr Pferd vorwärts. Ich konnte aber noch erkennen, dass Raven ihre Hand gehalten hatte.

Haldran setzte sein Pferd neben sie. Darius ließ mich los und wir ritten den anderen hinterher. Mistrane trieb ihren Feuerhengst an, zur Stadt zu galoppieren. Die weiße Fahne, die Haldran mit sich führte, flatterte deutlich. Von der Hochstadt her wehten die Alarmglocken zu uns herüber.

»Wir kommen gleich in die Reichweite der Abwehrgeschosse der Stadtmauern. Ab jetzt sollten wir besonders vorsichtig sein.« Darius wies mit der Hand auf die Mauern. Er ließ seine Windgabe um mich wehen und hob meinen Umhang an, der wie eine Flagge hinter mir herwehte. Ich ließ mehr Licht um mich und in mein Kleid fließen.

Mistrane hob ihre Hand und wir hielten an. Vor uns lag der Hochstadtfluss. Darius murmelte etwas vor sich hin und das Wasser des Flusses wurde still und glatt. Wir konnten die Wachen auf der Stadtmauer erkennen. Die Pferde unter uns standen still. Ich spürte aber, wie Shiver sich anspannte und nur darauf wartete, dass er sich wieder bewegen durfte.

Als der Wind meinen Umhang anhob, funkelte ich Darius an. »Reicht das nicht?«

Er grinste nur belustigt und deutete nach oben. Auf der Stadtmauer war es unruhig geworden. Die Wachen rannten hin und her und es kamen immer wieder neue dazu. Das Grinsen auf Darius' Lippen erlosch und ich folgte seinem Blick. Auf der Mauer erschien ein großer Schattenkrieger, der uns musterte und den Wachen dann Befehle zurief, die wir hier unten nicht verstehen konnten. Ich ließ etwas Licht auf seinen Brustpanzer fallen und das Zeichen, das ihn als General auszeichnete, leuchtete auf.

»Das ist Skrull, der neue General des Hochkönigs.«

Dragon begann unruhig hin und her zu tänzeln. Der Schattenkrieger auf der Mauer sah auf uns herunter. Seinen Zorn spürte ich nur zu deutlich. Shiver warf seinen Kopf hoch und stieg unter mir. Ich spürte, wie eine neue Windböe mich und meinen Umhang erfasste. Ich griff in die Mähne von Shiver, als er wieder mit den Vorderhufen den Boden berührte. Meine Begleiter hatten ihre finsteren Blicke immer noch auf die Mauer gerichtet. Ich lenkte Shiver an Dragon heran und legte meine Hand auf die von Darius. Sein Blick veränderte sich sofort und seine tiefblauen Augen hielten mich fest.

»Ich brauche deinen Wind.«

Er nickte nur und ich ließ Shiver ein kleines Stück auf die Mauer zugaloppieren. Als ich ihn anhielt, warf er unwillig seinen Kopf und seine Mähne flog durch den Wind, den Darius uns hinterherschickte.

»Ich bin Raja, die Enkelin des ermordeten Lichtkönigs. Ich bin gekommen, um den Thron der Clane für das Licht zurückzufordern. Wir wollen keinen Kampf, doch die Clane stehen hinter uns. Wenn der Schattenkönig den Thron räumt, werden wir die Hochstadt nicht in einen Kampf verwickeln. Wir wollen Frieden für das Clanreich und die Hochstadt.«

Darius' Wind trug meine Stimme zur Hochstadt und weit hinein. Sie wehte über die Straßen und zwischen den Häusern hindurch. Ich spürte, wie die Verwunderung in der Stadt anwuchs, je weiter meine Stimme hineingetragen wurde. Mein Geist öffnete sich und ich spürte noch andere Gefühle. Erst war ich mir nicht sicher, was es war. Aber ein Gefühl stieg immer weiter in mir herauf. Wie zähes Öl durchzog es mein Inneres. Mein Mund wurde trocken und es legte sich ein bitterer Geschmack auf meine Zunge. Ekel überkam mich und ich zog meine Gabe in meinen Geist zurück. Die Stadt schien wie gelähmt zu sein. Mit Horchertinktur durchzogen.

»Der Schattenkönig hat bis zur Abenddämmerung Zeit, sich zu ergeben und uns freien Zutritt in die Hochstadt zu gewähren. Sollte sich der falsche Herrscher weigern, werden wir mit unserer ganzen Stärke die Hochstadt erschüttern und den Schatten zerschlagen, der das Clanreich unter einer Schreckensherrschaft gefangen hält. Das Licht wird den Schatten ohne Gnade zerschmettern und ihn für das büßen lassen, was er den Clanen und den Hochstadtmenschen über so lange Zeit angetan hat.«

Shiver tänzelte und stieg erneut unter mir in die Luft. Seine Mähne und mein Umhang schlugen wild um uns herum wie Flammen aus Licht. Darius' Wind umspielte uns. Meine Hand legte sich auf Shivers Hals und er beruhigte sich. Mein Blick lag noch auf der Hochstadt. Etwas regte sich in ihr, wie ein Grollen aus einer unbekannten Tiefe. Ich ließ meinen hellen Hengst wenden und lenkte ihn zu den anderen zurück.

Darius legte den Kopf schief. »Also ich würde fast behaupten, dass du eher als Erdfrau gesprochen hast. Soweit mir bekannt ist, waren die Lichtträger doch etwas diplomatischer und friedlicher veranlagt, als es in deiner Rede den Anschein hatte.«

Haldran lachte auf, doch ich konnte sehen, dass es ihn mit Stolz erfüllte, dass das Erbe des Erdclans stark in mir war.

»Seht. Dort tut sich was.« Mistrane deutete zur Mauer.

Darius und Haldran folgten ihrem Blick. Shiver ließ sich nur schwer wieder zur Ruhe bringen. Er spürte, wie mein Herz in meiner Brust pochte und mein Blut durch meinen Körper raste. Nur mit Mühe konnte ich ihn überzeugen, stehen zu bleiben, und wandte mich dann zur Mauer um. Dort waren mehrere schwarz gekleidete

Krieger erschienen, die mit Skrull redeten. Es kam Bewegung in die Gruppe, die von der Mauer verschwand. Darius lenkte seinen Hengst neben Shiver und griff nach meiner Hand. Sein Blick war immer noch auf die Mauer gerichtet. Die Geschütze wurden ausgerichtet und es tauchten Hochstadtsoldaten auf der Mauer auf, die ihre Bögen anlegten und spannten.

»Kann dein Licht auch solche Geschosse abfangen?« Haldrans beunruhigter Blick wanderte die Hochstadtmauer entlang. Die Geschütze waren groß.

Ich konnte meinen Blick nicht davon nehmen. »Das will ich eigentlich nicht herausfinden müssen.«

»Ich auch nicht.«

»Das werden wir auch nicht. Bleibt zusammen.« Darius drängte Dragon gegen Shiver und schob ihn gegen das Pferd von Haldran. Ich konnte meinen Blick nur schwer von den Geschützen auf der Stadtmauer abwenden, doch dann bemerkte ich, dass es am Stadttor zu einer Bewegung kam. Von dort ritt uns eine kleine Gruppe Krieger entgegen. Unbewusst legte ich Shiver meine Hand auf den Hals und er blieb ruhig stehen und verharrte wie eine Statue unter mir.

Die Schattenkrieger hielten kurz vor uns an. Der große Krieger, der mit seinem Pferd an der Spitze der Gruppe stand, trug die Kampfrüstung des Generals. Das musste Skrull sein. Seine dunklen Züge waren herb und sein falsches Lächeln verhieß nichts Gutes. Ich ließ meine Gabe kurz über ihn streifen. In ihm brodelte eine Grausamkeit, die mir fast die Luft nahm. In der Gruppe spürte ich neben ihm aber auch Verwirrung und etwas, was ich nur zu gut kannte. Der Geschmack von Horchertinktur legte sich erneut auf meine Zunge.

»Nun, Lichtträgerin, ich grüße Euch. Genauso wie Eure Gefährten. Totgeglaubte und abtrünnige Verräter und, wie ich zu hoffen gedenke, auch verwirrte Hoheiten.«

Mistrane versteifte sich, als Skrull sie musterte.

»Prinzessin. Es ist eine Freude zu sehen, dass es Euch gut geht. Wir hatten schon vermutet, dass diese feigen Verräter Euch gefangen genommen haben. Euer Vater wird hocherfreut sein, sobald Ihr wieder bei ihm im Hochpalast seid.«

»Ihr irrt Euch. Ich bin nicht hier, um Euch in die Hochstadt zu folgen.«

»Aber das könnt Ihr. Ihr braucht mir nur ein Zeichen geben und die Geschütze hinter mir zerfetzen Eure Begleiter und Ihr seid frei, wieder in die Obhut Eures Vaters zurückzukehren, der Euch empfangen und das Geschehene vergessen wird.«

»Das wird nicht nötig sein. Ich bin bereits frei. Bei meinem Vater war ich das nie und Ihr wisst genauso gut wie ich, dass ich es auch niemals wieder sein werde, wenn ich zu ihm zurückkehren würde. Wir sind hier, um dem Schattenkönig die Möglichkeit zu geben, den Hochthron friedlich zu übergeben, und für nichts anderes.«

»Der Hochkönig hat Eure Botschaft vernommen und dankt Euch für das Angebot. Aber er wird auf Eure Forderung nicht eingehen. Der Thron bleibt in seiner Hand. In seiner Großzügigkeit bietet der Hochkönig Euch wie gesagt an, dass Ihr, Prinzessin, Euch wieder in den Schutz des Hochpalastes stellen könnt. Euch, Lichtträgerin, gebietet der Hochkönig, Eure Waffen niederzulegen. Ihr und Euer Bruder werdet vor das königliche Gericht gestellt, weil Ihr die Clane gegen den Hochkönig aufgehetzt habt. Die Clanfürsten werden sich ebenfalls wegen Verrat an dem Hochkönig ergeben und in die Hochstadt geschafft werden, und Ihr, Darius, werdet nun Euer Urteil erfahren, vor dem Ihr ja leider zu früh entkommen seid. Solltet Ihr den Forderungen des Hochkönigs nicht Folge leisten, wird Euch sein Schatten überrennen. Ihr seid aussichtslos unterlegen. Die Stadtmauern werdet Ihr niemals überwinden können.«

»Diese Forderungen sind lachhaft. Der Schattenkönig weiß das und er sollte sich ergeben, solange wir ihm dafür noch Zeit geben. Sonst wird ihn die gesamte Kraft der Clane treffen.«

Skrull lachte schrill auf. »Die Kraft der Clane ist nichts gegen die uneingeschränkte Ergebenheit, die der Hochkönig von seinen Kriegern erhält. Seht Euch doch um. Eure Clankrieger werden beim Anblick meiner Krieger und Soldaten vor Angst davonlaufen, während meine Männer mit blindem Gehorsam tun, was der Hochkönig verlangt.«

Skrull blickte kalt zu Darius. Dessen Wut auf den Schattenkrieger war nur zu leicht in den grauen Augen zu erkennen. Auch Mistrane neben mir loderte unter ihren Flammen auf. Auf meiner Zunge breitete sich wieder der zähe ölige Geschmack aus und ich wusste, dass die Krieger unter Horchertinktur standen. Mein Geist tastete vorsichtig in sie hinein. Die Leere in ihnen ließ die altbekannte Übelkeit in mir aufsteigen. Ich fragte mich, ob mein Licht die Tinktur schwächen oder verdrängen konnte, aber ich wagte nicht, es zu schicken. Dafür ließ ich es heller strahlen. Skrull legte seine Hand zum Schutz über seine Augen. Die Krieger blinzelten verwundert und kurz huschte ein fragender Ausdruck über ihre Gesichter. Skrulls Pferd stieß ein schrilles Wiehern aus und warf sich in seinen Zügel. Die Reaktion riss meine Aufmerksamkeit auf sich und mein Licht wurde wieder sanfter.

Mistrane trieb ihr Pferd einen Schritt vor. »Richtet meinem Vater aus, dass ich genau da bin, wo ich hingehöre. Ich werde niemals wieder zurück in seinen Schatten kriechen.«

Skrulls Augen verengten sich und er griff fester in die Zügel seines Pferdes, um es wieder zum Stillstand zu bringen.

»Weiter werdet Ihr Eurem König ausrichten, dass weder ich noch mein Bruder uns von ihm richten lassen werden. Er ist es, der sich des Mordes an einem ganzen Clan schuldig gemacht hat. Er hat über Jahre die Clane in seiner Schreckensherrschaft ausbluten lassen. Sagt mir, Schattenkrieger, wie viele Gabenträger sind durch die Machtgier Eures Königs gestorben? Wenn sich Euer König nicht freiwillig von dem Hochthron zurückzieht, werden wir seinen Schatten und ihn vernichten. Ich werde nicht länger dulden, dass er die Clane weiter in Angst und Schrecken leben und die Gabenträger verschleppen lässt. Seine Herrschaft ist vorbei. Sie endet. Genau wie er. Ich werde ihm seinen Schatten nehmen und dann wird nichts mehr von ihm übrig bleiben.« Ich schrie dem Schattenkrieger meine Worte entgegen. Shiver stieg wieder auf seine Hinterhufe und mein Umhang wehte wie ein Versprechen. Meine Augen leuchteten auf und kleine Blitze zuckten über meinen Körper. Als Shiver landete, lenkte Darius sein Pferd vor ihn und schirmte mich von dem General des Schattenkönigs ab.

Skrull funkelte mich aus schwarzen Augen an. »Ich denke, dass nun alles gesagt ist. Wir werden nun zurückkehren. Ich freue mich auf ein Treffen mit Euch auf dem Schlachtfeld.«

Damit wendete der Schattenkrieger sein Pferd und galoppierte zurück auf die Hochstadt zu. Seine Begleiter folgten ihm. Ich ließ meinen Blick über meine Gefährten wandern und spürte viel Wut und Abscheu. Haldran wendete sein Pferd als Erstes ab und Darius und Mistrane taten es ihm nach. Noch einmal richtete ich meinen Blick auf die Hochstadt vor mir. Die Soldaten auf der Mauer standen immer noch mit gespannten Bögen da und warteten auf den Befehl, ihre Pfeile abzufeuern. Die Schatten, die über der Hochstadt lagen, wurden immer dunkler, als würde die Stadt in einer Nacht verschwinden. Die Reaktion des Schattenkönigs war vorhersehbar gewesen. Die winzige Hoffnung, die ich auf eine friedliche Lösung gesetzt hatte, war dahin. Ich hoffte, dass wir die Schlacht schnell für uns entscheiden konnten und die Verluste auf beiden Seiten gering sein würden. Die Menschen der Hochstadt und die Clane sollten nicht noch mehr Opfer beklagen müssen. Die Schreckensherrschaft hatte schon zu lange gedauert.

»Raja, kommst du?«

Ich drehte mich und sah, dass Haldran und Mistrane schon ein ganzes Stück vorgeritten waren. Darius hielt Dragon noch zurück und wartete auf mich. Der schwarze Hengst war unruhig und warf den Kopf in die Luft. Ich nickte, lenkte Shiver zu ihm und wir ritten zusammen weg von der Hochstadt zurück zum Lager der Clane.

Ich sah schon von Weitem, dass Raven auf Sky saß und auf uns wartete. Mistrane hatte ihr Pferd neben ihm angehalten. Haldran war weitergeritten und hatte die Fahne abgegeben. Ich konnte das weiße Banner nicht mehr erkennen zwischen den Clankriegern, die sich vor uns sammelten. Raven legte Mistrane eine Hand auf die Schulter und sie sah kurz zu ihm hoch. Noch bevor Darius und ich bei den beiden ankamen, trieb sie ihr Pferd wieder an und trabte zwischen den Clankriegern davon. Darius nickte Raven nur kurz zu und ritt hinter ihr her.

Ich hielt Shiver neben Raven an. »Der Schattenkönig hat abgelehnt. Er fordert, dass wir uns unter sein Gericht stellen. Die Clanfürsten ebenfalls.«

Raven nickte. »Das hatten wir ja erwartet. Nun, dann werden wir anfangen, uns für die Schlacht vorzubereiten. Der Clanrat wird sich gleich treffen. Ich möchte, dass du dabei bist.«

Ich nickte ihm zu. Raven wendete Sky und wir ritten zum Stellplatz der Pferde hinüber. Hinter uns grollte ein neuer Schatten über die Hochstadt und die dunklen Wolken türmten sich hoch in den Himmel auf.

»Ich hoffe, dass du dich an den Plan gehalten hast.«

»Natürlich.«

»Mistrane meinte, dass du den Schattenkrieger ziemlich angegangen bist.« Raven wartete. »Und dass kleine Blitze über deine Haut gewandert sind.«

Ich sah ihn an und konnte erkennen, dass es ihn mehr belustigte als verärgerte. Die Pferde schritten ruhig nebeneinanderher.

»Es scheint, dass deine Gabe stärker und vielfältiger geworden ist. Das freut mich. Vielleicht hätte Raikon mehr an deiner Lichtgabe arbeiten sollen, als dir das Reiten und Kämpfen beizubringen.«

»Ich hatte sehr gute Lehrer und vergiss nicht, dass mir Larine einen Hellerstein eingesetzt hat, der meine Gabe verstärkt.«

Raven lächelte und hielt sein Pferd an. Wir hatten den Anbindeplatz erreicht.

Er ließ sich aus dem Sattel gleiten und trat an Shiver heran. »Ich glaube nicht, dass das nur am Hellerstein liegt.«

»Darf ich?«

Ich fuhr herum. Neben meinem Pferd stand Darius und legte seine Hände um meine Taille. Er hob mich von Shivers Rücken und stellte mich dicht vor sich auf dem Boden ab. Mein langer Umhang rutschte hinter mir her und legte sich wie ein Wasserfall um meine Beine.

Darius beugte sich zu mir herunter. »Lichtträgerin.«

Raven band die Pferde an und kam dann zu uns. »Wir sollten uns beeilen. Der Clanrat wird schon auf uns warten.«

»Geh schon vor. Ich würde gerne etwas anderes anziehen. Das Kleid ist schön, aber nicht passend für eine Schlacht.«

Raven musterte mich skeptisch und ließ seinen Blick zu Darius wandern. »Gut. Aber beeilt euch. Es sollte von Vorteil sein, wenn wir uns schnell in Stellung bringen.«

Darius nickte Raven zu, der sich umdrehte und durch das Lager zum Clanrat ging. Ich nahm meinen Umhang ab, lief schnell hinter den Wagen des Erdclans und zog mich um. Ich versteckte dort die Kampfkleidung des Erdclans, die ich bekommen hatte. Über den Wagen hinweg beobachtete ich Darius, der immer wieder nervös zur Hochstadt blickte. Seine Schatten zogen sich um ihn. Ich war mir nicht sicher, ob er sie bewusst hervorgerufen hatte. Mit leisen Schritten ging ich zu ihm zurück und ließ meinen Geist zu ihm schweifen. Er fuhr zu mir herum und seine tiefblauen Augen strahlten mich an. Seine Schatten waren verschwunden.

»Ich konnte dich spüren.« Er griff meine Hand und ließ seine Lippen über meine Finger streifen, dann zog er mich zu sich heran.

»Wir sollten Raven und den Clanrat nicht warten lassen.«

Nur zu gern hätte ich meinen eigenen Worten nicht gehorcht, doch ich wusste, dass auch Darius das dachte, was ich gesagt hatte. Das, was vor uns lag, ging jetzt vor. Sein Lächeln ließ mein Herz höherschlagen. Seine Lippen kamen meinen trotzdem immer näher. Ich konnte nicht verhindern, dass sich meine erwartungsvoll für ihn öffneten, doch er hielt abrupt in der Bewegung inne.

»Herrin?«

Ich fuhr herum. Darius zog mich enger zu sich heran. Vor uns standen vier Krieger mit dunklen Umhängen. Die Kapuzen waren tief in die Gesichter gezogen.

»Wir hatten gehofft, dass wir noch rechtzeitig bei Euch eintreffen würden.«

Ich blickte kurz zu Darius, doch er sah genauso unwissend aus, wie ich mich fühlte. »Die Schlacht ist weder geschlagen noch hat sie überhaupt begonnen. Wer seid Ihr?«

Der Krieger vor uns griff zur Kapuze und zog sie zurück. Neben mir hörte ich, wie Darius die Luft einzog. Ich konnte die Augen nicht von dem Krieger vor mir wenden. Die anderen drei zogen ebenfalls ihre Umhänge zurück. Vor uns standen vier Lichtkrieger.

»Wir konnten Euch nicht schneller erreichen. Als wir Euren Hilferuf hörten, waren wir nicht im inneren Clanreich.«

Die Starre, die mich gefangen hielt, löste sich nur langsam. Die Verwunderung hielt auch Darius fest. Die vier Krieger vor uns wurden unruhig. Mein Geist riss an mir und ich zuckte zusammen. Meine Stimme kam mir nicht recht über die Lippen und ich sah kurz zu Darius hinauf, der mich genauso verwundert ansah wie ich ihn.

»Wie kann das sein? Seid Ihr das, was ich annehme?«

»Mein Name ist Reukan. Das sind Ramos, Riffon und Riva. Wir sind Lichtkrieger.«

Ich musterte sie. Sie mussten ungefähr so alt sein wie Raikon. Wie konnte es sein, dass sie hier waren, dass es sie noch gab?

»Ich verstehe nicht ganz …«

»Nun. Wir wurden auf eine Reise in das Seereich geschickt. Als Abgesandte des Lichts. Als Abgesandte des Lichtkönigs. Das war, bevor der Schatten das Licht aus dem Clanreich wischte. Der Lichtkönig wurde vom Seereich um Hilfe gebeten. Es gab damals einen Zwist zwischen dem See- und Meerreich. Der besteht leider immer noch. Als das Licht fiel, waren wir außerhalb des Clanreiches. Das Seereich bot uns Unterschlupf und wir warteten dort in der Hoffnung, dass wir irgendwann wieder ein Licht sehen würden. Wir sind keine Hochgeborenen. Wir haben immer nur Befehle befolgt und als wir Euren Ruf um Hilfe hörten, sind wir zurück ins Clanreich gereist, um Euch beizustehen.«

Ich nickte und konnte trotzdem immer noch nicht ganz begreifen, was hier geschah. Darius drückte meine Hand und ich zuckte kurz zusammen.

»Ich denke, dass Ihr uns folgen solltet. Wir waren gerade auf dem Weg zum Clanrat. Mein Bruder wird Euch sicherlich gerne empfangen.«

»Doch bitte setzt Eure Kapuzen wieder auf. Es könnte von Vorteil sein, dass nicht viele wissen, dass wir mehr Licht haben als nur die zwei Lichtträger.«

Mein Blick wanderte wieder zu Darius. Sein Einfall war gut. Je weniger der Feind wusste, desto besser. Reukan nickte und wies die anderen an, uns zu folgen. Ich spürte die Blicke der anderen Clankrieger, die mich mit einem verhüllten Gefolge durch das Heerlager ziehen sahen, und ihre Verwunderung, die mich ebenfalls noch gefangen hielt. Neben mir schritt Darius und lächelte mir leicht zu. Ich wagte nicht, meinen Kopf zu wenden. Ich hatte Angst, dass die Lichtkrieger sich wieder in Luft auflösen würden.

Vor mir erkannte ich den Clanrat. Raven leuchtete zwischen den Clanfürsten auf. Vega bemerkte die Krieger und mich als Erste. Sie verstummte in ihrer Rede und ihre Hochstadt aus Sand und Wind zerfiel vor ihren Füßen. Raven wandte sich um und ich bemerkte, wie sich seine Augen kurz verwundert weiteten, doch dieser flüchtige Moment dauerte nur einen Wimpernschlag und ich spürte, wie er sich innerlich aufbaute und hoheitlicher wirkte.

»Raven? Darf ich dir Reukan, Ramos, Riffon und Riva vorstellen?«

Die Lichtkrieger traten vor und zogen ihre Kapuzen von ihren Köpfen. Nur zu deutlich hörte ich, wie einige der Clanfürsten unruhig wurden, aber die Lichtkrieger beachteten sie nicht. Sie verbeugten sich vor meinem Bruder und dem Clanrat.

»Raja, sicherlich hast du eine Erklärung für uns.«

»Die wird dir Reukan besser geben können.«

Ich wies Reukan an und der Lichtkrieger trat einen Schritt vor.

»Herr, entschuldigt unser spätes Erscheinen. Wir waren im Seereich, als wir den Hilferuf der Herrin hörten.«

Raven sah kurz zu mir. »Ihr habt gehört, wie Raja um Hilfe gerufen hat? Es können nicht viele hören, wenn meine Schwester ohne Worte spricht.«

»Einen Schrei haben wir auch nicht gehört.«

»Mein Licht brach aus mir heraus.« Meine Worte waren nur gemurmelt, doch Riva trat vor.

»Das Licht, das bei Eurem Hilferuf aus Euch herausgebrochen ist, hat uns gerufen. Eure Worte konnten die Strecke bis zum Seereich unmöglich schaffen.«

Raven hob skeptisch die Augenbraue, doch ich schüttelte nur leicht den Kopf, damit er die Lichtträger sprechen ließ.

»Wir haben uns unverzüglich auf den Weg zurück in das Clanreich gemacht.«

»Reukan?«

Ich drehte mich um und sah, wie Raikon ungläubig guckend zum Clanrat trat.

»Raikon? Bist du das wirklich?« Die beiden Lichtträger fielen sich in die Arme und lachten.

Raikon begrüßte auch die anderen Lichtträger. Das überwältigende Gefühl, das mich überrollte, trieb mir die Tränen in die Augen. Darius drückte meine Hand. Schnell wischte ich meine Tränen weg. Was die Männer besprachen, bekam ich kaum mit. Ich beobachtete sie nur.

»Seid Ihr alles Lichtträger?«, fragte Raven.

»Natürlich sind sie das und nicht nur einfache.« Raikon stemmte stolz seine Hände in die Seiten.

»Ja, Herr. Wir tragen alle Licht in uns. Ramos, Riffon und ich beherrschen Lichtblitze. Wir konnten in den letzten Jahren viel an unserer Gabe arbeiten. Mittlerweile können wir unsere Blitze vereinen und Ziele aus großer Entfernung treffen. Riva hat ein ausgesprochen starkes Lichtfeld. Sie hält unseren Blitzen locker stand. Wir stehen Euch in Eurem Kampf zur Seite.«

Lichtträger. Wir waren nicht allein. Meine Gedanken schweiften ab. Die vier Lichtträger waren nicht im Clanreich gewesen, als das Licht fiel. Es könnte weitere geben.

»Raja?«

Ich zuckte zusammen und sah verwundert zu Raven.

»Wir wollen deine Meinung wissen.«

»Wozu?«

»Wie wir unsere Lichtkrieger am besten einsetzen können.«

Ich blickte zu Mistrane hinüber, die mich eindringlich ansah.

»Nun. Vielleicht sollten sich die Lichtkrieger bei Raven positionieren. Es wäre doch möglich, dass sie zusammen die Abwehrgeschosse auf der Stadtmauer zerstören könnten.«

Raven nickte schweigend. Reukan und Ramos drehten sich um und blickten zur Hochstadt.

»Die Hochstadt hat sich sehr verändert, seit wir fortgegangen sind. Es sieht ganz anders aus als in unserer Erinnerung.«

»Das stimmt. Die Stadt erstrahlte früher in ihrem eigenen Licht.«

Ich sah zu Raikon. Den Schmerz, den der Anblick seiner alten Heimat bei ihm auslöste, hatte er bisher nicht gezeigt.

»Der Schattenkönig hat die Stadt mit seinen Schatten verschleiert. Außerdem liegen Schutzzauber in den Stadtmauern und über den Toren.«

Reukan blickte zu Mistrane und nickte kurz.

»Außerdem scheinen die Stadt, ihre Bewohner und auch ein Großteil der Soldaten mit Horchertinktur ruhig gestellt zu sein. Ich habe es wiedererkannt.« Ich erinnerte mich nur zu gut an das Gefühl, das ich an den ersten Tagen in der Hochstadt durch die Tinkturgaben von Sorrel gehabt hatte.

»Wo sollen die Angriffslinien stehen? Von der Linie dort drüben können wir die Geschosse auf der Stadtmauer erreichen.« Ramos deutete auf die Ebene hinaus, die sich zwischen dem Lager und der Hochstadt befand.

»Dann sollten wir versuchen, diese Linie zu erreichen und zu halten. Wenn ihr euch hinter den Clankriegern haltet, könnten wir es schaffen, die Anwesenheit weiterer Lichtträger noch ein wenig vor dem Schattenkönig zu verstecken.« Vega ließ ihre Hochstadt aus Wind und Sand wieder zwischen uns entstehen.

»Wenn wir ihnen die Schattenkrieger des Untergrunds und Matheo zur Seite stellen, können wir das definitiv erreichen.«

Matheos Schatten grummelten um ihn herum. Mistranes Vorschlag gefiel ihm nicht. »Ich würde Euch nur ungern allein lassen. Ich habe geschworen, Euch mit meinem Leben zu beschützen.«

»Ich werde bei Raja und dem Erdclan bleiben.« Mistrane trat an meine Seite.

Raven sah auf und ich spürte sofort, dass Gegenwehr in ihm aufstieg. »Ich denke, dass es besser wäre, wenn Ihr mit Raja hinter den Kampflinien in Sicherheit bleiben würdet.«

Darius schnaubte auf und auch Raikon verzog den Mund.

»Dein Vorschlag klingt gut, doch ich würde gern bei meinem Clan sein. Beim Erdclan. Ich möchte aber Riva fordern. Wenn ihr Lichtschild so stark ist, dann wird sie Mistrane und mich beschützen können. Außerdem möchte ich Haldran an meiner Seite haben. Er kann uns jederzeit unter die Erde in Sicherheit bringen.«

»Ich diene Euch gern und Ihr könnt Euch meiner Treue sicher sein.« Die kleine Lichtträgerin trat zu mir und reichte mir die Hände, die ich nur zu gern annahm. Ihr Licht umzog meine Handgelenke und mein Licht antwortete ihrem. Sie erinnerte mich an Hanna.

»Den Vorschlag finde ich gut und ich denke, dass der Clanrat seine Zustimmung geben sollte.« Mistrane trat schnell an Ravens Seite und legte ihm die Hand auf den Arm. Er schloss seinen Mund, den er gerade zu einem Einwand geöffnet hatte, wieder.

»Dann ist es beschlossen.« Ich drehte mich schnell um und verließ den Clanrat. Riva folgte mir. Darius blieb bei den anderen stehen und lächelte mir nach.

31
~ Vor der Hochstadt ~

Shiver lief ruhig unter mir durch das Lager. Ich suchte den Erdclan. Riva hatte ich an meinem Lagerplatz zurückgelassen. Sie sollte sich ausruhen vor der Schlacht. Ich fand den Wagen, den Larine gefahren hatte, und saß dort ab. Shiver band ich locker am Wagenrad fest.

»Raja, komm, setz dich zu uns.«

Ich trat in den Lichtschein des kleinen Lagerfeuers, das im Lager des Erdclans brannte. Haldran und Haran saßen am Feuer. Es tat gut, die Erdkrieger zu sehen. Der Clanrat hatte noch lange zusammengesessen, doch ich war müde und froh, dass ich eher gegangen war. Ich rieb mir über die Augen. Darius hatte den Clanrat mit Durian wieder verlassen und war zum Wasserclan in der Nähe des Flusses zurückgekehrt. Raven hatte sich mit Raikon, Mistrane und den anderen Lichtträgern noch beraten. Ich konnte das Gerede über die Schlacht nicht mehr hören und hatte mich dazu entschlossen, nach den Erdkriegern zu sehen.

Aus dem Boden erschien ein weiterer Stein. Ich wusste genau, dass Haldran ihn hatte aufsteigen lassen, obwohl es ihm nicht anzusehen war.

»Es gibt also noch weitere Lichtträger?« Haran sah mich an.

»Ja. Es hat mich auch überrascht. Aber für unseren Plan ist es gut. Ich kann die Lichtträgerin an meiner Seiter gebrauchen. Sie wird aus der Ferne nicht von mir zu unterscheiden sein.«

»Du willst sie als Ablenkung nutzen? Wird das nicht auffallen?« Haran blickte ein wenig skeptisch über die

Flammen hinweg und ich wusste, dass es keine erfolgreiche Täuschung sein würde, wenn mein Bruder in die Lichtträgerin hineinfühlen würde. Rivas Schutzschild musste auch ihn ausschließen können.

»Ich glaube …«

Hufgetrappel unterbrach mich.

»… dass du mich vermisst hast.«

Erschrocken fuhr ich herum und sprang auf. Vor mir stand ein großer brauner Wallach mit schweißnasser Brust und weiten Nüstern. Mir stiegen die Tränen in die Augen. Halla rutschte von ihrem Pferd und lag schon in meinen Armen.

»Du weißt gar nicht, wie sehr.«

Sie löste sich von mir und sah mich prüfend an. »Du siehst schrecklich aus. Hast du nicht immer gesagt, dass du auf dich aufpassen kannst?«

Nicht hier. Nicht jetzt. Es wird die Zeit kommen, in der ich dir alles erzählen werde.

Halla nickte.

»Jetzt aus dem Weg da. Ich bin dran.« Haldriels polternde Stimme riss mich aus der Verbindung zu Halla. Seine große Hand schob Halla einfach zur Seite und schon zog mich der riesige Erdkrieger in seine Arme. Ich musste lachen und schlug Haldriel auf die Schultern, der mich gespielt beleidigt wieder fallen ließ.

Halla zog mich wieder zu sich und sah sich noch einmal prüfend um. »So und jetzt ist Schluss damit. Wir müssen hier noch etwas besprechen, bevor Raven mitbekommt, dass wir hier sind.«

Sie wies die Erdkrieger, die sie begleiteten, an, die Pferde zu versorgen. Haldran und Haran saßen noch am Feuer. Beide musterten die Neuankömmlinge. Neben mir spannte Halla sich unmerklich an. Ich nahm ihre Hand. Keine Antwort.

»Darf ich euch Halla vorstellen? Sie ist die Clanfürstin des Erdclans. Das ist Haldriel, ihr Bruder. Es sind noch ein paar Erdkrieger zu uns gekommen. Das hier sind Haldran und Haran.« Ich wies auf die beiden Erdkrieger, die Halla mit dem Clangruß begrüßten und uns einen Platz am Steinkreis anboten.

Halla ließ sich auf einen der Steine nieder und musterte die beiden aus dem Augenwinkel. Ich setzte mich neben sie. Haldriel kam auch zum Feuer. Haldran nickte ihm kurz zu und Haldriel erwiderte seinen Gruß.

»Dann habt ihr sie gefunden?«

»Ja, das haben wir.«

Ich sah die beiden an und wusste, dass sie von mir sprachen. Mir war es unangenehm. Mir war bewusst, dass sie über meine Entführung redeten. Daher wollte ich nicht weiter darüber nachdenken und wandte mich wieder an Halla.

»Hast du meine Nachricht erhalten?«

»Ja, aber da waren wir schon auf dem Weg zu euch. Ich hatte so ein Gefühl, dass du unsere Hilfe brauchst.«

Ich musste lächeln. »Das ist richtig. Du weiß gar nicht, wie sehr wir deine Hilfe brauchen.«

Leise erzählte ich von dem Plan, den ich mit Mistrane gefasst hatte. Halla und Haldriel hörten schweigend zu. Als ich fertig war, sah ich beide erwartungsvoll an.

Halla schaute zu Haldran. In ihrem Blick lagen Neugier und Bewunderung. »Und Ihr könnt uns so dicht an die Hochstadt bringen?«

Haldran nickte. »Wenn Ihr das wünscht.«

Neben mir saß Haldriel, der finster von einem Erdmann zum nächsten blickte. »Mir gefällt der Plan nicht«, brummte er.

Ich wusste, dass es nicht leicht sein würde, ihn davon zu überzeugen, dass er seine Schwester allein zu dieser Aufgabe gehen lassen musste. Ich konnte aber auch nicht riskieren, dass zu viele Krieger beteiligt waren. Raven würde es auffallen.

»Und wann wolltet ihr Bescheid geben, dass ihr hier seid?« Ravens Stimme zerriss meine Gedanken und ich wurde von Haldriel fast von meinem Stein gestoßen, als er aufsprang, um meinen Bruder zu begrüßen. Halla lachte nur und warf sich Raven in die Arme. Ich beobachtete, wie Haldran leicht den Mund verzog. Lächelnd beschloss ich, nicht in die beiden hineinzufühlen.

Raven setzte sich mit an das kleine Lagerfeuer und Halla berichtete vom Erdclan und vom Geheimen Tal. Mittlerweile hatten alle Flüchtlinge nach dem Angriff auf die Clanstätte ein neues Heim gefunden. Neue Häuser waren errichtet worden. Hanna und Halla teilten sich die Clanführung im Tal, was Halla half, ihrer neuen Position als Clanfürstin gerecht zu werden. Haran und Haldran lauschten gebannt ihren Berichten. Wenn das hier vorbei war, würde ich die beiden mitnehmen und ihnen das Erdreich zeigen. Das versprach ich mir selbst.

Im Schein des Feuers saßen wir noch ein paar Stunden zusammen und Raven berichtete, wie er die Clane zu einem Heer vereint hatte und was uns morgen vor der Hochstadt erwarten würde. Meine Gedanken schweiften immer wieder ab. Halla griff nach meiner Hand.

Was ist los mit dir?

Ich zuckte zusammen. Mein Geist lag offen da. Ich hatte meinen Schutzschild fallen lassen. Es fühlte sich hier nach zu Hause an. Unmerklich schüttelte ich den Kopf. Hier gehörte das nicht her.

»Wir sollten jetzt versuchen zu schlafen. Die Kundschafter berichten, dass der Hochkönig die Stadtmauern verstärken lässt. Wir werden morgen herausfinden müssen, wie wir es schaffen, ihn aus der Stadt zu locken. In die Stadt hinein wird es keinen Weg geben. Der Wasserclan hat bereits heute einen Versuch durch das Wasser vorgenommen. Der Weg scheint versperrt. Die Schutzzauber des Hochkönigs liegen auf dem Fluss.«

Ich sah Raven fragend an, doch der schüttelte nur leicht den Kopf.

Es gab keine Verluste.

Ich fragte mich, wer an der Erkundung des Flusses beteiligt gewesen war.

»Wir sollten eine Möglichkeit finden, diese Zauber zu zerstören.« Halla warf Raven einen provokanten Blick zu. Ich stieß sie an, damit sie nicht noch etwas von meinem Vorhaben an Raven verriet. Ihr Blick lag jedoch fest auf Raven, der ihm standhielt. Dann nickte er ruhig, wandte sich ab und verschwand in der Nacht.

»Wenn Ihr möchtet, zeige ich Euch die Schlafplätze.« Haran wies Haldriel den Weg und ich folgte.

Halla blieb noch am Feuer und ich sah, dass Haldran ebenfalls wieder dort Platz nahm. Ich wählte den Schlafplatz neben den Pferden. Shivers Nähe brachte mir Ruhe. Ich lag noch wach und beobachtete die Sterne am Himmel.

32
~ Vor der Hochstadt ~

Durch das Lager hallten die Rufe der Hörner. Ich schreckte auf und blickte mich rasch um. Die Clankrieger liefen eilig hin und her. Die Sonne ging langsam über dem Horizont auf und legte den Himmel in ein schwaches Licht.

»Raja, los! Beeil dich! Das Schattenheer ist vor die Stadt gerückt.«

Haldran lief an meinem Lager vorbei und ich sah noch, wie Halla ihm folgte. Schnell sprang ich auf und lief zu den Wagen, wo ich mein Bündel versteckt hatte. Mit schnellen Handgriffen legte ich die Kriegskleidung des Erdclans an und warf meinen weißen langen Umhang über mich. Es war ratsamer, wenn niemand sah, dass ich für einen Kampf angezogen war.

Shiver tänzelte unruhig am Anbinder auf der Stelle. Er spürte die Anspannung. Die Aufregung und die Nervosität, die in der Luft lagen, schmeckten salzig und ich sattelte den kleinen Hengst schnell. Kaum hatte ich mich auf seinen Rücken geschwungen, sprang er auch schon in den Galopp. Ich musste ihn zügeln. Die Hochstadt und die Ebene davor lagen düster da. Schatten türmten sich über der Stadt auf und zogen langsam zu uns herüber. Schnell blickte ich mich um und entdeckte auf einem Hügel in der Nähe die Clanfürsten, die bereits auf ihren Pferden saßen. Ich zog meinen Umhang dichter um mich, ließ Shiver zum Clanrat laufen und lenkte ihn neben Mistranes Feuerhengst.

»Raja. Du kommst spät.« Mistrane lächelte mich an und ich nickte ihr zu.

»Dann ist es beschlossen. Rückt aus und bereitet alles vor.« Ravens Stimme war fest. Niemand wagte, einen Einspruch einzulegen. Ich wollte Shiver wenden, doch Ravens weißer Hengst sprang vor ihn. »Raja, ich brauche dich auf dem Hügel dort vorn. Siehst du ihn?«

Mein Blick folgte seinem Finger. Die kleine Anhöhe war mir gestern gar nicht aufgefallen. Sie erhob sich genau vor unserem Lager und war so positioniert, dass ein Reiter dort von überall gesehen werden konnte, und doch so weit vom Kampfgeschehen entfernt, dass nichts passieren konnte.

»Ist das dein Ernst? Ich kann kämpfen. Ich werde mit Halla und dem Erdclan in die Schlacht ziehen.«

»Nein, das wirst du nicht. Ich brauche ein Licht, das der Feind sehen kann. Die Krieger müssen ein Leuchtsignal in dir erkennen und die Menschen und Soldaten der Hochstadt brauchen dein Licht als Hoffnung. Der Erdclan wird bei dir stehen. Haldran, Mistrane und Riva werden bei dir bleiben, wenn die anderen in die Schlacht ziehen.«

»Ich kann mit in die Schlacht ziehen.«

Raven packte mich am Arm. »Raja. Höre einmal nur darauf, was ich dir sage! Dieses Heer, das vor uns liegt, ist größer, als wir angenommen haben. Die vordersten Reihen sind nur Menschen der Hochstadt. Sie haben keine Gaben und stehen unter Horchertinktur, wie du spüren könntest, wenn du sie fühlst. Diese Menschen werden sich uns entgegenwerfen, obwohl sie es nicht freiwillig tun. Wir wollen versuchen, so viele wie möglich von ihnen zu schonen. Aber das werden sie mit uns nicht tun. Sie werden unsere Kräfte schwächen.«

Raven ließ meinen Arm los und ich wandte mich um und blickte zu dem Heer, das vor der Hochstadt lag. Blankes Entsetzen packte mich. Raven hatte recht. Die ersten Reihen waren nur Menschen und Soldaten aus der Hochstadt. Die Schattenkrieger reihten sich erst dahinter auf. Der Hochkönig würde die Menschen verpulvern, um uns zu schwächen, damit seine Schattenkrieger ein leichteres Spiel gegen unser Clanheer und unsere Gabenträger haben würden.

»Wenn diese Schlacht schiefgehen sollte, möchte ich, dass du und Mistrane euch sofort zu dem Lager begebt, das wir am Wald zurückgelassen haben. Dort findet ihr auch Russ und die anderen, die nicht kämpfen können. Bringt euch in Sicherheit. Versteckt euch. Riva hat Anweisungen, euch zu beschützen.«

»Wie stellst du dir das vor? Ich könnte euch niemals hier zurücklassen.«

»Wenn ich falle, bist du die letzte Hochgeborene des Lichts. Das letzte Licht, das es im Clanreich noch gibt, das ein Anrecht auf den Thron hat. Versprich mir, dass du nichts Dummes machst und dich nicht in Gefahr bringst.« Ravens Blick bohrte sich in meinen und es kostete mich viel Kraft, meinen Geist verschlossen zu halten.

Ich nickte kurz und Raven schien das als Antwort zu reichen. Er wendete sein Pferd und ließ Sky davongaloppieren.

Shiver und ich blieben zurück und sahen auf das Heer der Clane, das sich in Position brachte. Neben mir schnaubte ein Pferd. Ich hatte nicht bemerkt, dass Mistrane bei uns geblieben war.

»Komm. Wir reiten auf unseren Hügel.« Sie grinste mich an und ließ ihren Feuerhengst auf die kleine Anhöhe zutraben, die Raven für uns ausgesucht hatte.

Ich musste lächeln. Es war gut, dass der Clanrat uns so bereitwillig den Erdclan überlassen hatte. Es war entscheidend dafür, dass unser Plan aufging. Shiver trabte hinter dem Feuerhengst her und ich ließ meinen Blick über das Lager der Clane schweifen. Der Wasserclan zog an den Hochstadtfluss. Darius konnte ich nirgends ausmachen. Dazu war die Entfernung zu groß. Ich schob alle Gedanken zur Seite und blickte fest auf Mistrane, die vor mir ritt.

Als wir den Hügel erreichten, bemerkte ich erst, dass ich meinen Mantel immer noch fest um mich hielt. Meine Hand schmerzte und ich lockerte den Griff. Vor uns lag die Hochstadtebene und die Hochstadt ragte bedrohlicher als sonst vor uns auf. Der schwarze Teppich, der sich vor die Stadtmauer gelegt hatte, stand starr und fest. Ich sah zu Mistrane, die ihren Blick aber nicht von der Hochstadt abwandte.

»Ich kann nicht fassen, dass er sich an den Menschen der Hochstadt vergriffen hat. Diese Menschen dort vorn haben in ihrem Leben noch keine Waffen getragen und doch stellt er sie vor seine Schattenkrieger, um uns zu schwächen. Er weiß, dass ich es nicht zulassen würde, dass die Clane diesen Menschen etwas tun.«

Ich bemerkte, dass ihre Augen feucht waren. Shiver stand so ruhig unter mir, dass ich dachte, er wäre erstarrt. Ich ließ seine Zügel auf seinen Hals fallen und griff Mistranes Hand.

»Die Clane werden versuchen, diese Menschen zu schonen.«

»Und wie sollen sie das anstellen? Die Menschen stehen unter Horchertinktur. Ihnen wurde aufgetragen zu töten und diesen Befehl werden sie ausführen, selbst wenn es ihren eigenen Tod bedeutet.«

»Ich bin sicher, dass unsere Krieger eine Lösung finden werden.«

»Da bin ich mir auch sicher.«

Ich fuhr herum. Neben mich trat ein graues Pferd und Vega lächelte uns an. Neben ihr ließ Riva ihr Pferd halten.

»Ich habe mich im Lager mit Russ unterhalten. Er hat mir berichtet, dass das Licht in früheren Zeiten vieles zu heilen vermochte und dass du diese Heilung auch schon durchgeführt hast. Raikon und einer meiner

Windkrieger, Varo, werden versuchen, Raikons Licht zu den Hochstadtmenschen zu schicken. Wir hoffen, dass wir den Einfluss der Horchertinktur so durchbrechen können.«

Vega deutete auf einen Punkt schräg vor uns, wo ich in der Menge der Clankrieger zwei weiße Punkte ausmachen konnte. Raven und Raikon. Dahinter standen mehrere dunkel gekleidete Krieger. Ich wusste, dass es die anderen Lichtträger und die Schattenkrieger des Untergrunds waren.

»Raven wird bei den beiden bleiben und sie mit seinen Blitzen abschirmen, während die anderen Lichtträger versuchen werden, die Geschosse auf der Stadtmauer zu zerstören.«

»Es wird ihnen gelingen. Da bin ich sicher. Das Licht ist so lange nicht mehr in der Hochstadt gewesen, dass die Menschen es aufsaugen werden. Es gehört zu ihnen und auch die Horchertinktur kann es nicht davon abhalten, dahin zu kommen, wo es hingehört.«

Riva blickte fest auf die Hochstadt. Ihre Hände spielten mit den Zügeln ihres Pferdes und ich war mir sicher, dass sie nicht bemerkte, dass ihre Hände bereits leicht schimmerten. Ihr Licht wartete nur darauf, aus ihr herauszukommen. Zurück in die Heimat, die sie vor so vielen Jahren verlassen hatte. Mistrane sah ebenfalls wieder zur Hochstadt. Ihre Augen waren wieder trocken und sie wirkte hoffnungsvoll.

»Nur für den Fall … Im Lager am Wald wartet einer meiner Getreuen. Er wird euch in das Windreich bringen. In der Wolkenstadt seid ihr erst einmal sicherer als im Erdreich, wenn –«

»Sagt es nicht. Bitte. Die Clane dürfen nicht scheitern.«

Ich griff nach Vegas Arm. Ihr Blick wurde skeptisch und ich bemerkte zu spät, dass ein Teil meiner Kampfkleidung unter meinem Mantel hervorstach. Vega lehnte sich zu mir herüber und zog meinen Mantel zurück.

Ein kurzes, schiefes Grinsen huschte über ihr Gesicht. »Ich vermute, dass die Prinzessin ebenfalls kein Reitkleid unter ihrem Umhang trägt.«

Mistrane legte ihren Kopf schief und hob kurz ihre Schultern.

»Nun, dann wünsche ich euch viel Erfolg bei eurem Kampf. Wir sehen uns nach der Schlacht, wenn wir den Sieg über den Schatten feiern werden.« Damit drehte sie ihr graues Pferd, ließ es den Hügel hinabgaloppieren und lenkte es zu den Kriegern des Windes.

Ich sah Mistrane an, die wieder zuversichtlicher auf ihrem Feuerpferd saß.

»Wir werden feiern. Ich kenne im Palast einen sehr schönen Saal, der sich dafür anbietet. Es müsste nur etwas umdekoriert werden.«

»Eine Feier? Wann denn? Ich bin dabei.«

»Das könnte dir so passen. Wir sind alle dabei.«

»Das kann ich mir nicht vorstellen. Solche ungehobelten Kerle, wie ihr es seid, sind auf einer vornehmen Feier im Hochpalast völlig fehl am Platz.«

Mistrane und ich drehten uns um und entdeckten die Erdkrieger, die sich hinter uns am Hügel positioniert hatten. Halla buffte Haldriel in die Seite, der den Buffer weiter an Haldran und Haran gab. Ich lachte auf und ließ meinen Mantel endgültig los. Ich weiß nicht, woher der Wind kam, aber sofort wehte der Mantel hoch wie eine Fahne und ich ließ mein Licht erstrahlen. Die Schatten, die über die Hochstadt zu uns zogen, hatten den Himmel mittlerweile völlig verdunkelt. Es war kaum zu glauben, dass es morgens war und nicht die Abenddämmerung einsetzte, wie der Himmel uns glauben lassen wollte. Ich winkte Riva zu mir heran.

»Seid Ihr Euch sicher, dass Ihr das tun wollt, Herrin?«

»Ja, Riva. Es geht nicht anders.« Ich griff an die Knöpfe meines Mantels und löste ihn. Riva nahm ihn mir ab und zog ihn an. Mit einigen Handgriffen waren ihre Haare gelöst und meine zu einem festen Knoten im Nacken versteckt. Ich rutschte von Shiver. Meine Hände strichen über seinen Hals.

Nun, mein Schöner. Du hast eine wichtige Aufgabe. Behalte Riva auf deinem Rücken. Trage sie, wie du mich tragen würdest.

Shiver wieherte auf und schüttelte seine Mähne. Riva trat an den hellen Hengst heran und sah mich noch einmal fragend an.

»Er wird Euch sicher auf dem Rücken behalten.«

Riva nickte und strich dem hellen Hengst über den Hals. Sie saß auf und ich legte den weißen Umhang um die Hinterhand von Shiver. Dann drehte ich mich um und sah zu der Stelle hinüber, wo ich Raven erkennen konnte. Aus der Entfernung würde er nicht bemerken, dass nicht ich auf Shivers Rücken saß, sondern Riva.

Ich sah noch einmal zu ihr hoch und sie ergriff meine Hand. »Ihr seid Eurer Mutter sehr ähnlich und Euer Licht ist stark in Euch. Vielleicht stärker, als wir alle denken. Ihr werdet es schaffen, den Schatten zu vertreiben. Ich werde hier mit Eurem Pferd auf Euch warten.«

Der Kloß, der sich in meinem Hals bildete, verhinderte eine Antwort und so nickte ich ihr nur zu und ließ ihre Hand los.

Plötzlich ertönten Hörner von der Hochstadt aus und wir verstummten. Das Heer des Schattenkönigs setzte sich in Bewegung. Mir stockte der Atem, als der Hochstadtfluss plötzlich versiegte. Das Wasser verschwand und am Rand des Flussbettes tauchten Feuerkrieger auf. Ihre Flammen loderten hoch auf. Das Feuer trocknete das Flussbett aus und das Heer des Schattenkönigs konnte ihn passieren. Die Clankrieger waren zu weit weg, um die Situation zu nutzen. Von der Stadtmauer flogen Geschosse, die uns zeigten, dass ein Angriff noch keinen Sinn machte. Das Schattenheer konnte auf uns zurücken und wir mussten warten.

Mistrane deutete auf Raven. Hinter ihm zog sich ein Schatten zusammen. Ich wusste, dass die Schattenkrieger mit ihren Schatten die Lichtkrieger versteckten. Das Grollen, das aus dieser Dunkelheit kam, verhieß nichts Gutes. Mistrane griff nach meinem Arm und mein Blick wanderte zu Riva. Sie saß still auf Shiver und beobachtete den Schatten und den Lichtträger, der auf seinem weißen Hengst davorstand.

»Riva?«

Sie blickte sich zu mir und Mistrane um. »Wartet kurz. Die Lichtkrieger verbinden ihre Blitze.« Über ihre Lippen huschte ein Lächeln. Wir sahen wieder hinüber und ich spürte, wie sich eine Spannung in der Luft aufbaute. Dann krachte ein greller Blitz aus dem Schatten hervor und zuckte über die beiden Heere hinweg, bevor er laut in eins der Geschütze auf der Stadtmauer einschlug. Es wurde zerschmettert und das Heer der Clane jubelte auf. Ich bemerkte, wie das Schattenheer ins Stocken geriet.

Neben mir zitterte Mistrane vor Aufregung. Mein Blick wanderte kurz hinter mich zu Halla. Sie nickte mir zu. Haran hockte neben ihr und legte seine Hände auf den Boden, während er leise mit Halla sprach. Ich konnte nicht verstehen, worum es ging, deswegen wandte ich mich um. Riva deutete mir, wieder zum Schatten zu blicken, aus dem ein neues Grollen kam und ein weiterer Blitz über die Heere hinwegzuckte. Ich brauchte nicht zur Stadtmauer blicken, denn das Krachen verriet mir, dass ein weiteres Geschoss zerstört war. Die Blitze erhellten immer wieder den Himmel. Das Clanheer grölte vor uns auf.

»Sie rücken vor.«

Ich wandte mich um und blickte zu Haran. Er hockte noch immer mit den Händen auf dem Boden und blickte zu mir auf.

»Dann macht Euch bereit.«

Das Heer des Schattenkönigs hatte den Hochstadtfluss durchquert und das Wasser schoss zurück in das Flussbett. Die Hochstadt war damit wieder eingeschlossen. Es war unser Glück gewesen, dass der Hochkönig in seinem Zorn über das Licht, das ihn herausforderte, sein Heer entsandt hatte. Es bewegte sich nun langsam wie ein schwarzer Teppich auf unseres zu. Darüber bildeten sich dunkle Schatten, die immer weitere Wogen über das Heer der Clane schickten. Die Schattenträger versuchten, die Dunkelheit weiter zu verbreiten und die Blitze zu ersticken, doch die Geschosse waren zerstört und die Schatten um die Lichtträger verschwanden langsam. Von unserem Hügel aus konnten wir erkennen, dass sie zu Raikon und Varo zogen.

Die Hochstadtmenschen griffen in der ersten Welle an und ich sah, wie Licht auf sie zubrandete und sie umhüllte. Es musste Raikon und die Lichtträger viel Kraft kosten, so viel Licht auszusenden. Immer wieder tat sich die Erde auf und verschluckte die leuchtenden Menschen. Ich drehte mich im Sattel um und beobachtete Haran, der auf der Erde kniete, und Haldran, der mit einem abwesenden Blick immer wieder lautlos vor sich hin redete. Ich wusste, dass die beiden Erdkrieger eine unschlagbare Einheit bildeten. Zusammen versuchten sie, aus der Ferne so viele Menschen zu retten wie möglich. Doch an Mistranes verkniffenem Blick erkannte ich, dass sie nicht alle retten konnten. Das Waffengeklirre unter mir bestätigte es nur. Ich hoffte inständig, dass Haldran sich noch Kraft aufsparen würde.

Das Heer auf unserer Seite glänzte in den einzelnen Clanfarben. Die roten Rüstungen des Feuerclans leuchteten immer wieder auf, wenn die Gabenträger ihre Flammen entsandten. Das Feuer des Feuerclans verbrannte die einfachen Krieger, die sich nicht in ihren Schatten retten konnten, und ich spürte den Schmerz der Krieger auf meiner Haut brennen. Es erforderte mehr Kraft, als es mir lieb war, meinen Geist vor den Gräueltaten dieser Schlacht zu schützen. Die Verzweiflung der Verwundeten und der blinde Gehorsam der Menschen und Schattenkrieger machten mich wütend. Ich zuckte kurz zusammen, als das Licht erlosch, das die Lichtträger und Varo über die Hochstadtmenschen schickten. Hinter mir stöhnte Haldran auf und blinzelte kurz wie geblendet auf, als er sich von der Erde löste. Haran stand auf und sah betreten zu Mistrane hinüber. Ich spürte sein Bedauern, dass es nicht gelungen war, mehr Menschen zu retten. Doch nun prallten die Schattenkrieger und die Gabenträger des Hochkönigs auf das Heer der Clane. Ich lenkte meinen Blick weiter und suchte nach den Kriegern des Windclans, doch ich konnte keine einzelnen Krieger ausmachen. Der tote Boden der Hochebene wirbelte in ihrem Wind auf und nahm mir die Sicht. Es sah so aus, als wären die Windkrieger zu einer großen Einheit zusammengeschmolzen. Eine graue Windhose lag über ihnen. Sie drängten die Schatten, die die Schattenträger des Hochkönigs über unser Heer gelegt hatten, zurück, doch der Wind stieß hier an seine Grenzen. Am Fluss schimmerten die Rüstungen des Wasserclans genauso strahlend blau wie das Wasser, das neben ihnen dahinschoss. Die Hochstadtebene war so unberührt gewesen, als ich sie das erste Mal richtig wahrgenommen hatte. Jetzt lag sie karg und verwüstet vor mir und die

Schlacht der zwei Heere überzog sie mit so viel Schatten und Leid.

Der Erdclan lag hinter mir in Stellung und die Clankrieger waren zwischen den Pflanzen und dem Boden der Hochebene nur schwer zu erkennen. Unsere Clanfarben machten ein unbemerktes Anschleichen möglich. Riva saß wie versteinert auf Shiver, der ruhig dastand und das Geschehen unter sich nicht wahrzunehmen schien. Mein Mantel wehte um ihre Schulter. Sie ließ etwas Licht von sich in den Mantel fließen, sodass sie leuchtete, wie ich es sonst tat. Sie war das Licht, das die Clankrieger und Menschen hier brauchten. Ich musste jetzt nicht mehr leuchten und konnte mich an der Schlacht beteiligen und Raven würde weiterhin annehmen, dass ich noch hier war. Ich ließ meinen Blick noch einmal über die Krieger hinter mir gleiten. Die Anspannung war in ihren Gesichtern deutlich zu sehen. Die Krieger waren mit Schwertern und Speeren bewaffnet. Nur Haldran, Mistrane, Halla und ich trugen nur Schwerter. Mein Dolch war in meinem Stiefel.

Haldriels Blick durchbohrte mich. Ich wusste, dass er mit unserem Plan nicht einverstanden war. Es gefiel ihm nicht, dass er uns nicht begleiten sollte, und noch weniger, dass Raven weder von unserem Plan wusste noch davon, dass Mistrane und ich hier zwischen den Truppen standen und nicht, wie vom Clanrat gefordert, auf dem Hügel blieben. Ich lächelte ihn kurz an und seine Züge entspannten sich, denn ihm war auch bewusst, dass unser Vorhaben uns einen großen strategischen Vorteil für den Ausgang der Schlacht bringen konnte, daher schwieg er.

Neben mir trat Mistrane unruhig von einem Bein aufs andere. Ihre schwarzen Haare wehten im Wind – das Einzige, was sie als Fremde zwischen meinen Clanleuten verriet. Die Schlacht vor uns erstickte mich mit ihrem

Lärm und dem Geruch nach Blut und Tod. Von vorn kam ein Ruf und die Schützen der anderen Clane schleuderten ihre Geschosse auf die Schattenkrieger. Die Clankrieger, die keine Gabe in sich trugen, würden neben den Menschen der Hochstadt die größten Opfer in diesem Krieg bringen. Ich gab Haldriel ein Zeichen und er entfernte sich hinter uns. Das Krachen der Erde verriet mir, dass er Erdbrocken aus der Erde hob. Mistrane neben mir zuckte zusammen, als der erste Brocken über unsere Köpfe auf das Heer des Schattenkönigs zuraste. Die Brocken waren kleiner, als er sie normalerweise formen würde, aber die Reichweite würde unter der Größe leiden. Er würde mit den anderen Clankriegern vorrücken, sobald wir aufbrechen würden.

Ich nickte Haran zu, der seine Hände auf den Boden legte und die Augen schloss. Ich ließ meine Gabe über ihn gleiten und spürte, dass er unser Ziel gefunden hatte. Er beriet sich mit Haldran und gab ihm Anweisungen, wo er den Tunnel legen sollte. Halla stand dicht bei den beiden Kriegern und lauschte gespannt. Anschließend gab sie das Zeichen und die anderen Erdkrieger zogen von Haldriel angeführt in die Schlacht. Ich blickte ihnen nach. Meine Lippen pressten sich aufeinander. Krieger, die in die Schlacht zogen, deren Ende so ungewiss war, und deren Leben auf keinen Fall sicher waren.

Mein Blick wanderte zum Fluss. Irgendwo zwischen den Clankriegern, die das Wasser des Hochstadtflusses aus dem Flussbett hoben und es in das gegnerische Heer leiteten, war Darius. Mein Blick glitt weiter. Es gab in diesem Heer nur wenige weiß gekleidete Krieger. Raven war einer von ihnen. Die Schattenkrieger, die dem Untergrund und Darius treu gedient hatten, sowie Raikon und Falkon standen ihm zur Seite. Raikon hatte sich für die Clanrüstung der Schattenkrieger entschieden, so wie die anderen Lichtträger auch. Raven hatte es akzeptiert. Er wusste, dass Raikon in der

Schlacht nicht als Lichtträger erkannt werden wollte. Es war ihm sicherlich auch nicht recht gewesen, dass er sein Licht aussenden musste, aber Raven musste seine Kräfte sparen. Genau wie ich. Auch wenn die Männer es nicht wussten.

Mistrane berührte meinen Arm und ich löste mich nur schwer von der Schlacht, die vor uns tobte. Mein Kopf fuhr zu ihr herum und ich sah die Sorgen, die ich in mir trug, in ihren Augen.

»Riva, wir brechen jetzt auf. Wenn wir Erfolg haben, reite zu den anderen Lichtträgern. Es kann sicherlich nicht schaden, wenn sie ihre Lichtblitze auf die Mauer richten. Ich schicke ein Licht, wenn es uns gelungen ist.«

Riva nickte und legte ihre Hand auf meine Schulter. »Passt auf Euch auf und kommt wieder zurück.« Ihr fester Blick verriet mir ihre Sorgen und Zweifel. Meine Gabe war noch tief in mir verborgen.

»Das werden wir.« Doch sicher war ich mir angesichts der Schlacht unter mir nicht. Ich strich Shiver noch einmal über das glatte Fell. Es fiel mir schwer zu gehen, allerdings war für Angst und Zweifel hier kein Platz.

Ich drehte mich entschlossen zu Mistrane um, zusammen wandten wir uns von der Schlacht ab und liefen den Hügel hinunter zu Halla und Haldran. Halla kontrollierte noch einmal die Umgebung und gab dann den Befehl. Unser Unternehmen konnte nun starten. Mistrane ließ einen Schatten entstehen, der sich um uns legte und den anderen nicht preisgab, was wir vorhatten. Haldran kniete sich auf den Boden und legte die Hände auf das Erdreich. Es öffnete sich ein Tunnel für uns, in den Haldran zuerst stieg. Halla und ich folgten ihm. Mistrane sprang uns nach und ihr Schatten verschwand mit ihr im Erdreich. Der Tunneleingang verschloss sich hinter ihr sofort wieder. Ich ließ eine Lichtkugel entstehen, die uns den Weg durch das Erdreich leuchtete. Haldran ließ den Tunnel vor uns immer weiter in Richtung Hochstadt kriechen. Halla lief vor zu ihm und ich wartete kurz, bis Mistrane neben mir war. So gingen wir schweigend durch die Erde unter der Hochebene. Mistrane griff meine Hand, die genauso kalt war wie ihre. Die Schlacht über uns war zum Scheitern verurteilt, wenn wir keinen Erfolg haben würden. Immer wieder erschütterte der Kampf, der über uns unerbittlich weitertobte, den Boden und ließ Erde auf uns niederrieseln. Die Hochstadt konnte einer Belagerung sehr lange standhalten und der Schattenkönig brauchte seine Stadt nicht verlassen, um uns zu schlagen, doch gerade das mussten wir erreichen.

Mistrane deutete auf Halla und Haldran vor uns. Ich nickte. Ich spürte auch, dass sich zwischen den beiden eine Anziehung aufbaute. Es war tröstlich, dass zwischen dem ganzen Elend und Leid, das es im Clanreich gab, immer wieder Liebe entstand. Der Tunnel fraß sich immer weiter durch die Erde. An einigen Stellen rieselte das Erdreich stärker auf unsere Köpfe und Haldran ließ den Tunnel tiefer in die Erde kriechen. Ich rutschte auf dem Boden aus. Mistrane griff nach meinem Arm und verhinderte, dass ich hinfiel. Leise schimpfte ich vor mich hin. Das Erdreich wurde feuchter.

»Der Fluss. Wir müssen vorsichtig sein. Es dürfte nicht mehr weit sein, bis wir die Mauer erreichen.«

Wir nickten Haldran zu und ich ließ mein Licht etwas heller leuchten. Der Glanz der Erde zeigte deutlich, wie viel Wasser in ihr steckte. Auch lagen mehr Steine und Felsen auf unserem Weg. Der Tunnel legte einen riesigen Felsbrocken frei, der ihn verstopfte. Es blieb nur eine enge Lücke zwischen Tunnelwand und Felsen.

»Haldran, kannst du den Tunnel an dem Felsen vorbei legen?«

»Das möchte ich nicht riskieren. Meine Gabe erschafft die Tunnel an der Stelle im Erdreich, die am sichersten

314

ist. Der Fluss ist immer noch über uns. Wenn wir zu dicht an das Flussbett kommen, wird der Tunnel einstürzen und geflutet.«

Halla nickte.

»Wir können durch die Lücke.« Mistrane deutete auf eine Stelle neben dem Gestein und ich ließ meine Lichtkugel in zwei Kugeln zerspringen. Eine schlüpfte durch die Lücke und erhellte den Tunnel auf der anderen Seite.

Halla ging als Erstes durch die Öffnung, nach ihr folgten Mistrane und ich. Haldran musste sich mit seiner großen und breiten Statur durch die Lücke drücken, was ihm sichtlich unangenehm war. Er schimpfte leise vor sich hin.

Der Weg hinter dem Felsen war frei und wir gingen schweigend weiter. Über uns war es ruhig geworden. Wir hatten den Fluss hinter uns gelassen. Die Schlacht auf der Hochstadtebene erschütterte den Boden über uns nicht mehr.

Wie aus dem Nichts endete der Tunnel plötzlich. Er hatte sein Ziel erreicht. Die Grundmauer der Hochstadt lag vor uns und verschloss uns den Weg. Die Steine erschienen fast schwarz. Meine Gabe wurde von ihnen weggestoßen. Der Schutzzauber des Schattenkönigs reichte bis tief in den Erdboden hinein. Haldran trat einen Schritt zurück und zog Halla am Arm zu sich heran. Mistrane und ich traten an den beiden vorbei und sie legte ihre Hand auf die Steine der Mauer.

»Die Schutzzauber sind stark und sie tragen kein Feuer mehr in sich. Mein Vater hat das Feuer aus der Stadt genommen. Aber der Schatten in den Schutzzaubern reagiert auf meinen Schatten. Er kann es nicht verhindern, ich trage sein Erbe nun einmal in mir. Ich kann es schaffen.«

Den Schmerz, der Mistrane kurz durchzuckte, ließ mein Herz gefrieren. Ich wusste, dass sie nicht wie ihr

Vater war. Auch wenn ich ihre Mutter nicht gekannt hatte, musste die Prinzessin viel mehr von ihr in sich tragen als von dem Schattenkönig.

Mistrane legte beide Hände an die Mauer und ließ ihren Schatten frei, der sich in das Mauerwerk fraß und verschwand. Wir warteten. Haldran und Halla sprachen leise miteinander. Ich drehte mich zu ihnen um und sah noch, wie Haldran flüchtig über Hallas Arm strich. Sie bemerkten beide nicht, dass ich sie beobachtete. Neben mir stöhnte Mistrane leise auf. Auf ihrer Stirn standen kleine Schweißperlen. Ich legte ihr die Hände auf die Schultern und ließ meine Füße die Kraft der Erde aufnehmen, die ich an Mistrane weitergab. Sie entspannte kurz, bevor sie sich gegen die Wand stützte, die ein leises Knacken von sich gab. Meine Lichtkugel flackerte kurz und Mistrane ließ die Wand erschöpft los und nickte.

»Der Zauber ist gestört. Ich kann ihn nicht gänzlich vernichten. Der Hochkönig hat ihn zu stark verändert. Meine Schatten allein sind zu schwach, um den Zauber, der auf der ganzen Mauer liegt, zu brechen. Aber wenn wir es probieren wollen, dann hier und schnell. Der Schutzzauber ist nur geschwächt. Er wird sich hier schnell wieder regenerieren, wenn wir uns nicht beeilen.«

»Es wird schnell gehen.« Halla grinste und kam zu uns.

Mistrane gab ihr den Weg frei und ging zu Haldran.

»Es ist besser, wenn du auch zurückgehst«, meinte Halla über ihre Schulter zu mir.

»Das werde ich nicht. Ich stehe hinter dir.«

Halla sah mich prüfend an. Sie wusste, dass ich nicht gehen würde, und nickte, um dann den Boden vor sich abzutasten. Sie suchte sich eine Stelle im Tunnel vor der Mauer, die ihre Gaben empfangen würde. Als sie die richtige Stelle gefunden hatte, nickte sie mir zu. Ich stellte mich hinter sie und ließ meinen Geist in die Erde gleiten.

Nicht weiter. Nur bis hierher. Hier ist der Weg verschlossen. Wir stehen hier fest.

Ich schloss meine Augen und hielt die Handflächen über die Erde. Ich hörte, wie Halla tief einatmete und wie sie ihren Fuß hob, um ihn mit voller Kraft wieder auf den Boden zu stampfen. Es knallte laut und die Erde vor uns brach auf. Der Riss fraß sich dröhnend auf die Mauer zu und prallte gegen sie wie ein Rammbock. Die Steine zitterten und feine Risse zogen sich in ihr hinauf. Ich spürte, wie in Halla die Verärgerung wuchs. Die Mauer hielt noch stand. Sie sammelte sich und hob den Fuß erneut. Es krachte wieder und die Risse zersprengten die Mauer mit einem Dröhnen. Hinter mir hielten sich Mistrane und Haldran die Ohren zu. Haldran hatte Mühe, den Tunnel offen zu halten. Ich spürte die Anstrengung von uns allen.

Hallas Fuß schmetterte erneut auf den Boden. Der Riss in der Mauer fraß sich höher und höher. Ich spürte, wie die Wut in Halla aufbrauste. Sie war es nicht gewohnt, dass ihre Gabe auf so viel Widerstand traf. Als ihr Fuß erneut auf den Boden traf, schrie sie aus voller Kraft und ich spürte die Erde mehr erzittern als vorher. Die Mauer sprang auf und die Schwärze der Hochstadt drang uns entgegen. Mistrane stürmte zu mir vor und hielt den Schatten mit ihrem zurück. Halla drückte gegen eine nicht sichtbare Kraft und der Riss im Mauerwerk ließ die Erde über uns nachgeben. Haldran hatte Mühe, das Erdreich wegzudrücken, damit es uns nicht verschüttete. Über uns öffnete sich die Erde.

Als die Sicht auf die Mauer frei war, konnten wir sehen, dass unser Plan aufgegangen war. Sie war zersprungen, als wäre sie aus Glas, das auf den Boden aufgeschlagen war. Die Risse fraßen sich immer weiter die Mauer entlang und ließen sie zu beiden Seiten einstürzen. Ich hoffte, dass nur wenige Krieger auf der Mauer vor uns gewesen waren. Helfen konnten wir ihnen nicht mehr. Halla trat erneut auf den Boden und ihre Gabe sprengte noch einmal die Mauer entlang und brachte sie zum Einsturz. Ihre ganze Kraft drückte die Mauer von uns weg und ließ sie in die Stadt kippen. Die Steine schlugen aufeinander und stürzten sich gegenseitig in die Tiefe. Die Mauer kippte und bröckelte. Schwarze Schatten stiegen von ihr auf und lösten sich in der Luft über uns auf. Die Schutzzauber waren zerstört. Der Hochkönig würde sie selbst wiederherstellen müssen, aber dazu würde er keine Gelegenheit haben. Ich legte meine Hände auf die zerstörten Steine und ließ mein Licht dazwischen fließen. Es zog sich wie Wasser durch die Risse und Fugen, die die Mauer dank Halla bekommen hatte, und über uns erstrahlte der zerstörte Mauerteil hell auf. Das Zeichen für Riva. Ich hoffte, dass Raven es nicht mitkriegen würde. Haldriel würde es nicht übersehen und seine Erdbrocken und Gesteine genau dorthin schleudern, um das Loch zu vergrößern. Ich hoffte, dass er auf die Entfernung auch probieren würde, die Steine der Mauer gegen das Schattenheer zu nutzen. Doch noch mehr hoffte ich, dass Riva die anderen Lichtkrieger erreichen würde und ihre Blitze die Mauer noch mehr zerstören würden.

Halla wandte sich lachend zu Haldran und ich lief zu Mistrane. In dem Moment, in dem Halla und ich unsere Ziele erreichten, ging ein Pfeilhagel auf uns nieder. Die Hochstadtsoldaten hinter der Mauer hatten uns entdeckt. Ich ließ mein Licht über uns schnellen. Mistrane zog mich dicht an die Wand der Hochstadt und Haldran Halla in den Tunnel.

»Verschwindet hier!«, rief ich Haldran zu.

Halla sah mich mit großen Augen an und schüttelte den Kopf. Haldran blickte starr zu mir und ich nickte ihm zu. Der große Erdkrieger packte Halla, bevor sie sich in unsere Richtung schmeißen konnte, und verschloss den Tunnel vor ihnen.

An der Mauer waren wir vor den Pfeilen, die von der Hochstadtmauer auf uns geschossen wurden, sicher, aber wie lange das noch so bleiben würde, war ungewiss. Wir konnten hier nicht bleiben.

»Sieh hoch.« Mistrane deutete zum Himmel.

Über uns zogen wieder schwarze Schatten auf die Hochebene hinaus und hüllten alles in Dunkelheit. Es wurde finster, als wäre es bereits Nacht geworden. Die Dämmerung war vorbei. Die Schatten der Schattenkrieger waren viel heller gewesen. Jetzt kam die Nacht.

»Dein Plan ging auf. Er wird herkommen. Wir müssen hier weg. Schnell.« Mistranes Stimme klang brüchig. Sie hatte recht. Wir mussten hier weg. Wieder zurück zum Heer der Clane. Zurück hinter unsere Linien. Ich bezweifelte zwar, dass wir dort in Sicherheit waren, aber hier waren wir es garantiert nicht.

Ich lehnte meinen Kopf an einen der zerborstenen Steine der Stadtmauer. Die kleinen Härchen auf meinen Armen richteten sich unvermittelt auf und ich spürte, wie eine Kraft auf uns zuraste.

»Warte.« Ich riss Mistrane an mich, die an der Erdwand hochklettern wollte. In dem Moment schlug nicht weit von uns entfernt ein Blitz ein. Sein Einschlag brachte die Stadtmauer erneut ins Wanken. Wir duckten uns dicht an die Grundsteine der Mauer und warteten. Es krachte erneut und es rieselten kleine Steinchen auf uns nieder. Die Lichtkrieger lenkten ihre Blitze in mein Netz aus lichterfüllten Rissen. Weiter weg von uns. Ich spürte die Angst und auch die Erleichterung von Mistrane, weil die Blitze uns keinen Schaden zufügten.

Nach einer Weile schlugen keine weiteren Blitze ein. Vorsichtig richtete ich mich wieder auf und blickte hinauf. Die Soldaten, die von der Mauer aus auf uns gezielt hatten, waren verschwunden. Ein guter Augenblick für unsere Flucht. Ich blickte zu Mistrane und nickte ihr zu. Sie legte ihren Schatten um uns und ihre Flammen loderten um sie herum auf. Vorsichtig trat Mistrane mit mir von der Mauer weg. Keine neuen Pfeile. Sie nickte kurz zurück. Wir konnten es wagen, aus dem Loch zu klettern.

»Bleib dicht bei mir. Ich weiß nicht, ob ich meinen Schatten um dich halten kann, wenn wir uns zu weit voneinander entfernen.«

»Ich gebe mir Mühe.«

Meine Hände suchten am Rand des Lochs Halt und wir begannen, dicht beieinander hinaufzuklettern. Die Erde unter meinen Händen vibrierte und summte ein gefährliches Lied. In meinen Ohren hallte der Lärm der Schlacht wider. Eine bedrohliche Spannung baute sich in mir auf. Je näher wir an der Oberfläche kletterten, desto stärker wurde der Kampflärm, der die Erde immer mehr verstummen ließ.

Oben angekommen drückten wir uns erneut an die Trümmer der Stadtmauer. Vor uns schien die Schlacht zu stocken. Als würden alle wie gebannt auf die Hochstadt schauen, um zu sehen, was sich hier tat.

»Komm. Wir sollten nicht länger warten.«

Langsam standen wir auf und begannen unseren Weg auf das Schlachtfeld zu. Die Schatten des Hochkönigs waren zu unserem Vorteil. Durch die aufsteigende Dunkelheit und Mistranes Schatten vor den Augen der Hochstadtsoldaten erreichten wir verborgen und unbeschadet den Fluss. Ich hatte schon einmal eine Lichtbrücke entstehen lassen. Doch damals war das Licht zu auffällig gewesen. Ich streckte Mistrane die Hand hin und sie ergriff sie. Meine Gabe zog an ihrem Schatten und ich vermischte ihn mit meinem Licht, um eine schmale Brücke unter unseren Füßen zu bilden. Das Wasser des Flusses war aufgewühlter als sonst. Immer wieder stoben die Fluten über mein Licht, doch es hielt ihnen stand. Auf der anderen Seite angekommen, suchten wir einen Weg auf die Schlacht zu. Ich vermied es, zu dicht an die Kämpfe zu kommen. Auf der einen Seite der Schlacht hob sich das Wasser aus dem Hochstadtfluss immer wieder aus seinen Ufern und sein Wasser ergoss sich über die Hochebene. Schattensäulen stiegen von der Hochebene auf und zerschlugen das Wasser. Schatten wurde von Wind zerschlagen und aus der Dunkelheit hoben sich immer wieder Blitze ab, die über die Ebene zuckten. Die Clane und ihre Elemente waren erbitterte Gegner.

»Behalte dein Licht hier für dich. Es ist zu gefährlich, wenn du es hier zeigst.« Mistrane deutete auf das Clanheer, das hinter dem Schattenheer des Hochkönigs lag.

Ich wusste, dass sie nicht nur an meine Sicherheit dachte. Es lagen zu viele Gegner vor uns, als dass ich sie mit meinem Licht hätte abwehren können, und auch für Raven oder Darius wäre der Weg hierher zu weit gewesen. Wir kamen dichter an die feindlichen Linien und ich schlüpfte aus dem Schatten von Mistrane heraus. Mein Schwert glitt lautlos aus der Schwertscheide und legte sich in meine Hand, als wären sie miteinander verwachsen. Ein Schattenkrieger wirbelte zu mir herum und sein Schwert verfehlte mich nur knapp. Mistrane schlug ihre Flammen aus dem Schatten auf ihn. Der nächste Gegner löste ihn ab. Mein Schwert fand seine Angreifer wie von selbst. Die Schläge, die ich abwehrte, schickten ihre Wucht bis weit in meinen Körper. Die Schattenkrieger kämpften unerbittlich, wenn sie uns entdeckten. Mistranes Flammen verhinderten, dass die Krieger uns von unten angreifen konnten, doch wir kamen unserem Heer kein Stück näher. Es erschien immer auswegloser. In der Ferne sah ich wieder Ravens Lichtblitze, doch wenn ich ihm zeigen würde, wo wir waren, würde der Feind sofort wissen, wer ich war und wer bei mir war.

Mistrane hatte ihr Schwert gezogen und ließ ihre Flammen auf seiner Schneide tanzen. Sie parierte ihre Gegner und hielt sie von sich weg. Ihre Flammen loderten immer heller auf und sie schleuderte einen Flammenkreis um sich herum. Die Schattenkrieger, die sich ihr zuwandten, erstickten ihre Flammen mit ihren Schatten. Wieder prallten die Schwerter aufeinander. Von der Hochstadt her zog eine Kälte auf mich zu. Ich blieb erstarrt stehen. Mistrane blickte ebenfalls in die Dunkelheit.

»Ihr seid verloren«, lachte der Krieger hinter uns.

Mistrane schlug ihm ihre Flammen ins Gesicht. »Er ist hier. Wir müssen schnell weg.«

Ich ließ mein Schwert fallen und formte ein Lichtpferd. Mistrane hielt die Schattenkrieger mit ihren Flammen davon weg. Das Pferd wurde immer größer vor mir, bis ich mir sicher war, dass es so fest war, dass es geritten werden konnte. Mistrane ließ einen Flammenring um uns und das Lichtpferd aufsteigen. Die Flammen schlugen höher und fraßen sich zu den Angreifern.

»Mistrane! Schnell, steig auf!«

Sie schwang sich auf das Lichtpferd und rutschte nach vorn. Dann hielt sie mir ihre Hand entgegen. Mein Kopf bewegte sich langsam hin und her, als ich einen Schritt zurücktrat. Ich war mir nicht sicher, ob meine Kraft reichen würde, uns beide zu tragen. Ihre Augen weiteten sich, als sie begriff, was geschehen würde. Meine Hände hoben sich langsam und das Lichtpferd lief los. Mistrane konnte sich gerade noch in der Mähne des Lichtpferdes festhalten. Es übersprang den Feuerring und stieß dabei zwei feindliche Gegner zu Boden. Meine Augen fixierten das Pferd, das wie ein Leuchtfeuer durch die feindlichen Reihen davonsprengte. Mistrane drehte sich zu mir um und ich sah die verzweifelten Worte auf ihren Lippen, die vom Lärm der Schlacht verschluckt wurden. Das Lichtpferd drängte sich durch die Schattenkrieger des Hochkönigs und verschwand auf seinem Weg zu der Kampflinie des Clanheeres. Mistrane musste in Sicherheit sein. Zumindest hoffte ich das. Der Feuerring um mich herum erlosch langsam. Aus der Entfernung konnte Mistrane ihre Flammen nicht aufrechterhalten. Genauso wenig, wie ich wusste, wie lange mein Lichtpferd sie sicher tragen konnte. Ich hob mein Schwert auf und ging in Stellung.

Die Mauer der Hochstadt brach mit einem lauten Krachen auseinander. Darius hielt in der Bewegung inne. Wie alle um ihn herum. Die Hochstadt bebte und brach für sie auf. Die Mauer fiel immer weiter in sich zusammen und legte die dahinterliegende Stadt frei wie ein schlagendes Herz in einer offenen Brust. Die Clankrieger um ihn herum jubelten und legten mehr Kraft in ihren Angriff. Darius zog erneut Wasser aus dem Fluss und schickte es in einer Welle über die Schattenkrieger des Hochkönigs, aber sein Blick wanderte immer wieder zu der Stadtmauer.

Am Abend vor der Schlacht hatten die Krieger erzählt, dass die Clanfürstin des Erdclans eingetroffen war. Darius hatte ihre Macht schon einmal erlebt, als sie den Erdboden gespalten hatte, damit Raja vor ihm fliehen konnte. Halla musste vor der Hochstadt sein und wo Halla war, konnte Raja nicht weit sein. Aus der Entfernung konnte er auf dem kleinen Hügel die Lichtträgerin auf Shiver erkennen. Der helle Punkt in einem Meer aus Dunkelheit. Die Erkenntnis traf ihn wie einer der Blitze, die von den Lichtträgern abgefeuert wurden. Es konnte nicht Raja sein, die dort auf dem hellen Hengst saß. Sie hätte niemals zugelassen, dass Halla sich allein vor die Stadtmauer kämpfte. Haldran. Raja hatte auch gezielt ihn eingefordert. Genauso wie Riva. Die Lichtkriegerin, die zweifelsfrei für alle gut leuchtend auf Shiver saß und ihnen vorgaukelte, dass Raja in Sicherheit sein sollte. Er musste zur Hochstadt. Ganz gleich, was es kostete. Er löste eine weitere Welle und schleuderte sie mit solcher Wucht auf die angreifenden Schattenkrieger, dass sich eine weite Schneise zwischen den Angreifern bildetet.

Darius wandte sich um und pfiff schrill. Er hoffte, dass sein Pferd es hören würde. Der Wasserkrieger neben ihm nahm seine Stellung ein. Darius sah sich nach Durian um, doch er fand ihn nicht, denn ein Licht zog seine Aufmerksamkeit auf sich. Die Stadtmauer erstrahlte. Er stutzte. Nicht die Mauer direkt, aber eine Vielzahl großer und kleiner Risse. Um ihn herum jubelten die Clankrieger. Sie wussten, was es bedeutete, dass die Stadtmauer zerborsten war. Und er wusste, dass Raja definitiv nicht auf ihrem Pferd saß.

In dem Moment grollte der Himmel neben ihm auf. Er brauchte nicht erraten, wer seine ganze Wut gerade in den Himmel schickte. Der Blitz, der sich aus dem Grollen in die Stadtmauer entlud, reichte als Antwort. Ihm folgten noch mehr Lichtblitze, die der Mauer weiter zusetzten.

Von der Hochstadt zog ein Schatten über die Hochebene. Darius wusste, was das bedeutete. Der Hochkönig kam zur Schlacht. Er musste zu Raven. Wenn das Schattenheer noch zwischen Raja und den Clankriegern war, war sie in höchster Gefahr. Dragon tauchte auf und Darius pfiff erneut, um ihn zu sich zu leiten. Der dunkle Hengst sprang wie ein Geist durch die Dunkelheit und fand ihn schließlich. Darius sprang auf seinen Rücken und preschte los. Die Hufe des schwarzen Hengstes und sein Schwert fraßen sich durch die gegnerischen Krieger. In der Mitte des Clanheeres musste Raven sein. Darius sah die hellen Kleider des Lichtträgers schon von Weitem. Die anderen Lichtkrieger waren unscheinbar in den Rüstungen seiner Schattenkrieger versteckt. Nur Riva, die mittlerweile zu den anderen Lichtkriegern geritten war, trug noch den weißen Umhang von Raja. Shiver musste hinter die Kampflinie zurückgelaufen sein. Raven saß auf seinem weißen Hengst und ließ seine Blitze über die Schattenkrieger ziehen. Er sah Darius überrascht an, als dieser sein Pferd neben ihn lenkte.

»Die Stadtmauer.« Darius deutete dorthin.

Raven nickte. »Ich weiß, wer dafür verantwortlich ist, und ich weiß nicht, ob ich ihr danken oder den Hintern versohlen sollte.«

Weiter kam Raven nicht. Die Pferde stiegen, als sich hinter ihnen die Erde auftat und Halla und Haldran aus einem Tunnel kletterten.

Raven ließ seinen Hengst herumtreten. »Was hast du getan?«

Halla blickte ihn herausfordernd an. »Ich habe euch die Stadt geöffnet. Mistrane und Raja sind an der Mauer geblieben.«

Raven und Darius sahen sich kurz an und drehten dann die Pferde. Vor ihnen stieg die Dunkelheit weiter über die Ebene. Plötzlich tauchte ein hell leuchtendes Pferd auf der Ebene auf und trug einen Reiter mit hoher Geschwindigkeit über die Ebene. Das Lichtpferd hielt auf sie zu und übersprang mühelos die feindlichen Schattenkrieger.

Kurz vor ihnen zerschmolz das Pferd und schleuderte seinen Reiter zu Boden. Raven sprang von Sky und lief zu der am Boden liegenden Person. Er drehte Mistrane vorsichtig um.

33
~ Vor der Hochstadt ~

Die Schattenkrieger, die um den Feuerkreis gelauert hatten, griffen wieder an. Mein Schwert schwang sich ihnen entgegen und ich warf Lichtdolche in ihre Richtung. Es waren zu viele Gegner. Ich spürte einen Schnitt an meinem Arm. Mein Lichtschild flackerte. Ich brauchte meine ganze Kraft. Ich hoffte, dass Mistrane mein Lichtpferd nicht mehr benötigte, und rief mein Licht zu mir zurück. Mein Schutzschild strahlte auf und ließ mich in der Dunkelheit leuchten. Wie ein dicker Panzer legte es sich um meinen Körper und ließ keinen Gegner an mich heran. Kleine Blitze zuckten über meinen Körper und stießen auf meine Gegner ein, die mit ihren Waffen meinem Lichtschild zu dicht kamen.

Die Schattenkrieger rückten von mir ab. Mein Herz schlug durch die Anstrengung schwer in meiner Brust und ich war fast erleichtert, dass ich kurz verschnaufen konnte. Eine bekannte Kälte kroch über den Boden an meinen Beinen hinauf. Ich fuhr herum und sah den Grund dafür. Die Dunkelheit hatte mich erreicht und umschloss mich. Langsam blickte ich mich um, aber ich war vollkommen eingeschlossen. Es gab keine Fluchtmöglichkeit. Mein Licht floss über mich und ließ meinen Körper in der Dunkelheit leuchten wie einen Stern. Aus dem Schatten trat eine Gestalt. Er war größer, als ich ihn in Erinnerung hatte. Vor mir stand der Schattenkönig. Seine Schatten quollen aus ihm heraus und die schweren Panzer seiner Rüstung glänzten ölig. Von seinen Armen tropfte der Schatten und vergrämte das Erdreich unter ihm. Ich spürte, wie sich die Erde gegen das Eindringen der Dunkelheit wehrte. Der Erdboden erschauderte, als er unter meinen Füßen starb.

»Lichtträgerin. So begegnen wir uns also.« Die dunkle Stimme des Schattenkönigs überlief mich kalt.

»Wir sind uns schon begegnet, nur wart Ihr zu blind, um mich zu sehen.« Ich nutzte seine Überraschung aus und drang in seinen Geist ein. Meine Erinnerungen flossen in ihn hinein. Bilder vom Ball, als ich direkt vor ihm stand. Ich spürte, wie ein Grollen in ihm aufstieg. Die Wut schmeckte bitter und süß zugleich. Mit voller Wucht schleuderte er meinen Geist aus sich heraus, sodass ich rückwärts taumelte.

»Wagt es ja nie wieder, in meinen Geist einzudringen.« Seine Wut nahm mir kurz die Luft zum Atmen. Doch ich stieß sie von mir.

»Ihr habt mich doch eingeladen, als Ihr meinen Clan getötet und Euch den Thron genommen habt. Als Ihr meinen Bruder und mich am Leben gelassen habt, müsst Ihr doch gewusst haben, dass wir eines Tages kommen werden, um Euch zu vernichten.«

»Da habt Ihr recht. Nur war das auf dem Ball Euer Glück, dass ich Euch nicht erkannt habe, sonst würde es nur noch einen erbärmlichen Lichtträger geben, dessen Licht ich auspusten muss.«

»Ihr werdet das Licht niemals besiegen. Ihr dürftet gar nicht auf dem Hochthron sitzen.«

»Im Gegenteil. Ihr dürftet gar nicht hier sein. Es ist tragisch, dass Ihr noch am Leben seid und das alles hier verschuldet. So viele sterben hier umsonst und das nur für Euch. Es war ein Fehler, dass Ihr Eure Clane hierhergeführt habt. Es wird nichts mehr von ihnen übrig bleiben. Seht Euch um. Mein Schatten stärkt meine Krieger. Eure schwachen Kämpfer haben keine Chance gegen meinen Schatten.«

Der Schatten lichtete sich und ich sah, dass die Schattenkrieger des Hochkönigs die Clane vor sich hertrieben – weg von der Hochstadt. Die Dunkelheit fraß sich über die Hochebene. Der Wind, der meine Haare wehte, wurde immer schwächer und das Wasser schien zu versiegen. Das Feuer, das gerade noch gelodert hatte, flackerte nur noch hier und dort auf. Die Kraft der Clane schien zu schwinden. Der Schatten dagegen schien immer schwärzer zu werden und an Kraft zu gewinnen. Ich sah mich weiter um und versuchte, die aufkeimende Hoffnungslosigkeit in mir zu begraben.

»Dem Windclan geht wohl die Luft aus und Ihr werdet sicherlich bemerkt haben, dass der Fluss zu versiegen droht. Das liegt an einem Staudamm, der den Fluss auf der anderen Seite der Hochstadt umleitet. Ein kleines Geschenk, das die Menschen der Hochstadt noch für mich gebaut haben, als Ihr dachtet, Ihr und Eure Clane könntet Euch unbemerkt an mich heranschleichen. Seht. Euer General wird kein Wasser mehr haben, um es zu verwenden. Die Clane werden fallen und Ihr fallt mit ihnen.«

Mein Herz schlug so wild in meiner Brust, dass ich kaum wusste, wie ich es wieder beruhigen sollte. Ich blickte wieder zu dem Schattenkönig, der sich vor mir aufbaute. Hass stieg in mir auf und brachte mein Blut zum Kochen.

»Ihr irrt Euch. Die Clane werden Euch besiegen. Eure Herrschaft ist vorüber.«

Der Schattenkönig riss sein Schwert hoch und die Dunkelheit um uns verdichtete sich. Meine Sicht auf die Clane verschloss sich. Die Angst um sie schien mich zu lähmen und das Lachen des Schattenkönigs dröhnte in meinem Kopf.

»Mich kann niemand aus dem Clanvolk besiegen. Ich bin unbesiegbar. Mein Gabensucher hat mir alles gegeben, was ich brauche, um ohne die Clane leben zu können. Ich habe alle Elemente in die Dunkelheit gebracht und wenn ich Euch besiegt habe, trage ich auch schwarzes Licht in mir.«

»Euer Hochmut wird Euch teuer zu stehen kommen.«

Das Lachen des Schattenkönigs schallte in dem Kokon aus Schwärze wider. Er hob die Hand und schwarzes Wasser rann an ihr herunter, schwer und ölig. Dann pustete er in die Luft. Schwarzer Schatten erschien und wirbelte um uns herum.

»Durch diesen Schatten gelangt nichts. Die Erde unter mir stirbt, wenn mein Wasser sie berührt. Ihr werdet es bemerkt haben, da ich in Euren Augen sehen kann, dass Ihr auch die Erde in Euch tragt. Ihr werdet keine Kraft mehr aus ihr bekommen. Im Gegenteil. Je länger Ihr auf dem Erdboden bleibt, das mein Wasser berührt hat, desto schwächer werdet Ihr. Es ist das pure Gift für Euch und Euresgleichen. Ihr werdet sterben und ich brauche mich noch nicht einmal dafür anstrengen.«

Sein Lachen versetzte mich in Panik. Mein Licht flackerte und erinnerte mich daran, zu vertrauen. Ich schloss meine Augen und versuchte, meinen Atem wieder zu beruhigen. Etwas Nasses lief meine Wange hinab. Eine Träne. Ich öffnete die Augen und erkannte, dass mein Lichtschild wieder so stark leuchtete, dass der Schattenkönig sein Gesicht abfällig verzog. Ich hob mein Schwert. Das Schwert des Schattenkönigs fuhr in diesem Moment auf mich nieder. Meins fing den Schlag ab. Mein Körper bebte unter dem Hieb und ich keuchte auf. Wieder kam ein Schlag und ich sprang zur Seite. Der Hochkönig war groß. Ich musste nur schneller sein. Flink und geschmeidig wie eine Katze im Wald sprang ich unter dem Schwertarm des Hochkönigs hindurch und hieb mein Schwert auf seinen Rücken, aber der dicke Panzer seiner Rüstung milderte den Schlag ab. Die Wucht musste der Schattenkönig dennoch gespürt haben, denn er verzog sein Gesicht zu einer Fratze und in seinen Augen blitzte der Zorn auf. Er wirbelte schneller herum, als ich reagieren konnte, und sein Schwertarm drückte mich zur Seite. Ich stand zu dicht an ihm, als dass sein Schwert mich erwischen konnte. Die Gewissheit des Sieges leuchtete nun wieder in seinen Augen auf. Das konnte ich nicht zulassen. Ich schlug nach ihm, aber sein Schwert fing den Schlag ab. Seine Antwort auf meinen Angriff kam sofort. Ich rollte mich zur Seite, sprang sofort wieder auf die Füße und musste schon wieder den nächsten Angriff abwehren. Die Dunkelheit um mich begann sich zu drehen. Wie in einer Windhose stürmte die Schwärze um uns herum. Der Hochkönig ließ mir keine Zeit, um einen neuen Angriff auszuführen. Meine Brust hob und senkte sich schwer. Mein Herz raste. Den nächsten Angriff konnte ich nicht abwehren. Die Schneide seines Schwertes schlug hart auf meine Schwerthand. Mein Schutzschild aus Licht erlosch. Der Schmerz durchfuhr meine Hand und zuckte durch meinen Körper, sodass ich aufstöhnte. Mein Schwert landete krachend auf dem Boden. Der Hochkönig lachte triumphierend auf und trat mit dem Fuß darauf. Die Klinge wurde sofort schwarz und zerfloss unter seinem dicken Stiefel, als wäre sie nur Wasser. Mit einem Hieb stieß er mich mit der anderen Hand zu Boden.

Die Erde umfing mich wie ein Todestuch. Ihre Kraft war verloren. Der Hochkönig beugte sich dicht zu mir herunter. Meine Hand war unbeweglich. Ich kam nicht an den Dolch in meinem Stiefel. An den Dolch von Darius. Ich brauchte ihn. Ich spürte, wie die vergiftete Erde sich um mich legte, als würde ich in einem Moor versinken.

34
~ Vor der Hochstadt ~

Raven drückte Mistrane an sich und sah zu den anderen auf. »Sie lebt.«

Kurz war Darius beruhigt, aber sein Blick schnellte sofort wieder zurück zur Hochstadt. »Wo ist Raja?« Seine Stimme bebte vor Anspannung und Dragon tänzelte unruhig unter ihm hin und her und warf seinen Kopf immer wieder gegen das Zaumzeug.

»Sie ist noch da unten zwischen den Schattenkriegern. Wir müssen zu ihr. Der Hochkönig ist auch dort. «

Raven nickte und fuhr ihr mit der Hand über die Wange. »Wir werden Raja retten. Halla bringt dich zu den Heilern. Ich werde gleich wieder bei dir sein.« Er blickte Halla bittend an und sie nahm sich Mistrane an.

»Haldran, kannst du einen Tunnel zu Raja legen?« Darius sah den Erdkrieger flehend an.

Haldran ließ seinen Blick über das Schlachtfeld schweifen und schüttelte langsam den Kopf. »Es ist zu gefährlich. Ich kann sie in dem Gewühl der Schlacht nicht finden und es ist auch nicht sicher, ob ich den Tunnel halten kann, wenn ich ihn an die Oberfläche führe, zumal der Tunnel an mein Leben gebunden ist.«

Darius nickte. Das Risiko war zu groß.

»Ich werde hier versuchen, so viele Schattenkrieger wie möglich in den Höhlen im Erdreich gefangen zu halten.«

Raven schwang sich auf Skys Rücken und deutete Darius an, ihm zu folgen. Die beiden Pferde sprengten durch die Krieger auf die Stelle zu, auf die Mistrane gedeutet hatte. Immer wieder riss dicht neben und vor ihnen die Erde auf und verschluckte die gegnerischen Krieger. Die beiden Hengste scheuten und sprangen zur Seite. Ihre Reiter hatten Mühe, voranzukommen und die Gegner abzuwehren, die Haldran ihnen nicht vom Hals schaffen konnte. Raven ließ immer wieder ein Gitter aus Blitzen um sie herum schnellen, doch den vernichteten Gegnern folgten immer wieder neue. Dort, wo sie Raja vermuteten, hatte sich eine tosende Dunkelheit gebildet. Der Hochkönig hatte einen Kokon aus Schatten um sich und Raja gezogen. Die Zahl der Schattenkrieger verdichtete sich und versperrte den Reitern den Weg. Darius hieb mit seinem Schwert immer wieder auf die Angreifer, während Raven mit Lichtblitzen versuchte weiterzukommen. Darius ließ seinen Wind auf die Dunkelheit los, doch der Schatten ließ sich nicht wegwehen. Er begann zu wirbeln und wurde immer undurchdringlicher.

Die Schattenkrieger drängten die Reiter wieder zurück und in Darius machte sich Verzweiflung breit. Er kam nicht weiter an Raja heran.

»So treffen wir uns also wieder.« Darius wirbelte herum und Dragon sprang wiehernd zur Seite. Skrull trat mit gezogenem Schwert auf ihn zu. Das hämische Grinsen erschien wie eine Fratze unter dem Blut und Dreck, den der Schattenkrieger durch den Kampf abbekommen hatte. Die Zügel des schwarzen Hengstes glitten Darius durch die Hand, als er von dessen Rücken sprang. Dragon würde selbst in dem Kampfgewühl zurechtkommen. Als hätte sein Geist den Befehl über seinen Körper verloren, zog seine Schwerthand das Schwert aus der Scheide, die an seiner Seite hing. Die Blitze, die Raven immer noch um ihn schießen ließ, bemerkte Darius nicht mehr. Seine Sicht wurde dunkel durch die Schatten, die sein Blickfeld auf seinen Gegner verschmälerten.

Skrull lachte zufrieden auf, als Darius sein Schwert gegen ihn erhob. »Auf diesen Moment warte ich schon so lange. Endlich kann ich deinen Mischlingsarsch in das Sumpfloch zurückschieben, aus dem du gekrochen kamst.«

»Du vergisst, dass es dein König war, der mich aus meinem Sumpfloch gezogen hat, weil er jemand Stärkeren brauchte als dich.« Diesmal war es Darius, der ein fieses Grinsen aufsetzte, bevor er sein Schwert gegen den Schattenkrieger führte.

Die Klingen der Schwerter glitten kreischend aufeinander und wurden genauso schnell wieder auseinandergerissen. Darius parierte gekonnt die Schläge von Skrull und konnte doch keinen Schlag gegen den Schattenkrieger setzen. Die Heftigkeit, mit der die Schwerter aufeinanderschlugen, wurde stärker und keiner der beiden Gegner wich freiwillig zurück. Die Wut verzerrte das Gesicht von Skrull immer mehr, bis er Darius zurückschleuderte und ihm seinen Schatten hinterherwarf. Der erreichte sein Ziel jedoch nicht. Eine Wand aus Wasser verschluckte ihn.

»Glaubst du ernsthaft, dass du mich mit Schatten töten kannst?«

Das Wasser verschwand und Darius trat einen Schritt vor. Seine Augen waren schwarz und die Schatten wirbelten um ihn herum. Skrulls Augen weiteten sich und er wich einen Schritt zurück.

»Wie du siehst, bin ich nun auch ein Schattenträger, also dürfest du meine Autorität nicht weiter infrage stellen.« In Darius' Hand wirbelte ein Schatten, der sich zu einem Dolch formte.

»Du bist und bleibst ein elender Mischling. Du hast nur Glück gehabt, dass der Gabensucher dich eher in die Finger bekommen hat als ich.« Skrull hob sein Schwert wieder an und wollte auf Darius zustürmen. Eine Windbö stieß ihn zurück und er taumelte.

Den Moment nutzte Darius und er ließ seinen Schattendolch fliegen. Das dumpfe Geräusch, mit dem er den Brustpanzer genau an der Stelle durchbrach, auf der das Zeichen des Generals prangte, ließ die Zeit einfrieren. Skrulls Bewegungen verlangsamten sich. Während seine Beine langsam unter ihm nachgaben, ruderte er mit seinen Armen unkontrolliert um sich. Darius blinzelte auf, als um ihn herum grelle Blitze zuckten. Die Schatten, die aus dem Schattenkrieger herausbrachen, verschluckten die Blitze und verhinderten den Aufschlag auf dem Boden. Darius' Arme hingen kraftlos an ihm herunter, während er dastand und auf den toten Schattenkrieger blickte, aus dem sich die Schatten wie fliehendes Getier entfernten.

»Darius!« Der Ruf riss ihn wieder aus der Starre, in die er kurz verfallen war. »Komm, wir müssen einen Weg zu Raja finden.«

Sky, der sich vor Darius aufbäumte, holte ihn zurück in die Zeit und der Lärm des Kampfgeschehens brach über ihn herein. Dragon kam auf ihn zu, Darius sprang auf den Rücken des Hengstes und setzte mit ihm und Raven auf dem weißen Hengst an seiner Seite auf den Schattenkokon zu.

35
~ Vor der Hochstadt ~

Meine weit aufgerissenen Augen spiegelten sich in denen des Hochkönigs. Sein bitterer Atem ließ Übelkeit in mir aufsteigen und seine Nähe nahm mir die Luft. Ich wandte mich angewidert von ihm ab.

»Nun seht Ihr, dass es keinen Sinn macht, mich besiegen zu wollen. Ihr liegt hier allein. Unbewaffnet. Eure Schwerthand ist zerschmettert. Und in Eurer Hilflosigkeit werdet Ihr nun einsehen müssen, dass die Clane verloren sind. Kein Element kann mich besiegen und kein Licht hält meinem Schatten stand. Weder Eures noch das Eures Bruders. Nur leider werdet Ihr es nicht miterleben, wie ich sein Licht nehmen werde.«

Ich blickte ihn wieder an. Meine verletzte Hand fuhr langsam zu seinem Panzer. Er drückte sich dagegen und lachte, als ich vor Schmerz wimmerte. Meine Lippen formten Worte, doch meine Stimme ging im Getöse des Schattens unter. Eine Träne löste sich aus meinem Augenwinkel und tropfte auf die schwarze Erde.

»Ihr müsst schon lauter sprechen, wenn Ihr noch etwas sagen wollt, bevor ich Euer Licht nehme und Ihr für immer in die Dunkelheit gehen werdet.«

Mir liefen weitere Tränen die Wangen herunter. Die Dunkelheit wirbelte weiter. Meine Stimme war kratzig und rau. Ich musste den Schmerz, der sich durch meine Kehle zog, überwinden. Meine Hand bewegte sich hilflos und dann brachte ich die Worte hinaus.

»Ihr werdet niemals siegen. Das lasse ich nicht zu.«

»Vielleicht habt Ihr es noch nicht bemerkt, aber Euer Leben ist gleich zu Ende. Also werde ich Euch diese törichte Aussage verzeihen, da ich es ja auch sein werde, der Euch weiteres Leiden ersparen wird.«

Meine Hand zuckte kurz, als mein Licht aufknisterte. Der Hochkönig setzte zu einem Lachen an, doch es erstarb, als mein Lichtdolch in seine Seite fuhr. Mit weit aufgerissenen Augen und seinem Mund zu einem stummen Schrei geformt, blieb er über mich gebeugt. Ich schrie meine ganze Wut hinaus und ließ alles, was ich an Kraft aus mir und aus meinem Hellerstein ziehen konnte, in den Hochkönig fließen. Ich spürte, wie das Licht aus mir herausbrach. Es drang in den Schatten ein und zerstörte ihn mit einer Explosion. Ich spürte, wie eine Welle aus Licht über die Hochebene preschte und jede Dunkelheit zerstörte, die es berührte.

Der Hochkönig über mir zitterte. Sein Körper wandelte sich und schrumpfte, bis er auf mich herunterkrachte und mich unter sich begrub. Mein Licht erlosch. Ich sah am Himmel die Sterne stehen und es verwunderte mich kurz, dass die Schönheit der Nacht bereits über uns hereingebrochen war, wo doch erst die Sonne aufgegangen war. Erleichtert ergab ich mich meiner Müdigkeit, die genauso schwer auf mir lag wie der tote König. Mit einem Seufzen verabschiedeten sich die Sterne über mir und die Nacht wurde dunkel und still.

Der Schattenkokon vor Raven und Darius erzitterte plötzlich und es bahnten sich Lichtstrahlen durch die Dunkelheit hindurch. Die Schattenkrieger hielten inne und blickten irritiert zu dem Licht, das mit einer gewaltigen Kraft durch die Dunkelheit brach. Sie wurden von ihren Füßen gerissen und die Hengste stiegen schreiend auf. Darius ließ sich von Dragon rutschen und ging dem Licht entgegen. Seine Augen bedeckte er mit dem Arm. Die Kraft des Lichtes umfing ihn und er musste um jeden Schritt kämpfen, aber erfolglos, denn die Wucht der Lichtwelle drückte ihn schlussendlich weg und er ließ sich nach vorn fallen. So plötzlich, wie das Licht aus dem Schatten hervorgebrochen war, erlosch es auch wieder. Die Dunkelheit war vollständig verdrängt. Die Schattenkrieger um Darius herum, die ebenfalls auf den Boden gedrückt worden waren, standen schwankend auf. Auch Darius mühte sich, wieder auf die Beine zu kommen, und sah sich kurz irritiert um. An den verwirrten Blicken der anderen konnte er erkennen, dass die Wirkung der Horchertinktur, die ihnen verabreicht worden war, nachließ. Darius wusste nur zu gut, was für eine Verwirrung das mit sich brachte. Mühsam kam er wieder auf die Beine und ging schleppend weiter zum Ursprung der Lichtwelle.

Darius fand Raja, sie war begraben unter dem toten Hochkönig. Ihre hellen Haare leuchteten auf der schwarzen Erde. Hinter Darius waren Schritte zu hören und er fuhr herum. Seine Hand ruckte zu dem Dolch, den er noch am Gürtel trug, doch er ließ ihn wieder los. Raven eilte an seine Seite und half ihm, den Hochkönig von Raja zu heben. Sie lag still da und Raven kniete neben ihr nieder.

»Sie atmet noch. Wir müssen sie zu den Heilern bringen.« Darius pfiff Dragon zu sich.

Raven nickte. Die Sorgen zeichneten ihm tiefe Falten auf die Stirn. Darius sprang auf den Rücken des schwarzen Pferdes und Raven hob Raja hoch zu ihm auf den Pferderücken. Darius wartete nicht darauf, dass Raven ebenfalls auf sein Pferd stieg. Er ließ Dragon loslaufen und nahm keine Rücksicht auf die Krieger, die in seinem Weg standen. Es machten ihm ohnehin alle den Weg frei.

Raja lag an seiner Brust und ihre Haare, die sich aus ihrem Knoten gelöst hatten, wehten wie eine weiße Flagge neben ihm im Wind.

Die Lichtträgerin, die den Hochkönig besiegt hatte.

36
~ Im Hochpalast ~

Das Zimmer, in dem ich aufwachte, war mir fremd. Das Licht floss hell durch die hohen Fenster und wärmte das Bett, in dem ich lag. Meine Augen brauchten einen Augenblick, um sich an die Helligkeit zu gewöhnen. Meine Schläfe brannte. Vorsichtig tastete ich mit den Fingern danach. Der Hellerstein unter meiner Haut pulsierte leicht. Ich ließ meinen Blick durch den Raum wandern.

Auf dem Sessel neben dem Bett saß Darius in sich zusammengesunken und schlief. Er war hier. Auf seiner Stirn war eine krustige Verletzung zu erkennen. Genauso wie an seinem Arm, der unter dem hochgekrempelten Hemdärmel zu erkennen war. Keine tiefen Verletzungen und trotzdem versetzte mich ihr Anblick in Sorge. Ich schloss die Augen noch einmal und unterdrückte die Tränen. Mein Körper fühlte sich weich an, aber nicht mehr schwach oder kaputt. Meine Hände konnte ich mühelos bewegen. Die Heiler mussten ganze Arbeit geleistet haben. Langsam stützte ich mich auf die Ellenbogen und ließ meinen Blick noch einmal genauer durch das Zimmer wandern. Ein Tisch und Stühle. Ein hoher Schrank. Die Einrichtung glich der einer Königin. Ich schlug leise die Decke weg und stand auf. Meine Beine waren wacklig, aber ich fand schnell wieder den richtigen Stand. Am Ende des Bettes lag ein Kleid und passende Unterkleider. Meine Kleidung vom Schlachtfeld war verschwunden. Meine Finger berührten den weichen weißen Stoff. Viele kleine Steine waren in das Kleid eingenäht. Sicherlich kam es von Raven.

Raven.

Ich rief ihn über meinen Geist. Er würde kommen. Ich ließ mein Unterkleid von meinen Schultern gleiten und zog das neue an. Zögernd trat ich wieder zu dem mit Steinen besetzten Kleid und ließ es über meinen Körper fließen. Der Stoff schmiegte sich an mich und ich musste lächeln. Raven hatte wieder ein Kleid ausgesucht, das mich wie eine zweite Haut umschloss. Der Rock unten wallte weit um meine Beine. Darius schlief noch. Ich wollte ihn nicht wecken. Sein Anblick war beruhigend. Ich trat an das Fenster und blickte hinaus. Vor mir lagen der Garten des Hochpalastes und die Hochstadt. Sie wirkten verändert und doch sahen sie nicht anders aus als damals auf dem Ball.

Die Tür hinter mir wurde leise geöffnet und ich drehte mich zu Raven um. Er blieb in der Tür stehen und sah mich prüfend an. Ich legte schnell ein Lichtschild über Darius. Er sollte noch schlafen. Raven nickte zustimmend und kam schweigend auf mich zu. Wortlos zog er mich in seine Arme und ich spürte an seinem Atem, dass er seine Tränen nicht halten konnte. Mir ging es nicht anders. Wir standen viele Augenblicke so da. Erst als unsere Augen wieder trocken wurden, ließ Raven mich los und musterte mich. Genau wie ich ihn. Er sah müde aus, obwohl seine Augen leuchteten. Auf seiner Stirn zeichneten sich dunkel die Zeichen des Hochkönigs ab – die Clanzeichen aller Clane miteinander verschmolzen. Ich hob meine Hand und fuhr mit den Fingern die feinen Linien nach.

Wie es schon immer sein sollte.

Wie es schon immer sein sollte.

Ich lächelte ihn an. Mein Bruder, der Hochkönig. Er schien zu spüren, dass ich etwas wehmütig wurde, grinste mich schief an und kniff mich leicht in die Seite.

»Benimmt sich so ein Hochkönig?«

Er räusperte sich und es trat wieder eine Ernsthaftigkeit auf sein Gesicht. »Du hättest nicht allein aufstehen sollen. Wie fühlst du dich?«

»Es geht mir gut. Wie lange habe ich geschlafen?« Meine Stimme klang belegt und ich brauchte ein paar Worte, bis ich sie nicht mehr fremdartig empfand.

»Heute sind es acht Tage. Russ und Larine waren oft hier. Warte, ich hole dir etwas Wasser.«

Raven ging zu dem Tisch und goss Wasser aus einem Krug in ein Glas und reichte es mir. Ich hatte gar nicht bemerkt, dass es auf dem Tisch stand. Nun sah ich dort auch einen kleinen Imbiss aus Obst und Brot.

»Was ist geschehen? Ich kann mich nicht mehr erinnern.«

Raven lachte und ließ sich auf die Fensterbank sinken. Dann wurde er ernst. »Beginnen wir mal damit, dass du Befehle missachtet und viele in Gefahr gebracht hast. Dass ich dich wieder einmal retten musste, wobei ich Hilfe hatte.« Raven deutete mit dem Kopf auf den schlafenden Darius. Er fuhr fort. »Wir wollten dir helfen, doch der Hochkönig hatte euch eingeschlossen. Wie du ihn besiegt hast, wissen wir nicht. Dein Licht brachte seine Dunkelheit zu Fall und hat die Schlacht beendet. Davor sah es nicht gut für uns aus. Der Schattenkönig hatte auch seine Krieger unter Horchertinktur gesetzt. Sie hätten sich niemals ergeben. Nur der Tod konnte sie aufhalten. Selbst schwerverletzt hörten sie nicht auf, unsere Clankrieger zu attackieren. Erst als die Macht des Schattenkönigs zerstört war, legten sie ihre Waffen nieder. Wir haben also gewonnen. Die Clane haben große Verluste erlitten, aber ohne dich wäre es das Ende der Clane gewesen. Es hatte den Anschein, dass der Schattenkönig das Opfer in Kauf genommen hätte.« Raven blickte auf seine Hände und ich ergriff sie. Mir stockte das Herz und Tränen sammelten sich in meinen Augen.

»Es war für die Clane und die Clane haben gesiegt.« Trotzdem bildete sich ein Kloß in meinem Hals.

Du brauchst keine Angst haben. Deine Freunde aus dem Untergrund und auch die Erdkrieger haben nur kleine Verletzungen davongetragen. Es geht ihnen schon wieder gut. Die Stadt blieb annährend unversehrt. Nur die Stadtmauer ist zerstört worden. Wir haben angefangen, sie mit den Steinen auszubessern, die der Schattenkönig aufstocken ließ. Die Hochstadtbewohner, die unter dem Einfluss der Horchertinktur standen, wurden versorgt. Durch den Einsatz von Haldran konnten wir viele retten. Auch wenn sie es nicht lustig fanden, dass sie kurzzeitig unter der Erde eingesperrt waren.

»So viel Leid, damit die Clane wieder in Ruhe leben können. Ich hoffe, dass sie die Opfer, die gebracht wurden, nie vergessen werden.«

»Das werden sie nicht. Der Clanrat hat mich als neuen Hochkönig bestätigt. Das Licht soll wieder das herrschende Element sein.«

Raven lächelte mich an und ich fiel ihm um den Hals.

»Nun. Ich bin mir nicht sicher, ob es wirklich eine gute Wahl war.«

Ich sah ihn fragend an. »Warum sollte es das nicht gewesen sein?«

»Weil meine Wahl anders gewesen wäre.« Er hielt mir eine kleine Krone hin, die er aus seinem Umhang gezogen hatte. Ich schüttelte den Kopf, aber er legte sie mir trotzdem in die Hände. Es schlangen sich Blätter und Ranken ineinander, die eine Vielzahl von kleinen und größeren Blüten hielten. Die Blütenblätter waren aus Hellersteinen gefertigt.

Meine Finger strichen vorsichtig über die filigrane Krone. »Du weißt, dass ich den Hochthron nicht will.«

»Ja, das weiß ich. Aber die Clane bestehen darauf. Wir werden gleichberechtigt herrschen.«

Raven nahm mir die Krone aus den Händen und legte sie auf meinen Kopf. Sie schmiegte sich perfekt an und tauchte fast in meine Haare ein. Ich spürte ein Ziehen, das sich über meine Stirn zog. Das Stechen war unangenehm und ich tastete mit den Fingern danach, konnte aber nichts spüren.

Raven lächelte. »Königin der Clane.« Er griff nach einem kleinen Spiegel, der auf dem Waschtisch lag, und hielt ihn mir hin.

Ich erschrak kurz, als ich die Frau im Spiegel sah. Die Krone war auf dem weißen Haar und kurz unter dem Haaransatz zeichneten sich die dunklen Linien der Clane über meine Stirn. Meine Finger glitten wie angezogen darüber und ich konnte meinen Blick nur schwer lösen.

Raven nahm mir den Spiegel weg und lächelte mich zufrieden an. »So habe ich mir das vorgestellt. Die Elemente haben dich gewählt. Aber würdest du bitte etwas Licht geben?« Mit den Fingern schnippte er leicht gegen meine Krone und ich musste unweigerlich den Kopf schütteln.

»Du bist manchmal so berechnend. Was ist, wenn ich das nicht will?«

»Dein Licht geben? Das wirst du tun, denn dein Kleid und diese Krone sind dafür gemacht, dass du es gibst. Die Clanzeichen musst du tragen. Diesmal gibt es niemanden, der das für dich tun kann.«

Er hatte recht und meine Gedanken glitten zu Halla. Raven holte mich mit einer kurzen Berührung am Arm wieder zurück. Ich tat ihm den Gefallen und ließ mein Licht schwach leuchten. Die Hellersteine des Kleides und die der Krone sogen das Licht auf und gaben es wieder ab. Ich spürte, wie es alles an mir zum Leuchten brachte.

Raven nickte zufrieden. »Mir ist klar, dass du nicht in der Hochstadt bleiben und auch den Hochthron nicht haben willst. Wir sind aber die letzten hochgeborenen Lichtträger. Du hast keine andere Wahl. Ich denke aber, dass es wichtig für deine Position ist, dass du viel Zeit bei den Clanen verbringen kannst. Ich werde mir da schon was ausdenken.«

Ich schloss Raven in meine Arme. »Ich danke dir.«

»Und ich danke dir. Ohne dich würde es uns nicht mehr geben und lass das die anderen ruhig spüren.«

»Du bist furchtbar.«

»Ich weiß und nun werde ich furchtbar zu jemand anderem sein. Mistrane will dich nachher noch sehen. Vielleicht erlöst du die schlafende Schönheit aus dem Sessel da drüben. Aber erst muss ich allen erzählen, wie niedlich er dort lag.«

»Das lässt du schön bleiben.«

Raven war schneller als meine Faust und ich traf ihn nicht wie geplant an der Schulter, sondern gar nicht. Er trat lachend aus der Tür hinaus. Ich ging zu dem Sessel und zog das Licht von Darius herunter. Ich beugte mich über ihn und strich die Haarsträhne aus seinem Gesicht. Von meiner Berührung geweckt, schlug er die Augen auf und sah mich überrascht an, als müsste er erst begreifen, wer vor ihm stand. Dann sprang er auf und ich fand mich in seinen Armen wieder.

»Raja, du bist wach.«

»Ja. Es geht mir gut.«

Darius musterte mich genau und sein Blick blieb an meiner Stirn hängen. Die Krone und die Clanzeichen waren nicht zu übersehen.

»Meine Königin.« Er trat einen Schritt zurück und neigte den Kopf.

»Tu das nicht.« Ich schüttelte nur leicht den Kopf und zog ihn wieder zu mir heran. »Ich hatte Angst, dass dir etwas passiert ist bei der Schlacht.«

»Was meinst du, was ich für eine Angst hatte, als mir bewusst wurde, dass du nicht in Sicherheit bist, sondern direkt an der Stadtmauer. Ich dachte, dass ich dich verloren hätte. Aber ich wusste auch, dass ich dich finden würde, egal wo du in der Schlacht gesteckt hast. Ich werde dich immer finden.«

Seine Hände umgriffen mich und drückten mich noch stärker an ihn heran. Ich spürte ein leichtes Kopfnicken an meiner Schulter. Mein Gesicht vergrub ich an seiner und wir standen eine Weile schweigend ineinander verschlungen da, bis er mich losließ und mich musterte.

»Ich hatte eigentlich erwartet, dass ich dich schwach und elend im Bett aufwachen sehen würde. Aber nicht so. Du bist wahrlich eine Königin.«

»Ich wäre es lieber nicht.«

»Was wärst du dann?«

»Das weiß ich nicht.«

Darius zog mich wieder zu sich heran. »Dann finden wir das heraus.«

Ich drückte mich wieder an ihn und zog den Geruch nach Sommerregen ein, der von ihm ausging. Egal, was ich sein sollte, ich würde es nur mit ihm sein. Darius löste sich aus meinen Armen und schob mich von sich. Seine tiefblauen Augen sahen in meine und ich wünschte, die Zeit würde uns nie wieder trennen.

»Ich muss Russ und den anderen Bescheid geben, dass du wieder wach bist.«

»Nein. Geh nicht. Das wird Raven schon machen. Er war schon hier.«

Darius legte die Stirn in Falten und sah mich skeptisch an.

»Vielleicht habe ich ein Licht über dich gelegt, damit du uns nicht hörst.«

»Vielleicht?«

Ich grinste ihn an. »Bitte berichte mir, was in den letzten Tagen passiert ist.«

Er nickte und zog mich mit sich auf den Sessel. Er redete und berichtete. Immer wieder spürte ich, wie die Geschehnisse der Schlacht tief in ihm ihre Krallen wetzten. Als er berichtete, dass es all unseren Freunden und Verwandten gelungen war, die Schlacht zu überleben, lösten sich bei mir erneut die Tränen.

Darius beendete gerade seinen Bericht, als Mistrane die Tür zu meinem Gemach aufstieß. Ihre geröteten Wangen und ihr Atem verrieten mir, dass sie nicht gerade langsam hierhergeeilt war. Sie fiel mir in die Arme.

»Raven hat mir gerade erst gesagt, dass du wieder wach bist.«

»Ach, hat er das?« Ich grinste sie an.

»Mach da keine Witze drüber. Es war schwer genug, in den letzten Tagen einen Platz an deinem Bett zu kriegen. Darius war die meiste Zeit hier.« Ihr Blick glitt zu Darius, der sich auf mein Bett gesetzt hatte. Ich sah indes an ihrem schwarzen Kleid mit den roten Schatten herunter. Der lange Schlitz gab ihr linkes Bein bis weit auf ihren Oberschenkel frei. Es lag eng an ihr. Bei jeder ihrer Bewegungen schimmerte das Rot durch das Schwarz hindurch. Mistrane wurde rot.

»Das Kleid steht dir außerordentlich gut. Ich schätze, ich kenne denjenigen, von dem du es hast.«

»Wenn ich dein Kleid ansehe, dann glaube ich es dir sofort.«

»Komm, wir setzen uns kurz und reden.« Ich wies Mistrane einen der Sessel zu. »Jetzt berichte mir, was passiert ist, als ich schlief.«

»In den letzten Tagen ist so viel passiert. Was möchtest du hören?«

»Ich kenne schon das, was Darius und Raven erlebt haben.«

»Nach der Schlacht und dem Tod des Hochkönigs ergaben sich die Schattenkrieger und die restlichen Hochstadtsoldaten.«

Ich drückte ihre Hand. Auch wenn sie sich gegen den Hochkönig gewandt hatte, war er doch ihr Vater. Sie lächelte mich müde an.

»Die Schattenkrieger sind jetzt mir unterstellt. Die Schattenfürstin ist nicht hier und kann sie daher vorerst nicht befehligen, deswegen unterwarfen sie sich meinem Befehl. Ich weiß nicht, ob ich das gutheißen möchte. Die anderen Clanfürsten misstrauen mir. Auch wenn die Schatten meines Vaters nicht mehr hier sind, sind sie in ihren Köpfen noch zu finden.«

»Sie werden dir vertrauen. Du hast als Nachtfalke oft genug bewiesen, auf wessen Seite du stehst.«

»Darauf hoffe ich. Raven hat es ermöglicht, dass ich den Hochkönig allein weitergeleiten konnte. Er ließ mich ein Feuer im hinteren Palastgarten errichten. Es war niemand dabei. Außer Raven.«

Mistrane blickte mich an, als sie meinen prüfenden Blick auf sich spürte. Auf ihren Wangen erschien eine schüchterne Röte, die in ihren Augen umso mehr glänzte.

»Raven hat sehr viel Zeit mit mir verbracht.«

Ich griff nach ihrer Hand.

Du musst mir davon nicht erzählen. Ich spüre, dass dich und meinen Bruder ein starkes Band verbindet. Ihr werdet glücklich sein, wenn ihr euch gegenseitig ertragen könnt.

»Das werden wir.«

37
~ Im Hochpalast ~

In den nächsten Tagen war ich nie allein. Es kam immer wieder jemand zur Tür hinein, um nach mir zu sehen. Ich erzählte und hörte zu. Es ermüdete mich immer mehr, es fehlte mir jedoch auch die Kraft, die Tür verschlossen zu halten.

Nun klopfte es zaghaft, als ich kurz allein war. Vega steckte ihren Kopf zur Tür hinein. »Raja, es ist schön, Euch zu sehen. Ich weiß, dass Ihr erschöpft sein müsst, aber der Clanrat braucht Euch. Es gibt eine Anhörung im Kronsaal. Es tut mir leid, dass Ihr dabei sein müsst. Aber einige der Clanfürsten ließen sich nicht umstimmen.«

Ihre Besorgnis machte mich unruhig und ich ging mit. »Es muss Euch nicht leidtun.«

»Doch, in dem Fall schon. Die Angelegenheit ist nicht erfreulich.«

Vega schwieg den restlichen Weg und ich hielt es besser, ihr Schweigen zu erwidern.

»Herrin.«

Ich blieb stehen und entdeckte Riva und die Lichtkrieger in einer Fensternische. Ich hatte die Lichtträgerin seit der Schlacht nicht mehr gesehen.

»Verzeiht. Darf ich Euch etwas fragen?«

Ich trat auf Riva zu und ergriff ihre Hände. »Ihr könnt mich alles fragen, was Ihr möchtet. Ich bin Euch zu großem Dank verpflichtet.«

Mein Blick wanderte von Riva zu den drei Lichtkriegern, die hinter ihr standen und eine Verneigung andeuteten.

»Eure Hilfe war entscheidend. Nur dank Eurer Blitze konnte die Mauer der Hochstadt eingerissen und der

Hochkönig vor die Stadt gelockt werden. Das Clanreich ist Euch zu großem Dank verpflichtet.«

Ich ließ meine Hände sinken und verneigte mich vor den Lichtträgern.

»Nun. Euren Dank nehmen wir gern an. Doch …« Riva sah sich kurz zu ihren Begleitern um.

Ich spürte, dass den Lichtträgern etwas auf der Seele lag. »Sprecht frei. Ihr braucht Euch nicht zu scheuen.«

»Wir sind vor so vielen Jahren in das Seereich aufgebrochen. Als das Licht fiel, fanden wir dort ein neues Heim. Ein Zuhause. Wir haben dort Freunde gefunden und Familien aufgebaut.«

Mein Blick glitt über die vier Lichtträger. Natürlich. Sie haben mein ganzes Leben und länger im Seereich gelebt. Ein Lächeln huschte über mein Gesicht. »Ihr möchtet in das Seereich zurückkehren.«

»Wir wissen, dass wir als Lichtkrieger dem Hochkönig verpflichtet sind. Wir wollen diese Pflicht nicht vernachlässigen.« Riffon neigte den Kopf und die anderen folgten seinem Beispiel.

»Nein. Ihr habt Eure Pflicht erfüllt. Ich möchte, dass Ihr in Euer neues Leben zu Euren Familien zurückkehrt. Ihr sollt nicht hier in der Hochstadt verweilen müssen, wenn Eure Herzen eigentlich woanders sind.«

»Das ist ein anderes Problem. Unser Herz hängt auch am Licht und an der Hochstadt.«

»Dann befehle ich Euch, dass Ihr uns so oft besuchen kommt, wie es Euch möglich ist. Ich erneuere Eure Aufgabe und schicke Euch als Abgesandte und Vermittler in das Seereich. Wenn ich es richtig sehe, ist es eine unserer Aufgaben, die äußeren Clanreiche wieder an uns zu binden und wieder ein großes Clanreich aufzubauen. Dazu brauchen wir Eure Hilfe im Seereich.«

Riva lachte und ich zog die Lichtträgerin an mich.

»Eure Mutter wäre so stolz auf Euch.« Ihre leisen Worte ließen Tränen in meine Augen steigen.

Hinter mir hüstelte Vega und ich ließ die Lichtträger am Fenster zurück. Ich wandte mich Vega zu und wir gingen weiter zum Clanrat.

»Ihr habt eine weise Entscheidung getroffen. Ich bin mir sicher, dass unsere Wahl, Euch zur Königin der Clane zu machen, richtig war.«

Wir erreichten den Kronsaal.

»Schau mal. Ich habe dir einen Thron anfertigen lassen. Einer Königin würdig.« Raven deutete auf den kleineren Thron, der neben dem Hochthron errichtet worden war. Anders als der größere, der aus Wolkenstein bestand, war der kleine aus Holz gezimmert, das mit Schnitzereien überzogen war.

»Er ist wunderschön.«

Raven führte mich durch den Saal und setzte sich auf seinem Thron. Mit einem kurzen Blick zur Seite deutete er mir, dass ich mich ebenfalls setzen sollte. Die anderen Clanfürsten saßen neben uns und neigten ihre Köpfe, als ich Platz nahm. Ich nickte ihnen zu.

»Wo sind die Vertreter des Erd- und des Schattenclans?«

»Leider konnten wir die Erdfürstin und die Schattenprinzessin nicht antreffen, als die Bitte um Anhörung an uns herangetragen wurde. Vielleicht vergnügen sich die Damen in der Hochstadt.« Ferro, der Feuerfürst, sah mich herausfordernd an. Dass Halla und Mistrane nicht hier waren, machte mich unruhig. Ich sah aber Raikon, der hinter Ravens Thron stand. Ich fand es tröstlich, zu wissen, dass er hier war.

»Raja. Es ist eine Forderung an uns herangetreten, die dich betrifft. Wir müssen das leider auch für die Clane klären. Daher bitte ich dich, dieser Anhörung zu folgen.«

Ich spürte die Anspannung in Ravens Stimme.

Was ist hier los?

Ich konnte meine aufsteigende Angst nur schwer von ihm weghalten. Raven griff meine Hand und drückte sie.

»Bringt den Bittsteller hinein.«

Die Flügeltüren des Thronsaals öffneten sich und zwei Schattenkrieger führten Sorrel in den Saal und ließen ihn vor dem Thron stehen.

Mein Körper erstarrte. Ich blickte Raven von der Seite an. Der ließ Sorrel nicht aus den Augen. Ich spürte Sorrels Blick über mich gleiten und erschauerte angewidert.

»Bittsteller, bringt Euer Anliegen vor dem Hochkönig und der Königin der Clane sowie vor dem Clanrat vor. Wir werden Euer Anliegen beraten.« Ferro ließ seine Stimme durch den Saal hallen und ich spürte seinen verächtlichen Blick auf mir.

Er war gegen deine Wahl zur Königin der Clane.

In dem Moment kam Darius in seiner Uniform in den Thronsaal. Falkon folgte ihm. Als er Sorrel sah, verdunkelten sich seine Augen.

»Ich fordere meine Frau zurück. Die Königin der Clane, wie Ihr sie nennt, ist nach Clanrecht meine Frau.«

Sorrels Stimme kroch mir unter die Haut. Darius' Hand fuhr an sein Schwert und Raven hob die Hand, um ihn zurückzuhalten. Falkon griff den Arm von Darius und hielt ihn im Hintergrund.

Vega stand auf. »Eure Forderung ist sehr schwerwiegend. Nicht nur für die Hochstadt, sondern auch für die Clane. Die Königin ist eine Hochgeborene. Wie es mir erscheint, seid ihr das nicht. Wie beweist Ihr Eure Forderung?«

Sorrel sah sie vernichtend an. Ich konnte kaum atmen.

Schick ihn weg. Bitte, Raven.

Das kann ich nicht. Es warten zu viele darauf, dass ich einen Fehler mache. Es sind nicht alle Clanfürsten mit unserer Wahl einverstanden und die Menschen der Hochstadt fürchten, dass ich die Interessen der Clane über sie stelle. Ich muss mich an die Gesetze halten. Vertrau mir. Ich habe bereits einen Plan. Auch wenn er dir nicht gefallen wird.

Raikon wurde hinter uns nervös. Ich wusste, dass er meine Unruhe und Angst spüren konnte.

»Ich kann nach meinen Bediensteten schicken, die bezeugen können, dass die Königin in meinem Haus gewohnt hat. Ich habe sie auf Clanland nach dem Clanrecht geheiratet.«

»Das genügt mir nicht.« Ravens Stimme wurde kälter.

Durian erhob sich. »Wenn es Euch recht ist, Hochkönig, würde ich nach Darina schicken. Sie kann uns mit ihrer Gabe behilflich sein. Sie kann die Erinnerungen der Königin im Wasser für uns sichtbar machen.«

Raven nickte ihm zu und Durian entließ einen Clankrieger des Wasserclans, um die Wasserfrau zu holen.

Sorrels Blick lag weiter auf mir und ich musste mich abwenden. Darius wurde immer unruhiger. Ich sah, wie Falkon leise auf ihn einredete. Es verging eine Ewigkeit. Mein Licht auf dem Kleid und in den Blüten meiner Krone war erloschen.

Bitte schick Darius hier weg.

Raven sah mich fragend an. Ich umklammerte die Lehnen meines Thrones, sodass meine Fingerknöchel weiß wurden.

Tu es einfach.

Doch es war zu spät. Darina trat durch die Tür und blieb neben Sorrel stehen. »Ihr braucht meine Gabe, Hochkönig?«

»Ja, das ist richtig.« Raven hob die Hand und zwei Hochstadtsoldaten trugen ein Becken mit Wasser in den Saal. »Ich möchte Euch bitten, dass Ihr die Erinnerungen der Königin in diesem Wasser wiedergebt. Ist Euch das möglich?«

Darina blickte mich an und nickte dann.

Vertrau mir.

Schick ihn weg.

Das kann ich nicht. Das weißt du. Er würde nicht gehen. Lass deine Angst nicht Herr über deine Gabe werden. Darius geht hier keinen Schritt weg. Im Gegenteil. Er würde sich eher den Weg freikämpfen, um an deiner Seite zu stehen. Geh zu Darina. Es wird alles gut werden.

Ich stand auf und versuchte, wieder Herr über meine Gaben zu werden. Das Licht floss zögerlich zurück in mein Kleid und meine Krone erstrahlte. Sorrel zog die Luft ein und wich einen Schritt zurück. Ich schenkte ihm keinerlei Beachtung. Nach außen war ich die Königin, die ich hier sein sollte. Innerlich zitterte ich.

Darina bot mir ihre Hände an und ich legte meine darauf. Sie schloss die Augen und ich blickte auf das Wasser. Die anderen Clanfürsten und auch Raven traten näher an das Becken, um einen besseren Blick auf die Wasseroberfläche zu haben.

Das Wasser kräuselte sich.

Darina sah mich an und ich schreckte kurz zurück. Ihre Augen waren komplett blau und wirkten fremd. Plötzlich brach Licht aus ihren Augen heraus und ich keuchte auf.

»Bitte lasst mich in Eure Gedanken. Ich werde im Wasser zeigen, woran Ihr Euch erinnert.«

Ich blickte wieder zu Raven und schüttelte leicht den Kopf. Er kniff die Lippen zusammen. Ich gab nach. Mein Blick lag auf Darius, der nun hinter Darina stand und mich aus schwarz umringten Augen ansah. Sein Blick machte es unendlich schwer. Trotzdem ließ ich Darina in meine Gedanken eindringen.

Die Clanfürsten murmelten, als meine Erinnerungen auf der Wasseroberfläche erschienen. Ich sah aus dem Augenwinkel die helle Mähne von Shiver. Die tiefblauen Augen von Darius und den Schatten. Wieder die Mähne von Shiver und mein wilder Ritt, weg von der Clanstätte. Die Clanfürsten murmelten und ich spürte, wie sie Darius blanken Hass entgegenbrachten. Dann drang ein bitterer Geruch über das Wasser in den Kronsaal. Horchertinktur. Die Clanfürsten traten einen Schritt zurück und blickten sich zu Darina um. Ihre Wasseraugen zuckten hin und her. Ihre Hände umklammerten meine. Sie ließ mich nicht aus der Übertragung meiner Erinnerungen. Ihr Geist hatte sich so fest in meinem verankert, dass durch meinen Kopf Schmerzen wie kleine Blitze zuckten. Die Erinnerungen auf der Wasseroberfläche wurden dunkler. Fremde Menschen tauchten auf. Der Geruch von Horchertinktur wurde durch den des Hemmersteins ergänzt. Sorrel und ein paar Männer tauchten auf der Wasseroberfläche auf. In Fetzen waren Bruchteile der Clanriten zu erkennen, mit denen sich die Seelenpartner miteinander verbanden. Hinter mir trat Raven von einem Fuß auf den anderen. Ich spürte, wie Vegas Wind um meine Beine kräuselte. Das Haus von Sorrel tauchte auf. Das kleine Zimmer unter dem Dach, in dem ich gelebt hatte. Mein Atem ging stoßweise. Ich konnte mich Darina nicht entziehen und ihre Hände umschlossen meine so fest, dass ihre Fingerknöchel weiß wurde. Ihr Geist hielt mich gefangen. Auf dem Wasser erschien Sorrel, der wieder neuen Geruch von Horchertinktur mitbrachte. Dann seine Hände, die nach der Wasseroberfläche griffen, und meine Kleider, die er wegzog. Sein dürrer Körper, der sich meinem näherte. Seine Hände, die meine in das Bett drückten. In mir stieg eine Übelkeit auf, die ich nicht zurückdrängen konnte. Sorrels Körper, der sich rhythmisch über mir bewegte.

Die Wasseroberfläche explodierte. Das Wasser schoss aus dem Becken und ergoss sich zeitgleich mit meinem Mageninhalt über den Boden des Thronsaals. Mein Körper zitterte und ich spürte die Erinnerungen auf meinem Körper, als würden sie wieder Wirklichkeit sein. Diese Erinnerungen, die ich so tief in meinem Geist verschlossen hatte, dass sie nie wieder hätten hervorkommen sollen.

Geschrei und Tumult rissen mich ins Hier und Jetzt zurück. Ich sah, wie Darius mit tiefschwarzen Augen und gezogenem Schwert auf Sorrel zuging.

»Bring ihn hier raus.« Ravens donnernde Stimme zerriss den Lärm im Thronsaal.

Darina hatte meine Hände freigegeben und ich sank auf meine Knie. Vegas Sturm brannte durch den Saal. Darina stand verwirrt vor mir. Ihre Augen sahen wieder normal aus. Aus ihrer Verwirrung schloss ich, dass sie nicht wusste, was sie gezeigt hatte. Durian zog sie zu sich und ließ sie aus dem Saal bringen.

Ich blickte mich um und sah, wie Falkon versuchte, Darius aus dem Saal zu ziehen. Raikon und zwei Hochstadtsoldaten eilten ihm zur Hilfe.

»Schafft ihn hier weg.« Um Raven spiehen kleine Blitze. »Und Ihr bleibt, wo Ihr seid.« Die Blitze schossen durch den Thronsaal und versperrten den Clanfürsten und Sorrel den Weg nach draußen.

»Lasst mich! Das war nicht so, wie es scheint!«, schrie der Pferdehändler panisch los. »Es ging nicht. Ich konnte mich nicht mit ihr vereinen.« Er drückte sich wimmernd auf den Boden und schlug die Hände über seinen Kopf. »Es ging nicht. Ich konnte nicht. Kein einziges Mal, wenn ich es versuchte …« Sein Heulen wurde immer leiser und ging im Tumult, der sich im Saal erhob, unter.

Ich spürte Hände an mir, die mich hochzogen. Ich folgte ihnen. Vega nahm mich mit sich aus dem Saal. »Ich hätte Euch gar nicht holen dürfen. Verzeiht. Ich war dagegen. Der Clanfürst des Wassers und der des Feuers hatten Euren Bruder unter Druck gesetzt. Der Feuerclan ist Euch nicht gerade wohlgesonnen. Sie wollten Euch nicht als Königin der Clane. Ich befürchte, dass sie Euch lieber als Ehefrau mit in den Feuerclan nehmen wollen. Durian hatte gehofft, dass Darius zum Wasserclan zurückkehrt, wenn Ihr nicht Königin sein würdet. Er wollte Euch nichts Böses. Euer Bruder war sich bestimmt nicht im Klaren, was Euch angetan worden ist.«

Ich ließ mich von ihr mitziehen, bis wir mein Gemach erreichten. Wie ich den Weg dorthin geschafft hatte, wusste ich nicht. Ich nahm um mich herum nichts mehr wahr.

»Bitte lasst mich allein.«

Vega nickte schweigend und verließ mich an der Tür. Ich trat in den Raum und zog das Licht der Kerzen und des Kamins zu mir. Die Dunkelheit, die mich umschloss, war fast tröstlich. Ich ließ mein Licht die Tür versiegeln. Meine Beine gaben unter mir nach und ich sackte zusammen.

38
~ Im Hochpalast ~

Raikon trat Raven in den Weg. Ravens Augen glühten durch die Blitze, die sich dahinter aufbauten.

»Was hast du dir dabei gedacht? Der Feuerfürst hat sich offen gegen die Wahl von Raja gestellt. Durian hatte auch Gründe dagegen. Der Clanrat war bei der Anhörung nicht vollständig. Wir haben einen Aufruhr im Kronsaal.«

»Was sollte ich machen? Der Bittsteller ist ein Bewohner der Hochstadt. Ich musste ihn anhören.« Raven schlug seine Hände vors Gesicht. Die Erinnerungen seiner Schwester kehrten immer wieder vor seine Augen zurück. Er hätte nicht erwartet, so etwas zu sehen. Den Einsatz von Horchertinktur hatte er sogleich verbieten lassen. Er würde die Tinktur vernichten lassen. Es sollte keinem mehr ein Schaden durch diese Substanz entstehen.

»Ist jemand bei Raja?«

»Sie hat ihre Tür versiegelt. Es kommt keiner hinein.«

Raikon ließ sich neben Raven auf einen Hocker fallen. »Der Pferdehändler wurde weggesperrt und wartet auf dein Urteil. Wir haben Darius auch festgesetzt. Es war sicherer so.«

Raven nickte.

»Die Prinzessin ist informiert. Sie wartet auf deinen Besuch in ihren Gemächern. Ich konnte sie überzeugen, dass es besser ist, dort zu warten. Halla sitzt vor der Tür von Raja. Ich fürchte, du hast viel zu tun in den nächsten Stunden.« Raikon erhob sich langsam und ging zu Raven. »Es wird sich schon alles wieder fügen. Niemand konnte glauben, dass es leicht werden würde. Es werden noch oft schlimme Ereignisse und schlechte Entscheidungen vor dir liegen.« Er klopfte Raven auf den Rücken und ließ ihn allein.

Raven rieb die Hände über seinen Kopf. Seine Blitze waren verschwunden. In ihm war nur eine tiefe Traurigkeit. Er hatte versagt. Seiner Schwester war so viel Leid zugefügt worden und er hatte es nicht verhindern können. Er hatte es nicht einmal gewusst. Er stand auf und ging durch den Hochpalast. Die Wachen waren abgezogen worden. Falkon hatte sich bemüht, die Zeugen des Vorfalls gering zu halten.

Als Raven zu der Tür von Rajas Gemach gelang, sah er Halla und Larine vor der verschlossenen Tür sitzen. Halla sprang auf und bevor er etwas sagen konnte, brannte seine Wange.

»Wie konntest du sie zu so etwas zwingen?«

»Woher hätte ich es wissen sollen? Hat sie sich dir anvertraut?«

Halla sah zu Boden. Raja hatte zu niemandem über das gesprochen, was sie nach ihrem Verschwinden erlebt hatte. Vermutlich hatte Darius, der in seinem Quartier tobte, noch am meisten gewusst. Sicherlich aber nicht alles.

Larine stand auf. »Hört auf. Es hilft keinem, sich die Schuld zuzuschieben. Wenn jemand Schuld hat, dann bin ich es. Ich habe Raja mit meiner Gabe behandelt, als ich ihren Hemmerstein entfernt habe. Ich durchlebe das Leid meiner Patienten, wenn ich sie heile. Ich wusste aber, dass sie es niemandem anvertraut hatte. Es liegt nicht in meiner Macht, Dinge meiner Patienten an andere heranzutragen, wenn ich dazu keine Erlaubnis habe, und jetzt kann es keiner mehr ändern. Ich fürchte, dass wir jetzt erst einmal abwarten müssen. Die Tür ist mit ihrem Licht verschlossen. Russ kommt nicht durch.«

Raven ging zu der Tür und legte seine Hand vorsichtig auf das Holz. Unter seinen Fingern sammelte sich Rajas Licht. Seine Blitze zuckten sachte in die Tür, doch das Licht schluckte sie. Er ließ die Hand sinken und schüttelte den Kopf. Hier war kein Eintritt für ihn.

»Geht euch ausruhen. Wir haben viel zu besprechen, wenn Raja wieder bei uns ist.«

Larine nahm Halla am Arm und die Frauen verließen den Flur. Raven blickte ihnen noch kurz nach. Dann ließ er seinen Geist nach Raja suchen.

Bitte lass mich ein.

Bitte lass mich in Ruhe.

Es tut mir leid. Ich habe es nicht gewusst.

Du hättest es nicht ertragen können. So wie du es auch jetzt nicht ertragen kannst.

Wir wollen dir helfen.

Schweigen. Raja blieb stumm.

Bitte ruf mich, wenn du mich sehen willst. Ich möchte dir helfen.

Nichts. Hinter der Tür blieb es stumm. Ravens Kiefer pressten sich aufeinander. Es war unendlich schwer für ihn, doch er wandte sich von der Tür ab und ging weiter. Sein Weg führte ihn hinab zu den Quartieren der Soldaten und Schattenkrieger. Falkon sah ihn den Gang entlangkommen. Die Haltung des Schattenkriegers veränderte sich und Raven bemerkte, dass seine Schatten sich aufgeregt um ihn legten.

»Es ist keine gute Idee, hierherzukommen. Ich habe Darius noch nie so erlebt. Ihr solltet vorsichtig sein, wenn Ihr mit ihm sprecht.«

»Ich kann ihm schon standhalten.«

Raven legte Falkon die Hand auf die Schulter. Der kurze Blick, den die beiden Männer tauschten, reichte Falkon aus und er trat zur Seite. Raven öffnete die Tür zu dem Quartier und trat in die Dunkelheit. Darius stand am Fenster und sah ihn nur kalt an. Die Schatten, die durch den Raum zogen, umschlangen Raven.

»Ihr hättet es nicht zulassen dürfen.«

Die Kälte in Darius' Stimme überraschte Raven nicht. Es erschien ihm nur rechtens, dass ihm jeder die Schuld für das Versagen aller gab.

»Genauso wenig wie Ihr. Ihr hattet sie hier in der Hochstadt unter Beobachtung.«

Darius sackte leicht in sich zusammen. »Ich konnte sie nach dem Überfall nirgends finden. Ihr wisst, warum ich sie gesucht habe. Erst nach Tagen drangen Gerüchte zu uns, dass ein heller Hengst in der Hochstadt gesichtet worden war. Falkon fand schnell heraus, wer den Hengst hatte, und ich kaufte ihn frei und setzte meine Schattenkrieger auf den Pferdehändler an. So brachte ich in Erfahrung, dass Slyth das Haus sehr oft besuchte. Er war hier einer der Heiler in der Stadt. Wir konnten ihm unter dem Schattenkönig keine Verbrechen nachweisen, aber er arbeitete mit dunkler Heilkunst. Larine hatte mir selbst einen Hemmerstein entfernt, daher erkannte ich, dass Raja auch einer eingesetzt worden war, als ich sie dann endlich fand. Es gelang mir, eine meiner Vertrauten in Sorrels Haus unterzubringen. Eine Wasserfrau. Sie kümmerte sich um Raja und versuchte, Übergriffe zu vermeiden. Dass es ihr nicht immer gelungen war, hatte sie nicht berichtet. Befragen könnt Ihr sie leider nicht mehr. Sie wurde auf der Flucht, bei der Raja in den Untergrund gebracht wurde, erschlagen. Ihr könnt Euch sicher sein, dass es Sorrel nicht überlebt hätte, wenn ich es gewusst hätte.«

Raven nickte. Er wusste, dass Darius die Wahrheit sagte. »Raja hat sich in ihrem Gemach eingeschlossen. Sie lässt niemanden hinein. Es wäre vielleicht Euch möglich, zu Ihr vorzudringen.«

»Wie soll ich ihr unter die Augen treten? Ich konnte sie nicht so beschützen, wie ich es hätte tun sollen.«

»Das haben wir alle nicht getan. Ich ließ sie allein zurück beim Erdclan. Es konnte keiner wissen. Halla trägt auch Schuldgefühle, weil sie Raja allein ins Geheime Tal geschickt hat.«

»Es war richtig, dass Halla sie weggeschickt hat. Ich hätte sie allein gegen Griffin nicht schützen können. Wenn der Gabensucher Raja entdeckt hätte, hätte er sie mit in die Hochstadt zum Schattenkönig geschleppt. Auf dem Ball der Clane schien er wie besessen von ihr zu sein.«

»Bitte versucht, zu Raja zu gelangen. Ich muss noch bei jemand anderem um Entschuldigung bitten.« Raven verließ den Raum und hatte, ohne es zu bemerken, die Schatten, mit denen sich Darius selbst gefangen hielt, verschwinden lassen.

Er nickte Falkon zu und ließ die Tür zu Darius' Quartier offen. Falkon blickte ihm noch kurz nach und trat dann selbst ein.

Raven ging gedankenversunken weiter durch den stillen Hochpalast. Er erreichte die Tür von Mistranes Gemach und wurde von Matheo abgefangen. »Ich freue mich schon darauf, wenn Ihr hier wieder rauskommt. Heile werdet Ihr sicherlich nicht sein.«

Matheos Grinsen ließ Raven kurz innehalten, aber er trat dennoch in das Gemach von Mistrane ein. Als er die Tür schloss und sich umdrehte, schaffte er es gerade noch rechtzeitig, sein Licht vor sich zu ziehen. Eine Flamme von Mistrane prallte dagegen und ließ es erzittern.

»Du brauchst nichts zu sagen. Ich habe falsch gehandelt.« Raven ließ sein Licht fallen und sah Mistrane in die rot glühenden Augen. Ihre Flammen tanzten gereizt um sie. »Bitte. Ich wusste es nicht. Hatte sie sich dir anvertraut?«

Die Flammen verschwanden schlagartig und Mistrane sank auf den Sessel, auf dem sie vor Ravens Ankunft noch gesessen hatte. Sie versteckte ihr Gesicht zwischen den Händen und Raven hörte sie aufschluchzen.

Mit schnellen Schritten durchlief er den Raum und ließ sich vor ihr auf die Knie fallen. Er nahm ihre Hände vorsichtig von ihrem Gesicht und sah sie an. »Es ist nicht deine Schuld.«

»Wir haben vermutet, dass sie in der Hochstadt war. Aber wir konnten sie nicht finden. Der Hemmerstein hatte sie für Griffin unsichtbar gemacht. Er hätte sie sofort gewittert und ich hätte eingreifen können. Darius hat sie erst nach ein paar Wochen gefunden. Ich will mir gar nicht ausmalen, was sie in der Zeit durchmachen musste.« Tränen rannen über Mistranes Wangen.

Raven strich sie mit seinem Daumen weg. »Bitte. Ich mag es nicht, wenn du weinst. Was kann ich tun, damit du aufhörst?« Er zog Mistrane zu sich heran, die vor ihm auf die Knie ging und sich an seine Brust legte.

Eng umschlungen saßen sie dort. Er hielt sie fest, bis ihre Tränen versiegten. Die Trauer um die Freundin und Schwester hielt sie zusammen. Raven strich Mistrane über den Rücken und seine Hände wanderten immer höher. Sie löste sich von seiner Brust und seine Hände umschlossen ihr Gesicht. Ihre Augen waren schwarz, das Rot schlummerte wieder in ihnen. Raven zog ihr Gesicht vorsichtig und abwartend zu sich heran. Als Mistrane ihre Augen schloss und ihm ihre Lippen entgegenreichte, legte er seine auf ihre und sie verschmolzen miteinander. Der Kuss, der so zaghaft begann, wurde immer fordernder und ihre Zungen erkundeten sich gegenseitig. Raven fuhr durch ihre Haare und ließ ihre schwarzen Strähnen durch seine hellen Finger gleiten. Mistrane zog sich dicht an ihn heran. Keuchend lösten sie sich voneinander, als wollten sie sichergehen, dass ihr Gegenüber genauso empfand. Zaghaft breitete sich ein wissendes Lächeln auf ihren Gesichtern aus, bevor ihre Lippen wieder aufeinandertrafen.

39
~ Im Hochpalast ~

Darius stand vor Rajas Tür und beobachtete ihr Licht, das nach ihm griff. Er zögerte immer noch, ob er zu ihr sollte. Die Schuld, die auf seinen Schultern lag, drückte ihn hart zu Boden. Der Flur war nur schwach erleuchtet. Die kleinen Lichtfunken, die sich von der Tür lösten, schienen ihn zu rufen.

Er legte seine Hand auf das Holz der Tür und die Lichtfunken zogen sofort zu seinen Fingern. Unter seiner Hand spürte er ihr Kribbeln und Tanzen. Sein Schatten floss aus seiner Hand und schmiegte sich an das Licht. Fast erschrocken wollte er die Hand zurückziehen. Seine Schatten sollten Raja nicht weiter in die Dunkelheit ziehen. Aber seine Hand ließ sich nicht von der Tür entfernen. Er gab dem Drang nach und sein Schatten floss weiter in die Tür, bis sie schwarz und dunkel vor ihm stand.

Darius hörte es. Leise und unscheinbar sprang das Schloss der Tür auf und sie öffnete sich einen Spalt weit. Vorsichtig schob er sie weiter auf. Der Raum lag dunkel und finster vor ihm. Selbst sein Quartier erschien in seiner Erinnerung heller. Er betrat den Raum und schloss die Tür hinter sich. Er fuhr herum, als das Licht die Tür wieder zischend verschloss.

Sein Schatten zog von ihm weg durch den Raum und er folgte ihm. Neben dem Bett fand er Raja auf dem Boden liegend. Sein Schatten umhüllte sie und er ließ sich neben ihr auf den Boden nieder und hob sie auf seinen Schoß. Raja blickte ihn mit leeren Augen an. Er sagte nichts, sondern drückte sie nur an sich und ließ zu, dass sie sich an ihm und in seinen Schatten versteckte.

Der Boden unter mir fühlte sich kalt an. Als wäre ich hier falsch. Ich konnte keine Verbindung zu meiner Erdgabe herstellen. Ich wollte es auch nicht. Mein Licht war erloschen und mein Gemach lag still und schwarz um mich und schluckte alle Geräusche, die durch den Hochpalast getragen wurden.

Etwas durchbrach die Finsternis der Erinnerungen. Ein Schatten kam leise auf mich zu, strich über meinen Körper und ließ ihn beben. Große Hände hoben meinen Körper auf und zogen mich an einen Körper. Die Wärme, die durch mich floss, ließ die Erinnerungen, die mich gefangen hielten, verblassen. Die Anspannung, die meinen Körper erfasst hatte, verschwand. Ich wusste, dass es Darius war. Ich fühlte ihn in seinem Schatten, der tief in die Finsternis eindrang, die mein Licht erstickt hatte. Die Erinnerungen in mir drängten gegen den Schatten und mein Körper zitterte unter dem Kampf, den die beiden führten. Die Hände auf mir brachten die Finsternis jedoch immer wieder neu in Wallung und die Erinnerungen, die sich auf meine Haut gebrannt hatten und meinen Geist verdunkelten, flammten immer wieder auf und drückten sich gegen seinen vertrauten Schatten. Doch er blieb und zog immer wieder an den Erinnerungen und ihrer Finsternis, bis von ihnen nichts mehr übrig blieb. Schlussendlich zog auch der Schatten sich zurück und in mir glimmte wieder ein Funke meines Lichts wie eine schüchterne Kerze in der Nacht.

Das Licht der aufgehenden Sonne fiel durch die Fenster meines Gemaches. Die Schatten des vergangenen Tages waren verschwunden. Wir saßen immer noch eng umschlungen auf dem Boden des Zimmers. Mein Licht wurde immer stärker und ließ die Tür aus seinem grellen Griff frei. Verschlossen blieb sie dennoch. Meine Kehle war trocken und ich war nicht in der Lage zu sprechen.

Darius bewegte sich unter mir leicht und ich stützte mich von ihm ab und wollte aufstehen, aber seine Hände hielten mich fest. »Bitte, bleib noch hier.«

Ich schmiegte mich wieder an ihn.

»Ich kann nicht ungeschehen machen, was passiert ist, und ich hoffe, dass du weißt, dass ich es nur zu gerne verhindert hätte.«

»Das konntest du nicht. Genauso wenig wie Raven oder sonst wer. Dana hat es häufig verhindert. Ich kann mich wieder besser daran erinnern. Es war so tief in mir verborgen, dass ich es fast vergessen habe. Die Horchertinktur hat meine Sinne benebelt. Aber ich weiß, dass es nicht … dass er nicht …« Ich brach ab. Ich wusste nicht, wie ich es sagen sollte.

Um Darius wirbelten bereits wieder schwarze Schatten und seine Augen verfärbten sich immer dunkler. »Dass er es überhaupt gewagt hat, seine Hände auf dich zu legen, macht mich wahnsinnig.«

Ich umfasste schnell sein Gesicht und suchte das Blau in seinen Augen, das noch da war. »Tu das nicht. Es ist es nicht wert. Bitte guck auf die guten Dinge, die passiert sind. Dein Schatten hat die furchtbaren Erinnerungen vertrieben. Lass es bitte vergangen sein. Ich möchte nicht, dass es mein Leben verändert. So viel Macht darf er nicht über mich haben.«

Darius' Brust bebte. Worte, die er gerne ausgesprochen hätte, blieben in ihm. Ich wusste, dass es für alle schwer zu ertragen war. Es durfte aber nicht so bleiben. Es durfte auch für mich nicht so bleiben. Ich wand mich aus seinen Armen und erhob mich vorsichtig. Wieder einmal stand ich auf wackeligen Beinen in diesem Gemach. Darius richtete sich neben mir auf und wollte mir die Hand reichen, aber ich wehrte ihn ab und ging um das

Bett hinüber zum Schrank. Dort ließ ich das Kleid von meinen Schultern fallen und suchte mir ein neues Unterkleid aus den Fächern. Auf dem Waschtisch stand noch ein Krug Wasser und ich ließ es in die Schale daneben fließen. Bevor ich mein Tuch in das Wasser tauchen konnte, wusste ich, dass es nicht kalt sein würde. Es stieg eine wohlige Wärme von dem Wasser auf. Ich blickte über die Schulter und lächelte Darius zu.

Danke.

Das Wasser lief über meinen Körper und ich wusch mich überall. Nach dem Abtrocknen knotete ich meine Haare zusammen und ließ sie in meinem Nacken verschwinden. Mein Blick lag auf dem Unterkleid, das nur darauf wartete, dass ich es anzog. Doch ich ließ es liegen und ging wieder zurück zu Darius.

Sein Blick wanderte mit einer tiefen Trauer über meinen Körper. Ich blieb dicht vor ihm stehen. Meine Brüste streiften beim Atmen seine Brust und er hielt seinen Atem flach, um mich nicht zu berühren. Sein Herz schlug wild. Ich hob seine Hand hoch und legte sie auf meinen Bauch. Die andere führte ich auf meinen Rücken. Darius wollte die Hände wieder von mir wegziehen, doch ich hielt sie fest. Seine tiefblauen Augen sahen in meine.

»Wende dich nicht von mir ab. Du bist das, was mich heilt. Du hast es schon gemacht. Du hast mich gerettet. Schon viele Male. Ich brauche dich. Ich brauche deine Nähe. Wenn du bei mir bist und mich hältst, haben diese Erinnerungen keine Macht über mich. Dieses Dunkel ist dann verschwunden. Es gibt nichts Schlechtes mehr in mir. Es gibt nur noch dich.«

Ich ging auf meine Zehenspitzen, bot ihm meine Lippen dar und wartete. Darius musste den Schritt machen. Er musste akzeptieren, was nicht zu ändern war, und es kostete ihn mehr Kraft, als ich es erwartet hatte, doch dann lagen seine Lippen auf meinen und seine Hände umgriffen mich fest. Sein Körper zitterte noch und ich schmeckte auf seinen Lippen den Kampf, den seine Angst um mich, sein Versagen und sein Verlangen nach mir ausfochten, und ich fragte mich, wer gewinnen würde.

Darius hob mich hoch, legte mich auf mein Bett und betrachtete mich abschätzend. Langsam stieg er zu mir und begann, meinen Körper mit seinen Lippen nachzufahren. Seine Hände glitten über jede Stelle, die vorher seine Lippen berührten. Als wollte er meinen Körper mit seinen Lippen reinigen und ihm zu neuem Leben verhelfen. Mein Körper blühte tatsächlich unter seinen Berührungen auf und mein Licht drang wieder an meine Oberfläche zurück. Er heilte mich. Mit jeder seiner Berührungen wurde ich Stück für Stück wieder stärker und kräftiger. Ich brauchte ihn.

Darius' Lippen landeten auf meinen und ich schob ihn keuchend von mir. In seinen Augen war der Gewinner seines inneren Kampfes zu sehen und ich zog ihn zurück zu meinen Lippen.

Zieh dir was an.

Ich stieß Darius von mir. Seine aufgerissenen Augen blickten mich fragend an. Ich legte ihm schnell die Finger auf die Lippen und deutete zur Tür.

»Was willst du?«

»Wie ich höre, geht es dir wieder besser. Ich möchte mich nach dem Wohlbefinden meiner kleinen Schwester erkundigen. Aber wie ich mir denken kann, tut das schon wer anders.«

Darius lachte leise auf, griff aber hinter sich und gab mir mein Unterkleid.

Warte, du Scheusal.

Ich zog es mir über und schlüpfte vom Bett. Im Schrank fand ich ein Kleid und zog es an. Darius lächelte auf mich herab. Ich ließ mich auf den Sessel fallen, auf dem Darius an meinem Bett gewacht und geschlafen hatte, und Darius schritt zur Tür, um sie zu öffnen. Er wurde hart zur Seite gestoßen. Doch nicht, wie ich erwartet hatte, von Raven, sondern von Mistrane. Raven trat nach ihr ein und blickte Darius abschätzend an.

Mistrane ließ sich auf den Sessel neben mir nieder und sah mich abwartend an.

»Es geht mir gut. Ihr braucht euch keine Sorgen zu machen. Ich habe alles im Griff. Und Hilfe hatte ich auch.«

Mistrane lächelte Darius an.

»Wir wollten dir kurz einen Bericht erstatten. Ich habe den Feuerclan vor die Wahl gestellt: Sie werden entweder aus dem Clanrat verbannt oder sie wählen einen neuen Clanfürsten. Sie werden neu wählen. Der Pferdehändler …« Raven stockte und sah kurz zu mir und Darius hinüber. »… ist noch im Kerker. Besucher sind nicht willkommen. Auch keine Schatten. Ich weiß noch nicht, was ich mit ihm anstellen werde. Die Verbindung zwischen euch ist nichtig, da du unter Horchertinktur gesetzt wurdest. General, Ihr seid von Eurem Dienst entlassen, bis ich eine Verurteilung des Pferdehändlers gefunden habe. Wahrscheinlich würde das nicht gut ausgehen. Ich würde da gern noch etwas überlegen. Der Tod ist mir zu milde. Oder hast du Vorschläge?«

Ravens Frage überraschte mich. »Warum ich?«

»Du bist immer noch Königin der Clane. Ob du es willst oder nicht, du wirst dich daran gewöhnen müssen, Urteile zu fällen.«

Ich nickte nachdenklich. »Du hast recht. Das muss ich und der Tod ist zu milde. Sorrel soll nie wieder Hand an ein Pferd legen dürfen. Er darf nie wieder Handel im Clanreich betreiben. Und er wird ein Brandmal auf die Hände bekommen, damit jeder sehen kann, dass er sich vergangen hat.«

Neben mir rutschte Mistrane auf ihrem Sessel hin und her. Ich spürte ihre Aufregung. Erwartungsvoll blickte sie zu Raven, der mit zusammengezogenen Augenbrauen überlegte.

»Dein Wort soll sein Urteil sein.«

Mistrane sprang auf. »Darf ich es machen?«

Ich platzte vor Lachen und auch Darius konnte sich ein Grinsen nicht verkneifen. Raven blickte etwas erstaunt drein, doch Mistrane lehnte sich an ihn und klimperte mit ihren Augen. Darius deutete mit dem Kopf auf die beiden und ich nickte nur. Die Verbindung zwischen meinem Bruder und Mistrane war unübersehbar.

»Über die Urteilsvollstreckung reden wir lieber noch einmal. Ich fürchte, dass es sich für die zukünftige Hochkönigin nicht geziemt, Urteile zu vollstrecken.« Raven legte seinen Arm um Mistrane und lachte sie so strahlend an, dass sie ihre finstere Miene fallen ließ und zurücklächelte.

Meine Gabe riss meine Aufmerksamkeit zur Tür und auch Raven verspannte sich kurz, als er meine Reaktion sah. Doch es war nur Gea, die durch die Tür sprengte und zu mir lief.

»Diese kleine Erdkröte.« Russ kam langsam hinterher. »Nun, Mädchen, du hältst uns einfach zu viel auf Trab, fast noch schlimmer als dieser Springinsfeld. Ich bin zu alt für so was.« Der Alte wartete gar nicht erst auf eine Aufforderung, den Raum zu betreten. Er ließ sich auf den Sessel neben mir fallen und reichte mir die Hand. Ich legte meine in seine und spürte, wie er mit seinem Licht prüfte, ob es mir wirklich gut ging. Er nickte zufrieden und zog seine Hand weg. »Da hast du gute Arbeit geleistet, General. Es geht ihr sehr gut.«

Anscheinend hatte die Meute vor der Tür nur darauf gewartet. Sie wurde weiter aufgeschoben und mein

Gemach füllte sich. Darius schob sich schnell hinter meinen Sessel, um nicht weggedrängt zu werden.

Innerhalb kürzester Zeit war die Ruhe dahin. Larine und Falkon kamen hinein. Sie setzte sich mir gegenüber auf die Bettkante, wurde aber von den drei Erdkriegern, die Halla mit sich zog, vom Bett verdrängt. Gea sprang auch auf mein Bett und hüpfte zwischen den großen Männern herum. In der Tür standen Vega und Darina und spähten etwas schüchtern zu uns herein. Das laute Poltern der Erdkrieger war den beiden Clanfrauen fremd. Ich winkte sie zu uns herein und die Erdkrieger versuchten, sich in der Lautstärke ihres Balgens auf meinem Bett etwas zurückzunehmen. Doch in dem Kichern von Darina erkannte ich, dass sie ihre Scheu vor den Erdmännern schon verlor.

Ich blieb ruhig in meinem Sessel sitzen. Die Menschen um mich herum waren ausgelassen und fröhlich miteinander. Mein Licht stieg in mir auf und tanzte auf meiner Haut.

Ich spürte den zufriedenen Blick von Russ auf mir. »Das ist das Gleichgewicht, das die Clane brauchen.« Seine leisen Worte drangen zu mir und ich wusste, dass die anderen ihn nicht verstanden hatten. Ich lächelte ihn an und er erwiderte es. Seine alten, blinden Augen wanderten über die Clane, die in meinem Raum versammelt waren und wie eine große Familie wirkten.

Eine Bewegung ließ mich aufblicken. Raikon stand kopfschüttelnd in der Tür. »Entschuldigt bitte, Hochkönig. Ich muss einen Aufruhr melden. Hier im Hochpalast.«

Raven fuhr erschrocken herum und auch die Erdkrieger waren still geworden.

»Aber wie ich sehe, hast du ihn schon gefunden. Die Bediensteten haben die Schattenkrieger informiert, doch ich ließ sie abmarschieren, weil ich erst selbst nachsehen wollte. Und da finde ich hier eine große Kinderei im

Gange. Ich fürchte, dass sich alle noch einmal erinnern sollten, dass wir hier in der Hochstadt im Hochpalast, Sitz des Lichtclans, sind und nicht im Erdreich.« Raikon hatte die Hände in die Seiten gestemmt und blickte finster durch mein Gemach.

»Nun, dann kommt mal rein und macht bei der Kinderei mit, alter Freund. Das wird Euch guttun. Und ich finde, dass der Lichtclan schon immer mit der vornehmen Zurückhaltung übertrieben hat, oder wie seht Ihr das?« Russ winkte Raikon zu sich heran, der seiner Bitte folgte, aber die Tür hinter sich verschloss.

Raven, ich möchte vor dem Clanrat eine Bitte vorbringen.

Raven sah über Mistrane hinweg und nickte mir zu.

40
~ Im Hochpalast ~

Ich sah an mir herunter. Das braune Kleid mit dem grünen Überkleid saß perfekt. Die derbe Wolle des Unterkleides und der leichte Stoff des Überkleides waren perfekt gewählt. Die Schneider und Weber der Hochstadt hatten sich übertroffen. Im Schrank vor mir hing das weiße Kleid mit den Hellersteinen. Ich strich über den Stoff und die Hellersteine leuchteten unter meinen Fingern auf. Ich legte meine Krone auf mein Haar und spürte, wie die Hellersteine mein Licht aufsogen. Meine weißen Haare lagen offen über meinem Rücken und die kleinen Zöpfe, die mir Halla geflochten hatte, rahmten mein Gesicht ein.

Der Clanrat traf sich hier in der Hochstadt ein letztes Mal. Die Clanfürsten würden danach in ihre Reiche zurückkehren. Ich würde mein Anliegen noch vorbringen können.

Die Tür öffnete sich und Darius betrat mein Gemach. Er hatte die Kleider seines Standes an. Raven hielt ihn als General und ich wusste immer noch nicht, wie er sich mit Durian über die Clanführung geeinigt hatte.

»Bist du bereit?«

Ein Lächeln trat auf meine Lippen. »Wenn ich so gehen kann?«

»Selbst in deinen schäbigsten Reitkleidern bist du immer noch das Schönste, was ich je gesehen habe.«

Wir verließen mein Gemach zusammen und gingen schweigend zum Kronsaal, in dem der Clanrat sich versammeln sollte.

Raven saß bereits auf seinem Thron. Mistrane hatte ebenfalls einen bekommen, der zwischen meinem und

Ravens gestellt worden war. Ihre Verbindung wurde von allen Clanen akzeptiert. Das Ritual sollte zur Dämmerung stattfinden. Ich nahm den Platz neben Mistrane ein. Darius blieb im Hintergrund bei den Hochstadtsoldaten und Schattenkriegern, die mit ihren Schatten im hinteren Bereich des Saales verschwanden.

Die Clanfürsten und ihre engsten Berater hatten sich bereits versammelt und nahmen ihre Plätze auf den Sesseln ein, die Raven kreisförmig hatte platzieren lassen. In der Mitte des Raumes brannte ein Feuer. Es war wie bei jeder Clanversammlung. Raven hatte die Anordnung der Sitze und das Feuer weise gewählt, um den Clanen zu zeigen, dass ihm die Clanrituale wichtig waren.

Ich beobachtete schweigend die Clanfürsten, die auf ihren Sesseln warteten. Der neu gewählte Feuerfürst kam als Letzter in den Kronsaal – ein Auftritt, der ihm die Aufmerksamkeit der Clane sicherte. Der Nachfolger von Ferro war wesentlich jünger als sein Vorgänger. Die leuchtend roten Haare und die dunkelroten Augen hatte er aber auch. Bevor er Platz nahm, sah er zu mir herüber, neigte kurz den Kopf und lächelte mich verschmitzt an.

»Das ist Farrel«, flüsterte Mistrane zu mir herüber.

Ich drehte mich zu ihr um und nickte ihr dankend zu.

Raven stand auf und das Stimmengewirr im Saal wurde leiser. Er trat vom Thron weg und blieb beim Feuer stehen. Es knackte neben ihm auf und auch die letzten Clanfürsten verstummten. Ich spürte einen heißen Blick auf mir und als ich ihm folgte, brannten sich dunkelrote Augen in meine.

Mistrane nahm meine Hand und flüsterte weiter. »Er ist ein Weiberheld.«

»Du kennst ihn?«

»Er ist mein Cousin. Es war zu erwarten, dass er Clanfürst wird. Ferro ist sein Onkel und hat selbst keine Kinder, die ihm nachfolgen könnten. Der Feuerclan hält gern an starken Geschlechtern fest und das Feuer hat ihn schon lange als Clanfürst gezeichnet. Farrel wird sich hervortun wollen.«

Raven unterbrach unser Flüstern mit seiner Rede. »Clanfürsten, wir treffen uns hier heute noch einmal, bevor ihr in eure Reiche und zu euren Clanen zurückkehrt. Wir haben es zusammen geschafft, die Schattenherrschaft zu beenden. Ich danke euch allen sehr für eure Hilfe und für eure Opfer. Ich werde mithilfe meiner Königin und meiner Schwester das Clanreich wieder zu neuer Größe und die Clane zu neuer Stärke führen. Doch bevor wir uns trennen, möchte ich, dass wir noch einmal zusammensitzen und über unser Reich beraten. Ich möchte den Clanrat hier in der Hochstadt erhalten und bitte euch, mir erwählte Clanmitglieder eures Clans hierzulassen, damit sie mich in meinen Entscheidungen beraten.«

Die Clanfürsten murmelten vor sich hin und ich spürte ihre Zustimmung und ihr Wohlwollen. Es war Raven schon klar gewesen, dass die Clanfürsten sich dazu bereit erklären würden, ihm Berater zur Seite zu stellen. Er wollte verhindern, dass die Clane sich wieder abgrenzten und gegeneinander stellten.

»Es werden hier im Hochpalast Quartiere bereitstehen. Es wäre mir eine Ehre, den Clanen meine dauerhafte Gastfreundschaft für eure Berater und deren Gefolge anzubieten.«

Natürlich waren es die Erdkrieger, die dieses Angebot laut begrüßten. Das Gerücht, dass sich die Erdkrieger mit gutem Essen und einem trockenen Platz zum Schlafen ködern ließen, kam nicht von ungefähr. Ich schüttelte unauffällig den Kopf und von Halla kam nur ein entschuldigendes Schulterzucken. Die anderen Clane stimmten in die Zustimmung ein.

Ich nutzte die Situation und erhob mich. Mein Licht ließ die Blüten meiner Krone erstrahlen und die Blicke der Anwesenden folgten meinem Leuchten wie die Motten dem Licht.

»Clane. Der Bitte meines Bruders kann ich mich nur anschließen. Ich würde mich freuen, wenn wir einen dauerhaften Austausch zwischen den Clanen und der Hochstadt halten können.«

Ich trat neben meinen Bruder und ließ meine Worte kurz durch den Saal hallen. Wieder spürte ich die Blicke auf meiner Haut, die durch mein Licht wieder zu leuchten begann. Raven sah auf mich hinab und kniff die Lippen zusammen. Er war mit meiner Entscheidung nicht einverstanden, doch er ließ es zu.

»Ich danke euch für das Vertrauen, das ihr uns schenkt. Das Licht wird euch nicht enttäuschen. Als Königin der Clane werde ich immer für euch und euer Volk eintreten und aus diesem Grund werde ich die Hochstadt erst mal verlassen.«

Die Clanfürsten rutschten auf ihren Sesseln unruhig hin und her und sahen erstaunt aus. Nur Halla und Vega saßen ruhig. Vor der Versammlung der Clanfürsten hatte ich mit Halla gesprochen, daher war sie in meine Pläne eingeweiht, und Vega hatte es wohl kommen sehen.

»Ich möchte meinem eigenen Clan helfen, eine Clanstätte zu errichten. Durch die Überfälle des Schattenkönigs ist der Erdclan stark geschwächt. Ich bitte euch aber, mir ebenfalls Berater aus euren Clanen mitzuschicken. Ich möchte mit den einzelnen Clanen in Verbindung stehen und für euch da sein können, wenn die Clane mich brauchen. Genauso wie mit der Hochstadt. Ich werde immer wieder hierher zurückkehren, um für euch sprechen zu können.«

Ich blickte über meine Schulter und spürte, wie Darius' Blick auf mir lag. Meine Entscheidung würde uns trennen. Das Blau in seinen Augen zeigte den schwarzen Ring und ich spürte deutlich, wie sein Herz sich zusammenzog, genauso wie meins. Ich musste meinen Blick abwenden und ließ ihn über den Clanrat schweifen. Raven trat dichter an mich heran und legte seine Hand auf meine Schulter.

»Ich werde mich auch auf die Reise in eure Gebiete begeben und mir das Clanreich anschauen. Ich möchte genau wissen, wie ihr unter der Schattenherrschaft gelitten habt und was wir gemeinsam tun können, um dem Clanreich wieder zu neuer Größe zu verhelfen. Es gibt noch so viel, was wir hier gemeinsam erreichen können. Auch ist es mir ein Anliegen, in die äußeren Clanreiche zu reisen, die sich durch die Schattenherrschaft von uns entfernt haben. Wir sollten versuchen, alle Clane wieder zu vereinen.«

Raven blickte etwas erstaunt, aber doch bewundernd zu mir herunter und nickte mir zu. Ich wartete nicht auf eine Bestätigung des Clanrates, sondern drehte mich um und setzte mich wieder auf meinen Platz.

Den restlichen Beratungen folgte ich nur halbherzig. Immer wieder spürte ich den Blick, den Darius mir zuwarf, über meine Haut wandern. Mein Licht knisterte leise auf ihr und Raven warf mir hin und wieder einen fragenden Blick zu. Erleichterung umspülte mich, als die Beratungen abgeschlossen waren und sich die Clanfürsten erhoben, um den Ratssaal zu verlassen. Nach einer kurzen Verabschiedung verließ ich den Kronsaal mit schnellen Schritten.

»Darf ich um eine Unterredung mit Euch bitten?«

Ich schnellte herum. Vor mir stand Farrel, seine roten Augen funkelten mich an.

»Ich bin auf dem Weg zu meinen Gemächern. Ihr könnt mich ein Stück begleiten.«

Farrel neigte kurz den Kopf und bot mir seinen Arm an. Ich ignorierte sein Angebot und wandte mich wieder um, um zu gehen.

Er schloss schnell wieder zu mir auf. »Ich begrüße Eure Pläne, dem Erdclan wieder eine Clanstätte zu verschaffen. Ich begrüße aber überhaupt nicht, dass Ihr Euch so weit vom Feuerreich entfernt aufhalten werdet. Es wird mehrere Tagesritte dauern, um Euch zu erreichen.«

Ich sah ihn prüfend an. »Die Entfernung liegt nicht in meiner Macht. Die beiden Reiche liegen nebeneinander. Dass die beiden Clanstätten so weit voneinander entfernt sind, war schon immer so. Keine der Clanstätten liegt dicht bei der anderen.«

»Das stimmt. Es wäre mir aber lieber, wenn sie dichter beieinanderliegen würden. Würdet Ihr in der Hochstadt verweilen, wäre es leichter für mich, Euch zu erreichen. Ihr wisst, dass das Schattenreich durch den Sturz des Schattenkönigs vom Hochthron nicht gerade erfreut ist. Es gab schon immer Schwierigkeiten mit dem Schattenreich und ich fürchte, dass es nun nicht besser werden wird. Zumal seine Clanfürstin offen ihre Abneigung gegen mein Reich bekundet hat und unsere Clangrenzen nicht akzeptiert.«

»Davon ist mir nichts bekannt. Ich werde aber gern Erkundigungen aus dem Schattenreich einziehen. Es war sowieso mein Plan, einen Boten dorthin zu senden.«

»Ein Bote und Erkundigungen werden gegen die Schatten nichts ausrichten können. Dieser Clan ist schlecht. Ihr Verhalten und der Schattenkönig sind der Beweis dafür.«

Ich blieb stehen und meine Augen wurden kalt. »War es nicht so, dass der Feuerclan in sich gespalten war, weil es Stimmen gab, die den Schattenkönig aufgrund seiner Ehe mit seiner Feuerfrau unterstützt haben? Und war es nicht so, dass der Feuerclan meinem Bruder nicht gerade freundlich gesinnt war, als er um Hilfe gebeten hat? War es nicht so, dass der Feuerclan nicht in seiner vollen Stärke in die Schlacht der Clane einzog?«

Farrel wich zurück. Dieser Punkt ging an mich. Der Feuerclan hatte in der Tat große Schwierigkeiten, seine

Einheit wiederzufinden. Die Lager waren in sich verhärtet und nur durch die Stärke von Farrels Familie innerhalb des Feuerclans war die Wahl des Feuers hingenommen worden. Ich spürte, dass es ihm unangenehm war, dass der Feuerclan sich nicht stärker in der Schlacht eingebracht hatte.

»Ich werde mich Eurer Lage annehmen, sobald ich die Möglichkeit dazu habe. Und nur weil ich zu meinem Clan zurückkehre, heißt das nicht, dass ich meine Stellung und meine Aufgaben für die anderen Clane vergesse. Wenn es Euch hilfreich erscheint, würde ich das Feuerreich gern bereisen und mir ein Bild von der Lage machen.«

Langsam wandte ich mich von ihm ab, um weiterzugehen, doch Farrel ergriff meine Hand und hielt mich zurück. »Es wäre mir eine Ehre, Euch das Feuerreich zu zeigen. Ihr könnt Euch meiner Gastfreundschaft sicher sein. Ich konnte nicht mehr für Euren Bruder tun als das, was ich tat. Ich musste an meine Familie denken. Es hätte sie und meinen Clan in große Schwierigkeiten bringen können. Ihr könnt Euch aber meiner Loyalität zu Euch gewiss sein. Und meiner Bewunderung.«

Damit beugte er sich über meine Hand und küsste sie. Seine Augen blieben auf mich geheftet und ich zog die Luft laut ein.

Neben mir räusperte sich jemand und ich zog meine Hand zurück. Farrel richtete sich wieder auf und grinste frech, bevor er sich lässig abwandte und davonschlenderte.

Ich spürte den bohrenden Blick von Darius auf mir. Ohne ihn zu beachten, ging ich weiter, bis ich vor meinem Gemach angekommen war. Schwungvoll stieß ich die Tür auf und ließ ihn mit eintreten. Darius schritt bis zur Mitte des Raumes und drehte sich dann zu mir um. Seine Augen waren seltsam verfärbt. Das Schwarz schien mit dem Grau um das Blau zu kämpfen.

»Hatte ich schon einmal erwähnt, dass ich den neuen Feuerfürsten genauso wenig mag wie den alten?«

Ich lachte auf. »Woran das wohl liegt. Sicherlich an deiner Schattengabe oder hat dein Wasser Angst, dass er dich zu sehr erhitzt?«

Darius sprang nach vorn und griff mich an meinen Hüften. »Mich erhitzt nur ein Element. Und Feuer ist es bestimmt nicht. Außerdem fürchte ich diesen Feuerfürsten nicht. Er hat gegen mich eh keine Chance.«

Seine Lippen verschlossen meine und ich wusste, dass ich nichts weiter sagen musste. Es war viel schöner, ihm zu zeigen, dass er keine Bedenken haben musste, dass ich einem möglichen Werben des Feuerfürsten nachgeben könnte.

Darius zog mich zu meinem Bett, ließ sich auf den Rücken fallen und riss mich mit sich. Ich lag über ihm und er strich meine Haarsträhnen hinter meine Ohren.

»Wann wolltest du mir sagen, dass du die Hochstadt verlassen willst?« Seine Stimme war leise und ich wusste, dass ihm die Frage schwerfiel. Sein Eid, dem Thron zu dienen, war von Raven anerkannt worden. Er würde hier in der Hochstadt bleiben. Raven würde ihn nicht gehen lassen.

»Es ist nichts, was für immer sein wird. Aber ich muss mit Halla zurück. Der Erdclan lebt versteckt im Geheimen Tal. Das darf nicht so bleiben. Mein Clan musste viel erleiden durch die Verbindung zwischen meinem Vater und meiner Mutter. Ihr Licht hat den Clan in seine Lage gebracht. Ich möchte helfen, ihn wieder aufzubauen. Es ist meine Heimat. Ich weiß nicht, ob ich mich hier so fühlen könnte wie dort.«

Darius nickte. »Es fühlt sich trotzdem nicht richtig an, dass du gehst.«

»Ich gehe nicht von dir weg. Ich werde immer bei dir sein. Immer deine sein.«

Ich legte meine Lippen auf seine und beendete das Thema. Meine Zunge bat um Einlass und seine Zunge empfing sie. Seine Hände griffen in meine Haare und glitten dann über meinen Rücken hinunter zu meinem Gesäß. Ich drückte mich gegen ihn und spürte, wie mein Verlangen nach ihm immer größer wurde. Ihm ging es nicht anders. Er richtete sich unter mir auf und schob mein Kleid über meine Schenkel hinauf. Seine Finger glitten an meinen Schenkeln hinauf zu meiner Mitte und er stöhnte zwischen meinen Lippen auf, als er spürte, wie feucht ich bereits war. Mein Kleid fiel zu Boden. Mein Unterkleid folgte und ich saß nackt auf ihm. Meine Hände begannen, sein Hemd aufzunesteln, doch er war schneller und streifte es sich über den Kopf. Meine Hände und Lippen lagen sofort auf seiner Brust und fuhren seine Muskeln nach. Ein wohliges Grummeln entfuhr ihm und er packte mein Gesäß und warf mich neben sich auf das Bett. Seine Hose landete neben meinem Kleid und er stieg mit seiner harten Männlichkeit über mich. Seine Hand glitt zwischen meine Schenkel und wollte sich Platz schaffen. Doch ich wehrte ihn ab und drückte ihn auf die Kissen. Dann schwang ich mein Bein über ihn und nahm auf ihm Platz. Seine Härte schob sich in mich und er stöhnte unter mir auf. Seine Hände packten meine Hüfte und zogen mich tiefer auf sich hinab. Ich warf meinen Kopf zurück und stieß mich gegen ihn. Mein Körper fand seinen Rhythmus und ich ritt ihn, bis er brüllend unter mir kam. Er stieß seinen Höhepunkt tief in meine Mitte und ich nahm alles von ihm auf und stürzte in meinen.

Ich ließ mich von ihm gleiten und er zog mich neben sich in seine Arme. Wortlos lag ich auf seiner Brust und hörte, wie sein Herz darin hämmerte, bis es sich beruhigte und langsamer schlug. Seine Fingerspitzen strichen über meinen Rücken. Mein Geist schmiegte sich an seinen an und er gab mir Einlass. Sein Schatten empfing mich und schloss mein Licht in sich ein. Es erhellte die Schatten und vertrieb alle Dunkelheit aus ihm. Ich spürte die Schwere in seinem Herzen, das fast zerbrochen war, und wie es mein Licht in sich aufsaugte. Die Angst, wieder in der Dunkelheit gefangen zu sein und nicht hinauszukommen.

Ich stützte mich auf meine Arme und rahmte sein Gesicht ein. »Ich gehe nur weg. Ich verlasse dich nicht. Das verspreche ich dir.«

Darius strich meine Haare aus meinem Gesicht. »Ohne dich bin ich verloren. Du bist mein Licht.«

»Du wirst niemals ohne mich sein. Komm, wir müssen uns beeilen. Du bringst mich immer wieder dazu, meine Pläne zu vergessen.«

Ich legte meine Lippen noch einmal auf seine und sprang dann schnell vom Bett, bevor mein Körper wieder nur nach ihm verlangen konnte. Ich nahm meine Kleider auf und trug sie zum Schrank. An der Waschschüssel fand ich einen Lappen und frisches Wasser. Ich tauchte ihn hinein und wusch meinen Körper schnell ab. Hinter mir spürte ich Darius, der mir den Lappen abnahm und damit über meinen Rücken strich. Ich wünschte, dass wir einen See zur Verfügung hätten. Das weiche Tuch, das Darius über meinen Körper zog, um mich zu trocknen, hätte fast wieder dazu geführt, dass ich ihn zurück auf das Bett gestoßen hätte, doch das ging nicht. Ich biss mir auf die Lippen und schluckte das Verlangen herunter. Darius wusch sich selbst und wandte sich dann von mir ab. Ich erkannte, dass er durchaus auch an etwas anderes dachte. Ich griff in meinen Schrank und zog ein neues Unterkleid hervor. Dann wählte ich das weiße Kleid mit den Hellersteinen und ließ es über mich gleiten. Es umschmeichelte meinen Körper und die Hellersteine nahmen sofort mein Licht auf und funkelten. Meine Haare knotete ich locker in meinem Nacken zusammen, wie damals auf dem Landgut. Als ich fertig war, drehte ich mich langsam um. Darius stand vor mir in seiner Uniform. Mir zuckten die Bilder von dem Überfall durch den Kopf, wie er vor mir aufgetaucht war. Schwarz und groß. Mit diesen blauen Augen, in denen ich mich damals schon verloren hatte.

»Du bist immer noch das Schönste, was ich je gesehen habe.« Er beugte sich über mich und küsste mich. »Willst du das wirklich machen?«

»Ja. Ich wollte noch nie etwas mehr als das. Ich liebe dich.«

»Ich liebe dich auch.« Er nahm meine Hand und wir verließen zusammen mein Gemach.

Auf dem Flur liefen wir leise. Unter unseren Füßen schlängelten sich schwarze Schatten, die die Geräusche unserer Schritte verschluckten. Im Hochpalast herrschte Trubel wegen der Vermählung von Raven und Mistrane am Abend. Niemand achtete auf uns. Ich ließ meine Gabe vorwegeilen und jeden, dem wir begegneten, ließ ich an etwas anderes denken.

Darius führte mich zur Rückseite des Hochpalastes. Dort gab es einen kleinen Pavillon. Als wir ihn betraten, sahen wir, dass wir schon erwartet wurden.

Vega lächelte uns an. »Nun. Ihr wisst, dass ihr viele verärgern werdet mit dem, was ihr hier vorhabt?«

Ich nickte nur und sah zu Darius auf, der mich nicht aus den Augen ließ.

»Gut. Dann wollen wir.«

Wir traten zu ihr und sie wies uns an, uns vor sie zu stellen.

»Es ist mir eine Freude, euch miteinander zu verbinden. Da es niemanden gibt, der anwesend ist, gehe ich nicht davon aus, dass es Einwände gibt. Oder wollt ihr es euch noch einmal überlegen?«

»Nein, wollen wir nicht.« Darius antwortete für uns beide.

»Gut, dann bitte ich euch, eure Handgelenke zu umfassen.«

Wir drehten uns zueinander und umfassten uns gegenseitig. Ich spürte, wie meine Gabe in mir aufstieg.

»Möge die Kraft eurer Gaben euch für immer miteinander verbinden.«

Mein Licht schoss aus meinen Handflächen und umzog unsere Hände. Meine Füße wurden in die Erde gezogen und ich warf einen kurzen Blick nach unten. Die Erde umschloss auch Darius. Dann wurde es feucht auf meinen Händen. Sein Wasser quoll aus seinen Händen hervor. Ein sanfter Wind ließ sein Wasser und mein Licht um unsere Hände tanzen. Ich war fasziniert von unseren Gaben. Als ich meinen Blick endlich abwenden konnte, sah ich, dass Darius immer noch auf mich blickte. Seine Augen glänzten tiefblau. Genau wie in meinen Träumen.

»Ihr dürft nun eure Zeichen übertragen.«

Vegas Stimme klang leise, als würde sie von weit entfernt zu uns hallen, obwohl sie direkt neben uns stand. Sie war aus unserer Welt entrückt. Nur noch Darius und ich waren hier. Er ließ meine Hände los und unsere Gaben verschwanden. Langsam hob er seine Hand an meine Brust oberhalb meines Herzens. Ich spürte seine warmen Fingerspitzen auf meiner Haut. Ich zog die Luft scharf ein, als ein heißes Stechen in meine Haut fuhr. Langsam senkte ich den Blick und sah, wie unter Darius' Fingern auf meiner Haut die Zeichen und Ornamente entstanden, die ihn an mich banden. Wellen umgaben das Zeichen. Seine Fingerspitzen wurden wieder kälter und er ließ seine Hand langsam von mir gleiten.

Meine Fingerspitzen fanden wie von allein die Stelle über Darius' Herz. Seine Haut empfing meine Finger und ich spürte, wie sich die Verbindung zwischen uns aufbaute, uns stärkte. Meine Finger wurden heiß und er zuckte leicht unter dem Schmerz, als mein Zeichen sich in seine Haut einbrannte. Umringt von Blättern war es nun deutlich zu sehen. Die schwarzen Linien hoben sich von seiner Haut ab. Ich hob meine Hand von seiner Brust. Darius griff nach ihr, bevor ich sie wieder an meine Seite bringen konnte, und küsste meine Fingerspitzen.

»Nun seid ihr miteinander verbunden. Niemand außer ihr selbst oder der Tod kann euer Zeichen löschen.«

Darius umgriff meine Hüfte und zog mich zu sich heran.

»Niemals.«

»Niemals.«

Unsere Lippen trafen sich und es brauchte keine weiteren Worte. Vega entfernte sich leise und wir blieben allein in dem Pavillon zurück.

41
~ Im Garten des Hochpalastes ~

Die Dämmerung legte sich über den Hochpalast. Im Garten war ein Zelt errichtet worden. Es waren nur wenige Clanmitglieder versammelt. Raven und Mistrane standen in der Mitte, umringt von den anderen. Sie trug ein schwarzes Kleid mit einem roten Überkleid. In ihr Haar waren unzählige rote Bänder geflochten, die dort wie Flammen herausstachen. Raven stand in Erdfarben mit einem weißen Umhang neben ihr. Über ihnen schwebten kleine Lichter, die Russ an die Zeltdecke geschickt hatte.

Er trat zu den beiden und forderte sie mit einer Geste auf, sich einander zuzuwenden. »Wir sind hier versammelt, um eure Verbindung miteinander zu bezeugen. Für Einwände bin ich zu alt, daher bitte ich euch, eure Handgelenke zu umfassen.«

Raven und Mistrane umfassten gegenseitig ihre Handgelenke und ihre Gaben verbanden sich miteinander. Ihre Flammen tanzten über ihre Hände und legten sich auf seine Unterarme. Sein Licht fuhr in die Flammen und ließ sie silbern über ihre Unterarme wabern. Dann lösten sie sich voneinander.

»Eure Gaben haben euch verbunden. Nun gebt euch euer Zeichen, damit eure Verbindung besiegelt und für alle sichtbar ist.«

Mistrane legte ihre Hand über das Herz von Raven und auf seiner Haut erschienen ihre Zeichen, eine kleine Flamme in einer Schattenwolke. Raven tat es ihr nach und Mistranes Haut trug seine Zeichen, die Blätter der Erde und das strahlende Licht.

»Eure Verbindung ist nun besiegelt und hat Bestand bis in den Tod.«

Die anwesenden Clane jubelten. Raven schloss Mistrane in die Arme und küsste sie auf die Stirn. Ich blickte mich um und sah, dass Darius still in einer Zeltecke stand. Die Uniform des Generals ließ ihn vor der hellen Zeltplane wie ein Schatten wirken. Ein flüchtiges Lächeln huschte über sein Gesicht, als er meinen Blick erwiderte. Da er in offizieller Aufgabe hier war, ging ich hinüber zum Erdclan. Auch wenn es mir schwerfiel. Ich wollte ihn nicht ablenken.

»Du siehst nicht gerade fröhlich aus.« Halla legte ihren Kopf schief und musterte mich.

»Doch, doch. Es ist ein schöner Abend.«

Warum glaube ich dir das nicht?

»Ich werde dich gleich aussperren, wenn du das nicht sein lässt.«

»Bereust du deine Entscheidung, die Hochstadt zu verlassen? Du hast hier viele Freunde gefunden. Eine Familie, wie es mir scheint.«

»Nein. Es ist richtig so. Ich gehöre hier nicht her. Ich habe das Gefühl, noch etwas erledigen zu müssen. Diese Unruhe in mir ist immer noch da. Hier würde ich mir nur eingesperrt vorkommen. Das Erdreich ist mein Zuhause und ich möchte dir helfen, den Clan wieder aufzubauen. Vielleicht erkenne ich zu Hause, was meine Aufgabe ist.«

Halla nahm meine Hände und lachte mich an. Ich lächelte zurück. Wie oft hatte ich im Geheimen Tal gedacht, dass ich dort nicht hingehörte, dass eine Aufgabe auf mich wartete und ich keine Ruhe fand. Nun war ich so weit gereist, hatte das Clanreich vom Schatten befreit, den Fremden aus meinen Träumen gefunden und doch war ich so ruhelos wie zuvor. Irgendetwas rief nach mir und ich spürte, dass es mich zu sich zog.

Halla drückte meine Hände und holte mich aus meinen Gedanken zurück. »Das ist ein guter Plan. Aber vorher feiern wir, wie es sich für Erdleute gehört, und grübeln nicht länger über das Morgen nach.«

Hinter ihr begannen Haldran und Haldriel laut zu grölen und ich musste lachen. Die zwei Erdkrieger waren durch die Geschehnisse vor der Hochstadt und in den Tagen danach Freunde geworden und Erdmänner feierten einfach zu gerne. Es passte einfach perfekt, dass der Tanz in diesem Moment begann und die Musik das Zelt erfüllte. Raven und Mistrane bewegten sich schon durch das Zelt und Haldran griff nach Halla und zog sie mit sich. Haldriel kam zu mir und ich ließ mich von ihm auf die Tanzfläche führen. Er verbeugte sich elegant vor mir und ich musste laut auflachen. Seine großen Hände packten mich und er schwang mich wild durch das Zelt. Anders hätte ich es auch nicht erwartet. Die Hellersteine, die in mein grünes Kleid genäht waren, leuchteten auf. Ich blickte mich zu Darius um und bemerkte, dass sich kleine Schatten um ihn gelegt hatten. Seine Augen fixierten Haldriel und ich musste innerlich über seine Eifersucht lachen. Wer weiß, wie es gekommen wäre, wenn der Erdclan in Frieden hätte leben können. Vielleicht hätte ich mich dann mit Haldriel verbunden. Doch so war es nun einmal nicht gekommen und ich trug nun ein anderes Zeichen über meinem Herzen.

Als ein neues Musikstück begann, ließ Haldriel mich los und wir gingen los, um etwas zu trinken. Weit kamen wir aber nicht, denn Farrel versperrte uns den Weg und bot mir seine Hand für den nächsten Tanz an.

»Darf ich Euch aus den Händen des Erdkriegers befreien?«

Haldriel brummte grimmig als Antwort auf den beleidigenden Unterton des Feuerfürsten, den ich schnell von dem brummigen Erdkrieger wegschob. Die Spannungen, die sich zwischen dem Feuerfürsten und den zu Recht beleidigten Erdkriegern aufbauten, wollte ich hier nicht haben. Farrel umfasste meine Hüften und wog mich zur Musik durch das Zelt. Wir kamen an Raven und Mistrane vorbei. Ich spürte ihre misstrauischen Blicke und lächelte meinen Tanzpartner an. In die Zeltecke, in der Darius stand, blickte ich vorsichtshalber nicht. Ich spürte, wie die Dunkelheit in ihm brodelte.

»Ihr solltet öfters tanzen. Ihr seht umwerfend aus.« Farrel beugte sich dicht über mich, sodass ich seinen Atem an meinem Ohr spürte. »Ich würde mich nur zu gern anbieten, Euch öfters zu führen.«

Ich drehte meinen Kopf zur Seite. Mein Licht flackerte gefährlich auf, doch der Feuerfürst schien es nicht zu bemerken. Seine Hände rutschten langsam tiefer. Ein kleiner Schatten in mir regte sich, doch ich ließ ihn nicht aufsteigen. Er würde nie wieder über mich siegen. Die Stimme des Feuerfürsten säuselte weiter auf mich ein, doch ich nahm ihn nicht mehr wahr. Ich versuchte, meinen Geist in mir einzusperren, doch dann war es unerträglich und meine Erdgabe gewann die Überhand. Ich blickte in Farrels rot funkelnde Augen und hob meine Lippen an sein Ohr. Meine Hände umfassten seine. Dann weiteten sich seine Augen und ich blieb mit ihm in der Mitte des Zeltes stehen. Die Musik spielte fröhlich weiter.

»Ihr spürt sicherlich, dass Euer Verhalten mich nicht unbedingt erfreut. Es ist nicht passend, dass Ihr Euch um mich bemüht. Trotzdem danke ich Euch für diesen Tanz.«

Farrels Körper erstarrte kurz. Sein Atem setzte aus. Ich sah ihm noch einmal tief in die Augen und ließ ihn aus seiner Erstarrung wieder frei. In meinen Augen zuckten kleine Blitze und Farrel trat unweigerlich einen Schritt von mir weg.

»Darf ich um diesen Tanz bitten?«

Mein Licht funkelte bedrohlich aus meinen Augen und ich griff, ohne meinen Blick von Farrel zu nehmen, nach den Händen von Darius. Dieser zog mich dicht an sich heran und trug mich mit seinen Schritten zur anderen Seite des Zeltes.

»Ich mag es nicht, wie er dich ansieht.« Seine Lippen streiften mein Ohr, als er sich tief über mich beugte.

»Ich weiß. Aber ich denke, dass du dir da keine Sorgen machen brauchst. Sicherlich wird der Feuerfürst mich jetzt etwas anders sehen.«

Seine Hände legten sich fester um meinen Körper und mein Ärger verflog. Seine Augen wurden wieder tiefblau und ich spürte, wie auch seine Verärgerung verschwand und so etwas wie Genugtuung die Oberhand gewann. Unsere Körper wiegten sich und drehten sich umeinander. Immer wieder ließ mich Darius kurz los, um mich unter seinen Armen hindurch zu drehen. Er griff nach meinen Händen und führte mich vor seine Brust, an die ich mich kurz anlehnen konnte, bevor er mich wieder herumwirbelte. Die Hellersteine in meinem Kleid leuchteten immer mehr auf und überstrahlten fast die Lichtkugeln von Russ. Als die Musik aussetzte, ließ mich Darius aus seinem Griff frei und ich trat einen Schritt zurück und neigte meinen Kopf kurz. Er erwiderte die Geste und ging zurück auf seine Position. Seine dunklen Schatten schnellten wieder aus ihm hervor und ich sah, wie er noch einen finsteren Blick in Richtung des Feuerfürsten warf. Dann zog er sich wieder auf seinen Posten zurück und blieb in seine Schatten verhüllt stehen. Ich fand den Anblick seiner Schatten immer noch befremdlich, aber seine tiefblauen Augen verrieten mir, dass sie vollkommen unter seiner Kontrolle standen.

Hinter mir entdeckte ich Vega und Darina, die sich anscheinend angefreundet hatten. Die beiden Clanfrauen waren in ein Gespräch vertieft. Als sie sahen, dass ich auf sie zukam, unterbrachen sie ihre Unterhaltung und luden mich zu sich ein.

»Raja, Ihr seht umwerfend in dem Kleid aus. Euer Bruder hat hier in der Hochstadt die besten Schneider. Bevor ich wieder zurück zu meinem Clan reise, muss ich mir noch einmal neue Kleider anfertigen lassen.«

Ich musterte Vega, die in einem Hauch von grauem Nichts vor mir stand. Ich wunderte mich, dass es noch keinen Clankrieger an ihrer Seite gab.

Sie nahm meine Hand und lächelte mich an. »Ich habe nicht deine Gabe, aber deine Augen verraten dich. Ich habe noch keinen passenden gefunden. Es wird sich schon noch was ergeben.«

»Da bin ich fest von überzeugt.«

Wir lachten und unterhielten uns eine Weile, bis auch Halla und Mistrane zu uns kamen. Ich sah über Hallas Schulter hinweg, dass es Haldran nicht zu passen schien, dass sich Halla zu uns Frauen gesellt hatte. Er stand zwischen Haldriel und Haran und fixierte sie mit seinem Blick. Prüfend sah ich sie an und ihr Blick wanderte dorthin, wovon sich mein Blick gerade abwandte.

Ihre Augen suchten meine und ein schelmisches Lächeln überzog ihren Mund. »Ich mag ihn.«

»Ich weiß.«

»Natürlich weißt du es.« Sie verdrehte die Augen. Doch ich legte ihr meine Hand auf den Arm und sie lächelte mich wieder an.

»Wir werden nicht allein ins Erdreich zurückreiten.«

»Nein, das werden wir nicht.«

Unser Gespräch wurde unterbrochen, weil die drei Erdkrieger sich zu uns stellten. Haldran schob sich zwischen Halla und mich und fing sofort an, fröhlich mit uns zu scherzen. Ich ließ meinen Blick über die Gruppe wandern. Haldriel stand schweigend neben mir und schien es mir gleichzutun. Haran hatte sich zu Vega und Darina gestellt und unterhielt sich angeregt mit der

Windfürstin. Mir entging allerdings nicht, dass er Darina immer wieder anlächelte. Sie schien jedes Mal wieder erschrocken darüber zu sein. Die kleine Wasserfrau sah sich Hilfe suchend um und so ging ich zu ihr hinüber.

»Darina, Euer Kleid hat eine wunderschöne Farbe.«

Es hatte die Farbe wie das Kleid, das ich auf dem Ball getragen hatte.

»Ich danke Euch. Es ist die Farbe meiner Familie.«

Ein Lächeln huschte über meine Lippen und ich warf einen Blick über meine Schulter. Doch Darius stand nicht mehr auf seinem Posten. Ich suchte das Zelt nach ihm ab, konnte ihn aber nirgends sehen.

Ich wandte meine Aufmerksamkeit wieder Darina zu. »Ich hatte ein Kleid, das Eurem sehr ähnlich war. Wie geht es Euch? Ich habe nur wenig von Euch gehört, seit …« Ich schwieg.

Aus Darinas Gesicht war jede Farbe gewichen. »Es tut mir so leid. Ich wollte das nicht. Meine Gabe übernimmt die Kontrolle über das, was ich im Wasser zeige.«

»Es ist gut. Ihr braucht Euch nicht entschuldigen. Es kam so, wie es kommen musste. Und es geht mir gut. Und Euch auch.«

Darina sah hinab zum Boden. Sie tat mir leid, deswegen nahm ich ihre Hände. Fast erschrocken blickte sie mich an.

»Lasst Euch davon nicht die Freude an Eurer Gabe nehmen. Sie ist ein Geschenk. Ihr werdet in der Zukunft Großes damit tun können. Bitte lasst uns das Geschehene vergessen und Freunde sein.«

Sie lächelte mich an. Doch bevor sie etwas sagen konnte, legte Haran seinen Arm auf ihre Schultern. Er sah sie besorgt an, bevor sein Blick fragend zu mir weiterwanderte. »Geht es Euch gut? Ihr seht plötzlich so blass aus.«

Ich ließ Darina wieder los, die versuchte, sich unter Harans Arm wegzudrehen, doch er ließ sie nicht entkommen.

»Es geht mir gut. Es ist alles gut.« Ihr schüchternes Lächeln spiegelte sich auf seinen Lippen wider.

Er ließ seinen Arm von ihren Schultern gleiten und umschloss ihre kleine Hand. »Das ist gut, denn ich möchte mit Euch tanzen.« Ohne auf ihre Antwort zu warten, zog der große Erdmann die kleine Wasserfrau hinter sich her.

Haldriel bot Vega seine Hand an und folgte dem Beispiel von Haran und Darina. Ich lachte, als ich sah, dass auch Haldran und Halla sich entfernten. Doch die beiden ließen sich nur auf einen kurzen Tanz ein, bevor sie sich aus dem Zelt stahlen. Nun war nur noch Mistrane übrig, die lachend auf mich zusteuerte. Doch bevor wir uns unterhalten konnten, stand auch Raven wieder bei uns. Er hatte nur Augen für seine Frau, die sich von ihm nur zu bereitwillig fortziehen ließ.

Ich beobachtete die Clanmenschen in dem Zelt – meine Freunde und Familie beim Tanzen. Es schien, als wäre es nie anders gewesen. Dass die Clane so offen und frei miteinander sein konnten, glich einem Wunder. Ein Wunder, das durch Raven und mich ausgelöst worden war.

»Verzeiht, aber ich würde mich freuen, wenn ich Euch zu einem Tanz bitten dürfte, Königin der Clane.«

Ich fuhr herum. Vor mir stand Darius. Seine Uniform hatte er abgelegt. Stattdessen trug er eine dunkle Hose und ein weißes Hemd, das verdammt locker um seinen Hals lag. Er reichte mir seine Hand und wartete lächelnd auf meine Reaktion.

»Nun, ich würde mich sehr freuen.« Langsam ließ ich meine Hand in seine gleiten und er zog mich mit einem Ruck an sich und umschloss mich mit seinen großen Händen.

»Na dann …« Seine Lippen fanden meine und ich umschloss seinen Nacken. Es kümmerte mich in dem Moment nicht, dass uns alle beobachten konnten und es auch taten. Es zählten nur er und ich.

»Sucht euch ein Zimmer. Das hier ist eine Feierlichkeit.« Ich hörte Harans dröhnende Stimme und warf ihm ein obszönes Zeichen mit meinen Fingern zu. Doch damit erntete ich nur Gelächter von den Erdmännern.

Als Darius mich langsam von sich schob, achtete schon keiner mehr auf uns. Die anderen tanzten und lachten. Nur den Blick von Raven konnte ich noch ab und zu auf mir spüren. Ich lehnte mich an die Brust von Darius und ließ mich von ihm zum Takt der Musik hin und her wiegen. Mein Kleid umwallte meine Beine und ich spürte, wie er seine Beine immer wieder zwischen meine schob, während er mich weiterdrehte. Seine Hände hielten mich fest und ich vergaß kurz die Zeit. Mein Kopf ruhte auf dem Zeichen unserer Verbundenheit, das versteckt unter seinem Hemd lag.

42

~ Vor dem Hochpalast ~

Im Hof des Hochpalastes standen mehrere Wagen, auf denen Gepäck und Waren aus der Hochstadt lagen. Immer wieder wurde noch etwas verstaut. Nur Gea, die auf dem Bock eines Wagens saß, war still.

Ich ging auf sie zu. »Ich hätte erwartet, dass du zwischen den Wagen rumläufst und dich freust, dass wir bald aufbrechen.«

»Wir verlassen die Hochstadt schon wieder. Sie ist doch mein Zuhause.« Ihre Stimme klang traurig.

»Ich kann dich verstehen. Aber ich verspreche dir, dass es dir beim Erdclan im Geheimen Tal gefallen wird. Es ist der schönste Ort, den du jemals gesehen haben wirst. Voller Zauber und Magie. Es gibt im Wald Bäume, die so dick wie Häuser sind. Und Seen, die so klar und rein sind, dass man nie wieder aus ihnen herauswill. Und das Wichtigste: Wir haben dort die schönsten Pferde und ich bin mir sicher, dass wir auch eins für dich finden werden.«

»Das werden wir ja sehen.« Ihr Stimme hörte sich noch etwas misstrauisch an, aber ihre Augen funkelten.

»So gefällst du mir schon viel besser.«

Ich ging zwischen den Wagen hindurch und kontrollierte die Ladung. Die Pferde wurden gebracht und angeschirrt. Die Erdkrieger kamen mit ihren Pferden. Halla ging lachend neben Haldran, der noch etwas skeptisch wirkte. Haldriel und Haran saßen schon auf ihren Pferden und scherzten über die Reise, die vor uns lag.

Aus dem Hochpalast kam eine kleine Gruppe und ich sah von Weitem das weiße Gewand von Raven. Neben ihm ging in Schwarz gekleidet Mistrane. Mein Herz zog sich zusammen. Egal wie sehr ich versuchte, meinen Geist einzusperren, ihre Trauer um meine Abreise spürte ich so stark, dass sich meine Entscheidung nicht mehr richtig anfühlte. Ich hatte Mühe, die Tränen bei mir zu halten, und meine Kehle schnürte sich zu, als wollte sie mir die Luft zum Atmen nehmen.

»Wir wollen uns verabschieden.« Raven beugte sich über mich und drückte mich fest an sich. »Wehe, du gehst wieder verloren. Dann suche ich dich persönlich, nur um dich hinterher einzusperren, damit du nie wieder abhandenkommen kannst.«

»Ich komme wieder. Es sind dieses Mal so viele dabei, die auf mich aufpassen. Außerdem verspreche ich, dass ich keine Dummheiten mache.«

»Es werden dich noch mehr begleiten.« Mistrane schob meinen Bruder zur Seite und nahm mich in ihre Arme. Dann deutete sie zum Stall, aus dem noch mehr Reiter kamen.

Ich drückte ihre Hände. Larine und Falkon ritten voran und hinter ihnen Darina und Vega. Falkon grinste mich an, als er an mir vorbeiritt.

Vega hielt ihr Pferd neben mir an. »Hast du gedacht, dass wir dich einfach so gehen lassen? Ich wollte schon immer das Geheime Tal des Erdreichs sehen. Es ist bei uns nur eine Legende. Außerdem hast du angeboten, dass die Clane Ratgeber in das Geheime Tal schicken können. Bevor ich jemanden schicke, möchte ich es mir aber lieber selbst angucken.«

»Es ist mehr als nur eine Legende. Du wirst aus dem Staunen nicht mehr herauskommen.«

Dann wandte ich mich wieder Raven zu.

Bitte achte auf Darius. Es …

Ich passe schon auf deinen Gefährten auf. Auch wenn ich eigentlich etwas sauer auf euch sein müsste.

Raven führte seine Hand an meine Brust über meinem Herzen. Das Zeichen auf meiner Haut wurde warm. Meine Wangen auch.

Ich wäre gern dabei gewesen. Und außerdem hätte er erst fragen müssen.

Wolltest du mir vorschreiben, mit wem ich diesen Bund eingehe?

Nein. Aber es wird schwerer werden, die Clane bei Laune zu halten, wenn sie nicht um deine Hand buhlen können. Armer Farrel. Er war schon sehr enttäuscht, dass Darius dich so leidenschaftlich küssen durfte.

Ich boxte ihn und ging zu Shiver, der aus dem Stall zu mir gebracht worden war. Mistrane hing an Ravens Arm und versuchte, ihre Tränen im Griff zu halten.

»Wir sehen uns sicherlich vor dem nächsten Winter wieder.« Dann saß ich auf und der Zug setzte sich in Bewegung. Die Erdkrieger ritten an der Spitze des Zuges. Ich reihte mich hinter Falkon und Larine ein. Hinter mir ritten Vega und Darina. Die Wagen folgten uns und so verließen wir die Hochstadt.

Die Tore der Hochstadt standen weit offen und ich spürte nichts, als ich hindurchschritt. Die Zauber, die die Stadt umgeben hatten, waren verschwunden und die Stadt strahlte in einem hellen Licht. Nichts erinnerte mehr an die Schatten, die hier noch vor weniger Zeit gehaust und die Stadt in Dunkelheit und Schrecken gehüllt hatten.

Meine Begleiter redeten leise miteinander und ich versuchte, mein Herz von der Hochstadt zu lösen. Jeder Schritt, den Shiver unter mir tat, machte es schwerer. Ich blickte zurück und auf der Anhöhe neben der Hochstadt stand ein einzelner Reiter auf einem dunklen Pferd. Ich lenkte Shiver zur Seite und hielt ihn an. Widerwillig mit dem Kopf schüttelnd gehorchte er. Ihn zog es wieder zu den Ebenen des Erdreichs.

»Das ist kein Abschied für immer.«

Ich löste meinen Blick nur schwer von Darius auf dem Hügel und blickte in Hallas ernste braune Augen. Nein, das war es nicht. Es war ein neuer Anfang. Halla lenkte ihr Pferd wieder auf die Straße und ich tat es ihr gleich. Ein Wind ließ meine weißen Haare tanzen und umspielte mich.

Ich werde dich finden. Immer.

Epilog

Der Korridor vor ihm war nur schwach beleuchtet. Die Wachen waren in dem Teil des Palastes für die Nacht abgezogen worden. Trotzdem sah er sich immer wieder um, denn seine Schritte hallten auf den blanken Wolkensteinböden wider und verrieten ihn. Niemand kümmerte sich darum, wer zu dieser Zeit durch den Palast lief. Eine Tatsache, die ihn mehr beunruhigte, als er zugeben wollte. Das musste geändert werden. Aber gerade war das unwichtig. Wichtig war etwas anderes. Er musste erst wissen, was ihn aus dem Schlaf gerissen hatte. Etwas, was er nicht fassen und benennen konnte. Als hätte etwas gerufen. Nur was? Und es hatte auch nicht nach ihm gerufen. Das Gefühl, dass es um sie ging, ließ ihn nicht los.

Sein Lauf wurde von den Treppen gestoppt. Empörung stieg in ihm auf. Er würde langsamer werden. Dabei drängte die Zeit ihn, als würde er eh zu spät kommen. Seufzend setzte er den ersten Fuß auf die unterste Stufe und machte sich auf den Weg hinauf in den Turm. Er wusste, wo er hinmusste. Auf die kleine Turmterrasse, die er erst vor wenigen Tagen entdeckt hatte. Bei Tag bot sie einen weiten Blick über die Hochstadt, die Hochebene, die vor der Stadt lag, und noch viel weiter.

Vor ihm fiel helles Mondlicht auf die Steine und zauberte einen Schimmer auf den Boden, der vor der Tür zur Terrasse lag. Er verharrte und horchte in die Stille der Nacht. Alles blieb still.

Energisch stieß er die Tür auf und blieb verwundert stehen. Vor ihm an der Balustrade aus Stein stand bereits jemand.

Die Gestalt wurde vom Mondlicht erfasst und drehte sich in dem Moment zu ihm um. »Mein König.«

»General. Was macht Ihr hier?«

Darius wandte sich wieder um und starrte in die Nacht. »Vermutlich das Gleiche wie Ihr.«

Raven trat neben ihn und umfasste die Balustrade. Sie standen hier fast am höchsten Punkt des Palastes. »Ihr habt es auch gespürt.«

Darius nickte. »Irgendetwas geht im Erdreich vor sich, was uns verborgen geblieben ist.«

Raven wandte sich zu ihm. »Genau dieses Etwas greift nach ihr.« Er stockte und krampfte seine Finger um den Stein. »Ich kann die Hochstadt nicht verlassen. Auch wenn ich es ungerne eingestehe, aber ich möchte, dass Ihr in das Erdreich reitet und sie zurückholt. Sie ist hier sicherer als dort.«

Darius Augenbraue hob sich abschätzend. »Das dürft Ihr ihr selbst sagen.«

Ein Lächeln huschte über Ravens Lippen. Raja würde das nicht hören wollen. Trotzdem war es ihm lieber, wenn sie hier war. Bei ihm in der Hochstadt. Was immer da auch nach ihr griff, er musste es abwehren.

»Macht Euch für Eure Abreise bereit. Raikon wird Euch begleiten.«

Darius deutete eine Verbeugung an und ging zur Treppe.

»General. Wartet kurz.«

»Mein König?«

Raven ging ihm nach und musterte ihn mit zusammengekniffenen Lippen. »Ihr seid aus Eurem Eid entlassen. Falkon wird nach seiner Rückkehr aus dem Erdreich die Position des Generals übernehmen.«

Trotz des Nachtlichts hätte Raven schwören können, dass die Augen von Darius ihn wütend anfunkelten.

»Wie Ihr wünscht.« Darius wollte sich wieder abwenden.

»Darius, ich kann sie nicht mehr beschützen. Sie wird sich nicht in der Hochstadt einsperren lassen und ich kann hier nicht weg. Du musst bei ihr sein. Beschütze sie vor dem, was da auch immer auf sie zukommen wird.«

Darius neigte kurz den Kopf. »Immer. Mit meinem Leben.«

Das genügte für den Moment. Ob es auch ausreichen würde, um Raja zu schützen, musste sich zeigen. Raven kehrte an die Balustrade zurück und spähte in die Nacht.

Ende Teil 2

Danksagung

Der zweite Teil des Clanreichs ist vollendet und wieder standen mir wunderbare Menschen zur Seite, die mich bei diesem Traum, den ich hier leben darf – nämlich meine Geschichten in die Welt zu tragen –, unterstützt haben.

Als festes Team habe ich mittlerweile drei Testleserinnen, die immer wieder auf ihre diplomatische Art knallhart ihre Meinung zu meinen Ideen sagen und sich auch immer wieder in meine Geschichten verlieben. Vielen Dank für euer »Wann geht die Geschichte endlich weiter?«, liebe Franziska, Juliane und Christiane.

Ein Mitglied in meinem Clanreich-Team kennt ihr schon aus der Danksagung im ersten Buch. Liebe Rieke. Hier ist wieder eine Bestätigung, dass du DIE Lektorin für das Clanreich und mich bist. Es ist wie auch beim ersten Band ein Vergnügen, mit dir zusammenzuarbeiten. Vielen Dank, dass du auch den zweiten Teil zum Leuchten bringst.

Wie im ersten Teil geht mein Coverdank wieder an Dina. Auch das Cover von »Licht und Schatten« ist wundervoll geworden und ich freue mich, dass mein Clanreich ein so schönes Kleid tragen darf. Einen großen Dank an Dina.

Liebe Leserinnen und Leser. Ein großer Dank geht auch an euch. Ohne euch würde das Clanreich nicht wachsen können. Ich freue mich, dass so viele die

Geschichte von Raja, Raven und Darius verfolgen und mit meinen Charakteren um das Clanreich mitfiebern. Die vielen lieben Rückmeldungen und Rezensionen, die ich schon auf so unterschiedliche Weise und auf so vielen Plattformen bekommen habe, erfreuen mich immer wieder und geben mir den Mut, weiterzuschreiben. Ich danke euch allen von Herzen, dass ihr die Geschichte liebt und sie in die Welt hinaustragt.

Diesmal möchte ich mich nicht bei meinen Jungs dafür entschuldigen, dass sie sich zeitweilig mit einer in die Tasten versunkenen Mama begnügen mussten. Meine lieben Jungs. Ihr kennt das ja schon und mittlerweile sind wir ein super eingespieltes Team aus einer Schreiberline und zwei immer selbständigeren Jungs geworden. Ich bin so unendlich glücklich, dass ich euch in meinem Leben habe, und danke euch für die vielen kleinen Unterbrechungen und die vielen Momente, in denen ihr mich wieder in die richtige Welt zurückholt. Ich habe euch unendlich lieb.

Anhang

Die Clane

Der **Windclan** auf seinen steinigen Ebenen, weiten Steppen und den Hohen Felsen des Wolkengebirges, grau und wandelbar. Aufbrausend und sanft. Windlenker. Spielen mit dem Wind. Lassen Stürme entstehen oder die Luft sanft deinen Körper streicheln.
Namen beginnen mit V.

Der **Wasserclan** zwischen seinen Seen und Sümpfen. Blau und stark. Weich und zerstörerisch. Wasserwandler. Sie heben die Flüsse aus ihren Betten. Lassen den Regen sich wandeln.
Namen beginnen mit D.

Der **Feuerclan** zwischen den Hügeln und Bergen, die Feuer bringen. Rot und lodernd. Feuerbringer tragen die Flammen in sich. Warm und heiß. Das Feuer können sie formen.
Namen beginnen mit F.

Der **Erdclan** auf den weiten Grasebenen und den lichten Wäldern. Grün und braun. Sanft und beständig. Sie können die Erde und ihre Lebenwesen wandeln.
Namen beginnen mit H.

Der **Schattenclan**. Am Rand des Clanlandes immer im Abseits. Kriegerisch und wandelbar, wie die Schatten selbst.
Namen beginnen mit M.

Der **Lichtclan** in der Hochstadt. Leuchtend und hell sind sie das Licht und die Mitte der Clane.
Namen beginnen mit R.

Personenverzeichnis

Raja: *Die Tochter der letzten Lichtprinzessin (Rafka) und dem Erdfürst (Halkan). Sie trägt die Licht- und die Erdgabe in sich.*

Raven: *Rajas Bruder. Er trägte, wie Raja, die Erd- und Lichtgabe in sich, wobei seine Erdgabe schwächer ist als Rajas. Auch er trägt das Licht in sich.*

Darius: *Der General des Schattenkönigs.Darius wurde nach seiner Ernennung zum Wasserfürst von dem Gabensucher verschleppt. Er trägt die Wassergabe und durch seine Windmutter auch die Windgabe in sich. Raja und Darius verbinden Träume, in denen sie sich immer wieder begegnen.*

Halla und Haldriel: *Die Geschwister sind die besten Freunde von Raven und Raja. Beide tragen starke Erdgaben in sich.*

Raikon: *Der Cousin von Rafka, der sich bei ihrer Flucht zum Erdfürsten begleitet hat. Nach Rafkas Tod haben Raikon und seine Frau Hanna (Halkans Schwester) Raja und Raven zusammen großgezogen. Raikon begleitet Raven auf seiner Reise zu den Clanen.*

Sorrel: *Ein Pferdehändler, der vom Erdclan Pferde kaufen will. Er verschleppt Raja in die Hochstadt.*

Mistrane: *Die Schattenprinzessin, die gegen ihren Vater den Schattenkönig arbeitet.*

Falkon: *die rechte Hand von Darius und enger Freund.*

Vega: *Fürstin des Windclans.*

Farrel und Farrina: *Gabenträger des Feuerclans.*

Einige Mitglieder des Untergrunds: Haldran, Haran, Larine, Russ.

Contenwarnungen für mögliche Trigger

Gewalt gegen Menschen, Mord, blutige Szenen, angedeutete Vergewaltigung, Verschleppung, Kampf, Folter, explizite Szenen.

Da Trigger sehr individuell sein können, hoffe ich, dass ich niemanden mit der Geschichte schade. Solltest du dich trotzdem durch Inhalte getriggert fühlen, die ich hier nicht angeführt habe, kannst du mich gerne kontaktieren, damit ich auf deine Empfindungen reagieren kann.